U0117171

李卓吾批评本

〔明〕吴承恩 著 〔明〕李卓吾 批评

西遊記 下

岳麓書社·长沙

观音降犰

火焚盘丝

路阻狮驼

慈航点化

群狮混斗

绣球掷僧

拜谒佛祖

五圣成真

第六十七回　拯救驼罗禅性稳　脱离秽污道心清

话说三藏四众，躲离了小西天，忻然上路。行经个月程途，正是春深花放之时，见了几处园林皆绿暗，一番风雨又黄昏。三藏勒马道："徒弟啊，天色晚矣，往那条路上求宿去？"行者笑道："师父放心，若是没有借宿处，我三人都有些本事：叫八戒砍草，沙和尚扳松，老孙会做木匠，就在那路上搭个蓬庵，好道也住得年把，你忙怎的！"八戒道："哥呀，这个所在，岂是住场！满山多虎豹狼虫，遍地有魑魅魍魉。白日里尚且难行，黑夜里怎生敢宿？"行者道："呆子，越发不长进了！不是老孙海口，只这条棒子揝在手里，就是塌下天来，也撑得住！"

师徒们正然讲论，忽见一座山庄不远。行者道："好了，有宿处了。"长老问："在何处？"行者指道："那树丛里不是个人家？我每去借宿一宵，明早走路。"长老忻然促马，至庄门外下马。只见那柴扉紧闭，长老敲门道："开门，开门。"里面有一老者，手拖藜杖，足踏蒲鞋，头顶乌巾，身穿素服，开了门，便问："是甚人在此大呼小叫？"三藏合掌当胸，躬身施礼，道："老施主，贫僧乃东土差往西天取经者。适当贵地，天晚特造尊府借宿一宵，万望方便方便。"老者道："和尚，你要西行，却是去不得啊。此处乃小西天，若到大西天，路途甚远。且休道前去艰难，只这个地方，已是难过。"三藏问："怎么难过？"老者用手指道："我这庄村西去三十馀里，有一条稀柿同，山名'七绝'。"三藏道："何为七绝？"老者道："这山径过有八百里，满山尽是柿果。古云柿树有七绝：一益寿，二多阴，三无鸟巢，四无虫，五霜叶可玩，六嘉实，七枝叶肥大，故名七绝山。我这敝处地阔人稀，那深山亘古无人走到。每年家熟烂柿子落在路上，将一条夹石胡同，尽皆填满；又被雨露雪霜，经霉过夏，作成一路污秽。这方人家，俗呼为稀屎同。但刮西风，有一股秽气，就是淘东圊也不是这般恶臭。这却是人绝了。如今正值春深，东南风大作，所以还不闻见也。"

三藏心中烦闷不言。行者忍不住，高叫道："你这老儿甚不通！我等远来投宿，你就说出这许多话来唬人！十分你家窄逼没处睡，我等在此树下蹲一蹲，也就过了此宵，何故这般絮聒？"那老者见了他相貌丑陋，便也拧住口，惊嗟嗟的，硬着胆，喝了一声，用藜杖指定，道："你这厮，骨挝脸，磕额头，塌鼻子，四颉腮，毛眼毛睛，痨病鬼，不知高低，尖着个嘴，敢来冲撞我老人家！"行者陪笑道："老官儿，你原来有眼无珠，不识我这痨病鬼哩！相法云：'形容古怪，石中有美玉之藏。'猴。你若以言貌取人，便就差了。我虽丑便丑，却到有些手段。"老者道："你是那方人氏？姓甚名谁？有何手段？"行者笑道："我

祖居东胜大神洲，花果山前自幼修。身拜灵台方寸祖，学成武艺甚全周。也能搅海降龙母，善会担山赶日头。缚怪擒魔称第一，移星换斗鬼神愁。偷天转地英名大，我是变化无穷美石猴！"

老者闻言，回嗔作喜，躬着身，便教请："请入寒舍安置。"遂此，四众牵马挑担一齐进去。只见那荆针棘刺，铺设两边，二层门是砖石垒的墙壁，又是荆棘苫盖，入里才是三间瓦房。老者便扯椅安坐待茶，又叫办饭。少顷，移过桌子，摆着许

多面筋、豆腐、芋苗、萝卜、辣芥、蔓菁、香稻米饭、醋烧葵汤。师徒们尽饱一餐。吃毕，八戒扯过行者，背云："师兄，这老儿始初不肯留宿，今返设此盛斋，何也？"行者道："这个能值多少钱！到明日，还要他十果十菜送我们哩！"八戒道："不羞！凭你那几句大话，哄他一顿饭吃了，明日却要跑路，他又管待送你怎的？"行者道："不要忙，我自有个处治。"

不多时，渐渐黄昏，老者又叫掌灯。行者躬身问道："公公高姓？"老者道："姓李。"行者道："贵地想就是李家庄了？"老者道："不是，这里唤做驼罗庄，共有五百多人家居住。别姓俱多，惟我姓李。"行者道："李施主，府上有何善意，赐我等盛斋？"那老者起身道："才闻得你说会拿妖怪，我这里却有个妖怪，累你替我每拿拿，自有重谢。"行者就朝上唱个喏，道："承照顾了！"八戒道："你看他惹祸！听见说拿妖怪，就是他外公也不这般亲热，预先就唱个喏！"行者道："贤弟，你不知。我唱个喏就是下了个定钱，他再不去请别人了。"^{猴。}三藏闻言，道："这猴儿凡事便要自专，倘或那妖精神通广大，你拿他不住，可不是我出家人打诳语么？"行者笑道："师父莫怪，等我再问了看。"那老者道："还问甚？"行者道："你这贵处，地势清平，又许多人家居住，更不是偏僻之方，有甚么妖精，敢上你这高大门户？"

老者道："实不瞒你说，我这里久矣康宁。只这三年六月间，忽然一阵风起，那时人家甚忙，打麦的在场上，插秧的在田里，俱着了忙，只说是天变了。谁知风过处，有个妖精将人家牧放的牛马吃了，猪羊吃了，见鸡鹅囫囵咽，遇男女夹活吞。

自从那次，这二年常来伤害。长老啊，你若有手段，拿了妖怪，扫净此土，我等决然重谢，不敢轻慢。"行者道："这个却是难拿。"八戒道："真是难拿难拿！我每乃行脚僧，借宿一宵，明日走路，拿甚么妖精！"老者道："你原来是骗饭吃的和尚！初见时夸口弄舌，说会换斗移星，降妖缚怪，及说起此事，就推却难拿！"行者道："老儿，妖精好拿。只是你这方人家不齐心，所以难拿。"老者道："怎见得人心不齐？"行者道："妖精搅扰了三年，也不知伤害了多少生灵。我想着每家只出银一两，五百家可凑五百两银子，不拘到那里，也寻一个法官把妖拿了，却怎么就甘受他三年磨折？"

老者道："若论说使钱，好道也羞杀人！我每那家不花费三五两银子！前年曾访着山南里有个和尚，请他到此拿妖，未曾得胜。"行者道："那和尚怎的拿来？"老者道：

"那个僧伽，披领袈裟。先谈《孔雀》，后念《法华》。香焚炉内，手把铃拿。正然念处，惊动妖邪。风生云起，径至庄家。僧和怪斗，其实堪夸：一递一拳倒，一递一把抓。和尚还相应，相应没头发。须臾妖怪胜，径直返烟霞，原来晒干疤。我等近前看，光头打的似个烂西瓜！"游戏处甚妙。

行者笑道："这等说，吃了亏也。"老者道："他只拚得一命，还是我们吃亏：与他买棺木殡葬，又把些银子与他徒弟。那徒弟心还不歇，至今还要告状，不得干净！"行者道："再可曾请甚么人拿他？"老者道："旧年又请了一个道士。"行者道："那道士

怎么拿他？”老者道：“那道士

头戴金冠，身穿法衣。令牌敲响，符水施为。驱神使将，拘到妖魑。狂风滚滚，黑雾迷迷。即与道士，两个相持。斗到天晚，怪返云霓。乾坤清朗朗，我等众人齐。出来寻道士，淹死在山溪。重复便没趣。捞得上来大家看，却如一个落汤鸡！”如今和尚、道士，那一个不如此。

行者笑道：“这等说，也吃亏了。”老者道：“他也只舍得一命，我们也又使勾闷数钱粮。”

行者道：“不打紧，不打紧，等我替你拿他来。”老者道：“你若果有手段拿得他，我请几个本庄长者与你写个文书。若得胜，凭你要多少银子相谢，半分不少；如若有亏，切莫和我等放赖，各听天命。”行者笑道：“这老儿被人赖怕了。我等不是那样人，快请长者去。”

那老者满心欢喜，即命家童请几个左邻右舍，表弟姨兄，亲家朋友，共有八九位老者，都来相见。会了唐僧，言及妖怪一事，无不忻然。众老问：“是那一位高徒去拿？”行者叉手道：“是我小和尚。”众老悚然道：“不济，不济！那妖精神通广大，身体狼犺。你这个长老，瘦瘦小小，还不勾他填牙齿缝哩！”行者笑道：“老官儿，你估不出人来。我小自小，结实，都是吃了磨刀水的，秀气在内里！”众老见说，只得依从，道：“长老，拿住妖精，你要多少谢礼？”行者道：“何必说要甚么谢礼！俗语云：‘说金子幌眼，说银子傻白，说铜钱腥气。’我等乃积德的和尚，决不要钱。”众老道：“既如此说，都是受戒的高僧。既不要钱，岂有空劳之理！我等各家俱以鱼田为活，若果降了妖孽，净了地方，我等每家送你两亩良田，共凑一千亩，坐落一处。你师徒们在上起盖寺院，打坐参禅，强似方上云游。"行者又笑道："越不停当！但说要了田，就要养马当差，纳粮办草，黄昏不得睡，五鼓不得眠，好倒弄杀人也！"^{着眼。}众老道："诸般不要，却将何谢？"行者道："我出家人，但只是一茶一饭，便是谢了。"众老喜道："这个容易，但不知你怎么拿他？"行者道："他但来，我就拿住他。"众老道："那怪大着哩！上拄天，下拄地；来时风，去时雾。你却怎生近得他？"行者笑道："若论呼风唤雾的妖精，我把他当孙子罢了；若说身体长大，有那手段打他！"

正讲处，只听得呼呼风响，慌得那八九个老者，战战兢兢，道："这和尚盐酱口！说妖精，妖精就来了！"那老李开了腰门，把几个亲戚连唐僧都叫："进来，进来！妖怪来了！"唬得那八戒也要进去，沙僧也要进去。行者两只手扯住两个，道："你们忒不循理！出家人，怎么不分内外！站住，不要走！跟我去天井里，看看是个甚么妖精。"八戒道："哥啊，他们都是经过帐的，风响便是妖来。他都去躲，我们又不与他有亲，又不相识，又不是交契故人，看他做甚？"原来行者力量大，不容说，一把拉在天井里站下。那阵风越发大了。好风：

倒树摧林狼虎忧，播江搅海鬼神愁。掀翻华岳三峰石，提起乾坤四部洲。村舍人家皆闭户，满庄儿女尽藏头。黑云漠漠遮星汉，灯火无光遍地幽。

慌得那八戒战战兢兢，伏之于地，把嘴拱开土，埋在地下，却如钉了钉一般。沙僧蒙着头脸，眼也难睁。

行者闻风认怪，一霎时风头过处，只见那半空中隐隐的两盏灯来，即低头叫道："兄弟们，风过了，起来看！"那呆子扯出嘴来，抖抖灰土，仰着脸朝天一望，见有两盏灯光，忽失声笑道："好耍子，好耍子！原来是个有行止的妖精！该和他做朋友！"沙僧道："这般黑夜，又不曾觌面相逢，怎么就知他好歹？"八戒道："古云，'夜行以烛，无烛则止。'你看他打一对灯笼引路，必定是个好的。"^趣沙僧道："你错看了，那不是一对灯笼，是妖精的两只眼亮。"这呆子就唬矮了三寸，道："爷爷呀，眼有这般大啊，不知口有多少大哩！"行者道："贤弟莫怕。你两个护持着师父，待老孙上去讨他个口气，看他是甚妖精。"八戒道："哥哥，不要供出我们来。"

好行者，纵身打个唿哨，跳到空中，执铁棒厉声高叫，道："慢来慢来！有吾在此！"那怪见了，挺住身躯，将一根长枪乱舞。行者执了棍势，问道："你是那方妖怪，何处精灵？"那怪更不答应，只是舞枪。行者又问，又不答，只是舞枪。行者暗笑，道："好是耳聋口哑！不要走，看棍！"那怪更不怕，乱舞枪遮拦。在那半空中，一来一往，一上一下，斗到三更时分，未见胜败。八戒、沙僧在李家天井里看得明白，原来那怪只是舞枪遮架，更无半分儿攻杀，行者一条棒不离那怪的头上。八戒笑道："沙僧，你在这里护持，让老猪去帮打帮打，莫教那猴子独干这功，领头一钟酒。"

好呆子，就便跳起云头，赶上就筑。那怪物又使一条枪抵住。两条枪，就如飞蛇掣电。八戒夸奖道："这妖精好枪法！不是山后枪，乃是缠丝枪；也不是马家枪，却叫做个软柄枪！"行者道："呆子莫胡说！那里有个甚么软柄枪！"八戒道："你看他使出枪尖来架住我们，不见枪柄，不知收在何处。"行者道："或者是个软柄枪。但这怪物还不会说话，想是还未归人道，阴气还重，只怕天明时阳气胜，他必要走。但走时，一定赶上，不可放他。"八戒道："正是，正是。"

又斗多时，不觉东方发白，那怪不敢恋战，回头就走。这行者与八戒一齐赶来，忽闻得污秽之气旭入，乃是七绝山稀柿同也。八戒道："是那家淘毛厕哩！哏，臭气难闻！"行者侮着鼻子，只叫："快赶妖精，快赶妖精！"那怪物撺过山去，现了本像，乃是一条红鳞大蟒。你看他：

眼射晓星，鼻喷朝雾。密密牙排钢剑，弯弯爪曲金钩。头戴一条肉角，好便似千千块玛瑙攒成；身披一派红鳞，却就如万万片胭脂砌就。盘地只疑为锦被，飞空错认作虹霓。歇卧处有腥气冲天，行动时有赤云罩体。大不大，两边人不见东西；长不长，一座山跨占南北。

八戒道："原来是这般一个长蛇！若要吃人啊，一顿也得五百个，还不饱足！"行者道："那软柄枪乃是两条信捵。我们赶他软了，从后打出去！"

这八戒纵身赶上，将钯便筑。那怪物一头钻进窟里，还有七八尺长尾巴露在外边。八戒放下钯，一把挝住，道："着手，着手！"尽力气往外乱扯，莫想扯得动一毫。行者笑道："呆子，放他进去，自有处置，不要这等倒扯蛇。"八戒真个撒了手，那怪缩进去了。八戒怨道："才不放手时，半截子已是我们的了！是这般缩了，却怎么得他出来？这不是叫做没蛇弄了？"行者道："这厮身体狼犺，窟穴窄小，断然转身不得，一定是个照直撺的，定有个后门出头。你快去后门外拦住，等我在前门外打。"那呆子真个一溜烟，跑过山去，果见有个孔窟，他就扎住脚。还不曾站稳，不期行者在前门外使棍子往里一捣，那怪物护疼，径往后门撺出。八戒未曾防备，被他一尾巴打了一跌，莫能挣扎得起，睡在地下忍疼。行者见窟中无物，搴着棍，跑过来叫"赶妖怪"。那八戒听得吆喝，自己害羞，忍着疼爬起来，使钯乱扑。行者见了笑道："妖怪走了，你还扑甚的了？"八戒道："老猪在此打草惊蛇哩！"行者道："活呆子，快赶上！"

　　二人赶过涧去，见那怪盘做一团，竖起头来，张开巨口，要吞八戒。八戒慌得往后便走，这行者反迎上前，被他一口吞之。八戒捶胸跌脚，大叫道："哥耶，倾了你也！"行者在妖精肚里，支着铁棒，道："八戒莫愁，我叫他搭个桥儿你看！"那怪物躬起腰来，就似一条路东虹。八戒道："虽是像桥，只是没人敢走。"行者道："我再叫他变做个船儿你看！"在肚里将铁棒撑着肚皮。那怪物肚皮贴地，翘起头来，就是一只赣保船。八戒道："虽是像船，只是没有桅蓬，不好使风。"行者道："你让开路，等我叫他使个风你看！"又在里面尽着力把铁棒从脊背上一搠将出去，约有五七丈长，就似一根桅杆。那厮忍疼挣命，往前一撺，比使风更快，撺回旧路，下了山有二十馀里，却才倒在尘埃，动荡不得，呜呼丧矣。八戒随后赶上来，又举钯乱筑。行者把那物穿了一个大洞，钻将出来，道："呆子，他死也死了，你还筑他怎地？"八戒道："哥啊，你不知我老猪一生好打死蛇？"遂此收了兵器，抓着尾巴，倒拉将来。

却说那驼罗庄上李老儿与众等对唐僧道："你那两个徒弟，一夜不回，断然倾了命也。"三藏道："决不妨事，我们出去看看。"须臾间，只见行者与八戒拖着一条大蟒，吆吆喝喝前来，众人却才欢喜。满庄上老幼男女都来跪拜，道："爷爷，正是这个妖精，在此伤人。今幸老爷施法，斩怪除邪，我辈庶各得安生也！"众家都是感激，东请西邀，各各酬谢。师徒们被留住五七日，苦辞无奈，方肯放行。又各家见他不要钱物，都办些干粮果品，骑骡压马，花红彩旗，尽来饯行。此处五百人家，到有七八百人相送。

一路上喜喜欢欢，不时到了七绝山稀柿同口。三藏闻得那般秽气，又有路道填塞，道："悟空，似此怎生过得？"行者侮着鼻子，道："这个却难也。"三藏见行者说难，便就眼中垂泪。李老儿与众上前，道："老爷勿得心焦。我等送到此处，都已约定意思了：令高徒与我们降了妖精，除了一庄祸害，我们各办虔心，另开一条好路，送老爷过去。"行者笑道："你这老儿，俱言之欠当。你初然说这山径过有八百里，你等又不是大禹的神兵，那里会开山凿路！若要我师父过去，还得我们着力，你们都成不得。"三藏下马，道："悟空，怎生着力么！"行者笑道："眼下就要过山，却也是难；若说再开条路，却又难也。须是还从旧衚衕过去，只恐无人管饭。"李老儿道："长老说那里话！

凭你四位担阁多少时，我等俱养得起，怎么说无人管饭！"行者道："既如此，你们去办得两石米的干饭，再做些蒸饼磨磨来。等我那长嘴和尚吃饱了，变了大猪，拱开旧路，我师父骑在马上，我等扶持着，管情过去了。"八戒闻言，道："哥哥，你们都要图个干净，怎么独教老猪受臭？"三藏道："悟能，你果有本事拱开衖衕，领我过山，注你这场头功。"

八戒笑道："师父在上，列位施主们都在此休笑话。我老猪本来有三十六般变化，若说变轻巧华丽飞腾之物，委实不能；若说变山，变树，变石块，变土墩，变赖象、科猪、水牛、骆驼，真个全会。只是身体变得大，肚肠越发大，须是吃得饱了，才好干事。"众人道："有东西，有东西！我们都带得有干粮果品，烧饼馎饦在此。原要开山相送的，且都拿出来，凭你受用。待变化了，行动之时，我们再着人回去做饭送来。"八戒满心欢喜，脱了皂直裰，丢了九齿钯，对众道："休笑话，看老猪干这场臭功。"好呆子，捻着诀，摇身一变，果然变做一个大猪。真个是：

嘴长毛短半脂膘，自幼山中食药苗。黑面环睛如日月，圆头大耳似芭蕉。修成坚骨同天寿，炼就粗皮比铁牢。罂罂鼻音呱诂叫，喳喳喉响喷喝哮。白蹄四只高千尺，剑鬣长身百丈饶。从见人间肥豕彘，未观今日老猪魈。唐僧等众齐称赞，美美天蓬法力高。

孙行者见八戒变得如此，即命那些相送人等，快将干粮等物堆攒一处，叫八戒受用。那呆子不分生熟，一涝食之，却上前拱路。行者叫沙僧脱了脚，好生挑担，请师父稳坐雕鞍，他也脱了鞓鞋，分付众人回去："若有情，快早送些饭来与我师弟接力。"那些人有七八百相送随行，多一半有骒马的，飞星回庄做饭；还有三百人步行的，立于山下遥望他行。原来此庄至山，有三十馀里，待回取饭来，又三十馀里，往回担搁，约有百里之遥，他师徒们已此去得远了。众人不舍，催趱骒马，进衕同，连夜赶至，次日方才赶上，叫道："取经的老爷，慢行，慢行！我等送饭来也！"长老闻言，谢之不尽，道："真是善信之人！"叫八戒住了，再吃些饭食壮神。那呆子拱了两日，正在饥饿之际，那许多人何止有七八石饭食，他也不论米饭、面饭，收积来一涝用之，饱餐一顿，却又上前拱路。三藏与行者、沙僧谢了众人，分手两别。正是：

驼罗庄客回家去，八戒开山过同来。三藏心诚神力拥，悟空法显怪魔衰。千年稀柿今朝净，七绝衕同此日开。六欲尘情皆剪绝，平安无阻拜莲台。

这一去不知还有多少路程，还遇甚么妖怪，且听下回分解。

总批：

"倒扯蛇""没蛇弄了""打草惊蛇""好打死蛇"，都是趣话，惹人喷饭。

第六十八回

朱紫国唐僧论前世

孙行者施为三折肱

善正万缘收，名誉传扬四部洲。智慧光明登彼岸，飕飕，暧
暧云生天际头。诸佛共相酬，永住瑶台万万秋。打破人间蝴蝶
梦，休休，涤净尘氛不惹愁。

话表三藏师徒，洗污秽之衕同，上逍遥之道路，光阴迅速，
又值炎天。正是：

海榴舒锦弹，荷叶绽青盘。两路绿杨藏乳燕，行人避暑扇
摇纨。

进前行处，忽见有一城池相近。三藏勒马，叫："徒弟们，
你看那是甚么去处？"行者道："师父原来不识字，亏你怎么领
唐王旨意离朝也！"三藏道："我自幼为僧，千经万典皆通，^{世尽有千}
^{经万典皆通，}原怎么说我不识字？"行者道："就识字，怎么那城头
^{不识一字者。}
上杏黄旗明书三个大字，就不认得，却问是甚去处何也？"三藏
喝道："这泼猴胡说！那旗被风吹得乱摆，总有字也看不明
白！"行者道："老孙偏怎看见？"八戒、沙僧道："师父，莫听
师兄捣鬼。这般遥望，城池尚不明白，如何就见是甚字号？"行
者道："却不是'朱紫国'三字？"^{好国}三藏道："朱紫国必是西
^{名。}
邦王位，却要倒换关文。"行者道："不消讲了。"

不多时，至城门下马过桥，入进三层门里，真个好个皇州。
但见：

门楼高耸，垛叠齐排。周围活水通流，南北高山相对。六街

三市货资多，万户千家生意盛。果然是个帝王都会处，天府大京城。绝域梯航至，遐方玉帛盈。形胜连山远，宫垣接汉清。三关严锁钥，万古乐升平。

师徒们在那大街市上行时，但见人物轩昂，衣冠齐整，言语清朗，真不亚大唐世界。那两边做买做卖的，忽见猪八戒相貌丑陋，沙和尚面黑身长，孙行者脸毛额郭，丢了货卖，都来争看。三藏只叫："不要撞祸，低着头走！"八戒遵依，把个莲蓬嘴揣在怀里，沙僧不敢仰视，惟行者东张西望，紧随唐僧左右。那些人有知事的，看看儿就回去了；有那游嬉好闲的，并那顽童们，烘烘笑笑，都上前抛瓦丢砖，与八戒作戏。唐僧捏着一把汗，只教："莫要生事！"那呆子不敢抬头。

不多时，转过隅头，忽见一座门墙，上有"会同馆"三字。唐僧道："徒弟，我们进这衙门去也。"行者道："进去怎的？"唐僧道："会同馆乃天下通会通同之所，我们也打搅得，且到里面歇下。待我见驾，倒换了关文，再赶出城走路。"八戒闻言，掣出嘴来，把那些随看的人唬倒了数十个，他上前道："师父说的是，我们且到里边藏下，免得这伙鸟人吵嚷。"遂进馆去，那些人方渐渐而退。

却说那馆中有两个大使，乃是一正一副，都在厅上查点人夫，要往那里接官，忽见唐僧来到，个个心惊，齐道："是甚么人，是甚么人？往那里走？"三藏合掌道："贫僧乃东土大唐驾下，差往西天取经者。今到宝方，不敢私过，有关文欲倒验放行，权借高衙暂歇。"那两个馆使听言，屏退左右，一个个整冠束带，下厅迎上相见，即命打扫客房安歇，教办清素支应。三藏谢了。二官带领人夫，出厅而去。手下人请老爷客房安歇，三藏便走，行者狠道："这厮怠懒！怎么不让老孙在正厅？"三藏道："他这里不服我大唐管属，又不与我国相连，况不时又有上司过客往来，所以不好留此相待。"行者道："这等说，我偏要他相待！"

正说处，有管事的送支应来，乃是一盘白米、一盘白面、两把青菜、四块豆腐、两个面筋、一盘干笋、一盘木耳。三藏教徒弟收了，谢了管事的。管事的道："西房里有干净锅灶，柴火方便，请自去做饭。"三藏道："我问你一声，国王可在殿上么？"管事的道："我万岁爷爷久不坐朝，今日乃黄道良辰，正与文武多官议出黄榜。你若要倒换关文，趁此急去还赶上。到明日，就不能勾了，不知还有多少时伺候哩。"三藏道："悟空，你们在此安排斋饭，等我急急去验了关文回来，吃了走路。"八戒急取出袈裟关文。三藏整束了进朝，只是分付徒弟，不可出外去生事。

不一时，已到五凤楼前，说不尽那殿阁峥嵘，楼台壮丽。直至端门外，烦奏事官转达天廷，欲倒验关文。那黄门官果至玉阶前，启奏道："朝门外有东土大唐钦差一员僧，前往西天雷音寺拜佛求经，欲倒换通关文牒，听宣。"国王闻言，喜道："寡人久病，不曾登基，今上殿出榜招医，就有高僧来国！"即传旨宣至阶下，三藏即礼拜俯伏。国王又宣上金殿赐坐，命光禄寺办斋。三藏谢了恩，将关文献上。国王看毕，十分欢喜，道："法师，你那大唐，几朝君正，几辈臣贤？至于唐王，因甚作疾回生，着你远涉山川求经？"这长老因问，即欠身合掌，道："贫僧那里：

    三皇治世，五帝分伦。尧舜正位，禹汤安民。成周子众，各立乾坤。倚强欺弱，分国称君。邦君十八，分野边尘。后成十二，宇宙安淳。因无万马，却又相吞。七雄争胜，六国归秦。天生鲁沛，各怀不仁。江山属汉，约法钦遵。汉归司马，晋又纷纭。南北十二，宋齐梁陈。列祖相继，大隋绍真。赏花无道，涂炭多民。我王李氏，国号唐君。高祖晏驾，当今世民。河清海晏，大德宽仁。兹因长安城北，有个怪水龙神，刻减甘雨，应该损身。夜间托梦，告王救迍。王言准赦，早召贤臣。款留殿内，慢把棋轮。时当日午，那贤臣梦斩龙身……"

    国王闻言，忽作呻吟之声，问道："法师，那贤臣是那邦来者？"三藏道："就是我王驾前丞相，姓魏名徵。他识天文，知地理，辨阴阳，乃安邦立国之大宰辅也。因他梦斩了泾河龙王，那龙王告到阴司，说我王许救又杀之，故我王遂得促病，渐觉身危。魏徵又写书一封，与我王带至阴司，寄与酆都城判官崔珏。少时，唐王身死，至三日复得回生。亏了魏徵，感崔判官改了文书，加王二十年寿。今要做水陆大会，故遣贫僧远涉道途，询求诸国，拜佛祖，取大乘经三藏，超度孽苦升天也。"那国王又呻吟叹道："诚乃是天朝大国，君正臣贤！似我寡人久病多时，并无一臣拯救。"长老听说，偷睛观看，见那皇帝面黄肌瘦，形脱神衰。长老正欲启问，有光禄寺官奏请唐僧奉斋。王传旨教：

“在披香殿，连朕之膳摆下，与法师同享。”三藏谢了恩，与王同进膳进斋不题。

却说行者在会同馆中，着沙僧安排茶饭，并整治素菜。沙僧道：“茶饭易煮，蔬菜不好安排。”行者问道：“如何？”沙僧道：“油盐酱醋俱无也。”行者道：“我这里有几文衬钱，教八戒上街买去。”那呆子躲懒，道：“我不敢去。嘴脸欠俊，恐惹下祸来，师父怪我。”行者道：“公平交易，又不化他，又不抢他，何祸之有！”八戒道：“你才不曾看见獐智？在这门前扯出嘴来，把人唬倒了十来个。若到闹市丛中，也不知唬杀多少人哩！”行者道：“你只知闹市丛中，你可曾看见那市上卖的是甚么东西？”_{猴。}八戒道：“师父只教我低着头，莫撞祸，实是不曾看见。”行者道：“酒店、米铺、磨坊，并绫罗杂货不消说，着实有好茶房、面店，大烧饼、大馍馍，饭店又有好汤饭、好椒料、好蔬菜，与那异品的糖糕、蒸酥、点心、卷子、油食、蜜食，无数好东西，我去买些儿请你如何？”_{顽猴
恶猴。}那呆子闻说，口内流涎，喉咙里咽咽的咽唾，跳起来，道：“哥哥，这遭我扰你，待下次趱钱，我也请你回席。”行者暗笑，道：“沙僧，好生煮饭，等我去买调和来。”沙僧也知是要呆子，只得顺口应承，道：“你们去，须是多买些，吃饱了来。”那呆子捞个碗盏拿来，就跟行者出门。有两个在官人问道：“长老那里去？”行者道：“买调和。”那人道：“这条街往西去，转过拐角鼓楼，那郑家杂货店，凭你买多少，油盐酱醋、姜椒茶叶俱全。”_{逼真。}

他二人携手相搀，径上街西而去。行者过了几处茶房，几家饭店，当买的不买，当吃的不吃。八戒叫道：“师兄，这里将就买些用罢。"那行者原是要他，那里肯买，道："贤弟，你好不经纪！再走走，拣大的买吃。"两个人说说话话，又领了许多人跟随争看。不时，到了鼓楼边，只见那楼下无数人喧嚷，济济挨挨，填街塞路。八戒见了，道："哥哥，我不去了，那里人嚷得紧，只怕是拿和尚的。又况是面生可疑之人，拿了去，怎的了？"行者道："胡谈！和尚又不犯法，拿我怎的？我们走过去，到郑家店买些调和来。"八戒道："罢罢罢，我不撞祸！这一挤到人丛里，把耳朵捽了两捽，唬得他跌跌爬爬，跌死几个，我倒偿命哩！"行者道："既然如此，你在这壁根下站定，等我过去买了回来，与你买素面烧饼吃罢。"那呆子将碗盏递与行者，把嘴拄着墙根，背着脸，死也不动。

这行者走至楼边，果然挤塞，直挨入人丛里听说，原来是那皇榜张挂楼下，故多人争看。行者挤到近处，闪开火眼金睛，仔细看时，那榜上却云：

朕西牛贺洲朱紫国王，自立业以来，四方平服，百姓清安。近因国事不祥，沉疴伏枕，淹延日久难痊。本国太医院，屡选良方，未能调治。今出此榜文，普招天下贤士。不拘北往东来，中华外国，若有精医药者，请登宝殿，疗理朕躬。稍得病愈，愿将社稷平分，决不虚示。为此出给张挂，须至榜者。

览毕，满心欢喜道："古人云，'行动有三分财气'，早是不在馆中呆坐。即此不必买甚调和，且把取经事宁耐一日，等老孙做个医生要要。"^{猴。}

好大圣，弯倒腰丢了碗盏，拈一撮土，往上洒去，念声咒语，使个隐身法，轻轻的上前揭了榜，又朝着巽地上吸口仙气吹来，那阵旋风起处，他却回身，径到八戒站处。只见那呆子嘴挂着墙根，却是睡着了一般。行者更不惊他，将榜文折了，轻轻揣在他怀里，拽转步先往会同馆去了不题。^{顽皮。}

却说那楼下众人，见风起时，各各蒙头闭眼；不觉风过时，没了皇榜，众皆悚惧。那榜原有十二个太监，十二个校尉，早朝领出，才挂不尚三个时辰，被风吹去，战兢兢左右追寻，忽见猪八戒怀中露出个纸边儿来，众人近前道："你揭了榜来耶？"那呆子猛抬头，把嘴一揉，唬得那几个校尉跟跟蹡蹡跌倒在地。他却转身要走，又被面前几个胆大的扯住，道："你揭了招医的皇榜，还不进朝医治我万岁去，却待何往？"那呆子慌慌张张，道："你儿子便揭了皇榜！你孙子便会医治！"校尉道："你怀中揣的是甚？"呆子却才低头看时，真个有张字纸，展开一看，咬着牙骂道："那猢狲害杀我也！"恨一声，便要扯破，早被众人架住，道："你是死了！此乃当今国王出的榜文，谁敢扯坏？你既揭在怀中，必有医国之手，快同我去！"八戒喝道："汝等不知，这榜不是我揭的，是我师兄孙悟空揭的。他暗暗揣在我怀中，他却丢下我去了。若得此事明白，我与你寻他去。"众人道："说甚么乱话，现钟不打去铸钟？你现揭了榜文，教我们寻谁！不管你，扯了去见主上！"那伙人不分清白，将呆子推推扯扯。这呆子立定脚，就如生了根一般，十来个人也弄他不动。八戒道："汝等不知高低！再扯一会，扯得我呆性子发了，你却休怪！"

不多时，闹动了街坊，将他围绕，内有两个年老的太监道："你这相貌稀奇，声音不对，是那里来的，这般村强？"八戒道："我们是东土差往西天取经的，我师父乃唐王御弟法师，却才入朝，倒换关文去了。我与师兄来此买办调和，我见楼下人多，未曾敢去，是我师兄教我在此等候。他原来见了榜文，弄阵旋风揭了，暗揣我怀内先去了。"那太监道："我先前见个白面胖和尚，径奔朝门而去，想就是你师父？"八戒道："正是，正是。"太监道："你师兄往那里去了？"八戒道："我们一行四众，师父去倒换关文，我三众并行囊马匹俱歇在会同馆。师兄弄了我，他先回馆中去了。"太监道："校尉，不要扯他。我等同到馆中，便知端的。"八戒道："你这两个奶奶知事。"趣。众校尉道："这和尚委不识货！怎么赶着公公叫起奶奶来耶？"八戒笑道："不羞，你这反了阴阳的！他二位老妈妈儿，不叫他做婆婆奶奶，倒叫他做公公！"亦巧。众人道："莫弄嘴，快寻你师兄去。"

那街上人炒炒闹闹，何止三五百，共扛到馆门首。八戒道："列位住了，我师兄却不比我们任你作戏，他却是个猛烈认真之士。汝等见他，须要行个大礼，叫他声孙老爷，他就招架了。不然啊，他就变了嘴脸，这事却弄不成也。"众太监、校尉俱道："你师兄果有手段，医好国王，他也该有一半江山，我等合当下拜。"

那些闲杂人都在门外喧哗，八戒领着一行太监、校尉，径入馆中。只听得行者与沙僧在客房里正说那揭榜之事要笑哩，八戒上前扯住，乱嚷道："你可成个人！哄我去买素面、烧饼、馍馍我吃，原来都是空头！又弄旋风，揭了甚么皇榜，暗暗的揣在我怀里，拿我装胖！这可成个弟兄！”行者笑道：“你这呆子，想是错了路，走向别处去。我过鼓楼，买了调和，急回来寻你不是，我先来了，在那里揭甚皇榜？”八戒道：“见有看榜的官员在此。”

说不了，只见那几个太监、校尉朝上礼拜，道：“孙老爷，今日我王有缘，天遣老爷下降，是必大展经纶手，微施三折肱，治得我王病愈，江山有分，社稷平分也。”行者闻言，正了声色，接了八戒的榜文，对众道：“你们想是看榜的官么？”太监叩头道：“奴婢乃司礼监内臣，这几个是锦衣校尉。”行者道：“这招医榜，委是我揭的，故遣我师弟引见。既然你主有病，常言道‘药不跟卖，病不讨医’，你去教那国王亲来请我，我有手到病除之功。”太监闻言，无不惊骇。校尉道：“口出大言，必有度量。我等着一半在此哑请，着一半入朝启奏。”

当分了四个太监，六个校尉，更不待宣召，径入朝当阶奏道：“主公万千之喜！”那国王正与三藏膳毕清谈，忽闻此奏，问道：“喜自何来？”太监奏道：“奴婢等早领出招医皇榜，鼓楼下张挂，有东土大唐远来取经的一个圣僧孙长老揭了，现在会同馆内，要王亲自去请他，他有手到病除之功，故此特来启奏。”国王闻言，满心欢喜，就问唐僧道：“法师有几位高徒？”三藏合掌答曰：“贫僧有三个顽徒。”国王问：“那一位高徒善医？”三藏道：“实不瞒陛下说，我那顽徒俱是山野庸才，只会挑包背马，转涧寻波，带领贫僧登山涉岭，或者到峻险之处，可以伏魔擒怪，捉虎降龙而已，更无一个能知药性者。”国王道：“法师何必太谦？朕当今日登殿，幸遇法师来朝，诚天缘也。高徒既不知医，他怎肯揭我榜文，教寡人亲迎？断然有医国之能也。"叫："文武众卿，寡人身虚力怯，不敢乘辇。汝等可替寡人，俱到朝外，敦请孙长老看朕之病。汝等见他，切不可轻慢，称他做神僧孙长老，皆以君臣之礼相见。"

那众臣领旨，与看榜的太监、校尉径至会同馆，排班参拜。唬得那八戒躲在厢房，沙僧闪于壁下。那大圣，看他坐在当中端然不动，八戒暗地里怨恶道："这猢狲活活的蜇杀也！怎么这许多官员礼拜，更不还礼，也不站将起来！"不多时，礼拜毕，分班启奏道："上告神僧孙长老，我等俱朱紫国王之臣，今奉王旨，敬以洁礼参请神僧，入朝看病。"行者方才立起身来，对众道："你王如何不来？"众臣道："我王身虚力怯，不敢乘辇，特令臣等代见君之礼，拜请神僧也。"行者道："既如此说，列位请前行，我当随至。"众臣各依品从，作队而走。行者整衣而起。八戒道："哥哥，切莫攀出我们来。"行者道："我不攀你，只要你两个与我收药。"沙僧道："收甚么药？"行者道："凡有人送药来与我，照数收了，待我回来取用。"二人领诺不题。

这行者即同多官，顷刻便到。众臣先走奏知。那国王高卷珠帘，闪龙睛凤眼，开金口御言，便问："那一位是神僧孙长老？"行者进前一步，厉声道："老孙便是。"那国王听得声音凶狠，又见相貌刁钻，唬得战兢兢，跌在龙床之上。慌得那女官内宦，急扶入宫中，道："唬杀寡人也！"众官都嗔怨行者，道："这和尚怎么这等粗鲁村疏！怎敢就擅揭榜！"行者闻言，笑道："列位错怪了我也。若像这等慢人，你国王之病，就是一千年也不得好。"众臣道："人生能有几多阳寿？就一千年也还不好？" ^{着眼。}行者道："他如今是个病君，死了是个病鬼，再转世也还是个病人，却不是一千年也还不好？"众臣怒曰："你这和尚，甚不知礼！怎么敢这等满口胡柴！"行者笑道："不是胡柴，你都听我道来：

医门理法至微玄，大要心中有转旋。^{着眼。}望闻问切四般事，缺一之时不备全。第一望他神气色，润枯肥瘦起和眠；第二闻声清与浊，听他真语及狂言；三问病原经几日，如何饮食怎生便；四才切脉明经络，浮沉表里是何般。我不望闻并问切，今生莫想得安然。"

那两班文武丛中有太医院官，一闻此言，对众称扬道："这和尚也说得有理。就是神仙看病，也须望闻问切，谨合着神圣功巧也。"众官依此言，着近侍传奏道："长老要用望闻问切之理，方可认病用药。"那国王睡在龙床上，声声唤道："叫他去罢，寡人见不得生人面了！"近侍的出宫来道："那和尚，我王旨意，教你去罢，见不得生人面哩。"行者道："若见不得生人面啊，我会悬丝诊脉。"众官暗喜，道："悬丝诊脉，我等耳闻，不曾眼见。再奏去来。"那近侍的又入宫奏道："主公，那孙长老不见主公之面，他会悬丝诊脉。"国王心中暗想，道："寡人病了三年，未曾试此，宣他进来。"近侍的即忙传出道："主公已许他悬丝诊脉，快宣孙长老进宫诊视。"

行者却就上了宝殿，唐僧迎着骂道："你这泼猴，害了我也！"行者笑道："好师父，我倒与你壮观，你返说我害你？"
三藏喝道："你跟我这几年，那曾见你医好谁来！你连药性也不
知，医书也未读，怎么大胆撞这个大祸！"行者笑道："师父，
你原来不晓得。我有几个草头方儿，能治大病，管情医得他好
便了。就是医死了，也只问得个庸医杀人罪名，也不该死，你
怕怎的！如今医生都是不打紧，不打紧！你且坐下看我的脉理如
这般主意。
何。"长老又道："你那曾见《素问》《难经》《本草》《脉
诀》，是甚般章句，怎生注解，就这等胡说乱道，会甚么悬丝
诊脉！"行者笑道："我有金线在身，你不曾见哩。"即伸手下
去，尾上拔了三根毫毛，捻一把，叫声"变"，即变作三条丝
线，每条各长二丈四尺，按二十四气，托于手内，对唐僧道：
"这不是我的金线？"近侍宦官在旁道："长老且休讲口，请入
宫中诊视去来。"

行者别了唐僧，随着近侍入宫看病。正是那：

心有秘方能治国，内藏妙诀注长生。

毕竟这去不知看出甚么病来，用甚么药品，欲知端的，且听
下回分解。

总批：

三藏真是个痴和尚。如今的医生，那一个是知药性、读医书

的？说甚么《素问》《难经》《本草》《脉诀》！

又批：

"如今是个病君，死了是个病鬼，再转世还是个病人"，极
说得好。人有病痛急去医，嘻，此所以今世多病人也。

第六十九回　心主夜间修药物　君王筵上论妖邪

话表孙大圣同近侍宦官，到于皇宫内院，直至寝宫门外立定，将三条金线与宦官拿入里面，分付："教内宫妃后，或近侍太监，先系在圣躬左手腕下，按寸、关、尺三部上，却将线头从窗棂儿穿出与我。"真个那宦官依此言，请国王坐在龙床，按寸、关、尺，以金线一头系了，一头理出窗外。叙得有来历。

行者接了线头，以自己右手大指先托着食指，看了寸脉；次将中指按大指，看了关脉；又将大指托定无名指，看了尺脉；调停自家呼吸，分定四气、五郁、七表、八里、九候、浮中沉、沉中浮，辨明了虚实之端；又教解下左手，依前系在右手腕下部位。行者即以左手指，一一从头说视毕，却将身抖了一抖，把金线收上身来。厉声高呼道："陛下左手寸脉强而紧，关脉涩而缓，尺脉芤且沉；右手寸脉浮而滑，关脉迟而结，尺脉数而牢。夫左寸强而紧者，中虚心痛也；关涩而缓者，汗出肌麻也；尺芤而沉者，小便赤而大便带血也。右手寸脉浮而滑者，内结经闭也；关迟而结者，宿食饮留也；尺数而牢者，烦满虚寒相持也。诊此贵恙：是一个惊恐忧思，号为'双鸟失群'之症。"那国王在内闻言，满心欢喜，打起精神，高声应道："指下明白，指下明白！果是此疾！请出外面用药来也。"

大圣却才缓步出宫。早有在旁听见的太监，已先对众报知。须臾，行者出来，唐僧即问如何。行者道："诊了脉，如今对症制药哩。"众官上前道："神僧长老，适才说'双鸟失群'之症，何也？"行者笑道："有雌雄二鸟，原在一处同飞，忽被暴风骤雨惊散，雌不能见雄，雄不能见雌，雌乃想雄，雄亦想雌：这不是双鸟失群也？"活神仙。众官闻说，齐声喝采，道："真是神僧，真是神医！”称赞不已。当有太医官问道：“病势已看出矣，但不知用何药治之？”行者道：“不必执方，见药就医。”医官道：“经云：‘药有八百八味，人有四百四病。’病不在一人之身，药岂有全用之理？如何见药就要？”行者道：“古人云：‘药不执方，合宜而用。’故此全征药品，而随便加减也。”那医官不复再言，即出朝门之外，差本衙当值之人，遍晓满城生熟药铺，即将药品，每味各办三斤，送与行者。行者道：“此间不是制药处，可将诸药之数并制药一应器皿，却送入会同馆，交与我师弟二人收下。”医官听命，即将八百八味每味三斤及药碾、药磨、药罗、药乳及乳钵、乳槌之类都送至馆中，一一交付收讫。

行者往殿上请师父同至馆中制药。那长老正自起身，忽见内宫传旨，教阁下留住法师，同宿文华殿，待明朝服药之后，病痊酬谢，倒换关文送行。三藏大惊，道：“徒弟啊，此意是留我做当头哩。若医得好，欢喜起送；若医不好，我命休矣。你须仔细上心，精虔制度也！”行者笑道：“师父放心，在此受用。老孙自有医国之手。”

好大圣，别了三藏，辞了众臣，径至馆中。八戒迎着，笑道：“师兄，我知道你了。”行者道：“你知甚么？”八戒道：“知你取经之事不果，欲作生涯无本，今日见此处富庶，设法要开药铺哩。”行者喝道：“莫胡说！医好国王，得意处辞朝走路，开甚么药铺！”八戒道：“终不然，这八百八味药，每味三斤，共计二千四百二十四斤，只医一人，能用多少？不知多少年代方吃得了哩！”行者道：“那里用得多少？他那太医院官都是

些愚盲之辈，所以取这许多药品，教他没处捉摸，不知我用的是那几味，难识我神妙之方也。"^{计猴。}

正说处，只见两个馆使当面跪下道："请神僧老爷进晚斋。"行者道："早间那般待我，如今却跪而请之，何也？"馆使叩头道："老爷来时，下官有眼无珠，不识尊颜。今闻老爷大展三折之肱，治我一国之主，若主上病愈，老爷江山有分，我辈皆臣子也，礼当拜请。"行者见说，忻然登堂上坐，八戒、沙僧分坐左右。摆上斋来。沙僧便问道："师兄，师父在那里哩？"行者笑道："师父被国王留住作当头哩，只待医好了病，方才酬谢送行。"沙僧又问："可有些受用么？"行者道："国王岂无受用！我来时，他已有三个阁老陪待左右，请入文华殿去也。"八戒道："这等说，还是师父大哩。他倒有阁老陪侍，我们只得两个馆史奉承。且休管他，让老猪吃顿饱饭也。"兄弟们遂自在受用一番。

天色已晚，行者叫馆使："收了家火，多办些油蜡，我等到夜静时，方好制药。"馆使果送若干油蜡，各命散讫。

至半夜，天街人静，万籁无声。八戒道："哥哥，制何药？赶早干事，我瞌睡了。"行者道："你将大黄取一两来，碾为细末。"沙僧乃道："大黄味苦，性寒，无毒，其性沉而不浮，其用走而不守，夺诸郁而无壅滞，定祸乱而致太平，名之曰'将军'。此行药耳。但恐久病虚弱，不可用此。"^{莫非又有庸医以此方杀人者？不可不虑。}行者笑道："贤弟不知。此药利痰顺气，荡肚中凝滞之寒热。你莫管我。你去取一两巴豆，去壳去膜，捶去油毒，碾为细末来。"八戒道："巴豆味辛，性热，有毒，削坚积，荡肺腑之沉寒，通闭塞，利水谷之道路，乃斩关夺门之将，不可轻用。"行者道："贤弟，你也不知。此药破结宣肠，能理心膨水胀。快制来。我还有佐使之味辅之也。"

他二人即时将二药碾细，道："师兄，还用那几十味？"行者道："不用了。"八戒道："八百八味，每味三斤，只用此二两，诚为起夺人了。"行者将一个花磁盏子，道："贤弟莫讲，你拿这个盏儿，将锅脐灰刮半盏过来。"八戒道："要怎的？"行者道："药内要用。"沙僧道："小弟不曾见药内用锅灰。"行者道："锅灰名为'百草霜'，能调百病，你不知道。"那呆子真个刮了半盏，又碾细了。行者又将盏子递与他，道："你再去把我们的马尿等半盏来。"八戒道："要他怎的？"行者道："要丸药。"沙僧又笑道："哥哥，这事不是耍子。马尿腥臊，如何得药品？我只见醋糊为丸，陈米糊为丸，炼蜜为丸，或是清水为丸，那曾见马尿为丸？那东西腥腥臊臊，脾虚的人，一闻就吐；再服巴豆、大黄，弄得人上吐下泻，可是耍子？"行者道："你不知就里。我那马，不是凡马。他本是西海龙身。若得他肯去便溺，凭你何疾，服之即愈。仗此说明，不然就有马尿郎中了。但急不可得耳。"

八戒闻言，真个去到马边。那马斜伏地下睡哩。呆子一顿脚踢起，衬在肚下，等了半会，全不见撒尿。他跑将来，对行者说："哥啊，且莫去医皇帝，且快去医医马来。那亡人干结了，莫想尿得出一点儿！"趣行者笑道："我和你去。"沙僧道："我也去看看。"

三人都到马边，那马跳将起来，口吐人言，厉声高叫道："师兄，你岂不知？我本是西海飞龙，因为犯了天条，观音菩萨救了我，将我锯了角，退了鳞，变作马，驮师父往西天取经，将功折罪。我若过水撒尿，水中游鱼，食了成龙；过山撒尿，山中草头得味，变作灵芝，仙童采去长寿，我怎肯在此尘俗之处轻抛却也？"的是佛尿，又像悭客人家的酒。行者道："兄弟谨言。此间乃西方国王，非尘俗也，亦非轻抛弃也。常言道：'众毛攒裘。'要与本国之王治病哩。医得好时，大家光辉；不然，恐俱不得善离此地也。"那马才叫声："等着。"你看他往前扑了一扑，往后存了一存，咬得那满口牙龀支支的响喨，仅努出几点儿，将身立起。八戒道："这个亡人！就是金汁子，再撒些儿也罢！"那行者见有小半盏，道："勾了勾了，拿去罢。"沙僧方才欢喜。

三人回至厅上，把前项药饵搅和一处，搓了三个大丸子。行者道："兄弟，忒大了。"八戒道："只有核桃大，若论我吃，还不够一口哩。"遂此收在一个小盒儿里。兄弟们连衣睡下。一夜无词，早是天晓。

却说那国王耽病设朝，请唐僧见了，即命众官快往会同馆，参拜神僧孙长老取药去。多官随至馆中，对行者拜伏于地，道："我王特命臣等拜领妙剂。"行者叫八戒取盒儿，揭开盖子，递与多官。多官启问："此药何名？好见王回话。"行者道："此名'乌金丹'。"八戒二人暗中作笑道："锅灰拌的，怎么不是乌金！"多官又问道："用何引子？"行者道："药引儿两般都下得。有一般易取者，乃六物煎汤送下。"多官问："是何六物？"行者道：

半空飞的老鸦屁，紧水负的鲤鱼尿，王母娘娘搽脸粉，老君炉里炼丹灰，玉皇戴破的头中要三块，还要五根困龙须：六物煎汤送此药，你王忧病等时除。*趣甚。此方医说谎病极效。*

多官闻言道："此物乃世间所无者。请问那一般引子是何？"行者道："用无根水送下。"众官笑道："这个易取。"行者道："怎见得易取？"多官道："我这里人家俗论：若用无根水，将一个碗盏，到井边或河下，舀了水，急转步，更不落地，亦不回头，到家与病人吃药，便是。"行者道："井中河内之水，俱是有根的。我这无根水，非此之论，乃是天上落下者，不沾地就吃，才叫做无根水。"多官又道："这也容易。等到天阴下雨时，再吃药便罢了。"遂拜谢了行者，将药持回献上。

国王大喜，即命近侍接上来看了，道："此是甚么丸子？"多官道："神僧说是'乌金丹'，用无根水送下。"国王便教宫人取无根水。众臣道："神僧说，无根水不是井、河中者，乃是天上落下不沾地的才是。"国王即唤当驾官传旨，教请法官求雨。众官遵依出榜不题。

却说行者在会同馆厅上，叫猪八戒道："适间允他天落之水，才可用药，此时急忙，怎么得个雨水？我看这王倒也是个大贤大德之君，我与你助他些儿雨下药，如何？"八戒道："怎么样助？"行者道："你在我左边立下，做个辅星。"又叫沙僧，"你在我右边立下，做个弼宿。等老孙助他些无根水儿。"好大圣，步了罡诀，念声咒语。早见那正东上，一朵乌云，渐近于头顶上，叫道："大圣，东海龙王敖广来见。"行者道："无事不敢相烦，请你来助些无根水与国王下药。"龙王道："大圣呼唤时，不曾说用水，小龙只身来了，不曾带得雨器，亦未有风云雷电，怎生降雨？"行者道："如今用不着风云雷电，亦不须多雨，只要须些引药之水便了。"龙王道："既如此，待我打两个喷嚏，吐些涎津液，与他吃药罢。"行者大喜，道："最好最好。不必迟疑，趁早行事。"

那老龙在空中，渐渐低下乌云，直至皇宫之上，隐身全像，噀一口津唾，遂化作甘霖。那满朝官齐声喝采，道："我主万千之喜！天公降下甘雨来也！"国王即传旨，教："取器皿盛着。不拘宫内外及官大小，都要等贮仙水，拯救寡人。"

你看那文武多官并三宫六院妃嫔与三千彩女、八百姻娇，一个个擎杯托盏，举碗持盘，等接甘雨。那老龙在半空，运化津涎，不离了王宫前后。将有一个时辰，龙王辞了大圣回海。众臣将杯盂碗盏收来，也有等着一点两点者，也有等着三点五点者，也有一点不曾等着者，共合一处，约有三盏之多，总献至御案。真个是：

异香满袭金銮殿，佳味熏飘天子庭！

那国王辞了法师，将着乌金丹并甘雨至宫中，先吞了一丸，吃了一盏甘雨，再吃了一丸，又饮了一盏甘雨，三次，三丸俱吞了，三盏甘雨俱送下。不多时，腹中作响，如辘轳之声不绝，即取净桶，连行了三五次；服了些米饮，倒在龙床之上。有两个妃子，将净桶捡看，说不尽那秽污痰涎，内有糯米饭块一团。妃子近龙床来报："那病根都行下来也！"国王闻此言甚喜，又进一次米饮。少顷，渐觉心胸宽泰，气血调和，就精神抖搜，脚力强健。下了龙床，穿了朝服，即登宝殿，见了唐僧，辄倒身下拜。那长老忙忙还礼。拜毕，以御手搀着，便教阁下："快具简帖，帖上写朕'再拜顿首'字样，差官奉请法师高徒三位。一壁厢大开东阁，光禄寺排宴酬谢。"多官领旨，具简的具简，排宴的排宴，正是国家有倒山之力，霎时俱完。

却说八戒见官投简，喜不自胜，道："哥啊，果是好妙药！今来酬谢，乃兄长之功。"沙僧道："二哥说那里话！常言道：'一人有福，带挈一屋。'我们在此合药，俱是有功之人。只管受用去，再休多话。"咦！你看他弟兄们俱欢欢喜喜，径入朝来。

众官接引，上了东阁，早见唐僧、国王、阁老，已都在那里安排筵宴哩。这行者与八戒、沙僧，对师父唱了个喏，随后众官都至。只见那上面有四张素卓面，都是吃一看十的筵席；前面有一张荤卓面，也是吃一看十的珍羞；左右有四五百张单卓面。真个排得整齐：

古云：珍羞百味，美禄千钟。琼膏酥酪，锦缕肥红。宝妆花彩艳，果品味香浓。斗糖龙缠列狮仙，饼锭拖炉摆凤侣。荤有猪羊鸡鹅鱼鸭般般肉，素有蔬肴笋芽木耳并蘑菇。几样香汤饼，数次透酥糖。滑软黄粱饭，清新菇米糊。色色粉汤香又辣，般般添换美还甜。君臣举盏方安席，名分品级慢传壶。

那国王御手擎杯，先与唐僧安坐。三藏道："贫僧不会饮酒。"

国王道："素酒。法师饮此一杯，何如？"三藏道："酒乃僧家第一戒。"国王甚不过意，道："法师戒饮，却以何物为敬？"三藏道："顽徒三众代饮罢。"国王却才欢喜，转金卮，递与行者。行者接了酒，对众礼毕，吃了一杯。国王见他吃得爽利，又奉一杯。行者不辞，又吃了。国王笑道："吃个三宝钟儿。"行者不辞，又吃了。国王又叫斟上："吃个四季杯儿。"八戒在傍，见酒不到他，忍得他咽咽咽唾；又见那国王苦劝行者，他就叫将起来，道："陛下吃的药也亏了我，那药里有马……"妙。这行者听说，恐怕呆子走了消息，却将手中酒递与八戒。八戒接着就吃，却不言语。国王问道："神僧说药里有马，是甚么马？"行者接过口来，道："我这兄弟，是这般口厂，但有个经验的好方儿，他就要说与人。陛下早间吃药，内有马兜铃。"国王问众官道："马兜铃是何品味？能医何症？"时有太医院官在傍，道："主公，

兜铃味苦寒无毒，定喘消痰大有功。

通气最能除血蛊，补虚宁嗽又宽中。"叙得有趣。

国王笑道："用得当，用得当！猪长老再饮一杯。"呆子亦不言语，却也吃了个三宝钟。国王又递了沙僧酒，也吃了三杯。却俱叙坐。

饮宴多时，国王又擎大爵，奉与行者。行者道："陛下请坐。老孙依巡痛饮，决不敢推辞。"国王道："神僧恩重如山，寡人酬谢不尽。好歹进此一巨觥，朕有话说。"行者道："有甚

话说了，老孙好饮。"国王道："寡人有数载忧疑病，被神僧一贴灵丹打通，所以就好了。"行者笑道："昨日老孙看了陛下，已知是忧疑之疾，但不知忧疑何事？"国王道："古人云，'家丑不可外谈'，奈神僧是朕恩主，惟不笑，方可告之。"行者道："怎敢笑话，请说无妨。"

国王道："神僧东来，不知经过几个邦国？"行者道："经有五六处。"又问："他国之后，不知是何称呼？"行者道："国王之后，都称为正宫、东宫、西宫。"国王道："寡人不是这等称呼，将正宫称为金圣宫，东宫称为玉圣宫，西宫称为银圣宫。现今只有银、玉二后在宫。"行者道："金圣宫因何不在宫中？"国王滴泪道："不在已三年矣。"行者道："向那厢去了？"国王道："三年前，正值端阳之节，朕与嫔后都在御花园海榴亭下解粽插艾，饮菖蒲雄黄酒，看斗龙舟。忽然一阵风至，半空中现出一个妖精，自称赛太岁，说他在麒麟山獬豸洞居住，洞中少个夫人，访得我金圣宫生得貌美姿娇，要做个夫人，教朕快早送出；如若三声不献出来，就要先吃寡人，后吃众臣，将满城黎民，尽皆吃绝。那时节，朕却忧国忧民，无奈，将金圣宫推出海榴亭外，被那妖响一声摄将去了。寡人为此着了惊恐，把那粽子凝滞在内；况又昼夜忧思不息，所以成此苦疾三年。今得神僧灵丹服后，行了数次，尽是那三年前积滞之物，所以这会体健身轻，精神如旧。今日之命，皆是神僧所赐，岂但如泰山之重而已乎！"

行者闻得此言，满心喜悦，将那巨觥之酒，两口吞之，笑问国王曰："陛下原来是这般惊忧。今遇老孙，幸而获愈。但不知可要金圣宫回国？"那国王滴泪道："朕切切思思，无昼无夜，但只是没一个能获得妖精的。岂有不要他回国之理！"行者道：
"我老孙与你去伏妖邪，何如？"国王跪下道："若救得朕后，
朕愿领三宫九嫔，出城为民，将一国江山，尽付神僧，让你为
帝。"八戒在傍，见出此言，行此礼，忍不住呵呵大笑，道：
"这皇帝失了体统！怎么为老婆就不要江山，跪着和尚？" ^{为老婆}
^{跪和尚}

者，岂止一朱
紫国王也哉！

　　行者急上前，将国王挽起，道："陛下，那妖精自得金圣宫
去后，这一向可曾再来？"国王道："他前年五月节摄了金圣
宫，至十月间来，要取两个宫娥去伏侍娘娘，朕即献出两个。至
旧年三月间，又来要两个宫娥；七月间，又要去两个；今年二月
里，又要去两个。不知到几时又要来也。" ^{赠嫁太}^{多。}行者道："似他
这等频来，你们可怕他么？"国王道："寡人见他来得多次，一
则惧怕，二来又恐有伤害之意，旧年四月内，是朕命工起了一座
避妖楼，但闻风响，知是他来，即与二后、九嫔，入楼躲避。"
行者道："陛下不弃，可携老孙去看那避妖楼一番，何如？"那
国王即将左手携着行者出席，众官亦皆起身。猪八戒道："哥
哥，你不达理！这般御酒不吃，摇席破坐的，且去看甚么哩？"
国王闻说，情知八戒是为嘴，即命当驾官抬两张素卓面，看酒在
避妖楼外俟候。呆子却才不嚷，同师父、沙僧笑道："翻席
去也。"

　　一行文武官引导，那国王并行者相搀，穿过皇宫，到了御花
园后，更不见楼台殿阁。行者道："避妖楼何在？"说不了，只
见两个太监，拿两根红漆扛子，往那空地上掬起一块四方石板。
国王道："此间便是。这底下有三丈多深，挖成的九间朝殿。内

有四个大缸，缸内满注清油，点着灯火，昼夜不息。寡人听得风响，就入里边躲避，外面着人盖上石板。"行者笑道："那妖精还是不害你；若要害你，这里如何躲得？"

正说间，只见那正南上，呼呼的吹得风响，播土扬尘。唬得那多官齐声报怨，道："这和尚盐酱口，讲甚么妖精，妖精就来了！"慌得那国王丢了行者，即钻入地穴。唐僧也就跟入，众官亦躲个干净。八戒、沙僧也都要躲，被行者左右手扯住他两个，道："兄弟们，不要怕得。我和你认他一认，看是个甚么妖精。"八戒道："可是扯淡！认他怎的？众官躲了，师父藏了，国王避了，我们不去了罢，炫的是那家世！"那呆子左挣右挣，挣不得脱手，被行者拿定多时，只见那半空里闪出一个妖精。你看他怎生模样？

九尺身长多恶狞，一双环眼闪金灯。两轮查耳如撑扇，四个钢牙似插钉。鬓绕红毛眉竖焰，鼻垂糟准孔开明。髭髯几缕朱砂线，颧骨峻层满面青。两臂红筋蓝靛手，十条尖爪把枪擎。豹皮裙子腰间系，赤脚蓬头若鬼形。

行者见了道："沙僧，你可认得他？"沙僧道："我又不曾与他相识，那里认得！"又问："八戒，你可认得他？"八戒道："我又不曾与他会茶会酒，又不是宾朋邻里，我怎么认得他！"行者道："他却像东岳天齐手下把门的那个醮面金睛鬼。"八戒道："不是，不是。"行者道："你怎知他不是？"八戒道："我岂不知？鬼乃阴灵也，一日至晚，交申酉戌亥时方出。今日还在巳时，那里有鬼敢出来？就是鬼，也不会驾云；纵会弄风，也只是一阵旋风耳，有这等狂风？或者他就是赛太岁也。"行者笑道："好呆子，倒也有些论头！既如此说，你两个护持在此，等老孙去问他个名号，好与国王救取金圣宫来朝。"八戒道："你去自去，切莫供出我们来。"

行者昂然不答，急纵祥光，跳将上去。咦！正是：

安邦先却君王病，守道须除爱恶心。^{着眼。}

毕竟不知此去，到于空中，胜败如何，怎么擒得妖怪，救得金圣宫，且听下回分解。

总批：

今日也不少大黄、巴豆医生。〇或有以大黄、巴豆、锅灰、马尿为秘方者，亦未可知。

第七十回　妖魔宝放烟沙火　悟空计盗紫金铃

却说那孙行者抖搜神威，持着铁棒，踏祥光起在空中，迎面喝道："你是那里来的邪魔，待往何方猖獗！"那怪物厉声高叫道："吾党不是别人，乃麒麟山獬豸洞赛太岁大王爷爷部下先锋，今奉大王令，到此取宫女二名，伏侍金圣娘娘。你是何人，敢来问我！"行者道："吾乃齐天大圣孙悟空，因保东土唐僧西天拜佛，路过此国，知你这伙邪魔欺主，特展雄才，治国祛邪。正没处寻你，却来此送命！"那怪闻言，不知好歹，展长枪就刺行者。行者举铁棒劈面相迎。在半空里这一场好杀：

棍是龙宫镇海珍，枪乃人间转炼铁。凡兵怎敢比仙兵，擦着些儿神气泄。大圣原来太乙仙，妖精本是邪魔孽。鬼祟焉能近正人，一正之时邪就灭。^{着眼}那个弄风播土唬皇王，这个踏雾腾云遮日月。丢开架子赌输赢，无能谁敢夸豪杰！还是齐天大圣能，乒乓一棍枪先折。

那妖精被行者一铁棒把根枪打做两截，慌得顾性命，拨转风头，径往西方败走。行者且不赶他，按下云头，来至避妖楼地穴之外，叫道："师父，请同陛下出来，怪物已赶去矣。"那唐僧才扶着君王，同出穴来，见满天清朗，更无妖邪之气。那皇帝即至酒席前，自己拿壶把盏，满斟金杯，奉与行者，道："神僧，权谢，权谢！"这行者接杯在手，还未回言，只听得朝门外有官来报："西门上火起了！"

行者闻说，将金杯连酒望空一撒，当的一声响亮，那个金杯落地。君王着了忙，躬身施礼，道："神僧，恕罪，恕罪！是寡人不是了！礼当请上殿拜谢，只因有这方便酒在此，故就奉耳。神僧却把杯子撇了，却不是有见怪之意？"行者笑道："不是这话，不是这话。"少顷间，又有官来报："好雨哑！才西门上起火，被一场大雨，把火灭了。满街上流水，尽都是酒气。"行者又笑道："陛下，你见我撇杯，疑有见怪之意，非也。那妖败走西方，我不曾赶他，他就放起火来。这一杯酒，却是我灭了妖火，救了西城里外人家，岂有他意！"

国王更十分欢喜、加敬。即请三藏四众，同上宝殿，就有推位让国之意。行者笑道："陛下，才那妖精，他称是赛太岁部下先锋，来此取宫女的。他如今战败而回，定然报与那厮，那厮定要来与我相争。我恐他一时兴师帅众，未免又惊伤百姓，恐唬陛下。欲去迎他一迎，就在那半空中擒了他，取回圣后。但不知向那方去，这里到他那山洞有多少远近？"国王道："寡人曾差夜不收军马到那里探听消息，往来要行五十馀日。坐落南方，约有三千馀里。"行者闻言，叫："八戒、沙僧，护持在此，老孙去来。"国王扯住，道："神僧且从容一日，待安排些干粮烘炒，与你些盘缠银两，选一匹快马，方才可去。"行者笑道："陛下说得是巴山转岭步行之话。我老孙不瞒你说，似这三千里路，斟酒在钟，不冷就打个往回。"

国王道："神僧，你不要怪我说。你这尊貌，却像个猿猴一般，怎生有这般法力会走路也？"行者道：

我身虽是猿猴数，自幼打开生死路。遍访明师把道传，山前修炼无朝暮。倚天为顶地为炉，两般药物团乌兔。采取阴阳水火交，时间顿把玄关悟。全仗天罡搬运功，也凭斗柄迁移步。退炉进火最依时，抽铅添汞相交顾。攒簇五行造化生，合和四象分时度。二气归于黄道间，三家会在金丹路。悟通法律归四肢，本来筋斗如神助。一纵纵过太行山，一打打过灵云渡。何愁峻岭几千重，不怕长江百十数。只因变化没遮拦，一打十万八千路！

那国王见说，又惊又喜，笑吟吟捧着一杯御酒，递与行者，道："神僧远劳，进此一杯引意。"这大圣一心要去降妖，那里有心吃酒，只叫："且放下，等我去了回来再饮。"好行者，说声"去"，唿哨一声，寂然不见。那一国君臣，皆惊讶不题。

却说行者将身一纵，早见一座高山阻住雾角，即按云头，立在那巅峰之上，仔细观看。好山：

冲天占地，碍日生云。冲天处，尖峰蠹蠹；占地处，远脉迢迢。碍日的，乃岭头松郁郁；生云的，乃崖下石磷磷。松郁郁，四时八节常青；石磷磷，万载千年不改。林中每听夜猿啼，涧内常闻妖蟒过。山禽声咽咽，山兽吼呼呼。山獐山鹿，成双作对纷纷走；山鸦山鹊，打阵攒群密密飞。山草山花看不尽，山桃山果映时新。虽然倚险不堪行，却是妖仙隐逸处。

这大圣看之不厌，正欲找寻洞口，只见那山凹里烘烘火光飞出，霎时间，扑天红焰，红焰之中冒出一股恶烟，比火更毒。好烟。但见那：

火光迸万点金灯，火焰飞千条红虹。那烟不是灶筒烟，不是草木烟，烟却有五色：青红白黑黄。熏着南天门外柱，燎着灵霄殿上梁。烧得那窝中走兽连皮烂，林内飞禽羽尽光。但看这烟如此恶，怎入深山伏怪王！

大圣正自恐惧，又见那山中迸出一道沙来。好沙，真个是遮天蔽日：

纷纷绕绕遍天涯，邓邓浑浑大地遮。细尘到处迷人目，粗灰满谷滚芝麻。采药仙童迷失伴，打柴樵子没寻家。手中就有明珠现，时间刮得眼生花。

这行者只顾看玩，不觉沙灰飞入鼻内，痒斯斯的，打了两个喷嚏；即回头伸手，在岩下摸了两个鹅卵石，塞住鼻子；摇身一变，变做一个攒火的鹞子，飞入烟火中间，蓦了几蓦，却就没了沙灰，烟火也息了。急现本像下来，又看时，只听得丁丁东东的一个铜锣声响，却道："我走错了路也！这里不是妖精住处。锣声是铺兵之锣，想是通国的火路，有铺兵去下文书。且等老孙去问他一问。"

正走处，忽见是个小妖儿，担着黄旗，背着文书，敲着锣儿，急走如飞而来。行者笑道："原来是这厮打锣。他不知送的是甚么书信，等我听他一听。"好大圣，摇身一变，变做个蟭蟟虫儿，轻轻的飞在他书包之上。只听得那妖精敲着锣，绪绪聒聒的自念自诵，道："我家大王忒也心毒，三年前到朱紫国强夺了金圣皇后，一向无缘，未得沾身，只苦了要来的宫女顶缸。两个来弄杀了，四个来也弄杀了。前年要了，去年又要，今年又要；如今还要，却撞个对头来了。那个要宫女的先锋被个甚么孙行者打败了，不发宫女。我大王因此发怒，要与他国争持，教我去下甚么战书。这一去，那国王不战则可，战必不利。我大王使烟火飞沙，那国王君臣百姓等，莫想一个得活。那时我等占了他的城池，大王称帝，我等称臣，虽然也有个大小官爵，只是天理难容也！"着眼。○妖精尚说天理，世人倒把天理搁起。

行者听了，暗喜道："妖精也有存心好的，似他后边这两句话说'天理难容'，却不是个好的？但只说金圣皇后一向无缘，未得沾身，此话却不解其意。等我问他一问。"嘤的一声，一翅飞离了妖精，转向前路，有十数里地，摇身一变，又变做一个道童：

　　　　头挽双抓髻，身穿百衲衣。

　　　　手敲鱼鼓简，口唱道情词。

转山坡，迎着小妖，打个起手，道："长官，那里去？送的是甚么公文？"那妖物就像认得他的一般，住了锣槌，笑嘻嘻的还礼，道："我大王差我到朱紫国下战书的。"行者借口问道："朱紫国那话儿，可曾与大王配合哩？"小妖道："自前年摄得来，当时就有一个神仙，送一件五彩仙衣与金圣宫妆新。他自穿了那衣，就浑身上下都生了针刺，我大王摸也不敢摸他一摸，但挽着些儿，手心就痛，不知是甚缘故。自始至今，尚未沾身。早间差先锋去要宫女伏侍，被一个甚么孙行者战败了。大王奋怒，所以教我去下战书，明日与他交战也。"行者道："怎的大王却着恼？"小妖道："正在那里着恼哩。你去与他唱个道情词儿解解闷也好。"^趣。

行者拱手抽身就走，那妖依旧敲锣前行。行者就行起凶来，掣出棒，复转身，望小妖脑后一下，可怜就打得头烂血流浆迸出，皮开颈折命倾之。收了棍子，却又自悔道："急了些儿，不曾问他叫做个甚么名字。罢了。"却去取下他的战书藏于袖内，将他黄旗、铜锣，藏在路傍草里。因扯着脚要往涧下摔时，只听当的一声，腰间露出一个镶金的牙牌，牌上有字，写道：

心腹小校一名，有来有去。五短身材，圪挞脸，无须。长用悬挂，无牌即假。

行者笑道："这厮名字叫做有来有去，这一棍子，打得有去无来也！"将牙牌解下，带在腰间。欲要摔下尸骸，却又思量起烟火之毒，且不敢寻他洞府，即将棍子举起，着小妖胸前搠了一下，挑在空中，径回本国，且当报一个头功。你看他自思自念，嗯哨一声，到了国界。

那八戒在金銮殿前，正护持着王师，忽回头看见行者半空中将个妖精挑来，他却到怨："嗳，不打紧的买卖！早知老猪去拿来，却不算我一功？"说未毕，行者按下云头，将妖精摔在阶下。八戒跑上去就筑了一钯，道："此是老猪之功！"行者道："是你甚功？"八戒道："莫赖我，我有证见！你不看一钯筑了九个眼子哩！"行者道："你看看可有头没头。"八戒笑道："原来是没头的！我道如何筑他也不动动儿。"行者道："师父在那里？"八戒道："在殿里与王叙话哩。"行者道："你且去请他出来。"八戒急上殿点点头，三藏即便起身下殿，迎着行者。行者将一封战书揣在三藏袖里，道："师父收下，且莫与国王看见。"

说不了，那国王也下殿，迎着行者道："神僧孙长老来了，拿妖之事如何？"行者用手指道："那阶下不是妖精？被老孙打杀了也。"国王见了，道："是便是个妖尸，却不是赛太岁。赛太岁寡人亲见他两次：身长丈八，膊阔五停，面似金光，声如霹雳，那里是这般鄙矮！"行者笑道："陛下认得，果然不是。这是一个报事的小妖撞见老孙，却先打死，挑回来报功。"国王大喜，道："好好好，该算头功！寡人这里常差人去打探，更不曾得个的实。似神僧一出，就捉了一个回来，真神通也！"叫："看暖酒来，与长老贺功！"行者道："吃酒还是小事。我问陛下，金圣宫别时，可曾留下个甚么表记？你与我些儿。"那国王听说"表记"二字，却似刀剑剜心，忍不住失声泪下，说道：

当年佳节庆朱明，太岁凶妖发喊声。强夺御妻为压寨，寡人献出为苍生。更无会话并离话，那有长亭共短亭！表记香囊全没影，至今撇我苦伶仃。

行者道："陛下在迩，何以为恼？那娘娘既无表记，他在宫时，可有甚么心爱之物，与我一件也罢。"国王道："你要怎的？"行者道："那妖王实有神通，我见他放烟、放火、放沙，果是难收。纵收了，又恐娘娘见我面生，不肯同我回国。须是得他平日心爱之物一件，他方信我，我好带他回来，为此故要带去。"国王道："昭阳宫里梳妆阁上，有一双黄金宝串，原是金圣宫手上带的，只因那日端午要缚五色彩线，故此褪下，不曾戴上。_{好照管。}此乃是他心爱之物，如今现收在减妆盒里。寡人见他遭此离别，更不忍见，一见即如见他玉容，病又重几分也。"行者道："且休题这话，且将金串取来。如舍得，都与我拿去；如不舍，只拿一只去也。"国王遂命玉圣宫取出，取出即递与国王。国王见了，叫了几声知疼着热的娘娘，遂递与行者。行者接了，套在胳膊上。

好大圣，不吃得功酒，且驾筋斗云，唿哨一声，又至麒麟山上。无心玩景，径寻洞府而去。正行时，只听得人语喧嚷，即伫立凝睛观看，原来那獬豸洞口把门的大小头目，约摸有五百名，在那里：

森森罗列，密密挨排。森森罗列执干戈，映日光明；密密挨排展旌旗，迎风飘闪。虎将熊师能变化，豹头彪帅弄精神。苍狼多猛烈。獭象更骁雄。狡兔乖獐轮剑戟，长蛇大蟒捰刀弓。猩猩能解人言语，引阵安营识汛风。

行者见了，不敢前进，抽身径转旧路。你道他抽身怎么？不是怕他。他却至那打死小妖之处，寻出黄旗、铜锣，迎风捏诀，想象腾那，即摇身一变，变做那有来有去的模样；乒乓敲着锣，大踏步，一直前来，径撞至獬豸洞。

正欲看看洞景，只闻得猩猩出语道："有来有去，你回来了？"行者只得答应道："来了。"猩猩道："快走，大王爷爷正在剥皮亭上等你回话哩。"行者闻言，拽开步，敲着锣，径入前门里看处，原来是悬崖削壁，石屋虚堂，左右有琪花瑶草，前后多古柏乔松。不觉又至二门之内，忽抬头见一座八窗明亮的亭子，亭子中间有一张剑金的交椅，椅子上端坐着一个魔王，真个生得恶像。但见他：

幌幌霞光生顶上，威威杀气逞胸前。口外獠牙排利刃，鬓边焦发放火烟。嘴上髭须如插箭，遍体昂毛似叠毡。眼突铜铃欺太岁，手持铁杆若摩天。

行者见了，公然傲慢那妖精，更不循一些儿礼法，调转脸朝着外，只管敲锣。^{妙猴。}妖王问道："你来了？"行者不答，又问："有来有去，你来了？"也不答应，妖王上前扯住，道："你怎么到了家还打锣？问之又不答，何也？"行者把锣往地下一掼，道："甚么'何也何也'！我说我不去，你却教我去。行到那厢，只见无数的人马列成阵势，见了我，就都叫'拿妖精，拿妖精'，把我推推扯扯，拽拽扛扛，拿进城去。见了那国王，国王便教斩了，幸亏那两班谋士道'两家相争，不斩来使'，把我饶了，收了战书，又押出城外，对军前打了三十顺腿，放我来回话。他那里不久就要来此与你交战哩。"^{画出。}妖王道："这等说，是你吃亏了，怪不道问你更不言语。"行者道："却不是怎的！只为护疼，所以不曾答应。"妖王道："那里有多少人马？"行者道："我也唬昏了，又吃他打怕了，那里曾查他人马数目！只见那里森森兵器摆列着：

弓箭刀枪甲与衣，干戈剑戟并缨旗。剿枪月铲兜鍪铠，大斧团牌铁蒺藜。长闷棍，短窝槌，钢叉铣刨及头盔。打扮得翰鞋护顶并胖袄，简鞭袖弹与铜锤。"

那王听了笑道："不打紧，不打紧！似这般兵器，一火皆空。你且去报与金圣娘娘得知，教他莫恼。今早他听见我发狠，要去战斗，他就眼泪汪汪的不干。你如今去说那里人马骁勇，必然胜我，且宽他一时之心。"_{痴妖魔。非干妖魔痴事，还是女人更妖魔耳}

行者闻言十分欢喜道："正中老孙之意。"你看他偏是路熟，转过脚门，穿过厅堂，那里边尽都是高堂大厦，更不是前边的模样，直到后面宫里，远见彩门壮丽，乃是金圣娘娘住处。且入里面看时，有两班妖狐妖鹿，一个个都妆成美女之形，侍立左右；正中间坐着那个娘娘，手托着香腮，双眸滴泪。果然是：

玉容娇嫩，美貌妖娆。懒梳妆，散鬓堆鸦；怕打扮，钗环不戴。面无粉，冷淡了胭脂；发无油，蓬松了云鬓。努樱唇，紧咬银牙；皱蛾眉，泪淹星眼。一片心，只忆着朱紫君王；一时间，恨不离天罗地网。诚然是：自古红颜多薄命，恹恹无语对东风！

行者上前打了个问讯，道："接喏。"那娘娘道："这泼村怪，十分无状！想我在那朱紫国中，与王同享荣华之时，那太师宰相见了，就俯伏尘埃，不敢仰视。这野怪怎么叫声接嗒？是那里来的这般村泼？"众侍婢上前道："太太息怒。他是大王爷爷心腹的小校，唤名有来有去。今早差下战书的是他。"娘娘听说，忍怒问曰："你下战书，可曾到朱紫国界？"行者道："我持书直至城里，到于金銮殿，面见君王，已讨回音来也。"娘娘道："你面君，君有何言？"行者道："那君王敌战之言与排兵布阵之事，才与大王说了。只是那君王有思想娘娘之意，有一句合心的话儿，特来上禀，奈何左右人众，不是说处。"

娘娘闻言，喝退两班狐鹿。行者掩上宫门，把脸一抹，现了本像，一个娘娘，一个和尚，关在门里，甚是可疑。对娘娘道："你休怕我。我是东土大唐差往大西天天竺国雷音寺见佛求经的和尚。我师父是唐王御弟唐三藏，我是他大徒弟孙悟空。因过你国倒换关文，见你君臣出榜招医，是我大施三折之肱，把他相思之病治好了。排宴谢我，饮酒之间，说出你被妖摄来，我会降龙伏虎，特请我来捉怪，救你回国。那战败先锋是我，打死小妖也是我。我见他门外凶狂，是我变作有来有去模样，舍身到此，与你通信。"那娘娘听说，沉吟不语。行者取出宝串，双手奉上，道："你若不信，看此物何来？"娘娘一见垂泪，下座拜谢，道："长老，你果是救得我回朝，没齿不忘大恩！"

行者道："我且问你：他那放火、放烟、放沙的，是件甚么宝贝？"娘娘道："那里是甚宝贝！乃是三个金铃。他将头一个幌一幌，有三百丈火光烧人；第二个幌一幌，有三百丈烟光熏人；第三个幌一幌，有三百丈黄沙迷人。烟火还不打紧，只是黄沙最毒，若钻入人鼻孔，就伤了性命。"行者道："利害利害！我曾经着，打了两个喷涕。却不知他的铃儿放在何处？"娘娘道："他那肯放下！只是带在腰间，行住坐卧，再不离身。"行者道："你若有意于朱紫国，还要相会国王，把那烦恼忧愁都且权解，使出个风流喜悦之容，与他叙个夫妻之情，教他把铃儿与你收贮。待我取便偷了，降了这妖怪，那时节，好带你回去，重谐鸾凤，共享安宁也。"那娘娘依言。

这行者还变作心腹小校，开了宫门，唤进左右侍婢。娘娘叫："有来有去，快往前亭，请你大王来，与他说话。"好行者，应了一声，即至剥皮亭，对妖精道："大王，圣宫娘娘有请。"妖王欢喜，道："娘娘常时只骂，怎么今日有请？"行者道："那娘娘问朱紫国王之事，是我说'他不要你了，他国中另扶了皇后'，娘娘听说，故此没了想头，方才命我来奉请。"^{妙猴。}妖王大喜，道："你却中用。待我剿除了他国，封你为个随朝的太宰。"行者顺口谢恩，疾与妖王来至后宫门首。

那娘娘欢容迎接，就去用手相搋。那妖王喏喏而退，道："不敢，不敢！多承娘娘下爱，我怕手疼，不敢相傍。"娘娘道："大王请坐，我与你说。"妖王道："有话但说不妨。"娘娘道："我蒙大王辱爱，今已三年，未得共枕同衾，也是前世之缘，做了这场夫妻。谁知大王有外我之意，不以夫妻相待。我想着当时在朱紫国为后，外邦凡有进贡之宝，君看毕，一定与后收之。你这里更无甚么宝贝，左右穿的是貂裘，吃的是血食，那曾见绫锦金珠！^{这娘娘甚用得。}只一味铺皮盖毯，或者就有些宝贝，你因外我，也不教我看见，也不与我收着。且如闻得你有三个铃铛，想就是件宝贝，你怎么走也带着，坐也带着？你就拿与我收着，待你用时取出，未为不可。此也是做夫妻一场，也有个心腹相托之意。如此不相托付，非外我而何？”妖王大笑，陪礼道：“娘娘怪得是，怪得是。宝贝在此，今日就当付你收之。”便即揭衣取宝。行者在傍，眼不转睛，看着那怪揭起两三层衣服，贴身带着三个铃儿。他解下来，将些木绵塞了口儿，把一块豹皮作一个包袱儿包了，递与娘娘，道：“物虽微贱，却要用心收藏，切不可摇幌着他。”娘娘接过手，道：“我晓得。安在这妆台之上，无人摇得。”叫：“小的们，安排酒来，我与大王交欢会喜，饮几杯儿。”众侍婢闻言，即铺排果菜，摆上些獐犯麂兔之物，将椰子酒斟来奉上。那娘娘做出妖娆之态，哄着精灵。

　　孙行者在傍取事，但挨挨摸摸，行近妆台，把三个金铃轻轻拿过，慢慢移步，溜出宫门，径离洞府。到了剥皮亭前无人处，展开豹皮幅子看时，中间一个，有茶钟大，两头两个，有拳头大。他不知利害，就把绵花扯了，只闻得当的一声响亮，骨都都的迸出烟火黄沙，急收不住，满亭中烘烘火起。_{此猴性急，弄不得事。}唬得那把门精怪一拥撞入后宫，惊动了妖王，慌忙教：“去救火，救火！”出来看时，原来是有来有去拿了金铃儿哩。妖王上前喝道：“好贱奴，怎么偷了我的金铃宝贝，在此胡弄！”叫：“拿来，拿来！”那门前虎将、熊师、豹头、彪帅、獭象、苍狼、乖獐、狡兔、长蛇、大蟒、猩猩，帅众妖一齐攒簇。那行者慌了手脚，丢了金铃，现出本像，掣了金箍如意棒，撒开解数，往前乱打。那妖王收了宝贝，传号令，教：“关了前门！”众妖听了，关门的关门，打仗的打仗。

那行者难得掣肘，收了棒，摇身一变，变作个痴苍蝇儿，钉在那无火石壁上。众妖寻不见，报道："大王，走了贼也，走了贼也！"妖王问："可曾自门里走出去？"众妖都说："前门紧锁牢拴在此，不曾走出。"妖王只说："仔细搜寻！"有的取水泼火，有的仔细搜寻，更无踪迹。妖王怒道："是个甚么贼子，好大胆，变作有来有去的模样，进来见我回话，又跟在身边，乘机盗我宝贝！早是不曾拿将出去！若拿出山头，见了天风，怎生是好？"虎将上前道："大王的洪福齐天，我等的气数不尽，故此知觉了。"熊师上前道："大王，这贼不是别人，定是那败先锋的那个孙悟空。想必路上遇着有来有去，伤了性命，夺了黄旗、铜锣、牙牌，变作他个模样，到此欺骗了大王也。"妖王道："正是，正是！见得有理！"叫："小的们，仔细搜求防避，切莫开门放出走了！"这才是个有分教：

弄巧翻成拙，作耍却为真。

毕竟不知孙行者怎么脱得妖门，且听下回分解。

总批：

这猴头偷铃尚不知掩耳，如何偷得？

第
七
十
一
回

行
者
假
名
降
怪
犼

观
音
现
像
伏
妖
王

行者假佛降猢狲
假佛观音童子伏妖王

色即空兮自古，空言是色如然。人能悟彻色空禅，何用丹砂炮炼。德行全修休懈，工夫苦用熬煎。有时行满去朝天，永驻仙颜不变。

话说那赛太岁紧关了前后门户，搜寻行者，直嚷到黄昏时分，不见踪迹。坐在那剥皮亭上，点聚群妖，发号施令，都教各门上提铃喝号，击鼓敲梆，一个个弓上弦，刀出鞘，支更坐夜。原来孙大圣变做个痴苍蝇，钉在门旁，见前面防备甚紧，他即抖开翅，飞入后宫门首看处，见金圣娘娘伏在御案上，清清滴泪，隐隐声悲。行者飞进门去，轻轻的落在他那乌云散髻之上，听他哭的甚么。少顷间，那娘娘忽失声道："主公啊，我和你：

前生烧了断头香，今世遭逢泼怪王。拆凤三年何日会？分鸳两处致悲伤。差来长老才通信，惊散佳姻一命亡。只为金铃难解识，相思又比旧时狂。"

行者闻言，即移身到他耳根后，悄悄的叫道："圣宫娘娘，你休恐惧。我还是你国差来的神僧孙长老，未曾伤命。只因自家性急，近妆台偷了金铃，你与妖王吃酒之时，我却脱身出了前亭，忍不住打开看看。不期扯动塞口的绵花，那铃响一声，迸出烟火。我就慌了手脚，把金铃丢了，现出原身，使铁棒，苦战不出，恐遭毒手，故变作一个苍蝇儿，钉在门枢上，躲到如今。那妖王愈加严紧，不肯开门。你可再以夫妻之礼，哄他进来安寝，我好脱身行事，别作区处救你也。"娘娘一闻此言，战兢兢发似神揪，虚怯怯心如杵筑，泪汪汪的道："你如今是人是鬼？"行者道："我也不是人，我也不是鬼，如今变作个苍蝇儿在此。你休怕，快去请那妖王也。"娘娘不信，泪滴滴悄语低声，道："你莫魇寐我。"行者道："我岂敢魇寐你？你若不信，张开手，等我跳下来你看。"那娘娘真个把左手开张，行者轻轻飞下，落在他玉掌之间。和尚却在娘娘手里。好便似：

菡萏蕊头钉黑豆，牡丹花上歇游蜂；

绣球心里葡萄落，百合枝边黑点浓。

金圣宫高擎玉掌，叫声"神僧"，行者嘤嘤的应道："我是神僧变的。"那娘娘方才信了，悄悄的道："我去请那妖王来时，你却怎生行事？"行者道："古人云，'断送一生惟有酒'，又云，'破除万事无过酒'。酒之为用多端，你只以饮酒为上，你将那贴身的侍婢，唤一个进来，指与我看，我就变作他的模样，在傍边伏侍，却好下手。"那娘娘真个依言，即叫："春娇何在？"那屏风后转出一个玉面狐狸来，跪下道："娘娘唤春娇有何使令？"娘娘道："你去叫他们来点纱灯，焚脑麝，扶我上前庭，请大王安寝也。"那春娇即转前面，叫了七八个怪鹿妖狐，打着两对灯笼，一对提炉，摆列左右。娘娘欠身叉手，那大圣早已飞去。好行者，展开翅，径飞到那玉面狐狸头上，拔下一根毫毛，吹口仙气，叫"变"，变作一个瞌睡虫，轻轻的放在他脸上。原来瞌睡虫到了人脸上，往鼻孔里爬，爬进孔中，即瞌睡了。那春娇果然渐觉困倦，立不住脚，摇桩打盹，即忙寻着原睡处，丢倒头只管呼呼的睡去。行者跳下来，摇身一变，变做那春娇一般模样，转屏风与众同立不题。

却说那金圣宫娘娘往前正走，有小妖看见，即报赛太岁，道："大王，娘娘来了。"那妖王急出剥皮亭外迎迓。娘娘道："大王，今烟火既息，贼已无踪，深夜之际，特请大王安置。"那妖满心欢喜，道："娘娘珍重，却才那贼乃是孙悟空。他败了我先锋，打杀我小校，变化进来，哄了我们。我们这般搜简，他却渺无踪迹，故此心上不安。"娘娘道："那厮想是走脱了。大王放心勿虑，且自安寝去也。"妖精见娘娘侍立敬请，不敢坚辞，只得分付群妖，各要小心火烛，谨防盗贼，遂与娘娘径往后宫。行者假变春娇，从两班侍婢引入。

娘娘叫："安排酒来与大王解劳。"妖王笑道："正是，正是。快将酒来，我与娘娘压惊。"假春娇即同众怪铺排了果品，整顿些腥肉，调开卓椅。那娘娘擎杯，这妖王也以一杯奉上，二人穿换了酒杯。假春娇在旁执着酒壶，道："大王与娘娘今夜才递交杯盏，请各饮干，穿个双喜杯儿。"真个又各斟上，又饮干了。假春娇又道："大王娘娘喜会，众侍婢会唱的供唱，善舞的起舞来耶。"说未毕，只听得一派歌声，齐调音律，唱的唱，舞的舞。他两个又饮了许多。娘娘叫住了歌舞。众侍婢分班，出屏风外摆列，惟有假春娇执壶，上下奉酒。娘娘与那妖王专说得是夫妻之话。你看那娘娘一片云情雨意，哄得那妖王骨软筋麻，只是没福，不得沾身。可怜，真是猫咬尿胞空欢喜。

叙了一会，笑了一会，娘娘问道："大王，宝贝不曾伤损么？"妖王道："这宝贝乃先天抟铸之物，如何得损！只是被那贼扯开塞口之绵，烧了豹皮包袱也。"娘娘说："怎生收拾？"
妖王道："不用收拾，我带在腰间哩。"假春娇闻得此言，即拔
下毫毛一把，嚼得粉碎，轻轻挨近妖王，将那毫毛放在他身上，
吹了三口仙气，暗暗的叫"变"，那些毫毛即变做三样恶物，乃
虱子、虼蚤、臭虫，攻入妖王身内，挨着皮肤乱咬。那妖王燥痒
难禁，伸手入怀揣摸揉痒，用指头捏出几个虱子来，拿近灯前观
看。娘娘见了，含忖道："大王，想是衬衣襕了，久不曾浆洗，
故生此物耳。"妖王惭愧道："我从来不生此物，可可的今宵出
丑。"娘娘笑道："大王何为出丑？常言道，'皇帝身上也有三
个御虱'哩。且脱下衣服来，等我替你捉捉。"妖王真个解带脱
衣。假春娇在傍，着意观看那妖王身上，衣服层层皆有虼蚤跳，
件件皆排大臭虫；子母虱，密密浓浓，就如蝼蚁出窝中。不觉的
揭到第三层见肉之处，那金铃上纷纷垓垓的，也不胜其数。假春
娇道："大王，拿铃子来，等我也与你捉捉虱子。"那妖王一则
羞，二则慌，却也不认得真假，将三个铃儿递与假春娇。

假春娇接在手中，理弄多时，见那妖王低着头抖这衣服，他
即将金铃藏了，拔下一根毫毛，变作三个铃儿，一般无二，拿
向灯前翻检；却又把身子扭扭捏捏的，抖了一抖，将那虱子、
臭虫、虼蚤，收了归在身上，把假金铃儿递与那怪。那怪接在
手中，一发朦胧无措，那里认得甚么真假，双手托着那铃儿，
递与娘娘，道："今番你却收好了，却要仔细仔细，不要像前一
番。"那娘娘接过来，轻轻的揭开衣箱，把那假铃收了，用黄金
锁锁了；却又与妖王饮了几杯酒，教侍婢："净拂牙床，展开锦
被，我与大王同寝。"那妖王诺诺连声，道："没福，没福！不

敢奉陪。我还带个宫女往西宫里睡去，娘娘请自安置。”遂此各归寝处不题。

却说假春娇得了手，将他宝贝带在腰间，现了本相，把身子抖一抖，收了那瞌睡虫儿，径往前走，只听得梆铃齐响，紧打三更。好行者，捏着诀，念动真言，使个隐身法，直至门边。又见那门上拴锁甚密，却就取出金箍棒，望门一指，使出那解锁之法，那门就轻轻开了。急拽步出门站下，应声高叫道：“赛太岁，还我金圣娘娘来！”连叫两三遍，惊动大小群妖，急急看处，前门开了，即忙掌灯寻锁，把门儿依然锁上，着几个跑入里边去报道：“大王，有人在大门外呼唤大王尊号，要金圣娘娘哩！”那里边侍婢即出宫门，悄悄的传言道：“莫吆喝，大王才睡着哩。”行者又在门前高叫，那小妖又不敢去惊动。如此者三四遍，俱不敢去通报。

那大圣在外嚷嚷闹闹的，直弄到天晓，忍不住手轮着铁棒上前打门。慌得那大小群妖，顶门的顶门，报信的报信。那妖王一觉方醒，只闻得乱撺撺的喧哗，起身穿了衣服，即出罗帐之外，问道：“嚷甚么？”众侍婢才跪下道：“爷爷，不知是甚人在洞外叫骂了半夜，如今却又打门。”妖王走出宫门，只见那几个传报的小妖，慌张张的磕头，道：“外面有人叫骂，要金圣宫娘娘哩！若说半个‘不’字，他就说出无数的歪话，甚不中听。见天晓，大王不出，逼得打门也。”那妖道：“且休开门。你去问他是那里来的，姓甚名谁，快来回报。”小妖急出去，隔门问道：“打门的是谁？”行者道：“我是朱紫国拜请来的外公，来取圣宫娘娘回国哩！”那小妖听得，即以此言回报。那妖随往后宫，查问来历。

原来那娘娘才起来，还未梳洗，早见侍婢来报："爷爷来了。"那娘娘急整衣，散挽黑云，出宫迎迓。才坐下，还未及问，又听得小妖来报："那来的外公已将门打破矣。"那妖笑道："娘娘，你朝中有多少将帅？"^趣娘娘道："在朝有四十八卫人马，良将千员，各边上元帅、总兵，不计其数。"妖王道："可有个姓外的么？"^趣娘娘道："我在宫，只知内里辅助君王，早晚教诲妃嫔，外事无边，我怎记得名姓？"妖王道："这来者称为外公，我想着百家姓上，更无个姓外的。^{妖怪自然认不得外公。}娘娘赋性聪明，出身高贵，居皇宫之中，必多览书籍，记得那本书上有此姓也？"娘娘道："止《千字文》上有句'外受傅训'，想必就是此矣。"^{以幻为真，奇绝，奇绝。}

妖王喜道："定是，定是！"即起身辞了娘娘，到剥皮亭上，结束整齐，点出妖兵，开了门，直至外面，手持一柄宣花钺斧，厉声高叫道："那个是朱紫国来的外公？"行者把金箍棒攥在右手，将左手指定，道："贤甥，叫我怎的？"那妖王见了，心中大怒，道："你这厮，

　　　　相貌若猴子，嘴脸似猢狲。

　　　　七分真是鬼，大胆敢欺人！"

行者笑道："你这个诳上欺君的泼怪，原来没眼！想我五百年前大闹天宫时，九天神将见了我，无一个'老'字，不敢称呼，你叫我声外公，那里亏了你！"妖王喝道："快早说出姓甚名谁，

有些甚么武艺，敢到我这里猖獗！"行者道："你若不问姓名犹可，若要我说出姓名，只怕你立身无地！你上来，站稳着，听我道：

　　生身父母是天地，日月精华结圣胎。仙石怀抱无岁数，灵根孕育甚奇哉。当年产我三阳泰，今日归真万会谐。曾聚众妖称帅首，能降众怪拜丹崖。玉皇大帝传宣旨，太白金星捧诏来。请我上天承职裔，官封弼马不开怀。初心造反谋山洞，大胆兴兵闹御阶。托塔天王并太子，交锋一阵尽猥衰。金星复奏玄穹帝，再降招安敕旨来。封做齐天真大圣，那时方称栋梁材。又因搅乱蟠桃会，仗酒偷丹惹下灾。太上老君亲奏驾，西池王母拜瑶台。情知是我欺王法，即点天兵发火牌。十万凶星并恶曜，干戈剑戟密排排。天罗地网漫山布，齐举刀兵大会垓。恶斗一场无胜败，观音推荐二郎来。两家对敌分高下，他有梅山兄弟侪。各逞英雄施变化，天门三圣拨云开。老君丢了金钢套，众神擒我到金阶。不须详允书供状，罪犯凌迟杀斩夬。斧剁锤敲难损命，刀轮剑砍怎伤怀！火烧雷打只如此，无计摧残长寿胎。押赴太清兜率院，炉中煅炼尽安排。日期满足才开鼎，我向当中跳出来。手挺这条如意棒，翻身打上玉龙台。各星各象皆潜躲，大闹天宫任我歪。巡视灵官忙请佛，释伽与我逞英才。手心之内翻筋斗，游遍周天去复来。佛使先知赚哄法，被他压住在天崖。到今五百馀年矣，解脱微躯又弄乖。特保唐僧西域去，悟空行者甚明白。西方路上降妖怪，那个妖邪不惧哉！"

那妖王听他说出"悟空行者",遂道:"你原来是大闹天宫的那厮。你既脱身保唐僧西去,你走你的路去便罢了,怎么罗织管事,替那朱紫国为奴,却到我这里寻死!"行者喝道:"贼泼怪,说话无知!我受朱紫国拜请之礼,又蒙他称呼管待之恩,我老孙比那王位还高千倍,他敬之如父母,事之如神明,你怎么说出'为奴'二字!我把你这诳上欺君之怪,不要走,吃外公一棒!"那妖慌了手脚,即闪身躲过,使宣花斧劈面相迎。这一场好杀。你看:

金箍如意棒,风刃宣花斧。一个咬牙发狠凶,一个切齿施威武。这个是齐天大圣降临凡,那个是作怪妖王来下土。两个喷云嗳雾照天宫,真是走石扬沙遮斗府。往往来来解数多,翻翻复复金光吐。齐将本事施,各把神通赌。这个要取娘娘转帝都,那个喜同皇后居山坞。这场都是没来由,舍死忘生因国主。

他两个战经五十回合,不分胜负。那妖王见行者手段高强,料不能取胜,将斧架住他的铁棒,道:"孙行者,你且住手。我今日还未早膳,待我进了膳,再来与你定雌雄。"行者情知是要取铃铛,收了铁棒,道:"好汉子不赶乏兔儿。你去你去!吃饱些,好来领死!"

那妖急转身闯入里边,对娘娘道:"快将宝贝拿来!"娘娘道:"要宝贝何干?"妖王道:"今早叫战者,乃是取经的和尚之徒,叫做孙悟空行者,假称外公。我与他战到此时,不分胜负。等我拿宝贝出去,放些烟火,烧这猴头。"娘娘见说,心中怛突：欲不取出铃儿，恐他见疑；欲取出铃儿，又恐伤了孙行者性命。^{娘娘一心只为着和尚。}正自踌躇未定，那妖王又催逼道："快拿出来！"这娘娘无奈，只得将锁钥开了，把三个铃儿递与妖王。妖王拿了，就走出洞。娘娘坐在宫中，泪如雨下，思量行者不知可能逃得性命。两人却俱不知是假铃也。

那妖出了门，就占起上风，叫道："孙行者休走，看我摇摇铃儿！"行者笑道："你有铃，我就没铃？你会摇，我就不会摇？"妖王道："你有甚么铃儿？拿出来我看。"行者将铁棒捏做个绣花针儿，藏在耳内，却去腰间解下三个真宝贝来，对妖王说："这不是我的紫金铃儿？"妖王见了，心惊道："跷蹊，跷蹊！他的铃儿怎么与我的铃儿就一般无二！纵然是一个模子铸的，好道打磨不到，也有多个瘢儿，少个蒂儿，却怎么这等一毫不差？"又问："你那铃儿是那里来的？"行者道："贤甥，你那铃儿却是那里来的？"^{猴。}妖王老实，便就说道："我这铃儿是：

太清仙境道源深，八卦炉中久炼金。

结就铃儿称至宝，老君留下到如今。"

行者笑道："老孙的铃儿，也是那时来的。"妖王道："怎生出处？"行者道："我这铃儿是：

道祖烧丹兜率宫，金铃拴炼在炉中。

二三如六循环宝，我的雌来你的雄。"^{妙猴。}

妖王道：“铃儿乃金丹之宝，又不是飞禽走兽，如何辨得雌雄？但只是摇出宝来，就是好的！”行者道：“口说无凭，做出便见，且让你先摇。”那妖王真个将头一个铃儿幌了三幌，不见火出；第二个幌了三幌，不见烟出；第三个幌了三幌，也不见沙出。妖王慌了手脚，道：“怪哉，怪哉！世情变了！这铃儿想是惧内，雄见了雌，所以不出来了。”^趣行者道：“贤甥，住了手，等我也摇摇你看。”好猴子，一把攥住三个铃儿，一齐摇起。你看那红火、青烟、黄沙，一齐滚出，骨都都燎树烧山。大圣口里又念个咒语，望巽地上叫：“风来！”真个是风催火势，火仗风威，红焰焰，黑沉沉，满天烟火，遍地黄沙。把那赛太岁唬得魄散魂飞，走头无路，在那火当中，怎逃性命！

只闻得半空中厉声高叫：“孙悟空，我来了也！”行者急回头上望，原来是观音菩萨，左手托着净瓶，右手拿着杨柳，洒下甘露救火哩。慌得行者把铃儿藏在腰间，即合掌倒身下拜。那菩萨将柳枝连拂几点甘露，霎时间，烟火俱无，黄沙绝迹。

行者叩头道：“不知大慈临凡，有失回避。敢问菩萨何往？”菩萨道：“我特来收寻这个妖怪。”行者道：“这怪是何来历，敢劳金身下降收之？”菩萨道：“他是我跨的个金毛犼。因牧童盹睡，失于防守，这孽畜咬断铁索走来，却与朱紫国王消灾也。”行者闻言，急欠身道：“菩萨反说了，他在这里欺君骗后，败俗伤风，与那国王生灾，却说是消灾，何也？”^{以生灾为消灾，佛眼都是如此。}菩萨道：“你不知之。当时朱紫国先王在位之时，这个王还做东宫太子，未曾登基。他年幼间，极好射猎。率领了人马，纵放鹰犬，正来到落凤坡前，有西方佛母孔雀大明王菩萨所生二子，乃雌雄两个雀雏，停翅在山坡之下，被此王弓开处，射伤了雄孔雀，那雌孔雀也带箭归西。佛母忏悔以后，分付教他拆凤三年，身耽啾疾。那时节，我跨着这犼，同听此言，不期这业畜留心，故来骗了皇后，与王消灾。至今三年，冤愆满足，幸你来救治王患，我特来收妖邪也。"

行者道："菩萨，虽是这般故事，奈何他玷污了皇后，败俗伤风，坏伦乱法，却是该他死罪。今蒙菩萨亲临，饶得他死罪，却饶不得他活罪。让我打他二十棒，与你带去罢。"菩萨道："悟空，你既知我临凡，就当看我分上，一发都饶了罢，也算你一番降妖之功。若是动了棍子，他也就是死了。"行者不敢违言，只得拜道："菩萨既收他回海，再不可令他私降人间，贻害不浅！"那菩萨才喝了一声："业畜，还不还原，待何时也！"只见那怪打个滚，现了原身，将毛衣抖抖，菩萨骑上。菩萨又望项下一看，不见那三个金铃。菩萨道："悟空，还我铃来。"行者道："老孙不知。"菩萨喝道："你这贼猴！若不是你偷了这铃，莫说一个悟空，就是十个，也不敢近身！快拿出来！"行者笑道："实不曾见。"菩萨道："既不曾见，等我念念紧箍儿咒。"那行者慌了，只教："莫念莫念！铃儿在这里哩！"这正是：

犼项金铃何人解？解铃人还问系铃人。

菩萨将铃儿套在犼项下，飞身高坐。你看他四足莲花生焰焰，满身金缕迸森森，大慈悲回南海不题。却说孙大圣整束了衣裙，轮铁棒打进獬豸洞去，把群妖众怪，尽情打死，剿除干净。直至宫中，请圣宫娘娘回国。那娘娘顶礼不尽，行者将菩萨降妖并拆凤原由备说了一遍。寻些软草，扎了一条草龙，教："娘娘跨上，合着眼莫怕，我带你回朝见主也。"那娘娘谨遵分付，行者使起神通，只听得耳内风响，半个时辰，带进城，按落云头，叫："娘娘开眼。"那皇后睁开眼看，认得是凤阁龙楼，心中欢喜，撇了草龙，与行者同登宝殿。

那国王见了，急下龙床，就来扯娘娘玉手，欲诉离情，猛然跌倒在地，只叫："手疼，手疼！"八戒哈哈大笑，道："嘴脸，没福消受！一见面就蛰杀了也！"行者道："呆子，你敢扯他扯儿么？"八戒道："就扯他扯儿便怎的？"行者道："娘娘身上生了毒刺，手上有蜇阳之毒。自到麒麟山，与那赛太岁三年，那妖更不曾沾身，但沾身就害身疼，但沾手就害手疼。"众官听说，道："似此怎生奈何？"此时外面众官忧疑，内里嫔妃悚惧，傍有玉圣、银圣二宫，将君王扶起。俱正在仓皇之际，忽听得那半空中有人叫大圣道："我来也！"行者抬头观看。只见那：

肃肃冲天鹤唳，飘飘径至朝前。缭绕祥光道道，氤氲瑞气翩翩。棕衣苫体放云烟，足踏芒鞋罕见。手执龙须蝇帚，丝绦腰下围缠。乾坤处处结人缘，大地逍遥游遍。此乃是大罗天上紫云仙，今日临凡解魇。

行者上前迎住道："张紫阳何往？"紫阳真人直至殿前，躬身施礼，道："大圣，小仙张伯端起手。"行者答礼，道："你从何来？"真人道："小仙三年前曾赴佛会，因打这里经过，见朱紫国王有拆凤之忧，我恐那妖将皇后玷辱，有坏人伦，后日难与国王复合。是我将一件旧棕衣变作一领新霞裳，光生五彩，进与妖王，教皇后穿了妆新。那皇后穿上身，即生一身毒刺。毒刺者，乃棕毛也。今知大圣成功，特来解魇。"安得张真人棕衣，凡妇人都与他一件也。行者道："既如此，累你远来，且快解脱。"真人走向前，对娘娘用手一指，即脱下那件棕衣，那娘娘遍体如旧。真人将衣抖一抖，披在身上，对行者道："大圣勿罪，小仙告辞。"行者道："且住，待君王谢谢。"真人笑道："不劳，不劳。"遂长揖一声，腾空而去。慌得那皇帝、皇后及大小众臣，一个个望空礼拜。

拜毕，即命大开东阁，酬谢四僧。那君王领众跪拜，夫妻才得重谐。正当欢宴时，行者叫："师父，拿那战书来。"长老袖中取出，递与行者，行者递与国王，道："此书乃那怪差小校送来者。那小校已先被我打死，送来报功。后复至山中，变作小校，进洞回复，因得见娘娘，盗出金铃，几乎被他拿住；又变化，复偷出，与他对敌。幸遇观音菩萨将他收去，又与我说拆凤之故。"从头至尾，细说了一遍。那举国君臣内外，无一人不感谢称赞。唐僧道："一则是贤王之福，二来是小徒之功。今蒙盛宴，至矣，至矣！就此拜别，不要误贫僧向西去也。"

那国王恳留不得，遂换了关文，大排銮驾，请唐僧稳坐龙车，那君王、妃后俱捧毂推轮，相送而别。正是：

有缘洗尽忧疑病，绝念无思心自宁。着眼。

毕竟这去后面再有甚么吉凶之事，且听下回分解。

总批：

雄铃也怕雌铃，何惧内之风，不遗一物如此！若今日，可谓铃世界矣。〇识得生灾乃是消灾，苦海中俱极乐世界也。此《西游》度人处，读者着眼。

第七十二回

盘丝洞七情迷本

濯垢泉八戒忘形

话表三藏别了朱紫国王，整顿鞍马西进。行勾多少山原，历尽无穷水道，不觉的秋去冬残，又值春光明媚。师徒们正在路踏青玩景，忽见一座庵林，三藏滚鞍下马，站立大道之旁。行者问道："师父，这条路平坦无邪，因何不走？"八戒道："师兄好不通情！师父在马上坐得困了，也让他下来关关风是。"三藏道："不是关风。我看那里是个人家，意欲自去化些斋吃。"行者笑道："你看师父说的是那里话。你要吃斋，我自去化，俗语云：'一日为师，终身为父。'岂有为弟子者高坐，教师父去化斋之理？"三藏道："不是这等说。平日间一望无边无际，你们没远没近的去化斋；今日人家逼近，可以叫应，也让我去化一个来。"八戒道："师父没主张。常言道：'三人出外，小的儿苦。'你况是个父辈，我等俱是弟子。古书云：'有事弟子服其劳。'等我老猪去。"三藏道："徒弟啊，今日天气晴明，与那风雨之时不同。那时节，汝等必定远去；此个人家，等我去，有斋无斋，可以就回走路。"沙僧在傍笑道："师兄，不必多讲，师父的心性如此，不必违拗。若恼了他，就化将斋来，他也不吃。"八戒依言，即取出钵盂，与他换了衣帽。拽开步，直至那庄前观看，却也好座住场。但见：

石桥高耸，古树森齐。石桥高耸，潺潺流水接长溪；古树森齐，聒聒幽禽鸣远岱。桥那边有数椽茅屋，清清雅雅若仙庵；又有那一座蓬窗，白白明明欺道院。窗前忽见四佳人，都在那里刺凤描鸾做针线。

　　长老见那人家没个男儿，只有四个女子，不敢进去，将身立定，闪在乔林之下。只见那女子：

　　一个个闺心坚似石，兰性喜如春。娇脸红霞衬，朱唇绛脂匀。蛾眉横月小，蝉鬓迭云新。若到花间立，游蜂错认真。

　　少停有半个时辰，一发静悄悄，鸡犬无声。自家思虑道："我若没本事化顿斋饭，也惹那徒弟笑我，敢道为师的化不出斋来，为徒的怎能去拜佛。"

　　长老没计奈何，也带了几分不是，趋步上桥，又走了几步，只见那茅屋里面有一座木香亭子，亭子下又有三个女子在那里踢气球哩。你看那三个女子，比那四个又生得不同。但见那：

　　飘扬翠袖，摇拽缃裙。飘扬翠袖，低笼着玉笋纤纤；摇拽缃裙，半露出金莲窄窄。形容体势十分全，动静脚跟千样跹。拿头过论有高低，张泛送来真又楷。转身踢个出墙花，退步翻成大过海。轻接一团泥，单枪急对拐。明珠上佛头，实捏来尖撑。窄砖偏会拿，卧鱼将脚摇。平腰折膝蹲，扭顶翘跟跹。扳凳能喧泛，披肩甚脱洒。绞当任往来，锁项随摇摆。踢的是黄河水倒流，金鱼滩上买。那个错认是头儿，这个转身就打拐。端然捧上臁，周正尖来捽。提跟溪草鞋，倒插回头采。退步泛肩妆，钩儿只一歹。版篓下来长，便把夺门揣。踢到美心时，佳人齐喝采。一个个汗流粉腻透罗裳，兴懒情疏方叫海。

言不尽，又有诗为证。诗曰：

蹴鞠当场三月天，仙风吹下素婵娟。汗沾粉面花含露，尘染蛾眉柳带烟。翠袖低垂笼玉笋，缃裙斜拽露金莲。几回踢罢娇无力，云鬟蓬松宝髻偏。

三藏看得时辰久了，只得走上桥头，应声高叫道："女菩萨，贫僧这里随缘布施些儿斋吃。"那些女子听见，一个个喜喜欢欢，抛了针线，撇了气球，都笑笑吟吟的接出门来，道："长老，失迎了。今到荒庄，决不敢拦路斋僧，请里面坐。"三藏闻言，心中暗道："善哉，善哉，西方正是佛地。女流尚且注意斋僧，男子岂不虔心向佛？"^{唐僧到此，自然要七纵七擒矣。}长老向前问讯了，相随众女，入茅屋，过木香亭看处，呀，原来那里边没甚房廊。只见那：

峦头高耸，地脉遥长。峦头高耸接云烟，地脉遥长通海岳。门近石桥，九曲九湾流水顾；园栽桃李，千颗千树斗浓华。藤薜挂悬三五树，芝兰香散万千花。远观洞府欺蓬岛，近睹山林压太华。正是妖仙寻隐处，更无邻舍独成家。

有一女子上前，把石头门推开两扇，请唐僧里面坐。那长老只得进去，忽抬头看时，铺设的都是石卓、石凳，冷气阴阴。长老心惊，暗自思忖道："这去处少吉多凶，断然不善。"众女子喜笑吟吟，都道："长老请坐。"长老没奈何，只得坐了。少时间，打个冷禁。众女子问道："长老是何宝山？化甚么缘？还是修桥补路，建寺礼塔，还是造佛印经？请缘簿出来看看。"长老道："我不是化缘的和尚。"女子道："既不化缘，到此何干？"长老道："我是东土大唐差去西天大雷音求经者。适过宝方，腹间饥馁，特造檀府，募化一斋，贫僧就行也。"众女子道："好好好，常言道，'远来的和尚好看经。'妹妹们，不可怠慢，快办斋来。"

此时有三个女子陪着，言来语去，论说些因缘。那四个到厨中撩衣敛袖，炊火刷锅。你道他安排的是些甚么东西？原来是人油炒炼，人肉煎熬，熬得黑糊充作面筋样子，剜的人脑煎作豆腐块片。^{好素菜。}两盘儿捧到石卓上放下，对长老道："请了。仓卒间，不曾备得好斋，且将就吃些充腹，后面还有添换来也。"那长老闻了一闻，见那腥膻，不敢开口，欠身合掌，道："女菩萨，贫僧是胎里素。"众女子笑道："长老，此是素的。"长老道："阿弥陀佛。若是这等素的呵，我和尚吃了，莫想见得世尊，取得经卷。"众女子道："长老，你出家人，切莫拣人布施。"长老道："怎敢，怎敢。我和尚奉大唐旨意，一路西来，微生不损，见苦就救，遇谷粒手拈入口，逢丝缕联缀遮身，怎敢拣主布施！"众女子笑道："长老虽不拣人布施，却只有些上门怪人。莫嫌粗淡，吃些儿罢。"长老道："实是不敢吃，恐破了戒。望菩萨养生不若放生，放我和尚出去罢。"

那长老挣着要走，那女子拦住门，怎么肯放，俱道："上门的买卖，倒不好做！放了屁儿，却使手掩，你往那里去？"他一个个都会些武艺，手脚又活，把长老扯住，顺手牵羊，扑的掼倒在地。众人按住，将绳子捆了，悬梁高吊。这吊有个名色，叫做仙人指路。原来是一只手向前，牵丝吊起，一只手拦腰捆住，将绳吊起，两只脚向后一条绳吊起。三条绳把长老吊在梁上，却是脊背朝上，肚皮朝下。那长老忍着疼，噙着泪，心中暗恨道："我和尚这等命苦！只说是好人家化顿斋吃，岂知道落了火坑！徒弟啊，速来救我，还得见面，但迟两个时辰，我命休矣！"那长老虽然苦恼，却还留心看着那些女子。那些女子把他吊得停当，便去脱剥衣服。长老心惊，暗自忖道："这一脱了衣服，是要打我的情了，或者夹生儿吃我的情也有哩。"原来那女子们只解了上身衣裳，露出肚腹，各显神通：一个个腰眼中冒出丝绳，有鸭蛋粗细，骨都都的，迸玉飞银，时下把庄门瞒了不题。

却说那行者、八戒、沙僧，都在大道之傍。他二人都放马看担，惟行者是个顽皮，他且跳树攀枝，摘叶寻果。忽回头，只见一片光亮，慌得跳下树来，吆喝道："不好，不好，师父造化低了！"行者用手指道："你看那庄院如何？"八戒、沙僧共目视之，那一片如雪又亮如雪，似银又光似银。八戒道："罢了，罢了，师父遇着妖精了！我们快去救他也！"行者道："贤弟莫嚷。你都不见怎的，等老孙去来。"沙僧道："哥哥仔细。"行者道："我自有处。"

好大圣，束一束虎皮裙，掣了金箍棒，拽开脚，两三步跑到前边。看见那丝绳缠了有千百层厚，穿穿道道，却是经纬之势，用手按了一按，有些粘软沾人。行者更不知是甚么东西，他即举棒道："这一棒，莫说是几千层，就有几万层，也打断了！"正欲打，又停住手，道："若是硬的便可打断，这个软的，只好打匾罢了。假如惊了他，缠住老孙，反为不美。等我且问他一问再打。"

你道他问谁？即捻一个诀，念一个咒，拘得个土地老儿在庙里似推磨的一般乱转。土地婆儿道："老儿，你转怎的？好道是羊儿风发了！"土地道："你不知，你不知。有一个齐天大圣来了，我不曾接他，他那里拘我哩！"婆儿道："你去见他便了，却如何在这里打转？"土地道："若去见他，他那棍子好不重，他管你好歹就打哩！"婆儿道："他见你这等老了，那里就打你？"土地道："他一生好吃没钱酒，偏打老年人。"

两口儿讲一会，没奈何只得走出去，战兢兢的跪在路傍，叫道："大圣，当境土地叩头。"行者道："你且起来，不要假忙，我且不打你，寄下在那里。我问你，此间是甚地方？"土地道："大圣从那厢来？"行者道："我自东土往西来的。"土地道："大圣东来，可曾在那山岭上？"行者道："正在那山岭上，我们行李、马匹还歇在那岭上不是。"土地道："那岭叫做盘丝岭，岭下有洞叫做盘丝洞，洞里有七个妖精。"行者道："是男怪女怪？"土地道："是女怪。"行者道："他有多大神通？"土地道："小神力薄威短，不知他有多大手段，只知那正南上，离此有三里之遥，有一座濯垢泉，乃天生的热水，原是上方七仙姑的浴池。自妖精到此居住，占了他的濯垢泉，仙姑更不曾与他争竞，平白地就让与他了。我见天仙不惹妖魔怪，必定精灵有大能。"行者道："占了此泉何干？"土地道："这怪占了浴池，一日三遭，出来洗澡。如今巳时已过，午时将来哑。"行者听言，道："土地，你且回去，等我自家拿他罢。"那土地老儿磕了一个头，战兢兢的，回本庙去了。

这大圣独显神通，摇身一变，变作个麻苍蝇儿，钉在路傍草梢上等待。须臾间，只听得呼呼吸吸之声，犹如蚕食叶，却似海生潮。只好有半盏茶时，丝绳皆尽，依然现出庄村，还像当初模样。又听得呀的一声，柴扉响处，里边笑语喧哗，走出七个女子。行者在暗中细看，见他一个个携手相搀，挨肩执袂，有说有笑的，走过桥来。果是标致。但见：

比玉香尤胜，如花语更真。柳眉横远岫，檀口破樱唇。钗头翘翡翠，金莲闪绛裙。却似嫦娥临下界，仙子落凡尘。

行者笑道："怪不得我师父要来化斋，原来是这一般好处。这七个美人儿，假若留住我师父，要吃也不勾一顿吃，要用也不勾两日用，要动手轮流一摆布就是死了。^{如何用思之。}且等我去听他一听，看他怎的算计。"好大圣，嘤的一声，飞在那前面走的女子云髻上钉住。才过桥来，后边的走向前来，呼道："姐姐，我们洗了澡，来蒸那胖和尚吃去。"行者暗笑道："这怪物好没算计！煮还省些柴，怎么转要蒸了吃！"^{猴。}

那些女子采花斗草向南来，不多时，到了浴池。但见一座门墙，十分壮丽，遍地野花香艳艳，满傍兰蕙密森森。后面一个女子，走上前，唵哨的一声，把两扇门儿推开，那中间果有一塘热水。这水

自开辟以来，太阳星原贞有十，后被羿善开弓，射落九乌坠

地，止存金乌一星，乃太阳之真火也。天地有九处汤泉，俱是众乌所化。那九阳泉，乃香冷泉、伴山泉、温泉、东合泉、潢山泉、孝安泉、广汾泉、汤泉，此泉乃濯垢泉。

有诗为证：

一气无冬夏，三秋永注春。炎波如鼎沸，热浪似汤新。分溜滋禾稼，停流洁不尘。涓涓珠泪泛，滚滚玉团津。润滑原非酿，清平还自温。瑞祥本地秀，造化乃天真。佳人洗处冰肌滑，涤荡尘烦玉体新。

那浴池约有五丈馀阔，十丈多长，内有四尺深浅，但见水清彻底。底下水一似滚珠泛玉，骨都都冒将上来，四面有六七个孔窍通流。流去二三里之遥，淌到田里，还是温水。池上又有三间亭子，亭子中近后壁放着一张八只脚的板凳，两山头放两个描金彩漆的衣架。行者暗中喜嘤嘤的，一翅飞在那衣架上叮住。那些女子见水又清又热，便要洗浴，即脱了衣服，搭在衣架上，一齐下去。被行者看见：

褪放绅扣儿，解开罗带结。酥胸白似银，玉体浑如雪。肘膊赛冰铺，香肩欺粉贴。肚皮软又绵，脊背光还洁。膝腕半围团，金莲三寸窄。中间一段清，露出风流穴。

那女子都跳下水去，一个个濯浪翻波，负水顽耍。行者道：

"我若打他啊，只消把这棒子往池中一搅，就叫做滚汤泼老鼠，一窝儿都是死。可怜，可怜！打便打死他，只是低了老孙的名头。常言道，'男不与女斗'，我这般一个汉子，打杀几个丫头，着实不济。不要打他，只送他一个绝后计，教他动不得身，出不得水，多少是好。"好大圣，捏着诀，念个咒，摇身一变，变作一个饿老鹰。但见：

毛犹霜雪，眼若明星。妖狐见处魂皆丧，狡兔逢时胆尽惊。钢爪锋芒快，雄姿猛气横。会使老拳供口腹，不辞亲手逐飞腾。万里寒空随上下，穿云检物任他行。

呼的一翅，飞向前，轮开利爪，把他那衣架上搭的七套衣服，尽情雕去。径转岭头，现出本相，来见八戒、沙僧，道："你看。"

那八戒呆子迎着，对沙僧笑道："师父原来是典当铺里拿了去的。"沙僧道："怎见得？"八戒道："你不见师兄把他些衣服都抢将来也？"^趣行者放下，道："此是妖精穿的衣服。"八戒道："怎么就有这许多？"行者道："七套。"八戒道："如何这般剥得容易，又剥得干净？"行者道："那曾用剥。原来此处唤做盘丝岭，那庄村唤做盘丝洞。洞中有七个女怪，把我师父拿住，吊在洞里，都向濯垢泉去洗浴。那泉却是天地产成的一塘子热水。他都算计着洗了澡要把师父蒸吃。是我跟到那里，见他脱了衣服下来，我要打他，恐怕污了棍子，又怕低了名头，是以不曾动棍，只变做一个饿老鹰，雕了他的衣服。他都忍辱含羞，不敢出头，蹲在水中哩。我等快去解下师父走路罢。"八戒笑道：
"师兄，你凡干事，只要留根。既见妖精，如何不打杀他，却就
去解师父！他如今纵然藏羞不出，到晚间必定出来。他家里还有
旧衣服，穿上一套，来赶我们。纵然不赶，他久住在此，我们取
了经，还从那条路回去。常言道：'宁少路边钱，莫少路边
拳。'那时节，他拦住了吵闹，却不是个仇人也？"行者道：
"凭你如何主张？"八戒道："依我，先打杀了妖精，再去解放
师父，此乃斩草除根之计。"行者道："我是不打他。你要打，
你去打他。"

八戒抖擞精神，欢天喜地，举着钉钯，拽开步，径直跑到那
里。忽的推开门看时，只见那七个女子，蹲在水里，口中乱骂那
鹰哩，道："这个匾毛畜生，猫嚼头的亡人！把我们衣服都雕去
了，教我们怎的动手！"^{趣。}八戒忍不住笑道："女菩萨，在这里
洗澡哩，也携带我和尚洗洗何如？"那怪见了作怒道："你这和
尚，十分无礼！我们是在家的女流，你是个出家的男子。古书
云，'七年男女不同席'，你好和我们同塘洗浴？"八戒道："天
气炎热，没奈何，将就容我洗洗儿罢。那里调甚么书担儿，同席
不同席！"^{妙。}

呆子不容说，丢下钉钯，脱了皂锦直裰，扑的跳下水来。那
怪心中烦恼，一齐上前要打。不知八戒水势极熟，到水里摇身一
变，变做一个鲇鱼精。那怪就都摸鱼，赶上拿他不住。东边摸，
忽的又渍了西去；西边摸，忽的又渍了东去，滑扢虀的，只在那
腿裆里乱钻。^{妙。}原来那水有搀肚之深，水上盘了一会，又盘在
水底，都盘倒了，喘嘘嘘的，精神倦怠。

八戒却才跳将上来，现了本相，穿了直裰，执着钉钯，喝道："我是那个？你把我当鲇鱼精哩！"那怪见了，心惊胆战，对八戒道："你先来是个和尚，到水里变作鲇鱼，及拿你不住，却又这般打扮，你端的是从何到此？是必留名。"八戒道："这伙泼怪当真的不认得我！我是东土大唐取经的唐长老之徒弟，乃天蓬元帅悟能八戒是也。你把我师父吊在洞里，算计要蒸他受用！我的师父又好蒸吃？快早伸过头来，各筑一钯，教你断根！"那些妖闻此言，魂飞魄散，就在水中跪拜，道："望老爷方便方便！我等有眼无珠，误捉了你师父，虽然吊在那里，不曾敢加刑受苦。望慈悲饶了我的性命，情愿贴些盘费，送你师父往西天去也。"八戒摇手，道："莫说这话！俗语说得好，'曾着卖糖君子哄，到今不信口甜人'。是便筑一钯，各人走路！"

呆子一味粗夯，显手段，那有怜香惜玉之心，举着钯，不分好歹，赶上前乱筑。那怪慌了手脚，那里顾甚么羞耻，只是性命要紧，随用手侮着羞处，跳出水来，都跑在亭子里站立，作出法来：脐孔中骨都都冒出丝绳，瞒天搭了个大丝篷，把八戒罩在当中。那呆子忽抬头，不见天日，即抽身往外便走，那里举得脚步！原来放了绊脚索，满地都是丝绳，动动脚，跌个跮踵：左边去，一个面磕地；右边去，一个倒栽葱；急转身，又跌了个嘴揾地；忙爬起，又跌了个竖蜻蜓。也不知跌了多少跟头，把个呆子跌得身麻脚软，头晕眼花，爬也爬不动，只睡在地下呻吟。那怪物却将他困住，也不打他，也不伤他，一个个跳出门来，将丝篷遮住天光，各回本洞。

到了石桥上站下，念动真言，霎时间把丝篷收了，赤条条的，跑入洞里，侮着那话，从唐僧面前笑嘻嘻的跑过去。走入石房，取几件旧衣穿了，径至后门口立定，叫："孩儿们何在？"原来那妖精一个有一个儿子，却不是他养的，都是他结拜的干儿子。有名唤做蜜、蚂、蛉、班、蜢、蜡、蜻。蜜是蜜蜂，蚂是蚂蜂，蛉是蛉蜂，班是班毛，蜢是牛蜢，蜡是抹蜡，蜻是蜻蜓。原来那妖精幔天结网，掳住这七般虫蛭，却要吃他。古云："禽有禽言，兽有兽语。"当时这些虫哀告饶命，愿拜为母，遂此春采百花供怪物，夏寻诸卉孝妖精。忽闻一声呼唤，都到面前，问："母亲有何使令？"众怪道："儿啊，早间我们错惹了唐朝来的和尚，才然被他徒弟拦在池里，出了多少丑，几乎丧了性命！汝等努力，快出门前去退他一退。如得胜后，可到你舅舅家来会我。"那些怪既得逃生，往他师兄处，摩嘴生灾不题。你看这些虫蛭，一个个摩拳擦掌，出来迎敌。

却说八戒跌得昏头昏脑，猛抬头见丝篷、丝索俱无，他才一步一探爬将起来，忍着疼找回原路。见了行者，用手扯住，道："哥哥，我的头可肿，脸可青么？"行者道："你怎的来？"八戒道："我被那厮将丝绳罩住，放了绊脚索，不知跌了多少跟头，跌得我腰拖背折，寸步难移。却才丝篷、索子俱空，方得了性命回来也。"沙僧见了，道："罢了，罢了！你闯下祸来也！那怪一定往洞里去伤害师父，我等快去救他！"

行者闻言，急拽步便走，八戒牵着马，急急来到庄前。但见那石桥上有七个小妖儿挡住，道："慢来，慢来！吾等在此！"行者见了，道："好笑！干净都是些小人儿！长的也只有二尺五六寸，不满三尺；重的也只有八九斤，不满十斤。"喝道：

"你是谁？"那怪道："我乃七仙姑的儿子。你把我母亲欺辱了，还敢无知，打上我门！不要走，仔细！"

好怪物，一个个手之舞之，足之蹈之，乱打将来。八戒见了生嗔，本是跌恼了的性子，又见那伙虫蛭小巧，就发狠举钯来筑。那些怪见呆子凶猛，一个个现了本像，飞将起去，叫声"变"，须臾间，一个变十个，十个变百个，百个变千个，千个变万个，个个都变成无穷之数。只见：

满天飞抹蜡，遍地舞蜻蜓。蜜蚂追头额，蛴蜂扎眼睛。班毛前后咬，牛蜢上下叮。扑面漫漫黑，翛翛鬼神惊。

八戒慌了，道："哥啊，只说经好取，西方路上，虫儿也欺负人哩！"行者道："兄弟，不要怕，快上前打！"八戒道："扑头扑脸，浑身上下，都叮有十数层厚，却怎么打？"行者道："没事没事！我自有手段！"沙僧道："哥啊，有甚手段，快使出来罢！一会子光头上都叮肿了！"

好大圣，拔了一把毫毛，嚼得粉碎，喷将出去，即变做些黄、麻、鲅、白、雕、鱼、鹞。八戒道："师兄，又打甚么市语，黄啊、麻啊的哩？"行者道："你不知之。黄是黄鹰，麻是麻鹰，鲅是鲅鹰，白是白鹰，雕是雕鹰，鱼是鱼鹰，鹞是鹞鹰。那妖精儿子是七样虫，我的毫毛是七样鹰。"鹰最能嗛虫，一嘴一个，爪打翅敲。须臾，打得罄尽，满空无迹，地积尺馀。

三兄弟方才闯过桥去，径入洞里，只见老师父吊在那里哼哼的哭哩。八戒近前道："师父，你是要来这里吊了耍子，不知作成我跌了多少跟头哩！"沙僧道："且解下师父再说。"行者即将绳索挑断，放下唐僧，都问道："妖精那里去了？"唐僧道："那七个怪俱赤条条的往后边叫儿子去了。"行者道："兄弟们，跟我来寻去。"三人各持兵器，往后园里寻处，不见踪迹。都到那桃李树上寻遍不见。八戒道："去了，去了！"沙僧道："不必寻他。等我扶师父去也。"弟兄们复来前面，请唐僧上马，道："师父，下次化斋，还让我们去。"唐僧道："徒弟啊，以后就是饿死，也再不自专了。"

八戒道："你们扶师父走着。等老猪一顿钯筑倒他这房子，教他来时没处安身。"行者笑道："筑还费力，不若寻些柴来，与他个断根罢。"好呆子，寻了些朽松破竹，干柳枯藤，点上一把火，烘烘的都烧得干净。师徒却才放心前来。

咦，毕竟这去，不知那怪的吉凶如何，且听下回分解。

总批：

"七情迷本""八戒忘形"八个字，最有深意。戒则不迷，迷则不戒，反掌间耳。〇女子最会缠人，谁人能解此缚？

第七十三回　情因旧恨生灾毒　心主遭魔幸破光

话说孙大圣扶持着唐僧，与八戒、沙僧奔上大路，一直西来。不半晌，忽见一处楼阁重重，宫殿巍巍。唐僧勒马道："徒弟，你看那是个甚么去处？"行者举头观看。但见：

山环楼阁，溪绕亭台。门前杂树密森森，宅外野花香艳艳。柳间栖白鹭，浑如烟里玉无瑕；桃内啭黄莺，却是火中金有色。双双野鹿，忘情闲踏绿莎茵；对对山禽，飞语高枝红树杪。真如刘阮天台洞，不亚神仙阆苑家。

行者报道："师父，那所在也不是王侯第宅，也不是豪富人家，却像一个庵观寺院，到那里方知端的。"

三藏闻言，加鞭促马。师徒们来至门前观看，门上嵌着一块石板，上有"黄花观"三字。三藏下马，八戒道："黄花观乃道士之家，我们进去会他一会也好，他与我们衣冠虽别，修行一般。"沙僧道："说得是。一则进去看看景致，二来也当撒货头口。看方便处，安排些斋饭与师父吃。"长老依言，四众共入，但见二门上有一对春联："黄芽白雪神仙府，瑶草琪花羽士家。"行者笑道："这个是烧茅炼药，弄炉火，提罐子的道士。"三藏捻他一把，道："谨言，谨言！我们不与他相识，又不认亲，左右暂时一会，管他怎的？"

说不了，进了二门，只见那正殿谨闭，东廊下坐着一个道士在那里丸药。你看他怎生打扮？

戴一顶红艳艳饯金冠，穿一领黑淄淄乌皂服，踏一双绿阵阵云头履，系一条黄拂拂吕公绦。面如瓜铁，目若朗星。准头高大类回回，唇口翻张如鞑靼。道心一片隐轰雷，伏虎降龙真羽士。

三藏见了，厉声高叫道："老神仙，贫僧问讯了。"那道士猛抬头，一见心惊，丢了手中之药，按簪儿，整衣服，降阶迎接，道："老师父失迎了，请里面坐。"长老欢喜上殿，推开门，见有三清圣像，供桌有炉有香，即拈香注炉，礼拜三匝，方与道士行礼。遂至客位中，同徒弟们坐下。急唤仙童看茶，当有两个小童，即入里边，寻茶盘，洗茶盏，擦茶匙，办茶果。忙忙的乱走，早惊动那几个冤家。

原来那盘丝洞七个女怪与这道士同堂学艺，自从穿了旧衣，唤出儿子，径来此处。正在后面裁剪衣服，忽见那童子看茶，便问道："童儿，有甚客来了，这般忙冗？"仙童道："适间有四个和尚进来，师父教来看茶。"女怪道："可有个白胖和尚？"道："有。"又问："可有个长嘴大耳朵的？"道："有。"女怪道："你快去递了茶，对你师父丢个眼色，着他进来，我有要紧的话说。"果然那仙童将五杯茶拿出去。道士敛衣，双手拿一杯递与三藏，然后与八戒、沙僧、行者。茶罢收钟，小童丢个眼色，那道士就欠身道："列位请坐。"教："童儿，放了茶盘陪侍，等我去去就来。"此时长老与徒弟们，并一个小童出殿上观玩不题。

却说道士走进方丈中，只见七个女子齐齐跪倒，叫："师兄，师兄，听小妹子一言！"道士用手挽起，道："你们早间来时，要与我说甚么话，可可的今日丸药，这枝药忌见阴人，所以不曾答你。如今又有客在外面，有话且慢慢说罢。"众怪道：
"告禀师兄，这桩事，专为客来方敢告诉；若客去了，纵说也
没用了。"道士笑道："你看贤妹说话，怎么专为客来才说？却
不疯了？且莫说我是个清静修仙之辈，就是个俗人家，有妻子老
小家务事，也等客去了再处。怎么这等不贤，替我装幌子哩！且
让我出去。"众怪又一齐扯住，道："师兄且息怒。我问你，前
边那客，是那方来的？"道士唾着脸不答应，众怪道："方才小
童进来取茶，我闻得他说，是四个和尚。"道士作怒道："和尚
便怎么？"众怪道："四个和尚，内有一个白面胖的，有一个长
嘴大耳的，师兄可曾问他是那里来的？"道士道："内中有这两
个，你怎么知道？想是在那里见他来？"女子道："师兄原不知
这个委曲。那和尚乃唐朝差往西天取经去的，今早到我洞里化
斋，委是妹子们闻得唐僧之名，将他拿了。"道士道："你拿他
怎的？"女子道："我们久闻人说，唐僧乃十世修行的真体，有
人吃他一块肉，延寿长生，故此拿了他。后被那个长嘴大耳朵的
和尚把我们拦在濯垢泉里，先抢了衣服，后弄本事，强要同我等
洗浴，也止他不住，他就跳下水，变作一个鲇鱼，在我们腿裆里
钻来钻去，欲行奸骗之事。果有十分惫懒！他又跳出水去，现了
本相，见我们不肯相从，他就使一柄九齿钉钯，要伤我们性命。
若不是我们有些见识，几乎遭他毒手。故此战兢兢逃生，又着你
愚外甥与他敌斗，不知存亡如何。我们特来投兄长，望兄长念昔
日同窗之雅，与我今日做个报冤之人！"

　　那道士闻此言，却就恼恨，遂变了声色，道："这和尚原来
这等无礼，这等惫懒！你们都放心，等我摆布他！"众女子谢

道："师兄如若动手，等我们都来相帮打他。"道士道："不用打，不用打。常言道：'一打三分低。'你们都跟我来。"众女子相随左右。他入房内，取了梯子，转过床后，爬上屋梁，拿下一个小皮箱儿。那箱儿有八寸高下，一尺长短，四寸宽窄，上有一把小铜锁儿锁住。即于袖中拿出一方鹅黄绫汗巾儿来，汗巾须上系着一把小钥匙儿。开了锁，取出一包儿药来。此药乃是：

山中百鸟粪，扫积上千斤。是用铜锅煮，煎熬火候匀。千斤熬一杓，一杓炼三分。三分还要炒，再锻再重熏。制成此毒药，贵似宝和珍。如若尝他味，入口见阎君。

道士对七个女子道："妹妹，我这宝贝，若与凡人吃，只消一厘，入腹就死；若与神仙吃，也只消三厘就绝。这些和尚，只怕也有些道行，须得三厘。快取等子来。"内一女子急拿了一把等子，道："称出一分二厘，分作四分。"却拿了十二个红枣儿，将枣掐破些儿，捵上一厘，分在四个茶钟内；又将两个黑枣儿做一个茶钟，着一个托盘安了，对众女说："等我去问他。不是唐朝的便罢；若是唐朝来的，就教换茶，你却将此茶令童儿拿出。但吃了，个个亡身，就与你报了此仇，解了烦恼也。"七女感激不尽。

那道士换了一件衣服，虚礼谦恭，走将出去，请唐僧等又至客位坐下，道："老师父莫怪，适间去后面分付小徒，教他们挑些青菜萝卜，安排一顿素斋供养，所以失陪。"三藏道："贫僧素手进拜，怎么敢劳赐斋？"道士笑云："你我都是出家人，见山门就有三升俸粮，何言素手？敢问老师父，是何宝山，到此何干？"三藏道："贫僧乃东土大唐驾下差往西天大雷音寺取经者。却才路过仙宫，竭诚进拜。"道士闻言，满面生春，道："老师乃忠诚大德之佛，小道不知，失于远候，恕罪，恕罪！"叫："童儿，快去换茶来，一厢作速办斋。"

那小童走将进去，众女子招呼他来，道："这里有现成好茶，拿出去。"那童子果然将五钟茶拿出。道士连忙双手拿一个红枣儿茶钟奉与唐僧。他见八戒身躯大，就认做大徒弟，沙僧认做二徒弟，见行者身量小，认做三徒弟，所以第四钟才奉与行者。行者眼乖，接了茶钟，早已见盘子里那茶钟是两个黑枣儿，他道："先生，我与你穿换一杯。"道士笑道："不瞒长老说，山野中贫道士，茶果一时不备。才然在后面亲自寻果子，止有这十二个红枣，做四钟茶奉敬。小道又不可空陪，所以将两个下色枣儿作一杯奉陪，此乃贫道恭敬之意也。"行者笑道："说那里话？古人云：'在家不是贫，路上贫杀人。'你是住家儿的，何以言贫！像我们这行脚僧，才是真贫哩。我和你换换，我和你换换。"三藏闻言，道："悟空，这仙长实乃爱客之意，你吃了罢，换怎的？"行者无奈，将左手接了，右手盖住，看着他们。

却说那八戒，一则饥，二则渴，原来是食肠大大的，见那钟子里有三个红枣儿，拿起来，咽的都咽在肚里。师父也吃了，沙僧也吃了。一霎时，只见八戒脸上变色，沙僧满眼流泪，唐僧口中吐沫，他们都坐不住，晕倒在地。这大圣情知是毒，将茶钟手举起来，望道士劈脸一掼。道士将袍袖隔起，当的一声，把个钟子跌得粉碎。道士怒道："你这和尚，十分村鲁！怎么把我钟子碎了？”行者骂道：“你这畜生！你看我那三个人是怎么说！我与你有甚相干，你却将毒药茶药倒我的人？”道士道：“你这个村畜生！闯下祸来，你岂不知？”行者道：“我们才进你门，方叙了坐次，道及乡贯，又不曾有个高言，那里撞下甚祸？”道士道：“你可曾在盘丝洞化斋么？你可曾在濯垢泉洗澡么？”行者道：“濯垢泉乃七个女怪。你既说出这话，必定与他苟合，必定也是妖精！不要走，吃我一棒！”

好大圣，去耳朵里摸出金箍棒，幌一幌，碗来粗细，望道士劈脸打来。那道士急转身躲过，取一口宝剑来迎。他两个厮骂厮打，早惊动那里边的女怪。他七个一拥出来，叫道：“师兄且莫劳心，待小妹子拿他。”行者见了，越生嗔怒，双手轮铁棒，丢开解数，滚将进去乱打。只见那七个敞开怀，腆着雪白肚子，脐孔中作出法来：骨都都丝绳乱冒，搭起一个天篷，把行者盖在底下。

行者见事不谐，即翻身念声咒语，打个筋斗，扑的撞破天篷走了。忍着性气，淤淤的立在空中看处，见那怪丝绳幌亮，穿穿道道，却是穿梭的经纬，顷刻间，把黄花观的楼台殿阁都遮得无影无形。行者道：“利害，利害！早是不曾着他手！怪道猪八戒跌了若干！似这般怎生是好？我师父与师弟却又中了毒药。这伙怪合意同心，却不知是个甚来历，待我还去问那土地神也。”

好大圣，按落云头，捻着诀，念声“唵”字真言，把个土地老儿又拘来了，战兢兢跪下路傍叩头，道：“大圣，你去救你师父的，为何又转来也？”行者道：“早间救了师父，前去不远，遇一座黄花观。我与师父等进去看看，那观主迎接。才叙话间，被他把毒药茶药倒我师父等。我幸不曾吃茶，使棒就打，他却说出盘丝洞化斋、濯垢泉洗澡之事，我就知那厮是怪。才举手相敌，只见那七个女子跑出，吐放丝绳，老孙亏有见识走了。我想你在此间为神，定知他的来历。是个甚么妖精，老实说来，免打！"土地叩头道："那妖精到此，住不上十年。小神自三年前检点之后，方见他的本相，乃是七个蜘蛛精。他吐那些丝绳，乃是蛛丝。"行者闻言，十分欢喜，道："据你说，却是小可。既这般，你回去，等我作法降他也。"

那土地叩头而去。行者却到黄花观外，将尾巴上毛拔下七十根，吹口仙气，叫"变"，即变做七十个小行者；又将金箍棒吹口仙气，叫"变"，即变做七十个双角叉儿棒。每一个小行者，与他一根，他自家使一根，站在外边，将叉儿搅那丝绳，一齐着力，打个号子，把那丝绳都搅断，各搅了有十馀斤。里面拖出七个蜘蛛，足有巴斗大的身躯，一个个攒着手脚，索着头，只叫："饶命，饶命！"此时七十个小行者，按住七个蜘蛛，那里肯放？行者道："且不要打他，只教还我师父、师弟来。"那怪厉声高叫道："师兄，还他唐僧，救我命也！"那道士从里边跑出，道："妹妹，我要吃唐僧哩，救不得你了。"行者闻言大怒，道："你既不还我师父，且看你妹妹的样子！"

好大圣，把叉儿棒幌一幌，复了一根铁棒，双手举起，把七个蜘蛛精，尽情打烂，却似七个剜肉布袋儿，脓血淋淋。却又将尾巴摇了两摇，收了毫毛，单身轮棒，赶入里边来打道士。那道士见他打死了师妹，心甚不忍，即发狠举剑来迎。这一场各怀忿怒，一个个大展神通。这一场好杀：

妖精轮宝剑，大圣举金箍。都为唐朝三藏，先教七女呜呼。如今大展经纶手，施威弄法逞金吾。大圣神光壮，妖仙胆气粗。浑身解数如花锦，双手腾那似辘轳。乒乓剑棒响，惨淡野云浮。剿言语，使机谋，一来一往如画图。杀得风响沙飞狼虎怕，天昏地暗斗星无。

那道士与大圣战经五六十合，渐觉手软，一时间松了筋节，便解开衣带，忽辣的响一声，脱了皂袍。行者笑道："我儿子！打不过人，就脱剥了也是不能勾的！"原来这道士剥了衣裳，把手一齐抬起，只见那两胁下有一千只眼，眼中迸放金光，十分利害：

森森黄雾，艳艳金光。森森黄雾，两边胁下似喷云；艳艳金光，千只眼中如放火。左右却如金桶，东西犹似铜钟。此乃妖仙施法力，道士显神通。幌眼迷天遮日月，罩人爆燥气朦胧。把个齐天孙大圣，困在金光黄雾中。

行者慌了手脚，只在那金光影里乱转，向前不能举步，退后不能动脚，却便似在个桶里转的一般。无奈又爆燥不过。他急了，往上着实一跳，却撞破金光，扑的跌了一个倒栽葱，觉道撞的头疼，急伸头摸摸，把顶梁皮都撞软了，自家心焦道："晦气晦气！这颗头今日也不济了！常时刀砍斧剁，莫能伤损，却怎么被这金光撞软了皮肉？久以后定要贡脓，纵然好了，也是个破伤风。"一会家爆燥难禁，却又自家计较道："前去不得，后退不得，左行不得，右行不得，往上又撞不得，却怎么好？往下走他娘罢！"

好大圣，念个咒语，摇身一变，变做个穿山甲，又名鲮鲤鳞。真个是：

四只铁爪，钻山碎石如挝粉；满身鳞甲，破岭穿岩似切葱。两眼光明，好便似双星幌亮；一嘴尖利，胜强如钢钻金锥。药中有性穿山甲，俗语呼为鲮鲤鳞。

你看他硬着头，往地下一钻，就钻了有二十馀里，方才出头。原来那金光只罩得十馀里。出来现了本相，力软筋麻，浑身疼痛，止不住眼中流泪，忽失声叫道："师父啊！

当年秉教出山中，共往西来苦用工。
大海洪波无恐惧，阳沟之内却遭风！"

美猴王正当悲切，忽听得山背后有人啼哭，即欠身揩了眼泪，回头观看。但见一个妇人，身穿重孝，左手托一盏凉浆水饭，右手执几张烧纸黄钱，从那厢一步一声哭着走来。行者点头嗟叹，道："正是'流泪眼逢流泪眼，断肠人遇断肠人'！这一个妇人，不知所哭何事，待我问他一问。"那妇人不一时走上路来，迎着行者。行者躬身，问道："女菩萨，你哭的是甚人？"妇人噙泪道："我丈夫因与黄花观观主买竹竿争讲，被他将毒药茶药死，我将这陌纸钱烧化，以报夫妇之情。"行者听言，眼中泪下。那妇女见了作怒道："你甚无知！我为丈夫烦恼生悲，你怎么泪眼愁眉，欺心戏我？"

行者躬身道："女菩萨息怒。我本是东土大唐钦差御弟唐三藏大徒弟孙悟空行者。因往西天，行过黄花观歇马。那观中道士，不知是个甚么妖精，他与七个蜘蛛精，结为兄妹。蜘蛛精在盘丝洞要害我师父，是我与师弟八戒、沙僧救解得脱。那蜘蛛精走到他这里，背了是非，说我等有欺骗之意。道士将毒药茶药倒我师父、师弟共三人，连马四口，陷在他观里。惟我不曾吃他茶，将茶钟掼碎，他就与我相打。正嚷时，那七个蜘蛛精跑出来吐放丝绳，将我捆住，是我使法力走脱。问及土地，说他来像，我却又使分身法搅绝丝绳，拖出妖来，一顿棒打死。这道士即与他报仇，举宝剑与我相斗。斗经六十回合，他败了阵，随脱了衣裳，两胁下放出千只眼，有万道金光，把我罩定。所以进退两难，才变做一个鲮鲤鳞，从地下钻出来。正自悲切，忽听得你哭，故此相问。因见你为丈夫，有此纸钱报答，我师父丧身，更无一物相酬，所以自怨生悲，岂敢相戏！"

那妇女放下水饭、纸钱，对行者陪礼道："莫怪，莫怪，我不知你是被难者。才据你说将起来，你不认得那道士。他本是个百眼魔君，又唤做多目怪。你既然有此变化，脱得金光，战得许久，必定有大神通，却只是还近不得那厮。我教你去请一位圣贤，他能破得金光，降得道士。"行者闻言，连忙唱喏，道："女菩萨知此来历，烦为指教指教。果是那位圣贤，我去请求，救我师父之难，就报你丈夫之仇。"妇人道："我就说出来，你去请他，降了道士，只可报仇而已，恐不能救你师父。"行者道："怎不能救？"妇人道："那厮毒药最狠，药倒人，三日之间，骨髓俱烂。你此往回恐迟了，故不能救。"行者道："我会走路，凭他多远，千里只消半日。"女子道："你既会走路，听我说：此处到那里有千里之遥。那厢有一座山，名唤紫云山，山中有个千花洞。^{好洞名。}洞里有位圣贤，唤做毗蓝婆。他能降得此怪。"行者道："那山坐落何方？却从何方去？"女子用手指定，道："那直南上便是。"

行者回头看时，那女子早不见了。行者慌忙礼拜，道："是那位菩萨？我弟子钻昏了，不能相识，千乞留名，好谢！"只见那半空中叫道："大圣，是我。"行者急抬头看处，原是黎山老姆，赶至空中，谢道："老姆从何来指教我也？"老姆道："我才自龙华会上回来，见你师父有难，假做孝妇，借夫丧之名，免他一死。你快去请他，但不可说出是我指教，那圣贤有些多怪人。"

行者谢了，辞别，把筋斗云一纵，随到紫云山上。按定云头，就见那千花洞。那洞外：

青松遮胜境，翠柏绕仙居。绿柳盈山道，奇花满涧渠。香兰围石屋，芳草映岩嵋。流水连溪碧，云封古树虚。野禽声聒聒，幽鹿步徐徐。修竹枝枝秀，红梅叶叶舒。寒鸦栖古树，春鸟噪高樗。夏麦盈田广，秋禾遍地馀。四时无叶落，八节有花如。每生瑞霭连霄汉，常放祥云接太虚。

这大圣喜喜欢欢走将进去，一程一节，看不尽无边的景致。直入里面，更没个人儿，见静静悄悄的，鸡犬之声也无，心中暗道："这圣贤想是不在家了。"又进数里看时，见一个女道姑坐在榻上。你看他怎生模样？

头戴五花纳锦帽，身穿一领织金袍。脚踏云尖凤头履，腰系攒丝双穗绦。面似秋容霜后老，声如春燕社前娇。腹中久谙三乘法，心上常修四谛饶。悟出空空真正果，炼成了了自逍遥。正是千花洞里佛，毗蓝菩萨姓名高。

行者止不住脚，近前叫道："毗蓝婆菩萨，问讯了。"那菩萨即下榻，合掌回礼，道："大圣，失迎了。你从那里来的？"行者道："你怎么就认得我是大圣？"毗蓝婆道："你当年大闹天宫时，普地里传了你的名头，谁人不知，那个不识？"行者道："正是'好事不出门，恶事传千里'。像我如今皈正佛门，你就不晓得了！"毗蓝道："几时皈正？恭喜，恭喜！"行者道："近能脱命，保师父唐僧上西天取经。师父遇黄花观道士，将毒药茶药倒。我与那厮赌斗，他就放金光罩住我，是我使神通走脱了。闻菩萨能灭他的金光，特来拜请。"

菩萨道："是谁与你说的？我自赴了鱼蓝会，到今三百馀年，不曾出门。我隐姓埋名，更无一人得知，你却怎么知道？"行者道："我是个地理鬼，不管那里，自家都会访着。"毗蓝道："也罢，也罢。我本当不去，奈蒙大圣下临，不可灭了求经之善，我和你去来。"行者称谢了，道："我忒无知，擅自催促，但不知曾带甚么兵器。"菩萨道："我有个绣花针儿，能破那厮。"行者忍不住道："老姆误了我，早知是绣花针，不须劳你，就问老孙要一担也是有的。"毗蓝道："你那绣花针，无非是钢铁金针，用不得。我这宝贝，非钢非铁非金，乃我小儿日眼里炼成的。"行者道："令郎是谁？"毗蓝道："小儿乃昴日星官。"行者惊骇不已。

早望见金光艳艳，即回向毗蓝道："金光处便是黄花观也。"毗蓝随于衣领里取出一个绣花针，似眉毛粗细，有五六分长短，拈在手，望空抛去。少时间，响一声，破了金光。行者喜道："菩萨，妙哉，妙哉！寻针，寻针！"毗蓝托在手掌内，道："这不是？"行者却同按下云头，走入观里，只见那道士合了眼，不能举步。行者骂道："你这泼怪，妆瞎子哩！"耳朵里摸出棒来就打。毗蓝扯住，道："大圣莫打，且看你师父去。"

行者径至后面客位里看时，他三人都睡在地上吐痰吐沫哩。行者垂泪道："却怎么好，却怎么好！"毗蓝道："大圣休悲。也是我今日出门一场，索性积个阴德。我这里有解毒丹，送你三丸。"行者转身拜求。那菩萨袖中取出一个破纸包儿，内将三粒红丸子递与行者，教放入口里。行者把药扳开他们牙关，每人搵了一丸。须臾，药味入腹，便就一齐呕哕，遂吐出毒味，得了性命。那八戒先爬起，道："闷杀我也！"三藏、沙僧俱醒了，道："好晕也！"行者道："你们那茶里中了毒了，亏这毗蓝菩萨答救，快都来拜谢。"三藏欠身整衣谢了。

八戒道："师兄，那道士在那里？等我问他一问，为何这般害我！"行者把蜘蛛精上项事说了一遍。八戒发狠道："这厮既与蜘蛛为姊妹，定是妖精！"行者指道："他在那殿外立定妆瞎子哩。"八戒拿钯就筑，又被毗蓝止住，道："天蓬息怒。大圣知我洞里无人，待我收他去看守门户也。"行者道："感蒙大德，岂不奉承！但只是教他现本像，我们看看。"毗蓝道："容易。"即上前用手一指，那道士扑的倒在尘埃，现了原身，乃是一条七尺长短的大蜈蚣精。毗蓝使小指头挑起，驾祥云径转千花洞去。

八戒打仰道："这姆姆儿却也利害，怎么就降这般恶物？"行者笑道："我问他有甚兵器破他金光，他道有个绣花针儿，是他儿子在日眼里炼的；及问他'令郎是谁'，他道是昴日星官。我想昴日星是只公鸡，这老姆姆必定是个母鸡。鸡最能降蜈蚣，所以能收伏也。"

三藏闻言，顶礼不尽，教："徒弟们，收拾去罢。"那沙僧即在里面寻了些米粮，安排了些斋，俱饱餐一顿。牵马挑担，请师父出门。行者从他厨中放了一把火，把一座观霎时烧得煨烬，却拽步长行。正是：

唐僧得命感毗蓝，了性消除多目怪。

毕竟向前去还有甚么事体，且听下回分解。

总批：

蜈蚣前号"百眼魔君"，后来却成瞎子，使尽聪明，到底成个大呆子也。此喻最妙。〇七个大蜘蛛，一条老蜈蚣，人以为怪矣毒矣，岂知不过是你妄心别号，切不可看在外边也。

第七十四回　长庚传报魔头狠　行者施为变化能

情欲原因总一般，有情有欲自如然。沙门修炼纷纷士，断欲忘情即是禅。须着意，要心坚，一尘不染月当天。行功进步休教错，行满功完大觉仙。

话表三藏师徒们打开欲网，跳出情牢，放马西行。走不多时，又是夏尽秋初，新凉透体。但见那：

急雨收残暑，梧桐一叶惊。萤飞莎径晚，蛩语月华明。黄葵开映露，红蓼遍沙汀。蒲柳先零落，寒蝉应律鸣。

三藏正然行处，忽见一座高山，峰插碧空，真个是摩星碍日。长老心中害怕，叫悟空道："你看前面这山，十分高耸，但不知有路通行否？"行者笑道："师父说那里话！自古道'山高自有客行路，水深自有渡船人'，岂无通达之理？可放心前去。"长老闻言，喜笑花生，扬鞭策马而进，径上高岩。

行不数里，见一老者，鬓蓬松，白发飘搔；须稀朗，银丝摆动，项挂一串数珠子，手持拐杖现龙头，远远的立在那山坡上，高呼："西进的长老，且暂住骅骝，紧兜玉勒。这山上有一伙妖魔，吃尽了阎浮世上人，不可前进！"三藏闻言，大惊失色。一是马的足下不平，二是坐个雕鞍不稳，扑的跌下马来，挣挫不动，睡在草里哼哩。行者近前揽起，道："莫怕莫怕！有我哩！"长老道："你听那高岩上老者，报道这山上有伙妖魔，吃尽阎浮世上人，谁敢去问他一个真实端的？"行者道："你且坐地，等我去问他。"三藏道："你的相貌丑陋，言语粗俗，怕冲撞了他，问不出个实信。"行者笑道："我变个俊些儿的去问他。"三藏道："你是变了我看。"

好大圣，捻着诀，摇身一变，变做个干干净净的小和尚儿，真个是目秀眉清，头圆脸正，行动有斯文之气象，开口无俗类之言辞，抖一抖锦衣直裰，拽步上前，向唐僧道："师父，我可变得好么？"三藏见了大喜，道："变得好！"八戒道："怎么不好！只是把我们都比下去了。老猪就滚上二三年，也变不得这等俊俏！"

好大圣，躲离了他们，径直近前，对那老者躬身道："老公公，贫僧问讯了。"那老儿见他生得俊雅，年少身轻，待答不答的还了他个礼，用手摸着他头儿，笑嘻嘻问道："小和尚，你是那里来的？"行者道："我们是东土大唐来的，特上西天拜佛求经。适到此间，闻得公公报道有妖怪，我师父胆小怕惧，着我来问一声：端的是甚妖精，他敢这般短路！烦公公细说与我知之，我好把他贬解起身。"那老儿笑道："你这小和尚年幼，不知好歹，言不帮衬。那妖魔神通广大得紧，怎敢就说贬解他起身！"行者笑道："据你之言，似有护他之意，必定与他有亲，或是紧邻契友。不然，怎么长他的威智，兴他的节概，不肯倾心吐胆说他个来历？"公公点头笑道："这和尚倒会弄嘴！_{如今和尚，那个不会弄嘴。}想是跟你师父游方，到处儿学些法术，或者会驱缚魍魉，与人家镇宅降邪，你不曾撞见十分狠怪哩！"行者道："怎的狠？"公公道："那妖精

一封书到灵山，五百阿罗都来迎接；一纸简上天宫，十一大曜个个相钦。四海龙曾与他为友，八洞仙常与他作会，十地阎君

以兄弟相称，社令城隍以宾朋相爱。"

　　大圣闻言，忍不住呵呵大笑，用手扯着老者，道："不要说，不要说！那妖精与我后生小厮为兄弟朋友，也不见十分高作。若知是我小和尚来啊，他连夜就搬起身去了！"公公道："你这小和尚胡说，不当人子！那个神圣是你的后生小厮？"行者笑道："实不瞒你说，我小和尚祖居傲来国花果山水帘洞，姓孙名悟空。当年也曾做过妖精，干过大事。曾因会众魔，多饮了几杯酒睡着，梦中见二人将批勾我去到阴司。一时怒发，将金箍棒打伤鬼判，唬倒阎王，几乎掀翻了森罗殿。会说梦话吓得那掌案的判官拿纸，十阎王金名画字，教我饶他打，情愿与我做后生小厮。"那公公闻说，道："阿弥陀佛。这和尚说了这过头话，莫想再长得大了。"行者道："官儿，似我这般大也勾了。"公公道："你年几岁了？"行者道："你猜猜看。"老者道："有七八岁罢了。"行者笑道："有一万个七八岁！我把旧嘴脸拿出来你看看，你即莫怪。"公公道："怎么又有个嘴脸？"行者道："不瞒你说，我小和尚有七十二副嘴脸哩。"如今和尚嘴脸更多。

　　那公公不识窍，只管问他，他就把脸抹一抹，即现出本像，呲牙俫嘴，两股通红，腰间系一条虎皮裙，手里执一根金箍棒，立在石崖之下，就像个活雷公。那老者见了，吓得面容失色，腿脚酸麻，站不稳，扑的一跌；爬起来，又一个跳踵。大圣上前道："老官儿，不要虚惊，我等面恶人善，莫怕莫怕！适间蒙你好意，报有妖魔。委的有多少怪，一发累你说说，我好谢你。"那老儿战战兢兢，口不能言，又推耳聋，一句不应。

　　行者见他不言，即抽身回坡。长老道："悟空，你来了？所问如何？"行者笑道："不打紧不打紧！西天有便有个把妖精儿，只是这里人胆小，把他放在心上。没事没事，有我哩！"长老道："你可曾问他此处是甚么山，甚么洞，有多少妖怪，那条路通得雷音？"八戒道："师父，莫怪我说。若论赌变化，使促掐，捉弄人，我们三五个也不如师兄；若论老实相，师兄就摆一队伍，也不如我。"唐僧道："正是，正是。你还老实。"八戒道："他不知怎么钻过头不顾尾的，问了两声，不尴不尬的就跑回来了。等老猪去问他个实信来。"唐僧道："悟能，你仔细着。"

　　好呆子，把钉钯撒在腰里，整一整皂直裰，扭扭捏捏，奔上山坡，对老者叫道："公公，唱喏了。"那老儿见行者回去，方拄着杖挣得起来，战战兢兢的要走，忽见八戒，愈觉惊怕，道："爷爷呀，今夜做的甚么恶梦，遇着这伙恶人！为先的那和尚丑便丑，还有三分人相；这个和尚，怎么这等个磕椸嘴，蒲扇耳躲，铁片脸，鬃毛颈项，一分人气儿也没有了！"^{如今没人气遍地多。}八戒笑道："你这老公公不高兴，有些儿好褒贬人，你是怎的看我哩？丑便丑，奈看，再停一时就俊了。"那老者见他说出人话来，只得开言问他："你是那里来的？"八戒道："我是唐僧第二个徒弟，法名叫做悟能八戒。才自先问的，叫做悟空行者，是我师兄。师父怪他冲撞了公公，不曾问得实信，所以特着我来拜问：此处果是甚山甚洞，洞里果是甚妖精，那里是西去大路？烦尊一指示指示。"老者道："可老实么？"八戒道："我生平不敢有一毫虚的。"老者道："你莫相才来的那个和尚走花弄水的胡缠。"八戒道："我不像他。"

公公拄着杖，对八戒说："此山叫做八百里狮驼岭，中间有座狮驼洞，洞里有三个魔头。"八戒啐了一声："你这老儿却也多心！三个妖魔，也费心劳力的来报遭信！"公公道："你不怕么？"八戒道："不瞒你说，这三个妖魔，我师兄一棍就打死一个，我一钯就筑死一个，我还有个师弟，他一降妖杖又打死一个。三个都打死，我师父就过去了，有何难哉！"那老者笑道："这和尚不知深浅！那三个魔头，神通广大得紧哩！他手下小妖，南岭上有五千，北岭上有五千，东路口有一万，西路口有一万；巡哨的有四五千，把门的也有一万；烧火的无数，打柴的也无数，共计算有四万七八千。这都是有名字带牌儿的。专在此吃人。"

那呆子闻得此言，战兢兢跑将转来，相近唐僧，且不回话，放下钯，在那里出恭。行者见了，喝道："你不回话，却蹲在那里怎的？"八戒道："唬出尿来了！如今也不消说，赶早儿各自顾命去罢！"行者道："这个呆根！我问信偏不惊恐，你去问就这等慌张失智！"长老道："端的何如？"八戒道："这老儿说，此山叫做八百里狮驼山，中间有座狮驼洞，洞里有三个老妖，有四万八千小妖，专在那里吃人。我们若蹦着他些山边儿，就是他口里食了，莫想去得！"

三藏闻言，战兢兢，毛骨悚然，道："悟空，如何是好？"行者笑道："师父放心，没大事。想是这里有便有几个妖精，只是这里人胆小，把他就说出许多人，许多大，所以自惊自怪。有我哩！"八戒道："哥哥说的是那里话！我比你不同，我问的是实，决无虚谬之言。满山满谷都是妖魔，怎生前进？"行者笑道："呆子嘴脸，不要虚惊！若论满山满谷之魔，只消老孙一路棒，半夜打个罄尽！"八戒道："不差，不差！莫说大话！那些妖精点卯也得七八日，怎么就打得罄尽？"行者道："你说怎样打？"八戒道："凭你抓倒，捆倒，使定身法定倒，也没有这等快的。"行者笑道："不用甚么抓拿捆缚。我把这棍子两头一扯叫长，就有四十丈长短；幌一幌叫粗，就有八丈围圆粗细。往山南一滚，滚杀五千；山北一滚，滚杀五千；从东往西一滚，只怕四五万砑做肉泥烂酱！"八戒道："哥哥，若是这等赶面打，或者二更时也都了了。"沙僧在傍笑道："师父，有大师兄恁样神通，怕他怎的！请上马走啊。"唐僧见他们讲论手段，没奈何，只得宽心上马而走。

正行间，不见了那报信的老者。沙僧道："他就是妖怪，故意狐假虎威的来传报，恐唬我们哩。"行者道："不要忙，等我去看看。"好大圣，跳上高峰，四顾无迹，急转面，见半空中有彩霞幌亮，即纵云赶上看时，乃是太白金星。走到身边，用手扯住，口口声声只叫他的小名，道："李长庚，李长庚，你好意懒！有甚话，当面来讲便好，怎么妆做个山林之老模样混我！"金星慌忙施礼，道："大圣，报信来迟，乞勿罪，乞勿罪！这魔头果是神通广大，势要峥嵘。只看你那移变化，乖巧机谋，可便过去；如若怠慢些儿，其实难去。"行者谢道："感激感激。果然此处难行，望老星上界与玉帝说声，借些天兵帮助老孙帮助。"金星道："有有有。你只口信带去，就是十万天兵，也是有的。"

大圣别了金星，按落云头，见了三藏道："适才那个老儿，原是太白星来与我们报信的。"长老合掌道："徒弟，快赶上他，问他那里另有个路，我们转了去罢。"行者道："转不得，此山径过有八百里，四周围不知更有多少路哩，怎么转得？"三藏闻言，止不住眼中流泪，道："徒弟，似此艰难，怎生拜佛！"行者道："莫哭莫哭！一哭便脓包行了！他这报信，必有几分虚话，只是要我们着意留心，诚所谓'以告者，过也'。你且下马来坐着。"八戒道："又有甚商议？"行者道："没甚商议，你且在这里用心保守师父，沙僧好生看守行李、马匹。等老孙先上岭打听打听，看前后共有多少妖怪，拿住一个，问他个详细，教他写个执结，开个花名，把他老老小小，一一查明，分付他关了洞门，不许阻路，却请师父静静悄悄的过去，方显得老孙手段！"沙僧只教："仔细，仔细！"行者笑道："不消嘱咐。我这一去，就是东洋大海也汤开路，就是铁裹银山也撞透门！"

好大圣，嗯哨一声，纵筋斗云，跳上高峰，扳藤负葛，平山观看，那山里静悄无人。忽失声道："错了错了！不该放这金星老儿去了，他原来恐唬我，这里那有个甚么妖精！他就出来跳风顽耍，必定拈枪弄棒，操演武艺，如何没有一个？"正自家揣度，只听得山背后，叮叮当当、辟辟剥剥梆铃之声。急回头看处，原来是个小妖儿，掮着一杆"令"字旗，腰间悬着铃子，手里敲着梆子，从北向南而走。仔细看他，有一丈二尺的身子。行者暗笑道："他必是个铺兵，想是送公文下报帖的。且等我去听他一听，看他说些甚话。"

好大圣，捻着诀，念个咒，摇身一变，变做的苍蝇儿，轻轻飞在他帽子上，侧耳听之。只见那小妖走上大路，敲着梆，摇着铃，口里作念，道："我等寻山的，各人要谨慎堤防孙行者，他会变苍蝇！"妙。行者闻言，暗自惊疑道："这厮看见我了，若未看见，怎么就知我的名字，又知我会变苍蝇！"原来那小妖也不曾见他，只是那魔头不知怎么就分付他这话，却是个谣言，着他这等胡念。行者不知，反疑他看见，就要取出棒来打他，却又停住，暗想道："曾记得八戒问金星时，他说老妖三个，小妖有四万七八千名。似这小妖，再多几万，也不打紧，却不知这三个老魔有多大手段。等我问他一问，动手不迟。"

好大圣，你道他怎么去问？跳下他的帽子来，钉在树头上，让那小妖先行几步，急转身腾那，也变做个小妖儿，照依他敲着梆，摇着铃，捎着旗，一般衣服，只是比他略长了三五寸，口里也那般念着，^猴。赶上前叫道："走路的，等我一等。"那小妖回头道："你是那里来的？"行者笑道："好人呀，一家人也不认得！"小妖道："我家没你呀。"行者道："怎的没我？你认认看。"小妖道："面生，认不得，认不得！"行者道："可知道面生，我是烧火的，你会得我少。"^妙。小妖摇头道："没有，没有！我洞里就是烧火的那些兄弟，也没有这个嘴尖的。"行者暗想道："这个嘴好的变尖了些了。"即低头，把手侮着嘴揉一揉，道："我的嘴不尖啊。"真个就不尖了。^猴。那小妖道："你刚才是个尖嘴，怎么揉一揉就不尖了？疑惑人子，大不好认！不是我一家的，少会少会，可疑可疑！我那大王家法甚严，烧火的只管烧火，巡山的只管巡山，终不然教你烧火，又教你来巡山？"行者口乖，就趁过来道："你不知道，大王见我烧得火好，就升我来巡山。"

小妖道："也罢。我们这巡山的，一班有四十名，十班共四百名，各自年貌，各自名色。大王怕我们乱了班次，不好点卯，一家与我们一个牌儿为号。你可有牌儿？"行者只见他那般打扮，那般报事，遂照他的模样变了，因不曾看见他的牌儿，所以身上没有。好大圣，更不说没有，就满口应承，道："我怎么没牌位？但只是刚才领的新牌。拿你的出来我看。"那小妖那里知这个机括，即揭起衣服，贴身带着个金漆牌儿，穿条绒线绳儿，扯与行者看看。行者见那牌背是个威镇诸魔的金牌，正面有三个真字，是"小钻风"，他却心中暗想道："不消说了，但是巡山的，必有个'风'字坠脚。"便道："你且放下衣走过，等我拿牌儿你看。"即转身，插下手，将尾巴梢儿的小毫毛拔下一根，捻他把，叫"变"，即变做个金漆牌儿，也穿上个绿绒绳儿，上书三个真字，乃"总钻风"，拿出来，递与他看了。^{乖猴。}

小妖大惊，道："我们都叫做个小钻风，偏你又叫做个甚么总钻风！"行者干事找绝，说话合宜，就道："你实不知，大王见我烧得火好，把我升个巡风，又与我个新牌，叫做总巡风，教我管你这一班四十名兄弟也。"^{妙猴。}那妖闻言，即忙唱喏，道："长官，长官新点出来的，实是面生，言语冲撞，莫怪！"行者还着礼，笑道："怪便不怪你，只是一件：见面钱却要哩。每人拿出五两来罢。"^{妙，妙。}小妖道："长官不要忙，待我向南岭头会了我这一班的人，一总打发罢。"行者道："既如此，我和你同去。"那小妖真个前走，大圣随后相跟。

不数里，忽见一座笔峰。何以谓之笔峰？那山头上长出一条峰来，约有四五丈高，如笔插在架上一般，故以为名。行者到边前，把尾巴掬一掬，跳上去坐在峰尖儿上，叫道："钻风，都过来！"^{妙，妙。}那这小钻风在下面躬身，道："长官，伺候。"行者道："你可知大王点我出来之故？"小妖道："不知。"行者道："大王要吃唐僧，只怕孙行者神通广大，说他会变化，只恐他变作小钻风，^{猴。}来造里躐着路径，打探消息，把我升作总钻风，来查勘你们这一班可有假的。"小钻风连声应道："长官，我们俱是真的。"行者道："你既是真的，大王有甚本事，你可晓得？"^{妙猴，妙猴，胆智双绝。}小钻风道："我晓得。"行者道："你晓得，快说来我听。如若说得合着我，便是真的；若说差了一些儿，便是假的，我定拿去见大王处治。"^{妙，妙。}

那小钻风见他坐在高处，弄獐弄智，呼呼喝喝的，没奈何，只得实说道："我大王神通广大，本事高强，一口曾吞了十万天兵。"行者闻说，吐出一声道："你是假的！"小钻风慌了，道："长官老爷，我是真的，怎么说是假的？"行者道："你既是真的，如何胡说！大王身子能有多大，一口就吞了十万天兵？"小钻风道："长官原来不知，我大王会变化：要大能撑天堂，要小就如菜子。因那年王母娘娘设蟠桃大会，邀请诸仙，他不曾具束来请，我大王意欲争天，被玉皇差十万天兵来降我大王，是我大王变化法身，张开大口，似城门一般，^{此样口，世上极多。}用力吞将去，唬得众天兵不敢交锋，关了南天门，故此是一口曾吞十万兵。"行者闻言，暗笑道："若是讲手头之话，老孙也曾干过。"又应声道："二大王有何本事？"小钻风道："二大王身高三丈，卧蚕眉，丹凤眼，美人声，匾担牙，鼻似蛟龙。若与人争斗，只消一鼻子卷去，就是铁背铜身，也就魂亡魄丧！"行者道："鼻子卷人的妖精也好拿。"又应声道："三大王也有几多手段？"小钻风道："我三大王不是凡间之怪物，名号云程万里鹏，行动时，抟风运海，振北图南。随身有一件儿宝贝，唤做阴阳二气瓶。假若是把人装在瓶中，一时三刻，化为酱水。"

行者听说，心中暗惊道："妖魔倒也不怕，只是仔细防他瓶儿。"又应声道："三个大王的本事，你倒也说得不差，与我知道的一样。但只是那个大王要吃唐僧哩？"小钻风道："长官，你不知道？"行者喝道："我比你不知些儿！因恐汝等不知底细，分付我来着实盘问你哩！"^{妙，妙。}小钻风道："我大大王与二大王久住在狮驼岭狮驼洞。三大王不在这里住，他原住处离此西下有四百里远近。那厢有座城，唤做狮驼国。他五百年前吃了这城国王及文武官僚，满城大小男女也尽被他吃了干净，因此上夺了他的江山，如今尽是些妖怪。不知那一年打听得东土唐朝差一个僧人去西天取经，说那唐僧乃十世修行的好人，有人吃他一块肉，就延寿长生不老。只因怕他一个徒弟孙行者十分利害，自家一个难为，径来此处与我这两个大王结为兄弟，合意同心，打伙儿捉那个唐僧也。"

行者闻言，心中大怒道："这泼魔十分无礼！我保唐僧成正果，他怎么算计要吃我的人！"恨一声，咬响钢牙，挈出铁棒，跳下高峰，把棍子望小妖头上砑了一砑，可怜，就砑得像一个肉陀！自家见了，又不忍道："咦，他倒是个好意，把些家常话儿都与我说了，我怎么却这一下子就结果了他？也罢也罢，左右是左右！"好大圣，只为师父阻路，没奈何干出这件事来。就把他牌儿解下，带在自家腰里，将"令"字旗捎在背上，腰间挂了铃，手里敲着梆子，迎风捻个诀，口里念个咒语，摇身一变，变的就像小钻风模样。拽回步，径转旧路，找寻洞府，去打探那三个老妖魔的虚实。这正是：

千般变化美猴王，万样腾那真本事。

闯入深山，依着旧路正是走处，忽听得人喊马嘶之声，即举目观之，原来是狮驼洞口有万数小妖排列着枪刀剑戟，旗帜旌旄。这大圣心中暗喜道：“李长庚之言，真是不妄，真是不妄。”原来这摆列的有些路数：二百五十名作一大队伍。他只见有四十名杂彩长旗，迎风乱舞，就知有万名人马。却又自揣自度道：“老孙变作小钻风，这一进去，那老魔若问我巡山的话，我必随机答应。倘或一时言语差讹，认得我啊，怎生脱体？就要往外跑时，那伙把门的挡住，如何出得门去？要拿洞里妖王，必先除了门前众怪！”

你道他怎么除得众怪？好大圣，想着：“那老魔不曾与我会面，就知我老孙的名头，我且倚着我的这个名头，仗着威风，说些大话，吓他一吓看。果然中土众僧有缘有分，取得经回，这一去，只消我几句英雄之言，就吓退那门前若干之怪；假若众僧无缘无分，取不得真经啊，就是纵然说得莲花现，也除不得西方洞外精。”

心问口，口问心，思量此计，敲着梆，摇着铃，径直闯到狮驼洞口，早被前营上小妖挡住，道：“小钻风来了？”行者不应，低着头就走。走至二层营里，又被小妖扯住，道：“小钻风来了？”行者道：“来了。”众妖道：“你今早巡风去，可曾撞见甚么孙行者么？”行者道：“撞见的，正在那里磨扛子哩。”众妖害怕，道：“他怎么个模样？磨甚么扛子？”行者道：“他蹲在那涧边，还似个开路神，若站起来，好道有十数丈长！手里拿着一条铁棒，就似碗来粗细的一根大扛子，在那石崖上抄一把水，磨一磨，口里又念着：'扛子啊！这一向不曾拿你出来显显神通，这一去就有十万妖精，也都替我打死！等我杀了那三个魔头祭你！'他要磨得明了，先打死你们前一万精哩！"妙，妙。

那些小妖闻得此言，一个个心惊胆战，魂散魄飞。行者又道："列位，那唐僧的肉也不多几斤，也分不到我处，我们替他顶这个缸怎的！不如我们各自散一散罢。"妙，妙。众妖都道："说得是，我们各自顾命去罢。"假若是些军民人等，服了圣化，就死也不敢走。原来此辈都是些狼虫虎豹，走兽飞禽，鸣的一声都哄然而去了。这个倒不像孙大圣几句铺头话，却就如楚歌声吹散了八千兵。行者暗自喜道："好了，老妖是死了！闻名就走，怎敢觌面相逢？这进去还似此言方好；若说差了，才这伙小妖有一两个倒走进去听见，却不走了风讯？"你看他：

存心来古洞，仗胆入深门。

毕竟不知见那个老魔头有甚吉凶，且听下回分解。

总批：

劈头"打开欲网，跳出情牢"八个字极妙。可惜世人自投欲网，占住情牢耳。

第七十五回　心猿钻透阴阳窍　魔王还归大道真

却说孙大圣进于洞口，两边观看。只见：

骷髅若岭，骸骨如林。人头发蹯成毡片，人皮肉烂作泥尘。人筋缠在树上，干焦幌亮如银。真个是尸山血海，果然腥臭难闻。东边小妖，将活人拿了剐肉；西下泼魔，把人肉鲜煮鲜烹。若不美猴王如此英雄胆，第二个凡夫也进不得他门。

不多时，行入二层门里看时，呀，这里却比外面不同：清奇幽雅，秀丽宽平；左右有瑶草仙花，前后有乔松翠竹。一行七八里远近，才到三层门。闪着身偷着眼看处，那上面高坐三个老妖，十分狞恶。中间的那个生得：

凿牙锯齿，圆头方面。声吼若雷，眼光如电。仰鼻朝天，赤眉飘焰。但行处，百兽心慌；若坐下，群魔胆战。这一个是兽中王，青毛狮子怪。

左手下那个生得：

凤目金睛，黄牙粗腿。长鼻银毛，看头似尾。圆额皱眉，身躯磊磊。细声如窈窕佳人，玉面似牛头恶鬼。这一个是藏齿修身多年的黄牙老象。

右手下那一个生得：

> 金翅鲲头，星睛豹眼。振北图南，刚强勇敢。变生翱翔，鹦笑龙惨。抟风翮百鸟藏头，舒利爪诸禽丧胆。这个是云程九万的大鹏雕。

那两下列着有百十大小头目，一个个全装披挂，介胄整齐，威风凛凛，杀气腾腾。

行者见了，心中欢喜，一些儿不怕，大踏步径直进门，把梆铃卸下，朝上叫声："大王！"三个老魔笑呵呵问道："小钻风，你来了？"行者应声道："来了。""你去巡山，打听孙行者的下落何如？"行者道："大王在上，我也不敢说起。"老魔道："怎么不敢说？"行者道："我奉大王命，敲着梆铃，正然走处，猛抬头只看见一个人，蹲在那里磨扛子，还像个开路神，若站将起来，足有十数丈长短。他就着那涧崖石上，抄一把水，磨一磨，口里又念一声，说他那扛子到此还不曾显个神通，他要磨明，就来打大王。我因此知他是孙行者，特来报知。"

那老魔闻此言，浑身是汗，唬得战呵呵的，道："兄弟，我说莫惹唐僧。他徒弟神通广大，预先作了准备，磨棍打我们，却怎生是好？"教："小的们，把洞外大小俱叫进来，关倒门，让他过去罢。"那头目中有知道的报："大王，门外小妖已都散了。"老魔道："怎么都散了？想是闻得风声不好也。快早关门，快早关门！"众妖乒乓把前后门尽皆牢拴紧闭。

行者自心惊道："这一关了门，他再问我家长里短的事，我对不来，却不弄走了风，被他拿住？且再唬他一唬，教他开着门，好跑。"又上前道："大王，他还说得不好。"老魔道："他又说甚么？"行者道："他说拿大大王剥皮，二大王剐骨，三大王抽筋。你们若关了门不出去啊，他会变化，一时变了个苍蝇儿，自门缝里飞进，把我们都拿出去，却怎生是好？"老魔道："兄弟们仔细，我这洞里，递年家没个苍蝇，但是有苍蝇进来，就是孙行者。"行者暗笑道："就变个苍蝇唬他一唬，好开门。"

大圣闪在傍边，伸手去脑后拔了一根毫毛，吹一口仙气，叫"变"，即变做一个金苍蝇，飞去望老魔劈脸撞了一头。那老怪慌了，道："兄弟，不停当！旧话儿进门来了！"惊得那大小群妖，一个个丫钯扫帚，都上前乱扑苍蝇。这大圣忍不住，欷欷的笑出声来。干净他不宜笑，这一笑笑出原嘴脸来了。却被那第三个老妖魔跳上前，一把扯住，道："哥哥，险些儿被他瞒了！"

老魔道："贤弟，谁瞒谁？"三怪道："刚才这个回话的小妖，不是小钻风，他就是孙行者。必定撞见钻风，不知是他怎么打杀了，却变化来哄我们哩。"行者慌了，道："他认得我了！"即把手摸摸，对老怪道："我怎么是孙行者？我是小钻风，大王错认了。"老魔笑道："兄弟，他是小钻风。他一日三次在面前点卯，我认得他。"又问："你有牌儿么？"行者道："有。"掳着衣服，就拿出牌子。老怪一发认实，道："兄弟，莫屈了他。"三怪道："哥哥，你不曾看见他。他才子闪着身，笑了一声，我见他就露出个雷公嘴来；见我扯住时，他又变作个这等模样。"叫："小的们，拿绳来！"

众头目即取绳索。三怪把行者扳翻倒，四马攒蹄捆住，揭起衣裳看时，足足是个弼马温。原来行者有七十二般变化，若是变飞禽、走兽、花木、器皿、昆虫之类，却就连身子滚去了；但变人物，却只是头脸变了，身子变不过来。果然一身黄毛，两块红股，一条尾耙。老妖看着道："是孙行者的身子，小钻风的脸皮，是他了！"教："小的们，先安排酒来，与你三大王递个得功之杯。既拿倒了孙行者，唐僧坐定是我们口里食也。"三怪道："且不要吃酒。孙行者溜撒，他会逃遁之法，只怕走了。教小的们抬出瓶来，把孙行者装在瓶里，我们才好吃酒。"

老魔大笑道："正是，正是！"即点三十六个小妖，入里面开了库房门，抬出瓶来。你说那瓶有多大？只得二尺四寸高。怎么用得三十六个人抬？那瓶乃阴阳二气之宝，内有七宝八卦、二十四气，要三十六人，按天罡之数，才抬得动。不一时，将宝瓶抬出，放在三层门外，展得干净，揭开盖，把行者解了绳索，剥了衣服，就着那瓶中仙气，飕的一声，吸入里面，将盖子盖上，贴了封皮。却去吃酒，道："猴儿今番入我宝瓶之中，再莫想那西方之路！若还能勾拜佛求经，除是转背摇车，再去投胎夺舍是。"你看那大小群妖，一个个笑呵呵，都去贺功不题。

却说大圣到了瓶中，被那宝贝将身束得小了，索性变化，蹲在当中。半晌，倒还阴凉，忽失声笑道："这妖精外有虚名，内无实事，怎么告诵人说这瓶装了人，一时三刻，化为脓血？若似这般凉快，就住上七八年也无事！"咦，大圣原来不知那宝贝根由：假若装了人，一年不语，一年阴凉，但闻得人言，就有火来烧了。大圣未曾说话，只见满瓶都是火焰。幸得他有本事，坐在中间，捻着避火诀，全然不惧。耐到半个时辰，四周围钻出四十条蛇来咬。行者轮开手，抓将过来，尽力气一撖，撖做八十段。少时间，又有三条火龙出来，把行者上下盘绕，着实难禁，自觉慌张无措，道："别事好处，这三条火龙难为！再过一会不出，弄得火气攻心，怎了？"他想道："我把身子长一长，券破罢。"

好大圣，捻着诀，念声咒，叫"长"，即长了丈数高下，那瓶紧靠着身，也就长起去；他把身子往下一小，那瓶儿也就小下来了。行者心惊道："难难难！怎么我长他也长，我小他也小？如之奈何！"说不了，孤拐上有些疼痛，急伸手摸摸，却被火烧软了，自己心焦道："怎么好？孤拐烧软了，弄做个残疾之人了！"忍不住吊下泪来。这正是：

遭魔遇苦怀三藏，着难临危虑圣僧。

道："师父啊，当年钣正，蒙观音菩萨劝善，脱离天灾，我与你苦历诸山，收妖多怪，降八戒，得沙僧，千辛万苦，指望同证西方，共果正道。何期今日遭此毒魔，老孙误入于此，倾了性命，撇你在半山之中，不能前进！想是我昔日名儿，故有今朝之难！"着眼。○虚名极能取实祸。

正在凄怆，忽想起："菩萨当年在蛇盘山曾赐我三根救命毫毛，不知有无，且等我寻一寻看。"即伸手浑身摸了一把，只见脑后有三根毫毛，十分挺硬，忽喜道："身上毛都皆软熟，只此三根如此硬枪，必然是救我命的。"即便咬着牙，忍着疼，拔下毛，吹口仙气，叫"变"，一根即变作金钢钻，一根变作竹片，一根变作绵绳。扳张篾片弓儿，牵着那钻，照瓶底下搜搜的一顿钻，钻成一个眼孔，透进光亮，喜道："造化造化！却好出去也！"才变化出身，那瓶复阴凉了。怎么就凉？原来被他钻破，把阴阳之气泄了，故此更凉。

好大圣，收了毫毛，将身一小，就变做个蟭蟟虫儿，十分轻巧，细如须发，长似眉毛，自孔中钻出，且还不走，径飞在老魔头上钉着。那老魔正饮酒，猛然放下杯儿，道："三弟，孙行者这回化了么？"三魔笑道："还到此时哩？"老魔教传令抬上瓶来。那下面三十六个小妖即便抬瓶，瓶就轻了许多，慌得众小妖报道："大王，瓶轻了！"老魔喝道："胡说！宝贝乃阴阳二气之全功，如何轻了！"内中有一个勉强的小妖，把瓶提上来，道："你看这不轻了？"老魔揭盖看时，只见里面透亮，忍不住失声叫道："这瓶里空者，控也！"大圣在他头上，也忍不住道一声："我的儿啊，蹿者，走也！"众怪听见，道："走了，走了！"即传令："关门，关门！"

那行者将身一抖，收了剥去的衣服，现本相，跳出洞外，回头骂道："妖精不要无礼！瓶子钻破，装不得人了，只好拿来出恭！"喜喜欢欢，嚷嚷闹闹，踏着云头，径转唐僧处。

那长老正在那里撮土为香，望空祷祝，行者且停云头，听他祷祝甚的。那长老合掌朝天，道：

> 祈请云霞众位仙，六丁六甲与诸天。
> 愿保贤徒孙行者，神通广大法无边。

大圣听得这般言语，更加努力，收敛云光，近前叫道："师父，我来了！"长老揽住，道："悟空劳碌。你远探高山，许久不回，我甚忧虑。端的这山中有何吉凶？"行者笑道："师父，才这一去，一则是东土众生有缘有分，二来是师父功德无量无边，三也亏弟子法力！"将前项妆钻风、陷瓶里及脱身之事，细陈了一遍："今得见尊师之面，实为两世之人也！"

长老感谢不尽，道："你这番不曾与妖精赌斗么？"行者道："不曾。"长老道："这等保不得我过山了？"行者是个好胜的人，叫喊道："我怎么保你过山不得？"长老道："不曾与他见个胜负，只这般含糊，我怎敢前进！"大圣笑道："师父，你也忒不通变。常言道，'单丝不线，孤掌难鸣'，那魔三个，小妖千万，教老孙一人，怎生与他赌斗？"长老道："寡不敌众，是你一人也难处。八戒、沙僧他也都有本事，教他们都去，与你协力同心，扫净山路，保我过去罢。"行者沉吟道："师言最当。着沙僧保护你，着八戒跟我去罢。"那呆子慌了，道："哥哥没眼色！我又粗夯，无甚本事，走路扛风，跟你何益？"行者道："兄弟，你虽无甚本事，好道也是个人。俗云'放屁添风'，你也可壮我些胆气。"八戒道："也罢也罢，望你带挈带挈。但只急溜处，莫捉弄我。"长老道："八戒在意，我与沙僧在此。"

那呆子抖搜神威，与行者纵着狂风，驾着云雾，跳上高山，即至洞口，早见那洞门紧闭，四顾无人。行者上前，执铁棒，厉声高叫道："妖怪开门，快出来与老孙打耶！"那洞里小妖报入，老魔心惊胆战，道："几年都说猴儿狠，话不虚传果是真！"二老怪在傍问道："哥哥怎么说？"老魔道："那行者早间变小钻风混进来，我等不能相识。幸三贤弟认得，把他装在瓶里。又弄本事，钻破瓶儿，却又摄去衣服走了。如今在外叫战，谁敢与他打个头仗？"更无一人答应，又问又无人答，都是那妆聋推哑。老魔发怒道："我等在西方大路上，忝着个丑名，今日孙行者这般藐视，若不出去与他见阵，也低了名头。等我舍了这老性命去与他战上三合！三合战得过，唐僧还是我们口里食；战不过，那时关了门，让他过去罢。"遂取披挂结束了，开门前走。行者与八戒在门傍观看。真是好一个怪物：

铁额铜头戴宝盔，盔缨飘舞甚光辉。辉辉掣电双睛亮，亮亮铺霞两鬓飞。勾爪如银尖且利，锯牙似凿密还齐。身披金甲无丝缝，腰束龙绦有见机。手执钢刀明幌幌，英雄威武世间稀。一声吆喝如雷震，问道："敲门者是谁？"

大圣转身道："是你孙老爷齐天大圣也。"老魔笑道："你是孙行者？大胆泼猴！我不惹你，你却为何在此叫战？"行者道："'有风方起浪，无潮水自平。'你不惹我，我好寻你？只因你狐群狗党，结为一伙，算计吃我师父，所以来此施为。"老魔道："你这等雄纠纠的，嚷上我门，莫不是要打么？"行者道："正是。"老魔道："你休猖獗！我若调出妖兵，摆开阵势，摇旗擂鼓，与你交战，显得我是坐家虎，欺负你了。我只与你一个对一个，不许帮丁！"行者闻言，叫："猪八戒走过，看他把老孙怎的！"那呆子真个闪在一边。老魔道："你过来，先与我做个桩儿，让我尽力气着光头砍上三刀，就让你唐僧过去；假若禁不得，快送你唐僧来，与我做一顿下饭！"行者闻言，笑道："妖怪，你洞里若有纸笔，取出来，与你立个合同。自今日起，就砍到明年，我也不与你当真！"

那老魔抖搜威风，丁字步站定，双手举刀，望大圣劈顶就砍。这大圣把头往上一迎，只闻挖抆一声响，头皮儿红也不红。那老魔大惊，道："这猴子好个硬头儿！"大圣笑道："你不知，老孙是：

生就铜头铁脑盖，天地乾坤世上无。斧砍锤敲不得碎，幼年曾入老君炉。四斗星官监临造，二十八宿用工夫。水浸几番不得坏，周围挖搭板筋铺。唐僧还恐不坚固，预先又上紫金箍。" ^趣

老魔道："猴儿不要说嘴！看我这二刀来，决不容你性命！"行者道："不见怎的，左右也只这般砍罢了。"老魔道："猴儿，你不知这刀：

金火炉中造，神功百炼熬。锋刃依三略，刚强按六韬。却似苍蝇尾，犹如白蟒腰。入山云荡荡，下海浪滔滔。琢磨无遍数，煎熬几百遭。深山古洞放，上阵有功劳。揾着你这和尚天灵盖，一削就是两个瓢！"

大圣笑道："这妖精没眼色！把老孙认做个瓢头哩！也罢，误砍误让，教你再砍一刀看怎么。"那老魔举刀又砍，大圣把头迎一迎，乒乒的劈做两半个。大圣就地打个滚，变做两个身子。^{猴。}那魔一见慌了，手按下钢刀。猪八戒远远望见，笑道："老魔好砍两刀的，却不是四个人了？"老魔指定行者，道："闻你能使分身法，怎么把这法儿拿出在我面前使！"大圣道："何为分身法？"老魔道："为甚么先砍你一刀不动，如今砍你一刀，就是两个人？"大圣笑道："妖怪，你切莫害怕。砍上一万刀，还你二万个人！"老魔道："你这猴儿，你只会分身，不会收身。你若有本事收做一个，打我一棍去罢。"^{分身奇矣，收身更奇。}大圣道："不许说谎，你要砍三刀，只砍了我两刀；教我打两棍，若打了棍半，就不姓孙！"老魔道："正是，正是。"

好大圣，就把身搂上来，打个滚，依然一个身子，掣棒劈头就打。那老魔举刀架住，道："泼猴无礼！甚么样个哭丧棒，敢上门打人？"大圣喝道："你若问我这条棍，天上地下，都有名声！"老魔道："怎见名声？"他道：

棒是九转镔铁炼，老君亲手炉中煅。禹王求得号神珍，四海八河为定验。中间星斗暗铺陈，两头箍裹黄金片。花纹密布鬼神惊，上造龙纹与凤篆。名号灵阳棒一根，深藏海藏人难见。成形变化要飞腾，飘飘五色霞光现。老孙得道取归山，无穷变化多经验。时间要大瓮来粗，或小些微如铁线。粗如南岳细如针，长短随吾心意变。轻轻举动彩云生，亮亮飞腾如闪电。攸攸冷气逼人寒，条条杀雾空中现。降龙伏虎谨随身，天涯海角都游遍。曾将此棍闹天宫，威风打散蟠桃宴。天王赌斗未曾赢，哪吒对敌难交战。棍打诸神没躲藏，天兵十万都逃窜。雷霆众将护灵霄，飞身打上通明殿。掌朝天使尽皆惊，护驾仙卿俱搅乱。举棒掀翻北斗宫，回首振开南极殿。金阙天皇见棍凶，特请如来与我见。兵家胜负自如然，困苦灾危无可辨。整整挨排五百年，亏了南海菩萨劝。大唐有个出家僧，对天发下洪誓愿。枉死城中度鬼魂，灵山会上求经卷。西方一路有妖魔，行动甚是不方便。已知铁棒世无双，央我途中为侣伴。邪魔汤着赴幽冥，肉化红尘骨化面。处处妖精棒下亡，论万成千无打算。上方击坏斗牛宫，下方压损森罗殿。天将曾将九曜追，地府打伤催命判。半空丢下振山川，胜如太岁新华剑。全凭此棍保唐僧，天下妖魔都打遍！

那魔闻言，战兢兢舍着性命，举刀就砍。猴王笑吟吟使铁棒前迎。他两个先时在洞前撑持，然后跳起去，都在半空里厮杀。这一场好杀：

天河定底神珍棒，棒名如意世间高。夸称手段魔头恼，大杆刀擎法力豪。门外争持还可近，空中赌斗怎相饶！一个随心更面目，一个立地长身腰。杀得满天云气重，遍野雾飘飘。那一个几番立意擒三藏，这一个广施法力保唐僧。都因佛祖传经典，邪正分明恨苦交。

那老魔与大圣斗经二十馀合，不分输赢。原来八戒在底下见他两个战到好处，忍不住掣钯架风，跳将起去，望妖魔劈脸就筑。那魔慌了，不知八戒是个呼头性子，冒冒失失的唬人，他只道嘴长耳大，手硬钯凶，败了阵，丢了刀，回头就走。大圣喝道："赶上，赶上！"这呆子仗着威风，举着钉钯，即忙赶下怪去。老魔见他赶得相近，在坡前立定，迎着风头，幌一幌，现了原身，张开大口，就要来吞八戒。八戒害怕，急抽身往草里一钻，也管不得荆针棘刺，也顾不得刮破头疼，战兢兢的，在草里听着梆声。随后行者赶到，那怪也张口来吞，却中了他的机关，收了铁棒，迎将上去，被老魔一口吞之。唬得个呆子在草里囊囊咄咄的埋怨，道："这个弼马温，不识进退！那怪来吃你，你如何不走，反去迎他！这一口吞在肚中，今日还是个和尚，明日就是个大恭也！" ^{"大恭"字奇幻。}那魔得胜而去。这呆子才钻出草来，溜回旧路。

却说三藏在那山坡下，正与沙僧盼望，只见八戒喘呵呵的跑来。三藏大惊，道："八戒，你怎么这等狼狈？悟空如何不见？"呆子哭哭啼啼，道："师兄被妖精一口吞下肚去了！"三藏听言，唬倒在地，半晌间，跌脚捶胸，道："徒弟呀，只说你善会降妖，领我西天见佛，怎知今日死于此怪之手！苦哉，苦哉！我弟子同众的功劳，如今都化作尘土矣！"那师父十分苦痛。你看那呆子，他也不来劝解师父，却叫："沙和尚，你拿将行李来，我两个分了罢。"沙僧道："二哥，分怎的？"八戒道："分开了，各人散火。你往流沙河，还去吃人；我往高老庄，看看我浑家。将白马卖了，与师父买个寿器送终。"长老气呼呼的，闻得此言，叫皇天，放声大哭，且不题。

却说那老魔吞了行者，以为得计，径回本洞。众妖迎问出战之功，老魔道："拿了一个来了。"二魔喜道："哥哥拿的是谁？"老魔道："是孙行者。"二魔道："拿在何处？"老魔道：

"被我一口吞在腹中哩。"第三个魔头大惊，道："大哥啊，我就不曾分付你，孙行者不中吃！"那大圣肚里道："忒中吃！又坚饥，再不得饿！"^{猴。}慌得那小妖道："大王，不好了！孙行者在你肚里说话哩！"老魔道："怕他说话！有本事吃了他，没本事摆布他不成？你们快去烧些盐白汤，等我灌下肚去，把他哕出来，慢慢的煎了吃酒。"

小妖真个冲了半盆盐汤。老怪一饮而干，洼着口，着实一呕，那大圣在肚里生了根，动也不动；却又拦着喉咙，往外又吐，吐得头晕眼花，黄胆都破了，行者越发不动。老魔喘息了，叫声："孙行者，你不出来？"行者道："早哩，正好不出来哩！"老魔道："你怎么不出？"行者道："你这妖精，甚不通变！我自做和尚，十分淡薄，如今秋凉，我还穿个单直裰。这肚里倒暖，又不透风，等我住过冬才好出来。"^{别人猴在面上，他却猴在肚里。}众妖听说，都道："大王，孙行者要在你肚里过冬哩！"老魔道："他要过冬，我就打起禅来，使个搬运法，一冬不吃饭，就饿杀那弼马温！"大圣道："我儿子，你不知事！老孙保唐僧取经，从广里过，带了个折叠锅儿，进来煮杂碎吃。将你这里边的肝肠肚肺细细儿受用，还勾盘缠到清明哩！"那二魔大惊，道："哥啊，这猴子他干得出来！"三魔道："哥啊，吃了杂碎也罢，不知在那里支锅？"行者道："三人骨上好支锅。"三魔道："不好了！假若支起锅，烧动火，烟煿到鼻孔里，打喷嚏么？"行者笑道："没事！等老孙把金箍棒往顶门里一搠，搠个窟窿：一则当天窗，二来当烟洞。"^{猴。}

老魔听说，虽说不怕，却也心惊，只得硬着胆，叫："兄弟们，莫怕！把我那药酒拿来，等我吃几钟下去，把猴儿药杀了罢！"行者暗笑道："老孙五百年前大闹天宫时，吃老君丹，玉皇酒，王母桃，及凤髓龙肝，那样东西我不曾吃过？是甚么药酒，敢来药我？"

那妖精真个将药酒筛了两壶，满满斟了一钟，递与老魔，老魔接在手中。大圣在肚里就闻得酒香，道："不要与他吃！"好大圣，把头一扭，变做个喇叭口子，张在他喉咙之下。那怪咽的咽下，被行者咽的接吃了。第二钟咽下，被行者咽的又接吃了。一连咽了七八钟，都是他接吃了。老魔放下钟，道："不吃了。这酒常时吃两钟，腹中如火，却才吃了七八钟，脸上红也不红！"

原来这大圣吃不多酒，接了他七八钟吃了，在肚里撒起酒风来：不住的支架子，跌四平，踢飞脚，抓住肝花打秋千，竖蜻蜓，翻根头乱舞。_{天下文章幻至此极矣。}那怪物疼痛难禁，倒在地下。

不知死活如何，且听下回分解。

总批：

这狮子一肚皮猴舌。〇在狮子肚里杀酒风，也是奇事。〇描画猴处，都是匪夷所思。

第七十六回　心神居舍魔归性　木母同降怪体真

心居魔性心
神書歸木魍
真性詞木性
體降金性

话表孙大圣在老魔肚里支吾一会，那魔头倒在尘埃，无声无气，若不言语，想是死了，却又把手放放。魔头回过气来，叫一声："大慈大悲齐天大圣菩萨！"行者听见道："儿子，莫废工夫，省几个字儿，只叫孙外公罢。"那妖魔惜命，真个叫："外公，外公！是我的不是了，一差二误吞了你，你却如今反害我。万望大圣慈悲，可怜蝼蚁贪生之意，饶了我命，愿送你师父过山也。"大圣虽英雄，甚为唐僧进步，他见妖魔哀告，好奉承的人，也就回了善念，叫道："妖怪，我饶你，你怎么送我师父？"老魔道："我这里也没甚么金银、珠翠、玛瑙、珊瑚、琉璃、琥珀、玳瑁珍奇之宝相送，我兄弟三个，抬一乘香藤轿儿，把你师父送过此山。"行者笑道："既是抬轿相送，强如要宝。你张开口，我出来。"那魔头真个就张开口。那三魔走近前，悄悄的对老魔道："大哥，等他出来时，把口往下一咬将猴儿嚼碎，咽下肚，却不得磨害你了。"<small>三魔亦痴，难道行者无耳的。</small>原来行者在里面听得，便不先出去，却把金箍棒伸出，试他一试。那怪果往下一口，挖喳的一声，把个门牙都迸碎了。行者抽回棒道："好妖怪！我倒饶你性命出来，你反咬我，要害我命。我不出来，活活的只弄杀你。不出来，不出来！"老魔报怨三魔道："兄弟，你是自家人弄自家人了。且是请他出来好了，你却教我咬他。他倒不曾咬着，却迸得我牙龈疼痛，这是怎么起的。"三魔见老魔怪他，他又作个激将法，厉声高叫道："孙行者，闻你名如轰雷贯耳，说你在南天门外施威，灵霄殿下逞势，如今在西天路上降妖缚怪，原来是个小辈的猴头。"行者道："我何为小辈？"三怪道："好看千里客，万里去传名。你出来，我与你赌斗，才是好汉，怎么在人肚里做勾当！非小辈而何？"行者闻言，心中暗想道："是，是，是！我若如今扯断他肠，揿破他肝，弄杀这怪，有何难哉？但真是坏了我的名头。也罢，也罢，你张口，我出来与你比并。但只是你这洞口窄逼，不好使家火，须往宽处去。"三魔闻说，即点大小怪，前前后后有三万多精，都执着精锐器械，出洞摆开一个三才阵势，专等行者出口，一齐上阵。那二怪攒着老魔，径至门外叫道："孙行者！好汉出来，此间有战场，好斗！"

大圣在他肚里，闻得外面鸦鸣鹊噪，鹤唳风声，知道是宽阔之处，却想着："我不出去，是失信与他；若出去，这妖精人面兽心，先时说送我师父，哄我出来咬我，今又调兵在此。也罢也罢，与他个两全其美，出去便出去，还与他肚里生下一个根儿。"即转手，将尾上毫毛拔了一根，吹口仙气，叫："变！"即变一条绳儿，只有头发粗细，倒有四十丈长短，那绳儿理出去，见风就长粗了。把一头拴着妖怪的肝系上，打做个活扣儿，那扣儿不扯不紧，扯紧就痛，却拿着一头笑道："这一出去，他送我师父便罢，如若不送，乱动刀兵，我也没工夫与他打，只消扯此绳儿，就如我在肚里一般。"猴。又将身子变得小小的，往外爬，爬到咽喉之下，见妖精大张着方口，上下钢牙，排如利刃，忽思量道："不好，不好！若从口里出去扯这绳儿，他怕疼，往下一嚼，却不咬断了？我打他没牙齿的所在出去。"好大圣，理着绳儿，从他那上腭子往前爬，爬到他鼻孔里。那老魔鼻子发痒，"阿嚏"的一声，打了个喷嚏，直迸出行者。

行者见了风把腰躬一躬，就长了有三丈长短，一只手扯着绳儿，一只手拿着铁棒。那魔头不知好歹，见他出来了，就举钢刀，劈脸来砍，这大圣一只手使铁棒相迎，只见那二怪使枪，三怪使戟，没头没脸的乱上。大圣放松了绳，收了铁棒，急纵身驾云走了，原来怕那伙小妖围绕，不好干事。他却跳出营外，去那空阔山头上，落下云，双手把绳尽力一扯，老魔心里才疼，他害疼往上一挣，大圣复往下一扯。众小妖远远看见，齐声高叫道："大王，莫惹他，让他去罢。这猴儿不按时景，清明还未到，他却那里放风筝也。"趣 大圣闻言，着力气蹬了一蹬，那老魔从空中拍剌剌似纺车儿一般跌落尘埃，就把那山坡下死硬的黄土跌做个二尺浅深之坑。

慌得那二怪三怪一齐按下云头，上前拿住绳儿，跪在坡下哀告道："大圣呵，只说你是个宽洪海量之仙，谁知是个鼠腹蜗肠之辈。实实的哄你出来，与你见阵，不期你在我家兄心上拴了一根绳子！"行者笑道："你这伙泼魔十分无礼！前番哄我出去便就咬我，这番哄我出，却又摆阵敌我。似这几万妖兵，战我一个，理上也不通，扯了去，扯了去，见我师父。"那怪一齐叩头道："大圣慈悲，饶我性命，愿送老师父过山。"行者笑道："你要性命，只消拿刀把绳子割断罢了。"老魔道："爷爷哑，割断外边的，这里边的拴在心上，喉咙里又搀搀的恶心，怎生是好？"妙 行者道："既如此，张开口，等我再进去解出绳来。"老魔慌了道："这一进去，又不肯出来，却难也，却难也。"行者道："我有本事外边就可以解得里面绳头也，解了可实实的送我师父么？"老魔道："但解就送，决不敢打诳语。"大圣审得是实，即便将身一抖，收了毫毛，那怪的心就不疼了。这是孙大圣掩样的法儿，使毫毛拴着他的心，收了毫毛，所以就不害疼也。三个妖纵身而起，谢道："大圣请回，上复唐僧，收拾下行李，我们就抬轿来送。"众怪偃干戈，尽皆归洞。

大圣收绳子，径转山东，远远的看见唐僧睡在地下打滚痛哭，猪八戒与沙僧解了包袱，将行李搭包儿在那里分哩。行者暗暗嗟叹道："不消讲了，这定是八戒对师父说我被妖精吃了，师父舍不得我痛哭，那呆子却分东西散火哩。咦！不知可是此意，且等我叫他一声看。"落下云头叫道："师父！"沙僧听见，报怨八戒道："你是个'棺材座子，专一害人'。师兄不曾死，你却说他死了，在这里干这个勾当。那里不叫将来了？"八戒道："我分明看见他被妖精一口吞了。想是日辰不好，那猴子来显魂哩。"行者到跟前，一把挝住八戒脸，一个巴掌打了个踉跄，道："夯货！我显甚么魂？"呆子侮着脸道："哥哥，你实是那怪吃了，你、你怎么又活了？"行者道："像你这个不济事的脓包。他吃了我，我就抓他肠，捏他肺，又把这条绳儿穿住他的心，扯得疼痛难禁，一个个叩头哀告，我才饶了他性命。如今抬轿来送我师父过山也。"那三藏闻言，一骨鲁爬起来，对行者躬身道："徒弟呵，累杀你了。若信悟能之言，我已绝矣。"行者轮拳打着八戒骂道："这个馕糠的呆子，十分懈怠，甚不成人。师父，你切莫恼，那怪就来送你也。"沙僧甚生惭愧，连忙遮掩，收拾行李，扣背马匹，都在途中等候不题。

却说三个魔头帅群精回洞，二怪道："哥哥，我只道是个九头八尾的孙行者，原来是恁的个小小猴儿。你不该吞他，只与他斗时，他那里斗得过你我，洞里这几万妖精，吐唾沫也可手杀他。你却将吞他在肚里，他便弄起法来，教你受苦，怎么敢与他比较？才是说送唐僧，都是假意，实为兄长性命要紧，所以哄他出来。决不送他。"老魔道："贤弟不送之故，何也？"二怪道："你与我三千小妖，摆开阵势，我有本事拿住这个猴头！"老魔道："莫说三千，凭你起老营去，只是拿住他便大家有功。"那二魔即点三千小妖，径到大路旁摆开，着一个蓝旗手往来传报，教："孙行者，赶早出来与我二大王爷交战。"八戒听见笑道："哥阿，常言道：'说谎不瞒当乡人。'就来弄虚头捣鬼，怎么就降了妖精，就抬轿来送师父，却又来叫战，何也？"行者道："老怪已被我降了，不敢出头，闻着个孙字儿，也害头疼。这定是二妖魔不伏气送我们，故此叫战。我道兄弟，这妖精有弟兄三个，这般义气，我弟兄也是三个，就没些义气？我已降了大魔，二魔出来，你就与他战战，未为不可。"八戒道："怕他怎的，等我去打他一仗来。"行者道："要去便去罢。"八戒笑道："哥阿，去便去，你把那绳儿借与我使使。"行者道："你要怎的？又没本事钻在肚里，你又没本事拴在他心上，要他何用？"八戒道："我要扣在这腰间，做个救命索。你与沙僧扯住后手，放我出去，与他交战。估着赢了他，你便放绳，我把他拿住，若是输与他，你把我扯回来，莫教他拉了去。"行者暗笑道："也是捉弄呆子一番。"真个就把绳儿扣在他腰里，撮弄他出战。

那呆子举钉钯跑上山崖，叫道："妖精出来，与你猪祖宗打来！"那蓝旗手急报道："大王，有一个长嘴大耳朵的和尚来了。"二怪即出营，见了八戒，更不打话，挺枪劈面刺来，这呆子举钯上前迎住，他两个在山坡前搭上手，斗不上七八回合，呆子手软，架不得妖魔，急回头叫："师兄，不好了！扯扯救命索，扯扯救命索！"^趣这壁厢大圣闻言，转把绳子放松了抛将去。那呆子败了阵，往后就跑。原来那绳子拖着走还不觉，转回来，因松了，到有些绊脚，自家绊上了一跌，爬起来又一跌，始初还跌个踵蹰，后面就跌了个嘴揭地。被妖精赶上，捽开鼻子，就如蛟龙一般，把八戒一鼻子卷住，得胜回洞，众妖凯歌齐唱，一拥而归。

这坡下三藏看见，又恼行者道："悟空，怪不得悟能咒你死哩。原来你兄弟全无相亲相爱之意，专怀相嫉相妒之心。他那般说，教你扯扯救命索，你怎么不扯，反将索子丢去？如今教他被害，却如之何？"行者笑道："师父也忒护短，忒偏心罢了。像老孙拿去时，你略不挂念，左右是舍命之材，这呆子才自遭擒，你就怪我。也教他受些苦恼，方见取经之难。"^{着眼}三藏道："徒弟阿，你去，我岂不挂念？想着你会变化，断然不至伤身。那呆子生得狼犺，又不会腾那，这一去，少吉多凶，你还去救他一救。"行者道："师父不得报怨，等我去救他一救。"急纵身赶上山，暗中恨道："这呆子咒我死，且莫与他个快活，且跟去看那妖精怎么摆布他，等他受些罪，再去救他。"即捻诀念起真言，摇身一变，即变做个蟭蟟虫，飞将去，钉在八戒耳朵跟上，同那妖精到了洞里。二魔帅三千小妖，大吹大打的，至洞口屯下，自将八戒拿入里面道："哥哥，我拿了一个来也。"老怪道："拿来我看。"他把鼻子放松，捽下八戒道："这不是？"老怪道："这厮没用。"八戒闻言道："大王，没用的放出去，寻那有用的捉来罢。"三怪道："虽是没用，也是唐僧的徒弟猪八戒。且捆了，送在后边池塘里浸着，待浸退了毛，破开肚子，使盐腌了晒干，等天阴下酒。"八戒大惊道："罢了，罢了！撞见那贩腌的妖怪也。"众妖一齐下手，把呆子四马攒蹄捆住，扛扛抬抬，送至池塘边，往中间一推，尽皆转去。

大圣却飞起来看处，那呆子四肢朝上，掘着嘴，半浮半沉，嘴里呼呼的，着实好笑，倒像八九月经霜落了子儿的一个大黑莲蓬。大圣见他那嘴脸，又恨他，又怜他，说道："怎的好么？他也是龙华会上的一个人，但只恨他动不动分行李散火，又要撺掇师父念紧箍咒咒我。我前日曾闻得沙僧说，他攒了些私房，不知可有否，等我且吓他一吓看。"好大圣，飞近他耳边，假捏声音叫声："猪悟能，猪悟能。"八戒慌了道："晦气哑！我这悟能是观世音菩萨起的，自跟了唐僧，又呼做八戒，此间怎么有人知道我叫做悟能？"呆子忍不住问道："是那个叫我的法名？"行者道："是我。"呆子道："你是那个？"行者道："我是勾司人。"那呆子慌了道："长官，你是那里来的？"行者道："我是五阎王差来勾你的。"那呆子道："长官，你且回去上复五阎王，他与我师兄孙悟空交得甚好，教他让我一日儿，明日来勾罢。"行者道："胡说！阎王注定三更死，谁敢留人到四更。趁早跟我去，免得套上绳子扯拉！"^{着眼。}呆子道："长官，那里不是方便，看我这般嘴脸，还想活哩。死是一定死，只等一日，这妖精连我师父们都拿来，会一会，就都了帐也。"行者暗笑道："也罢，我这批上有三十个人，都在这中前后，等我拘将来就你，便有一日耽阁。你可有盘缠，把些儿我去。"八戒道："可怜阿，出家人那里有甚么盘缠？"行者道："若无盘缠，索了去，跟着我走！"呆子慌了道："长官不要索，我晓得你这绳儿叫做追命绳，索上就要断气。有，有，有！有便有些儿，只是不多。"行者道："在那里？快拿出来！"八戒道："可怜，可怜！我自做了和尚，到如今，有些善信的人家斋僧见我食肠大，衬钱比他们略多些儿，我拿了攒凑这里，零零碎碎有五钱银子，因不好收拾，前者到城中，央了个银匠煎成一处，他又没天理，偷了我几分，只得四钱六分一块儿，你拿去罢。"行者暗笑道："这呆子裤子也没得穿，却藏在何处？""咄！你银子在那里？"八戒道："在我左耳朵眼儿里揾着哩。我捆了拿不得，你自家拿了去罢。"行者闻言，即伸手在耳朵窍中摸出，真个是块马鞍儿银子，足有四钱五六分重，拿在手里，忍不住哈哈的大笑一声。那呆子认是行者声音，在水里乱骂道："天杀的弼马温！到这们苦处，还来打诈财物哩。"行者又笑道："我把你这馕糟的！老孙保师父不知受了多少苦难，你到攒下私房！"八戒道："嘴脸！这是甚么私房？都是牙齿上刮下来的，我不舍得买来嘴吃，留了买匹布儿做件衣服，你却吓了我的。还分些儿与我。"行者道："半分也没得与你！"八戒骂道："买命钱让与你罢，好道也救我出去么。"行者道："莫发急，等我救你。"将银子藏了，即现原身揲铁棒把呆子划拢，用手提着脚，扯上来，解了绳。八戒跳起来，脱下衣裳，整干了水，抖一抖，潮漉漉的披在身上，道："哥哥，开后门走了罢。"行者道："后门里走，可是个长进的？还打前门上去。"八戒道："我的脚捆麻了，跑不动。"行者道："快跟我来。"

好大圣，把铁棒一路丢开解数，打将出去。那呆子忍着麻，只得跟定他，只看见二门下靠着的是他的钉钯，走上前，推开小妖，捞过来往前乱筑，与行者打出三四层门，不知打杀了多少小妖。那老魔听见，对二魔道："拿得好人，拿得好人！你看孙行者劫了猪八戒，门上打伤小妖也！"那二魔急纵身，绰枪在手，赶出门来，应声骂道："泼猢狲！这般无礼！怎敢眇视我等？"大圣听得，即应声站下，那怪物不容讲，使枪便刺，行者正是会家不忙，掣铁棒，劈面相迎，他两个在洞门外，这一场好杀：

黄牙老象变人形，义结狮王为弟兄。因为大魔来说合，同心计算吃唐僧。齐天大圣神通广，辅正除邪要灭精。八戒无能遭毒手，悟空拯故出门行。妖王赶上施英猛，枪棒交加各显能。那一个枪来好似穿林蟒，这一个棒起犹如出海龙。龙出海门云霭霭，蟒穿林树雾腾腾。算来都为唐和尚，恨苦相持太没情。

那八戒见大圣与妖精交战，他在山嘴上竖着钉钯，不来帮打，只管呆呆的看着。那妖精见行者棒重，满身解数，全无破绽，就把枪架住，捽开鼻子，要来卷他。行者知道他的勾当，双手把金箍棒横起来，往上一举，被妖精一鼻子卷住腰胯，不曾卷手，你看他两只手在妖精鼻子上丢花棒儿耍子。八戒见了，捶胸道："咦！那妖怪晦气呀，卷我这夯的，连手都卷住了，不能得动，卷那们滑的，倒不卷手。他那两只手拿着棒，只消往鼻里一捌，那孔子里害疼流涕，怎能卷得他住？"行者原无此意，倒是八戒教了他。他就把棒幌一幌，细如鸡子，长有丈馀，真个往他鼻孔里一搠。那妖精害怕，沙的一声，把鼻子捽放，被行者转手过来，一把挝住，用气力往前一拉，那妖精护疼，徐着手举步跟来。八戒方才敢近，拿钉钯望妖精胯子上乱筑。行者道："不好，不好！那钯齿儿尖，恐筑破皮，淌出血来，师父看见又说我们伤生，只调柄儿来打罢。"真个呆子拿钯柄，走一步，打一下，行者牵着鼻子，就似两个象奴。牵至坡下，只见三藏凝睛盼望，见他两个嚷嚷闹闹而来，即唤："悟净，你看悟空牵的是甚么？"沙僧见了笑道："师父，大师兄把妖精揪着鼻子拉来，真爱杀人也。"三藏道："善哉，善哉，那般大个妖精！那般长个鼻子！你且问他：他若欢欢喜喜送我等过山，可饶了他，莫伤他性命。"沙僧急纵前迎着，高声叫道："师父说，那怪果送师父过山，教不要伤他命哩。"那怪闻说，连忙跪下，口里呜呜的答应，原来被行者揪着鼻子，捏囔了，就如重伤风一般，叫道："唐老爷，若肯饶命，即便抬轿相送。"行者道："我师徒俱是善胜之人，依你言且饶你命，快抬轿来。如再变卦，拿住决不再饶。"那怪得脱手，磕头而去。行者同八戒见唐僧，备言前事。八戒惭愧不胜，在坡前晾晒衣服，等候不题。

那二魔战战兢兢回洞，未到时，已有小妖报知老魔三魔，说二魔被行者揪着鼻子拉去。老魔悚惧，与三魔帅众方出，见二魔独回，又皆接入，问及放回之故。二魔把三藏慈悯善胜之言，对众说了一遍，一个个面面相觑，更不敢言。二魔道："哥哥可送唐僧么？"老魔道："兄弟，你说那里话。孙行者是个广施仁义的猴头，他先在我肚里，若肯害我性命，一千个也被他弄杀了；却才揪住你鼻子，若是扯了去不放回，只捏破你的鼻子头儿，却也惶恐。快早安排送他去。”三魔笑道：“送，送，送！”老魔道：“贤弟这话，却又相尚气的了。你不送，我两个送去罢。”三魔又笑道：“二位兄长在上，那和尚倘不要我们送，只这等瞒过去，还是他的造化，若要送，不知正中了我的调虎离山之计哩。”老怪道：“何为调虎离山？”三怪道：“如今把满洞群妖点将起来，万中选千，千中选百，百中选十六个，又选三十个。”老怪道：“怎么既要十六，又要三十？”三怪道：“要三十个会烹煮的，与他些精米、细面、竹笋、芽茶、香蕈、蘑菇、豆腐、面筋，着他二十里，或三十里，搭下窝铺，安排茶饭，管待唐僧。”老怪道：“又要十六个何用？”三怪道：“着八个抬，八个喝路，我弟兄相随左右，送他一程。此去向西四百馀里，就是我的城池，我那里自有接应的人马，若至城边，如此如此，着他师徒首尾不能相顾。要捉唐僧，全在此十六个鬼成功。”老怪闻言，欢欣不已，真是如醉方醒，似梦方觉，道：“好，好，好！”即点众怪，先选三十，与他物件；又选十六，抬一顶香藤轿子，同出门来，又分付众妖：“俱不许上山闲走！孙行者是个多心的猴子，若见汝等往来，他必生疑，识破此计。”

　　老怪遂帅众至大路旁高叫道：“唐老爷，今日不犯红沙，请老爷早早过山。”三藏闻言道：“悟空，是甚人叫我？”行者指定道：“那厢是老孙降伏的妖精抬轿来送你哩。”三藏合掌朝天道：“善哉，善哉！若不是贤徒如此之能，我怎生得去？”径直向前，对众妖作礼道：“多承列位之爱，我弟子取经东回，向长安当传扬善果也。”众妖叩首道：“请老爷上轿。”那三藏肉眼凡胎，不知是计；孙大圣又是太乙金仙，忠正之性，只以为擒纵之功，降了妖怪，亦岂期他都有异谋，却也不曾详察。尽着师父之意，即命八戒将行李稍在马上，与沙僧紧随，他使铁棒向前开路，顾盼吉凶。八个抬起轿子，八个一递一声喝道；三个妖扶着轿杠，师父喜喜欢欢的端坐轿上，上了高山，依大路而行。

此一去，岂知欢喜之间愁又至，经云"泰极否还生"。时运相逢真太岁，又值丧门吊客星。那伙妖魔同心合意的侍卫左右，早晚殷勤，行经三十里献斋，五十里又斋，未晚请歇，沿路齐齐整整，一日三餐，遂心满意，良宵一宿，好处安身。西进有四百里馀程，忽见城池相近。大圣举铁棒，离轿仅有一里之遥，见城池把他吓了一跌，挣挫不起。你道他只这般大胆，如何见此着惊，原来望见那城中有许多恶气，乃是

攒攒簇簇妖魔怪，四门都是狠精灵。斑斓老虎为都管，白面雄彪作总兵。丫叉角鹿传文引，伶俐狐狸当道行。千尺大蟒围城走，万丈长蛇占路程。楼下苍狼呼食伴，亭前花豹作人声。摇旗擂鼓皆妖怪，巡更坐铺尽山精。狡兔开门弄买卖，野猪挑担赶营生。先年原是天朝国，如今翻作虎狼城。

那大圣正当悚惧，只听得耳后风响，急回头观看，原来是二魔双手举一柄画杆方天戟，往大圣头上打来。大圣急翻身爬起，使金箍棒劈面相迎，他两个各怀恼怒，气呼呼，更不打话，咬着牙，各要相争；又见那老魔头传声号令，令钢刀便砍八戒，八戒慌得丢了马，轮着钯向前乱筑；那三魔缠长枪望沙僧刺来，沙僧使降妖杖支开架子敌住。三个魔头与三个和尚，一个敌一个，在

那山头舍死忘生苦战。那十六个小妖却遵号令，各各效能，抢了白马行囊，把三藏一拥，抬着轿子径至城边，高叫道："大王爷爷定计，已拿得唐僧来了！"那城上大小妖精，一个个跑下，将城门大开，分付各营卷旗息鼓，不许呐喊筛锣，说："大王原有令在前，不许吓了唐僧。唐僧禁不得恐吓，一吓就肉酸不中吃了。"众妖都

欢天喜地邀三藏，控背躬身接主僧。

把唐僧一轿子抬上金銮殿，请他坐在当中，一壁厢献茶献饭，左右旋绕。那长老昏昏沉沉，举眼无亲。毕竟不知性命何如，且听下回分解。

总批：

妖魔反覆处，极似世上人情。世上人情反覆，乃真妖魔也。作《西游记》者，不过借妖魔来画个影子耳。读者亦知此否？

第七十七回　群魔欺本性　一体拜真如

群歌性体真
览本式评和

　　且不言唐长老困苦，却说那三个魔头齐心竭力，与大圣兄弟三人，在城东半山内努力争持。这一场，正是那铁刷帚刷铜锅——家家挺硬。好杀：

　　六般体相六般兵，六样形骸六样情。六恶六根缘六欲，六门六道赌输赢。三十六宫春自在，六六形色恨有名。这一个金箍棒，千般解数；那一个方天戟，百样峥嵘。八戒钉钯儿更猛，二怪长枪俊又能。小沙僧宝杖非凡，有心打死；老魔头钢刀快利，举手无情。这三个是护卫真僧无敌将，那三个是乱法欺君泼野精。起初犹可，向后弥凶。六枚都使升空法，云端里面各翻腾。一时间吐雾喷云天地暗，哮哮吼吼只闻声。

　　他六个斗罢多时，渐渐天晚，却又是风雾漫漫，霎时间，就黑暗了。原来八戒耳大盖着眼皮，越发昏蒙，手脚慢又遮架不住，拖着钯败阵就走，被老魔举刀砍去，几乎伤命，幸躲过头脑，被刀口削断几根鬃毛，赶上张开口咬着领头，拿入城中，丢与小怪，捆在金銮殿，老妖又驾云，起在半空助力。沙和尚见事不谐，虚幌着宝杖，顾本身回头便走，被二怪捽开鼻子，响一声连手卷住，拿到城里，也叫小妖捆在殿下，却又腾空去叫拿行者。行者见两个兄弟遭擒，他自家独难撑架，正是好手不敌双拳，双拳难敌四手。他喊一声，把棍子隔开三个妖魔的兵器，纵筋斗驾云走了。三怪见行者驾筋斗时，即抖抖身现了本象，扇开两翅，赶上大圣。你道他怎能赶上：当时如行者闹天宫，十万天兵也拿他不住者，以他会驾筋斗云，一去有十万八千里路，所以诸神不能赶上，这妖精扇一翅就有九万里，两扇就赶过了，所以被他一把挝住，拿在手中，左右挣挫不得。欲思要走，莫能逃脱，即使变化法遁法，又往来难行：变大些儿，他就放松了挝住，变小些儿，他又攥紧了挝住。复拿了径回城内，放了手，掼下尘埃，分付群妖，也照八戒、沙僧捆在一处。那老魔、三魔俱下来迎接。三个魔头同上宝殿。噫！这一番倒不是捆住行者，分明是与他送行。

此时有二更时候，众怪一齐相见毕，把唐僧推下殿来。那长老在灯光前，忽见三个徒弟都捆在地下，老师父伏于行者身边，哭道："徒弟呵！常时逢难，你却在外运用神通，到那里请救降魔，今番你亦遭擒，我贫僧怎么得命？"八戒、沙僧听见师父这般苦楚，便也一齐放声痛哭。行者微微笑道："师父放心，兄弟莫哭！凭他怎的，决然无伤。等那老魔安静了，我们走路。"八戒道："哥呵，又来捣鬼了。麻绳捆住，松些儿还着水喷，想你这瘦人儿不觉，我这胖的遭瘟哩！不信，你看两膊上入肉已有二寸，如何脱身？"行者笑道："莫说是麻绳捆的，就是碗粗的棕缆，只也当秋风过耳，何足罕哉！"

师徒们正说处，只闻得那老魔道："三贤弟有力量，有智谋，果成妙计，拿将唐僧来了。"叫："小的们，着五个打水，七个刷锅，十个烧火，二十个抬出铁笼来，把那四个和尚蒸熟，我兄弟们受用，各散一块儿与小的们吃，也教他个个长生。"八戒听见，战兢兢的道："哥哥，你听，那妖精计较要蒸我们吃哩。"行者道："不要怕，等我看他是雏儿妖精，是把势妖精。"沙和尚哭道："哥呀，且不要说宽话，如今已与阎王隔壁哩，且讲甚么雏儿把势。"说不了，又听得二怪说："猪八戒不好蒸。"八戒欢喜道："阿弥陀佛，是那个积阴骘的，说我不好蒸？"^趣三怪道："不好蒸，剥了皮蒸。"八戒慌了，厉声喊道："不要剥皮！粗自粗，汤响就烂了！"老怪道："不好蒸的，安在底下一隔。"行者笑道："八戒莫怕，是雏儿，不是把势。"沙僧道："怎么认得？"行者道："大凡蒸东西，都从上边起。不好蒸的，安在上头一隔，多烧把火，圆了气，就好了；若安在底下，一住了气，就烧半年也是不得气上的。他说八戒不好蒸，安在底下，不是雏儿是甚的。"八戒道："哥阿，依你说，就活活的弄杀人了。他打紧见不上气，抬开了，把我翻转过来，再烧起火，弄得我两边俱熟，中间不夹生了。"正讲时，又见小妖来报："汤滚了。"老怪传令叫抬。众妖一齐上手，将八戒抬在底下一隔，沙僧抬在二隔。行者估着来抬他，他就脱身道："此灯光前好做手脚。"拔下一根毫毛，吹口仙气，叫："变！"即变做一个行者，捆了麻绳，将真身出神，跳在半空里，低头看着。那群妖那知真假，见人就抬，把个假行者抬在上三隔，才将唐僧揪翻倒捆住，抬上第四隔。干柴架起，烈火气焰腾腾。大圣在云端里嗟叹道："我那八戒沙僧，还捱得两滚，我那师父，只消一滚就烂。若不用法救他，顷刻丧矣。"好行者，在空中捻着诀，念一声"唵蓝净法界，乾元亨利贞"的咒语，拘唤得北海龙王早至。只见那云端里一朵乌云，应声高叫道："北海小龙敖顺叩头。"行者道："请起，请起，无事不敢相烦，今与唐师父到此，被毒魔拿住，上铁笼蒸哩。你去与我护持护持，莫教蒸坏了。"龙王随即将身变作一阵冷风，吹入锅下，盘旋围护，更没火气烧锅。他三人方不损命。

　　将有三更尽时，只闻得老魔发放道：“手下的，我等用计劳形拿了唐僧四众，又因相送辛苦，四昼夜未曾得睡。今已捆在笼里，料应难脱，汝等用心看守，着十个小妖轮流烧火，让我们退宫，略略安寝。到五更天色将明，必然烂了，可安排下蒜泥盐醋，请我们起来，空心受用。”众妖各各遵命，三个魔头却各转寝宫而去。行者在云端里，明明听着这等分付，却低下云头，不听见笼里人声。他想着：“火气上腾，必然也热，他们怎么不怕，又无言语哼，莫敢是蒸死了？等我近前再听。”好大圣，踏着云，摇身一变，变作一个黑苍蝇儿，钉在铁笼隔外听时，只闻得八戒在里面道：“晦气，晦气，不知是闷气蒸，又不知是出气蒸哩。”沙僧道：“二哥，怎么叫做闷气、出气？”八戒道：“闷气蒸是盖了笼头，出气蒸不盖。”三藏在浮上一层应声道：“徒弟，不曾盖。”八戒道：“造化！今夜还不得死，这是出气蒸了。”行者听得他三人都说话，未曾伤命，便就飞了去，把个铁笼盖轻轻儿盖上。三藏慌了道：“徒弟，盖上了！”八戒道：“罢了！这个是闷气蒸，今夜必是死了！”沙僧与长老嘤嘤的啼哭。八戒道：“且不要哭，这一会烧火的换了班了。”沙僧道：“你怎么知道？”八戒道：“早先抬上来时，正合我意，我有些儿寒湿气的病，要他腾腾；这会子反冷气上来了。咦！烧火的长官，添上些柴便怎的？要了你的哩。”

　　行者听见，忍不住暗笑道：“这个夯货！冷还好捱，若热就要伤命。再说两遭，一定走了风了，快早救他。且住！要救他须是要现本相，假如现了，一十个烧火的看见，一齐乱喊，惊动老怪，却不又费事？等我先送他个法儿。”忽想起：“我当初做大圣时，曾在此天门与护国天王猜枚耍子，赢得他瞌睡虫儿，还有几个，送了他罢。"即往腰间顺带里摸摸，还有十二个。"送他十个，还留两个做种。"即将虫儿抛了去，散在十个小妖脸上，钻入鼻孔，渐渐打盹，都睡倒了。只有一个拿火叉的，睡不稳，揉头搓脸，把鼻子左捏右捏，不住的打喷嚏。行者道："这厮晓得勾当了，我再与他个双拣灯。"又将一个虫儿抛在他脸上，两个虫儿，左进右出，右出左进，谅有一个安住，那小妖两三个大呵欠，把腰伸一伸，丢了火叉，也扑的睡倒，再不翻身。

行者道："这法儿真是妙而且灵。"即现原身，走近前叫声："师父。"唐僧听见道："悟空，救我呵！"沙僧道："哥哥，你在外面叫哩？"行者道："我不在外面，好和你们在里边受罪？"八戒道："哥啊，溜撒的溜了，我们都是顶缺的，在此受闷气哩。"行者笑道："呆子莫嚷，我来救你。"八戒道："哥呵，救便要脱根救，莫又要复笼蒸。"行者却揭开笼头，解了师父，将假变的毫毛，抖了一抖，收上身来，又一层层放了沙僧，放了八戒。那呆子才解了，巴不得就要跑。行者道："莫忙，莫忙！"却又念声咒语，发放了龙神，才对八戒道："我们这去到西天，还有高山峻岭，师父没脚力难行，等我还将马来。"

你看他轻手轻脚，走到金銮殿下，见那些大小群妖俱睡着了，却解了缰绳，更不惊动。那马原是龙马，若是生人飞踢两脚，便嘶几声，行者曾养过马，授弼马温之官，又是自家一伙，所以不跳不叫。悄悄的牵来，束紧了肚带，扣备停当，请师父上马。长老战兢兢的骑上，也就要走，行者道："也且莫忙，我们西去还有国王，须要关文，方才去得，不然，将甚执照？等我还去寻行李来。"唐僧道："我记得进门时，众怪将行李放在金殿左手下，担儿也在那一边。"行者道："我晓得了。"即抽身跳在宝殿寻时，忽见光彩飘飘，行者知是行李，怎么就知？以唐僧的锦襕袈裟上有夜明珠，故此放光，急到前，见担儿原封未动，连忙拿下去，付与沙僧挑着。八戒牵着马，他引了路，径奔正阳门。只听得梆铃乱响，门上有锁，锁上贴了封皮。行者道："这等防守，如何去得？"八戒道："后门里去罢。"行者引路径奔后门，后宰门外也有梆铃之声，门上也有封锁。"却怎生是好？我这一番，若不为唐僧是个凡体，我三人不管怎的，也驾云弄风走了。只为唐僧未超三界外，见在五行中，一身都是父母浊骨，所以不得升界，难逃。"八戒道："哥哥，不消商量，我们到那没梆铃不防卫处，撮着师父爬过墙去罢。"行者笑道："这个不好。此时无奈，撮他过去，到取经回来，你这呆子口敞，蓦地里就对人说我们是爬墙头的和尚了。"趣。八戒道："此时也顾不得行检，且逃命去罢。"行者也没奈何，只得依他，到那净墙边，算计爬出。

噫！有这般事！也是三藏灾星未脱。那三个魔头，在宫中正睡，忽然惊觉，说走了唐僧，一个个披衣忙起，急登宝殿，问曰："唐僧烧了几滚了？"那些烧火的小妖已是有睡魔虫，都睡着了，就是打也莫想打得一个醒来，其馀没执事的，惊醒几个，冒冒失失的答应道："七、七、七、七滚了！"急跑近锅边，只见笼隔子乱丢在地下，烧火的还都睡着，慌得又来报道："大王，走、走、走、走了！"三个魔头都下殿，近锅前仔细看时，果见那笼隔子乱丢在地下，汤锅尽冷，火脚俱无，那烧火的俱呼呼鼾睡如泥。慌得众怪一齐呐喊，都叫："快拿唐僧，快拿唐僧！"这一片喊声振起，把些前前后后、大大小小妖精都惊起来。刀枪簇拥，至正阳门下，见那封锁不动，梆铃不绝，问外边巡夜的道："唐僧从那里走了？"俱道："不曾走出人来。"急赶至后宰门，封锁梆铃，亦如前门。复乱抢抢的灯笼火把，煤天通红，就如白日，却明明的照见他四众爬墙哩。老魔赶近，喝声："那里走！"那长老唬得脚软筋麻，跌下墙来，被老魔拿住，二魔捉了沙僧，三魔擒倒八戒，众妖抢了行李白马，只是走了行者。那八戒口里咽咽哝哝的报怨行者道："天杀的，我说要救便脱根救，如今却又复笼蒸了。"

众魔把唐僧擒至殿上，却不蒸了。二怪分付把八戒绑在殿前檐柱上，三怪分付把沙僧绑在殿后檐柱上，惟老魔把唐僧抱住不放。三怪道："大哥，你抱住他怎的？终不然就活吃？却也没些趣味。^{也说得趣。}此物比不得那愚夫俗子，拿了可以当饭。此是上邦稀奇之物，必须待天阴闲暇之时，拿他出来，整制精洁，猜枚行令，细吹细打的吃方可。"老魔笑道："贤弟之言虽当，但恐孙行者又要来偷哩。"三魔道："我这皇宫里面有一座锦香亭，那亭子内有一个铁柜。依着我，把唐僧藏在柜内，关了亭子，却传出谣言，说唐僧已被我们夹生吃了。令小妖满城讲说，那行者必然来探听消息，若听见这话，他必死心塌地而去。待三五日不来搅扰，却拿出来，慢慢受用，如何？"老怪二怪俱大喜道："是，是，是！兄弟说得有理！"可怜把个唐僧连夜拿将进去，锁在柜中，闭了亭子。传出谣言，满城里都乱讲不题。

却说行者自夜半顾不得唐僧，驾云走脱，径至狮驼洞里，一路棍，把那万数小妖，尽情剿绝；急回来，东方日出，到城边，不敢叫战，正是单丝不线，孤掌难鸣。他落下云头，摇身一变，变作个小妖儿，演入门里，大街小巷，缉访消息。满城里俱道："唐僧被大王夹生儿连夜吃了。"前前后后，都是这等说。行者着实心焦，行至金銮殿前观看，那里边有许多精灵，都戴着皮金帽子，穿着黄布直身，手拿着红漆棍，腰挂象牙牌，一往一来，不住的乱走。行者暗想道："此必是穿宫的妖怪。就变做这个模样，进去打听打听。"好大圣，果然变得一般无二，混入金门。正走处，只见八戒绑在殿前柱上哼哩，行者近前叫声："悟能。"那呆子认得声音，道："师兄，你来了？救我一救！"行者道："我救你，你可知师父在那里？"八戒道："师父没了，昨夜被妖精夹生儿吃了。"行者闻言，忽失声泪似泉涌。八戒道："哥哥莫哭，我也是听得小妖乱讲，未曾眼见。你休误了，再去寻问寻问。"这行者却才收泪，又往里面找寻。忽见沙僧绑在后檐柱上，即近前摸着他胸脯子叫道："悟净。"沙僧也识得声音，道："师兄，你变化进来了？救我，救我！"行者道："救你容易，你可知师父在那里？"沙僧滴泪道："哥阿！师父被妖精等不得蒸，就夹生儿吃了！"大圣听得两个言语相同，心如刀搅，泪似水流，急纵身望空跳起，且不救八戒沙僧，回至城东山上，按落云头，放声大哭，叫道："师父呵！

恨我欺天困网罗，师来救我脱沉疴。潜心笃志同参佛，努力修身共炼魔。岂料今朝遭蜇害，不能保你上婆婆。西方胜境无缘到，气散魂消怎奈何。

　　行者凄凄惨惨的，自思自忖，以心问心道："这都是我佛如来坐在那极乐之境，没得事干，弄了那三藏之经。若果有心劝善，礼当送上东土，却不是个万古流传？只是舍不得送去，却教我等来取。怎知道苦历千山，今朝到此丧命！罢，罢，罢！老孙且驾个筋斗云，去见如来，备言前事。若肯把经与我送上东土，一则传扬善果，二则了我等心愿，若不肯与我，教他把松箍儿咒念念，退下这个箍子，交还与他，老孙还归本洞，称王道寡耍子儿去罢。"

　　好大圣，急翻身驾起筋斗云，径投天竺，那里消一个时辰，早望见灵山不远，须臾间，按落云头，直至鹫峰之下。忽抬头，见四大金刚挡住道："那里走？"行者施礼道："有事要见如来。"当头又有昆仑山金霞岭不坏尊王永住金刚喝道："这泼猴甚是粗狂！前者大困牛魔，我等为汝努力，今日面见，全不为礼！有事且待先奏，奉召方行，这里比南天门不同，教你进去出来，两边乱走！咄！还不靠开！"那大圣正是烦恼处，又遭此抢白，气得哮吼如雷，忍不住大呼小叫，早惊动如来。如来佛祖正端坐在九品宝莲台上，与十八尊轮世的阿罗汉讲经，即开口道："孙悟空来了，汝等出去接待接待。"大众阿罗遵佛旨，两路幢幡宝盖，即出山门应声道："孙大圣，如来有旨相唤哩。"那山门口四大金刚却才闪开路，让行者前进。众阿罗引至宝莲台下，见如来倒身下拜，两泪悲啼。如来道："悟空，有何事这等悲啼？"行者道："弟子屡蒙教训之恩，托庇在佛爷爷之门下，自归正果，保护唐僧，拜为师范，一路上苦不可言。今至狮驼山狮驼洞狮驼城，有三个毒魔，乃狮王、象王、大鹏，把我师父捉将去，连弟子一概遭迍，都捆在蒸笼里受汤火之灾，幸弟子脱逃，唤龙王救免。是夜偷出师等，不料灾星难脱，复又擒回。及至天明，入城打听，叵耐那魔十分狠毒，万样骁勇，把师父连夜夹生吃了，如今骨肉无存，又况师弟悟能悟净见绑在那厢，不久，性命亦皆倾矣。弟子没及奈何，特地到此参拜如来，望大慈悲，将松箍咒儿念念，退下我这头上箍儿，交还如来，放我弟子回花果山宽闲耍子去罢！"说未了，泪如泉涌，悲声不绝。如来笑道："悟空少得烦恼。那妖精神通广大，你胜不得他，所以这等心痛。"行者跪在下面，捶着胸膛道："不瞒如来说，弟子当年闹天宫称大圣，自为人以来不曾吃亏，今番却遭这毒魔之手！"如来闻言道："你且休恨，那妖精我认得他。"行者猛然失声道："如来！我听见人讲说，那妖精与你有亲哩。"如来道："这个刁猢狲！怎么个妖精与我有亲？"行者笑道："不与你有亲，如何认得？"如来道："我慧眼观之，故此认得。那老怪与二怪有主。"叫："阿傩、迦叶来，你两个分头驾云，去五台山、峨眉山宣文殊、普贤来见。"二尊者即奉旨而去。如来道："这是老魔、二怪之主。但那三怪，说将起来也是与我有些亲处。"行者道："亲是父党？母党？"如来道："自那混沌分时，天开于子，地辟于丑，人生于寅，天地再皆合，万物尽皆生。万物有走兽飞禽，走兽以麒麟为之长，飞禽以凤凰为之长。那凤凰又得交合之气，育生孔雀、大鹏。孔雀出世之时最恶，能吃人，四十五里路把人一口吸之，我在雪山顶上修成丈六金身，早被他也把我吸下肚去。我欲从他便门而出，恐污其身，是我剖开他脊背，跨上灵山，欲伤他命，当被诸佛劝解，伤孔雀如伤我母，故此留他在灵山会上，封他做佛母孔雀大明王菩萨。大鹏是与他一母所生，故此有些亲处。"行者闻言笑道："如来，若这般比论，你还是妖精的外甥哩。"如来道："那怪须是我去，方可收得。"行者叩头，启上如来："千万望玉趾一降！"

如来即下莲台，同诸佛众，径出山门，又见阿难、迦叶引文殊、普贤来见。二菩萨对佛礼拜，如来道："菩萨之兽，下山多少时了？"文殊道："七日了。"如来道："山中方七日，世上几千年。不知在那厢伤了多少生灵，快随我收他去。"二菩萨相随左右，同众飞空。只见那：

满天缥缈瑞云分，我佛慈悲降法门。明示开天生物理，细言辟地化身文。面前五百阿罗汉，脑后三千揭谛神。迦叶阿傩随左右，普文菩萨殄妖氛。

大圣有此人情，请得佛祖与众前来，不多时，早望见城池。行者报道："如来，那放黑气的乃是狮驼国也。"如来道："你先下去，到那城中与妖精交战，许败不许胜。败上来，我自收他。"大圣即按云头，径至城上，脚踏着躲儿骂道："泼业畜！快出来与老孙交战！"慌得那城楼上小妖急跳下城中报大王道："孙行者在城上叫战哩。"老妖道："这猴儿两三日不来，今朝却又叫战，莫不是请了些救兵来耶？"三怪道："怕他怎的！我们都去看来。"三个魔头各持兵器赶上城来，见了行者更不打话，举兵器一齐乱刺，行者轮铁棒掣手相迎。斗经七八回合，行者佯输而走。那妖王喊声大振，叫道："那里走！"大圣筋斗一纵，跳上半空，三个怪即驾云来赶。行者将身一闪，藏在佛爷爷金光影里，全然不见。只见那过去、未来、见在的三尊佛像与五百阿罗汉、三千揭谛神，布散左右，把那三个妖王围住，水雪不通。老魔慌了手脚，叫道："兄弟，不好了！^{主人公一到，}^{魔自散矣。}那猴子真是个地里鬼，那里请得个主人公来也！"三魔道："大哥休得悚惧，我们一齐上前，使枪刀搠倒如来，夺他那雷音宝刹！"这魔头不识起倒，真个举刀上前乱砍，却被文殊、普贤，念动真言喝道："这孽畜还不皈正，更待怎生！"唬得老怪、二怪不敢撑持，丢了兵器，打个滚，现了本相。二菩萨将莲花台抛在那怪的脊背上，飞身跨坐，二怪遂泯耳皈依。

二菩萨既收了青狮、白象，只有那第三个妖魔不伏，腾开翅，丢了方天戟，扶摇直上，轮利爪要爪捉猴王。原来大圣藏在光中，他怎敢近？如来情知此意，即闪金光，把那鹊巢贯顶之头迎风一幌，变做鲜红的一块血肉。妖精轮利爪刁他一下，被佛爷把手往上一指，那妖翅膊上就了筋，飞不去，只在佛顶上，不能远遁，现了本相，乃是一个大鹏金翅鹊，即开口对佛应声叫道："如来，你怎么使大法力困住我也？"如来道："你在此处多生业障，跟我去，有进益之功。"妖精道："你那里持斋把素，极贫极苦；我这里吃人肉，受用无穷。你若饿坏了我，你有罪愆。"^{世人都是如}^{此见识。}如来道："我管四大部洲，无数众生瞻仰，凡做好事，我教他先祭汝口。"那大鹏欲脱难脱，要走怎走？是以没奈何只得皈依。

行者方才转出，向如来叩头道："佛爷，你今收了妖精，除了大害，只是没了我师父也。"大鹏咬着牙恨道："泼猴头！寻这等狠人困我！你那老和尚几曾吃他？如今在那锦香亭铁柜里不是？"行者闻言，忙叩头谢了佛祖。佛祖不敢松放了大鹏，也只教他在光焰上做个护法，引众回云，径归宝刹。行者却按落云头，直入城里。那城里一个小妖儿也没有了，正是蛇无头而不行，鸟无翅而不飞，他见佛祖收了妖王，各自逃生而去。行者才解救了八戒、沙僧，寻着行李马匹，与他二人说："师父不曾吃，都跟我来。"引他两个径入内院，找着锦香亭，打开门看，内有一个铁柜，只听得三藏有啼哭之声。沙僧使降妖杖打开铁锁，拽开柜盖，叫声："师父！"三藏见了，放声大哭道："徒弟呵！怎生降得妖魔？如何得到此寻着我也？"行者把上项事，从头至尾，细说了一遍，三藏感谢不尽。师徒们在那宫殿里寻了些米粮，安排些茶饭，饱吃一餐，收拾出城，找大路投西而去。正是：

真经必得真人取，意嚷心劳总是虚。

毕竟这一去，不知几时得面如来，且听下回分解。

总批：

有文殊、普贤、如来，便有青狮、白象、大鹏，即道学先生人心道心之说也。勿看远了。

第七十八回　比丘怜子遣阴神　金殿识魔谈道德

入松妖邀相遇殿魔道
正千金会说谈德行

一念才生动百魔，修持最苦奈他何。但凭洗涤无尘垢，也用收拾有琢磨。扫退万缘归寂灭，荡除千怪莫蹉跎。管教跳出樊笼套，行满飞升上大罗。

话说孙大圣用尽心机，请如来收了众怪，解脱三藏师徒之难，离狮驼城西行。又经数月，早值冬天，但见那：

岭梅将破玉，池水渐成冰。红叶俱飘落，青松色更新。淡云飞欲雪，枯草伏山平。满目寒光迥，阴阴透骨冷。

师徒们冲寒冒冷，宿雨餐风。正行间，又见一座城池，三藏问道："悟空，那厢又是甚么所在？"行者道："到跟前自知，若是西邸王位，须要倒换关文，若是府州县，径过。"师徒言语未毕，早至城门之外。三藏下马，一行四众进了月城，见一个老军，在向阳墙下，偎风而睡。行者近前摇他一下，叫声："长官。"那老军猛然惊觉，麻麻糊糊的睁开眼，看见行者，连忙跪下磕头，叫："爷爷！"行者道："你休胡惊作怪，我又不是什么恶神，你叫爷爷怎的！"老军磕头道："你是雷公爷爷！"行者道："胡说！吾乃东土去西天取经的僧人。适才到此，不知地名，问你一声的。"那老军闻言，却才正了心，打个呵欠，爬起来，伸伸腰道："长老，长老，恕小人之罪。此处地方，原唤比丘国，今改作小子城。"行者道："国中有帝王否？"老军道："有，有，有！"行者却转身对唐僧道："师父，此处原是比丘国，今改小子城。但不知改名之意何故也。"唐僧疑惑 何异今日秀才解书。

道："既云比丘，又何云小子？"八戒道："想是比丘王崩了，新立王位的是个小子，故名小子城。"唐僧道："无此理，无此理！我们且进去，到街坊上再问。"沙僧道："正是，那老军一则不知，二则被大哥唬得胡说，且入城去询问。"又入三层门里，到通衢大市观看，道也衣冠济楚，人物清秀。但见那：

酒楼歌馆语声喧，彩铺茶房高挂帘。万户千门生意好，六街三市广财源。买金贩锦人如蚁，夺利争名只为钱。礼貌庄严风景盛，河清海晏太平年。

师徒四众牵着马，挑着担，在街市上行勾多时，看不尽繁华气概，但只见家家门口一个鹅笼。三藏道："徒弟阿，此处人家，都将鹅笼放在门首，何也？"八戒听说，左右观之，果是鹅笼排列，五色彩段遮幔。呆子笑道："师父，今日想是黄道良辰，宜结婚姻会友，都行礼哩。"行者道："胡谈！那里就家家都行礼。其间必有缘故，等我上前看看。"三藏扯住道："你莫去，你嘴脸丑陋，怕人怪你。"行者道："我变化个儿去来。"好大圣，捻着诀，念声咒语，摇身一变，变作一个蜜蜂儿，展开翅，飞近前边，钻进幔里观看，原来里面坐的是个小孩儿，再去第二家笼里看，也是个小孩儿，连看八九家，都是个小孩儿，却是男身，更无女子。有的坐在笼中顽耍，有的坐在里边啼哭，有的吃果子，有的或睡坐。行者看罢，现原身回报唐僧道："那笼里是些小孩子，大者不满七岁，小者只有五岁，不知何故。"三藏见说，疑思不定。忽转街见一衙门，乃金亭馆驿。长老喜道：

"徒弟，我们且进这驿里去，一则问他地方，二则撒和马匹，三则天晚投宿。"沙僧道："正是，快进去耶。"四众忻然而入。只见那在官人果报与驿丞，接入门，各各相见。叙坐定，驿丞问："长老自何方来？"三藏言："贫僧东土大唐差往西天取经者，今到贵处，有关文理当照验，权借高衙一歇。"驿丞即命看茶，茶毕即办支应，命当直的安排管待。三藏称谢，又问："今日可得入朝见驾，照验关文？"驿丞道："今晚不能，须待明日早朝。今晚且于敝衙门宽住一宵。"

少顷，安排停当，驿丞即请四众同吃了斋供，又教手下人打扫客房安歇。三藏感谢不尽。既坐下，长老道："贫僧有一件不明之事请教，烦为指示。贵处养孩儿，不知怎生看待？"驿丞道："天无二日，人无二理。养育孩童，父精母血，怀胎十月，待时而生，生下乳哺三年，渐成体相，岂有不知之理？"三藏道："据尊言与敝邦无异。但贫僧进城时，见街坊人家，各设一鹅笼，都藏小儿在内。此事不明，故敢动问。"驿丞附耳低言道："长老莫管他，莫问他，也莫理他、说他。请安置，明早走路。"长老闻言，一把扯住不放，定要问个明白。驿丞摇头摇指只叫："谨言。"三藏一发不放，执死的要问个详细。驿丞无奈，只得进去一应在官人等，独在烛光之下，悄悄而言道："适所问鹅笼之事，乃是当今国主无道之事。你只管问他怎的！"三藏道："何为无道？必见教明白，我方得放心。"驿丞道："此国原是比丘国，近有民谣，改作小子城。三年前，有一老人打扮做道人模样，携一小女子，年方一十六岁，其女形容娇俊，貌若观音，进贡与当今。陛下爱其色美，宠幸在宫，号为美后，近来把三宫娘娘，六院妃子，全无正眼相觑，不分昼夜，贪欢不已。如今弄得精神瘦倦，身体尪羸，饮食少进，命在须臾，太医院检尽良方，不能疗治。那进女子的道人，受我主诰封，称为国丈。国丈有海外秘方，甚能延寿，前者去十洲、三岛，采将药来，俱已完备，但只是药引子利害，单用着一千一百一十一个小儿的心肝，煎汤服药，服后有千年不老之功。这些鹅笼里的小儿，俱是选就的，养在里面。人家父母惧怕王法，俱不敢啼哭，遂传播谣言，叫做小儿城。此非无道而何？长老明早到朝，只去倒换关文，不得言及此事。"言毕抽身而退。唬得个长老骨软筋麻，止不住腮边泪堕，忽失声叫道："昏君，昏君！为你贪欢爱美，弄出病来，怎么屈伤这许多小儿性命。苦哉，苦哉！痛杀我也！"有诗为证，诗曰：

邪主无知失正真，贪欢不省暗伤身。因求永寿戕童命，为解天灾杀小民。僧发慈悲难割舍，官言利害不堪闻。灯前洒泪长吁叹，痛倒参禅向佛人。

八戒近前道："师父，你是怎的起，专把别人棺材抬在自家家里哭。不要烦恼！常言道，君教臣死，臣不死不忠；父教子亡，子不亡不孝。他伤的是他的子民，与你何干！且来宽衣服睡觉，莫替古人耽忧。"三藏滴泪道："徒弟呵，你是一个不慈悯的。我出家人，积功累行，第一要行方便。怎么这昏君一味胡行！从来也不见吃人心肝可以延寿。这都是无道之事，教我怎不伤悲。"沙僧道："师父且莫伤悲，等明早倒换关文，觌面与国王讲过。如若不从，看他是怎么模样的一个国丈。或恐那国丈是个妖精，欲吃人的心肝，故设此法，未可知也。"行者道："悟净说得有理。师父，你且睡觉，明日等老孙同你进朝，看国丈的好歹。如不是人，只恐他走了傍门，不知正道，徒以采药为真，待老孙将先天之要旨，化他皈正；^{着眼}若是妖邪，我把他拿住，与这国王看看，教他宽欲养身，断不教他伤了那些孩童性命。"三藏闻言，急躬身反对行者施礼道："徒弟呵，此论极妙，极妙！但只是见了昏君，不可便问此事，恐那昏君不分远近，进作谣言见罪，却怎生区处？"行者笑道："老孙自有法力。如今先将鹅笼小儿摄离此城，教他明日无物取心，地方官自然奏表，那昏君必有旨意，或与国丈商量，或者另行选报。那时节，借此举奏，决不致罪坐于我也。"三藏甚喜，又道："如今怎得小儿离城？若果能脱得，真贤徒天大之德。可速为之，略迟缓些，恐无及也。"行者抖擞神威，即起身分付八戒沙僧："同师父坐着，等我施为，你看但有阴风刮动，就是小儿出城了。"他三人一齐俱念："南无救生药师佛！南无救生药师佛！"^{模拟逼真}

这大圣出得门外，打个唿哨，起在半空，捻了诀，念动真言，叫声"唵净法界"，拘得那城隍、土地、社令、真官，并五方揭谛、四值功曹、六丁六甲与护教伽蓝等众，都到空中，对他施礼道："大圣，夜唤吾等，有何急事？"行者道："今因路过比丘国，国王无道，听信妖邪，要取小儿心肝做药引子，指望长生。我师父十分不忍，欲要救生灭怪，故老孙特请列位，各使神通，与我把这城中各街坊人家鹅笼内的小儿，连笼都摄出城外山凹中，或树林深处，收藏一二日，与他些果子食用，不得饿损，再暗的护持，不得使他惊恐啼哭。待我除了邪，治了国，劝正君王，归行时送来还我。"众神听令，即便各使神通，按下云头，满城中阴风滚滚，惨雾漫漫：

　　阴风刮暗一天星，惨雾遮昏千里月。起初时，还荡荡悠悠；次后来，就轰轰烈烈。悠悠荡荡，各寻门户救孩童；烈烈轰轰，都看鹅笼援骨血。冷气侵人怎出头，寒威透体衣如铁。父母徒张皇，兄嫂皆悲切。满地卷阴风，笼儿被神摄。此夜纵孤恓，天明尽欢悦。

有诗为证：

　　释门慈悯古来多，正善成功说摩诃。万圣千真皆积德，三皈五戒要从和。比丘一国非君乱，小子千名是命讹。行者因师同教护，这场阴骘胜波罗。

　　当夜有三更时分，众神祇把鹅笼摄去各处安藏。行者按下祥光，径至驿庭上，只听得他三人还念"南无救生药师佛"哩。他也心中暗喜，近前叫："师父，我来也。阴风之起何如？"八戒道："好阴风！"三藏道："救儿之事，却怎么说？"行者道："已一一救他出去，待我们起身时送还。"长老谢了又谢，方才就寝。

　　至天晓，三藏醒来，遂结束齐备道："悟空，我趁早朝，倒换关文去也。"行者道："师父，你自家去恐不济事，待老孙和

你同去，看那国丈邪正如何。"三藏道："你去却不肯行礼，恐
国王见怪。"行者道："我不现身，暗中跟随你，就当保护。"
三藏甚喜，分付八戒沙僧看守行李马匹。却才举步，这驿丞又
来相见，看这长老打扮起来，比昨日又甚不同，但见他身上穿
一领：

锦襕异宝佛袈裟，头戴金顶毗卢帽。九环锡杖手中拿，胸藏
一点神光妙。通关文牒紧随身，包裹袋中缠锦套。行似阿罗降世
间，诚如活佛真容貌。

那驿丞相见礼毕，附耳低言，只教莫管闲事，三藏点头应
声。大圣闪在门傍，念个咒语，摇身一变，变做个蟭蟟虫儿，嘤
的一声，飞在三藏帽儿上，出了馆驿，径奔朝中。及到朝门外，
见有黄门官，即施礼道："贫僧乃东土大唐差往西天取经者，今
到贵地，理当倒换关文。意欲见驾，伏乞转奏转奏。"那黄门官
果为传奏，国王喜道："远来之僧，必有道行。"教请进来。黄
门官复奉旨，将长老请入。长老阶下朝见毕，复请上殿赐坐。长
老又谢恩坐了，只见那国王相貌尪羸，精神倦怠，举手处，揖让
差池；开言时，声音断续。长老将文牒献上，那国王眼目昏矇，
看了又看，方才取宝印用了花押，递与长老，长老收讫。那国王
正要问取经原因，只听得当驾官奏道："国丈爷爷来矣。"那国
王即扶着近侍小宦，挣下龙床，躬身迎接，慌得那长老急起身，
侧立于傍。回头观看，原来是一个老道者，自玉阶前摇摇摆摆而
进，但见他：

头上戴一顶淡鹅黄九锡云锦纱巾，身上穿一领箬顶梅沉香绵丝鹤氅。腰间系一条纫蓝三股攒绒带，足下踏一对麻经葛纬云头履。手中挂一根九节枯藤盘龙拐杖，胸前挂一个描龙刺凤团花锦囊。玉面多光润，苍髯颔下飘。金睛飞火焰，长目过眉梢。行动云随步，逍遥香雾饶。阶下众官都拱接，齐呼国丈进王朝。

那国丈到宝殿前，更不行礼，昂昂烈烈径到殿上。国王欠身道："国丈行踪，今喜早降。"就请左手绣墩上坐。三藏起一步，躬身施礼道："国丈大人，贫僧问讯了。"那国丈端然高坐，亦不回礼，转面向国王道："僧家何来？"国王道："东土唐朝差上西天取经者，今来倒验关文。"国丈笑道："西方之路黑漫漫，有甚好处。"三藏道："自古西方乃极乐之胜境，如何不好？"那国王问道："朕闻上古有云，僧是佛家弟子，端的不知为僧可能不死，向佛可能长生？"三藏闻言，急合掌应道：

为僧者，万缘都罢；了性者，诸法皆空。大智闲闲，淡泊在不生之内；真机默默，逍遥于寂灭之中。三界空而百端治，六根净而千种穷。若乃坚诚知觉，须当识心。心净则孤明独照，心存则万境皆清。真容无欠亦无馀，生前可见；幻相有形终有坏，分外何求。行躬打坐，乃为入定之原；布惠施恩，诚是修行之本。大巧若拙，还知事事无为；善计非筹，必须头头放下。但使一心不动，万行自全。若云采阴补阳，诚为谬语；服饵长寿，实乃虚词。只要尘尘缘总弃，物物色皆空。素素纯纯寡爱欲，自然享寿永无穷。

那国丈闻言，付之一笑，用手指定唐僧道："呵，呵，呵！你这和尚满口胡柴。寂灭门中，须云认性，你不知那性从何如灭，枯坐参条，尽是些盲修瞎炼。俗语云：'坐，坐，坐，你的屁股破。火熬煎，反成祸。'更不知我这：

修仙者，骨之坚秀；达道者，神之最灵。携箪瓢而入山访友，采百药而临世济人。摘仙花以砌笠，折香蕙以铺裀。歌之鼓掌，舞罢眠云。阐道法，扬太上之正教；施符水，除人世之妖氛。夺天地之秀气，采日月之华精。运阴阳而丹结，按水火而胎凝。二八阴消兮，若恍若惚；三九阳长兮，如杳如冥。应四时而采取药物，养九转而修炼丹成。跨青鸾，升紫府；骑白鹤，上瑶京。参满天之华采，表妙道之殷勤。比你那静禅释教，寂灭阴神，涅槃遗臭壳，又不脱凡尘！三教之中无上品，古来惟道独称尊！"

那国王听说十分欢喜，满朝官都喝采道，"好个'惟道独称尊''惟道独称尊'"。_{自有捧屁者。}长老见人都赞他，不胜羞愧。国王又叫光禄寺安排素斋，待那远来之僧出城西去。三藏谢恩而退，才下殿，往外正走，行者飞下帽顶儿，来在耳边叫道："师父，这国丈是个妖邪，国王受了妖气。你先去驿中等斋，待老孙在这里听他消息。"三藏知会了，独出朝门不题。

看那行者，一翅飞在金銮殿翡翠屏中钉下，只见那班部中闪出五城兵马官奏道："我主，今夜一阵冷风，将各坊各家鹅笼里小儿，连笼都刮去了，更无踪迹。"国王闻奏，又惊又恼，对国丈道：“此事乃天灭朕也！连月病重，御医无效。幸国丈赐仙方，专待今日午时开刀，取此小儿心肝作引，何期被冷风刮去。非天欲灭朕而何？”国丈笑道：“陛下且休烦恼。此儿刮去，正是天送长生与陛下也。”国王道：“见把笼中之儿刮去，何以返说天送长生？”国丈道：“我才入朝来，见了一个绝妙的药引，强似那一千一百一十一个小儿之心。那小儿之心，只延得陛下千年之寿；此引子，吃了我的仙药，就可延万万年也。”国王漠然不知是何药引，请问再三，国丈才说：“那东土差去取经的和尚，我观他器宇清净，容颜齐整，乃是个十世修行的真体，自幼为僧，元阳未泄，比那小儿更强万倍如今和尚更无一个做的药引的。若得他的心肝煎汤，服我的仙药，足保万年之寿。”那昏君闻言十分听信，对国丈道：“何不早说？若果如此有效，适才留住，不放他去了。”国丈道：“此何难哉！适才分付光禄寺办斋待他，他必吃了斋，方才出城。如今急传旨，将各门紧闭，点兵围了金亭馆驿，将那和尚拿来，必以礼求其心，如果相从，即时剖而取出，遂御葬其尸，还与他立庙享祭，如若不从，就与他个武不善作，即时捆住，剖开取之，有何难事。”那昏君如其言，即传旨，把各门闭了，又差羽林卫大小官军，围住馆驿。

　　行者听得这个消息，一翅飞奔馆驿，现了本相，对唐僧道：“师父，祸事了，祸事了！”那三藏才与八戒、沙僧领御斋，忽闻此言，唬得三尸神散、七窍烟生，倒在尘埃，浑身是汗，眼不定睛，口不能言，慌得沙僧上前搀住，只叫：“师父苏醒，师父苏醒！”八戒道：“有甚祸事？有甚祸事？你慢些儿说便也罢，却唬得师父如此！”行者道：“自师父出朝，老孙回视，那国丈是个妖精。少顷，有五城兵马来奏冷风刮去小儿之事，国王方恼，他却转教喜欢，道这是天送长生与你，要取师父的心肝做药引，可延万年之寿。那昏君听信诬言，所以点精兵来围馆驿，差锦衣官来请师父求心也。"八戒笑道："行的好慈悯！救的好小儿！刮的好阴风！今番却撞出祸来了。"三藏战兢兢的爬起来，扯着行者哀告道："贤徒阿！此事如何是好？"行者道："若要好，大做小。"沙僧道："怎么叫做大做小？"行者道："若要全命，师作徒，徒作师，方可保全。"三藏道："你若救得我命，情愿与你做徒子徒孙也。"行者道："既如此，不必迟疑。"教："八戒，快和些泥来。"那呆子即使钉钯，筑了些土，又不敢外面去，在地下捯起衣服撒溺，和了一团臊泥递与行者。行者没奈何，将泥扑作一片，往自家脸上一安，做下个猴象的脸子，叫唐僧站起休动，再莫言语，贴在唐僧脸上，念动真言，吹口仙气，叫："变！"那长老即变做个行者模样，脱了他的衣服，以行者的衣服穿上。行者却将师父的衣服穿了，捻着诀念个咒语，摇身变作唐僧的嘴脸，八戒沙僧也难识认。正当合心装扮停当，只听得锣鼓齐鸣，又见那枪刀簇拥，原来是羽林卫官，领三千兵把馆驿围了，又见一个锦衣官走进驿庭问道："东土唐朝长老在那里？"慌得那驿丞战兢兢的跪下，指道："在下面客房里。"锦衣官即至客房里道："唐长老，我王有请。"八戒沙僧左右护持假行者，只见假唐僧出门施礼道："锦衣大人，陛下召贫僧，有何话说？"锦衣官上前一把扯住道："我与你进朝去，想必有取用也。"咦！这正是：

妖诬胜慈善，慈善反招凶。

毕竟不知此去端的性命何如，且听下回分解。

总批：

国丈以一千一百一十一个小儿做药引子，今日小儿科医生又以药引子杀无数小儿矣。可怜，可怜。

第七十九回　寻洞求妖逢老寿　当朝正主救婴儿

却说那锦衣官把假唐僧扯出馆驿，与羽林军围围绕绕，直至朝门外，对黄门官言："我等已请唐僧到此，烦为转奏。"黄门官急进朝，依言奏上昏君，遂请进去。众官都在阶下跪拜，惟假唐僧挺立阶心，口中高叫："比丘王，请我贫僧何说？"君王笑道："朕得一疾，缠绵日久不愈。幸国丈赐得一方，药饵俱已完备，只少一味引子，特请长老求些药引。若得病愈，与长老修建祠堂，四时奉祭，永为传国之香火。"假唐僧道："我乃出家人，只身至此，不知陛下问国丈要甚东西作引？"昏君道："特求长老的心肝。"假唐僧道："不瞒陛下说，心便有几个儿，不知要的甚么色样。"^猴那国丈在傍指定道："那和尚，要你的黑心。"假唐僧道："既如此，快取刀来。剖开胸腹，若有黑心，谨当奉命。"^{若要黑心，是人皆有，何须和尚。}那昏君欢喜相谢，即着当驾官取一把牛耳短刀，递与假僧。假僧接刀在手，解开衣服，挛起胸膛，将左手抹腹，右手持刀，嗖喇的响一声，把腹皮剖开，那里头就骨都都的滚出一堆心来。唬得文官失色，武将身麻，国丈在殿上见了道："这是个多心的和尚。"假僧将那些心，血淋淋的一个个捡开与众观看，却都是些红心、白心、黄心、悭贪心、利名心、嫉妒心、计较心、好胜心、望高心、我慢心、杀害心、狠毒心、恐怖心、谨慎心、邪妄心、无名隐暗之心、种种不善之心，更无一个黑心。^{着眼}那昏君唬得呆呆挣挣，口不能言，战兢兢的教："收了去，收了去！"那假唐僧忍耐不住，收了法，现出本相，对昏君道："陛下全无眼力！我和尚家都是一片好心，惟你这国丈是个黑心，好做药引。你不信，等我替你取他的出来看看。"那国丈听见，急睁睛仔细观看，见那和尚变了面皮，不是那般模样。咦！认得当年孙大圣，五百年前旧有名。却抽身，腾云就起，被行者翻筋斗，跳在空中喝道："那里走，吃吾一棒！"那国丈即使蟠龙拐杖来迎。他两个在半空中这场好杀：

如意棒，蟠龙拐，虚空一片云霭霭。原来国丈是妖精，故将怪女称娇色。国主贪欢病染身，妖邪要把儿童宰。相逢大圣显神通，捉怪救人将难解。铁棒当头着实凶，拐棍迎来堪喝采。杀得那满天雾气暗城池，城里人家都失色。文武多官魂魄飞，嫔妃绣女容颜改。唬得那比丘昏主乱身藏，战战兢兢没摆布。棒起犹如虎出山，拐轮却似龙离海。今番大闹比丘城，致令邪正分明白。

那妖精与行者苦禁二十馀合，蟠龙拐抵不住金箍棒，虚幌了一拐，将身化作一道寒光，落入皇宫内院，把进贡的妖后带出宫门，并化寒光，不知去向。大圣按落云头，到了宫殿下，对多官道："你们的好国丈呵！"多官一齐礼拜，感谢神僧，行者道："且休拜，且去看你那昏主何在。"多官道："我主见争战时，惊恐潜藏，不知向那座宫中去也。"行者即命："快寻！莫被美后拐去。"多官听言，不分内外，同行者先奔美后宫，漠然无踪，连美后也通不见了。正宫、东宫、西宫、六院概众后妃，都来拜谢大圣。大圣道："且请起，不到谢处哩，且去寻你主公。"少时，见四五个太监，搀着那昏君自谨身殿后面而来。众臣俯伏在地，齐声启奏道："主公，主公！感得神僧到此，辨明真假。那国丈乃是个妖邪，连美后亦不见矣。"国王闻言，即请行者出皇宫，到宝殿拜谢了道："长老，你早间来的模样，那般

俊伟，这时如何就改了形容？"行者笑道："不瞒陛下说，早间
来者，是我师父，乃唐朝御弟三藏，我是他徒弟孙悟空，还有两
个师弟，猪悟能、沙悟净，见在金亭馆驿。因知你信了妖言，要
取我师父心肝做药引，是老孙变作师父模样，特来此降妖也。"
那国王闻说，即传旨着阁下太宰快去驿中请师众来朝。那三藏听
见行者现了相，在空中降妖，吓得魂飞魄散，幸有八戒沙僧护
持，他又脸上戴着一片子燥泥，正闷闷不快，只听得人叫道：
"法师，我等乃比丘国王差来的阁下太宰，特请入朝谢恩也。"
八戒笑道："师父，莫怕，莫怕！这不是又请你取心，想是师兄
得胜，请你酬谢哩。"三藏道："虽是得胜来请，但我这个燥
脸，怎么见人？"_{今人那样脸不见人。}八戒道："没奈何，我们且去见了师
兄，自有解释。"真个那长老无计，只得扶着八戒沙僧挑着担，
牵着马，同去驿庭之上。那太宰见了，害怕道："爷爷呀！这都
相似妖头怪脑之类。"沙僧道："朝士休怪丑陋，我等乃是生成
的遗体，若我师兄来见朝，见了我师兄，他就俊了。"与众来
朝，不待宣召，直至殿下。行者看见，即转身下殿，迎着面把师
父的泥脸子抓下，吹口仙气，叫："正！"那唐僧即时复了原
身，精神愈觉爽利。国王下殿亲迎，口称："法师老佛。"师徒
们将马拴住，都上殿来相见。行者道："陛下可知那怪来自何
方？等老孙去与你一并擒来，剪除后患。"三宫六院，诸嫔群
妃，都在那翡翠屏后，听见行者说剪除后患，也不避内外男女之
嫌，一齐出来拜告道："万望神僧老佛大施法力，斩草除根，把
他剪除尽绝，诚为莫大之恩，自当重报。"行者忙忙答礼，只教
国王说他住居。国王含羞告道："三年前他到时，朕曾问他。他

说离城不远，只在向南去七十里路，有一座柳枝坡清华庄上，国丈年老无儿，止后妻生一女，年方十六，不曾配人，愿进与朕。朕因那女貌娉婷，遂纳了，宠幸在宫，不期得疾，太医屡药无功。他说：'我有仙方，止用小儿心煎汤为引。'是朕不才，轻信其言，遂选民间小儿，选定今日午时开刀取心。不料神僧下降，恰恰又遇笼儿都不见了，他就说神僧十世修真，元阳未泄，得其心，比小儿心更加万倍，一时误犯，不知神僧识透妖魔。敢望广施大法，剪其后患，朕以倾国之资酬谢。"行者笑道："实不相瞒，笼中小儿，是我师慈悲，着我藏了。你且休题甚么资财相谢，待我捉了妖怪，是我的功行。"叫："八戒，跟我去来。"八戒道："谨依兄命。但只是腹中空虚，不好着力。"国王即传旨教："光禄寺快办斋供。"不一时斋到。八戒尽饱一餐，抖擞精神，随行者驾云而起，唬得那国王、妃后，并文武多官，一个个朝空礼拜，都道："是真仙真佛降临凡也！"那大圣携着八戒，径到南方七十里之地，住下风云，找寻妖处。但只见一股清溪，两边夹岸，岸上有千千万万的杨柳，更不知清华庄在于何处。正是那：万顷野田观不尽，千堤烟柳隐无踪。

孙大圣寻觅不着，即捻诀，念一声"唵"字真言，揭出一个当方土地，战兢兢近前跪下叫道："大圣，柳枝坡土地叩头。"行者道："你休怕，我不打你。我问你：柳枝坡有个清华庄，在于何方？"土地道："此间有个清华洞，不曾有个清华庄。小神知道了，大圣想是自比丘国来的？"行者道："正是，正是。比丘国王被一个妖精哄了，是老孙到那厢，识得是妖怪，当时战退。那怪化一道寒光，不知去向，及问比丘王，他说三年前进美女时，曾问其由，怪言居住城南七十里柳枝坡清华庄。适寻到此，只见林坡，不见清华庄，是以问你。"土地叩头道："望大圣恕罪。比丘王亦我地之主也，小神理当鉴察，奈何妖精神威法大，知我泄漏他事，就来欺凌，故此未获。大圣今来，只去那南岸九叉头一颗杨树根下，左转三转，右转三转，用两手齐扑树上，连叫三声开门，即现清华洞府。"

大圣闻言，即令土地回去，与八戒跳过溪来，寻那颗杨树。果然有九条叉枝，总在一颗根上。行者分付八戒："你且远远的站定，待我叫开门，寻着那怪，赶将出来，你却接应。"八戒闻命，即离树有半里远近立下。这大圣依土地之言，近树根，左转三转，右转三转，双手齐扑其树，叫："开门，开门！"霎时间，一声响亮，唿喇喇的门开两扇，更不见树的踪迹，那边光明霞采，亦无人烟。行者趁神威，撞将进去，但见那里好个去处：

烟霞幌亮，日月偷明。白云常出洞，翠藓乱漫庭。一径奇花争艳丽，遍阶瑶草斗芳荣。温暖气，景常春，浑如阆苑，不亚蓬瀛。滑凳攀长蔓，平桥挂乱藤。蜂衔红蕊来岩窟，蝶戏幽兰过石屏。

行者急拽步，行近前边细看，见石屏上有四个大字——"清华仙府"。他忍不住，跳过石屏看处，只见那老怪怀中搂着个美女，喘嘘嘘的，正讲比丘国事，齐声叫道："好机会来。三年事，今日得完，被那猴头破了。"行者跑近身，掣棒高叫道："我把你这伙毛团，甚么好机会。吃我一棒！"那老怪丢了美

人，轮起蟠龙拐，急架相迎。他两个在洞前这场好杀，比前又甚
不同：

棒举迸金光，拐轮凶气发。那怪道："你无知敢进我门
来！"行者道："我有意降妖怪！"那怪道："我恋国主你无干，
怎的欺心来展抹？"行者道："僧修政教本慈悲，不忍儿童活见
杀。"语去言来各恨仇，棒迎拐架当心札。促损琪花为顾生，踢
破翠苔因把滑。只杀得那洞中霞采欠光明，崖上芳菲俱掩压。乒
乓惊得鸟难飞，吆喝唬得美人散。只存老怪与猴王，呼呼卷地狂
风刮。看看杀出洞门来，又撞悟能呆性发。

原来八戒在外边，听见他们里面嚷闹，激得他心痒难挠，
掣钉钯，把一伙九叉杨树刨倒，使钯筑了几下，筑得那鲜血直
冒，嘤嘤的似乎有声。他道："这棵树成了精也，这棵树成了精
也！"按在地下。又正筑处，只见行者引怪出来，那呆子不打
话，赶上前，举钯就筑。那老怪战行者已是难敌，见八戒钯来，
愈觉心慌，败了阵，将身一幌，化道寒光，径投东走。他两个决
不放松，向东赶来。

正当喊杀之际，又闻得鸾鹤声鸣，祥光缥缈，举目视之，
乃南极老人星也。那老人把寒光罩住，叫道："大圣慢来，天蓬
休赶。老道在此施礼哩。"行者即答礼道："寿星兄弟，那里
来？"八戒笑道："肉头老儿，罩住寒光，必定捉住妖怪了。"
寿星陪笑道："在这里，在这里。望二公饶他命罢。"行者道：
"老怪不与老弟相干，为何来说人情？"寿星笑道："他是我的

一副脚力，不意走将来，成此妖怪。"行者道："既是老弟之物，只教他现出本像来看看。"寿星闻言，即把寒光放出，喝道："业畜！快现本相，饶你死罪！"那怪打个转身，原来是只白鹿。寿星拿起拐杖道："这业畜！连我的拐棒也偷来也。"那只鹿俯伏在地，口不能言，只管叩头滴泪。但见他

　　一身如玉简斑斑，两角参差七汊湾。几度饥时寻药圃，有朝渴处饮云潺。年深学得飞腾法，日久修成变化颜。今见主人呼唤处，现身抿耳伏尘寰。

　　寿星谢了行者，就跨鹿而行。被行者一把扯住道："老弟，且慢走，还有两件事未完哩。"寿星道："还有什么未完之事？"行者道："还有美人未获，不知是个什么怪物，还又要同到比丘城见那昏君，现相回旨也。"寿星道："既这等说，我且宁耐。你与天蓬下洞擒捉那美人来，同去现相可也。"行者道："老弟略等等儿，我们去了就来。"

　　那八戒抖擞精神，随行者径入清华仙府，呐声喊叫："拿妖精，拿妖精！"那美人战战兢兢，正自难逃，又听得喊声大振，即转石屏之内，又没个后门可以出头。被八戒喝声："那里走！我把你这个哄汉子的臊精！看钯！"那美人手中又无兵器，不能迎敌，将身一闪，化道寒光，往外就走，被大圣抵住寒光，乒乒一棒，那怪立不住脚，倒在尘埃，现了本相，原来是一个白面狐狸。呆子忍不住手，举钯照头一筑，可怜把那个倾城倾国千般笑，化作毛团狐狸形。行者叫道："莫打烂他，且留他此

身去见昏君。"那呆子不嫌秽污,一把揪住尾子,拖拖扯扯,跟随行者出得门来。只见那寿星老儿手摸着鹿头骂道:"好业畜阿!你怎么背主逃去,在此成精。若不是我来,孙大圣定打死你了。"行者跳出来道:"老弟说什么?"寿星道:"我嘱鹿哩,我嘱鹿哩!"八戒将个死狐狸掼在鹿的面前道:"这可是你的女儿么?"那鹿点头幌脑,伸着嘴,闻他几闻,呦呦发声,似有眷恋不舍之意。被寿星劈头扑了一掌道:"业畜!你得命足矣,又闻他怎的?"即解下勒袍腰带,把鹿扣住颈项,牵将起来,道:"大圣,我和你比丘国相见去也。"行者道:"且住!索性把这边都扫个干净,庶免他年复生妖孽。"八戒闻言,举钯将柳树乱筑。行者又念声唵字真言,依然拘出当方土地,叫:"寻些枯柴,点起烈火,与你这方消除妖患,以免欺凌。"那土地即转身,阴风飒飒,帅起阴兵,搬取了些迎霜草、秋青草、蓼节草、山蕊草、萎蒿草、龙骨柴、芦荻柴,都是隔年干透的枯焦之物,见火如同油腻一般。行者叫:"八戒,不必筑树。但得此物填塞洞里,放起火来,烧得个干净。"火一起,果然把一座清华妖怪宅,烧作火池坑。

这里才喝起土地,同寿星牵着鹿,拖着狐狸,对国王道:"这是你的美后,与他耍子儿么?"那国王胆战心惊,又只见孙大圣引着寿星,牵着白鹿,都到殿前,唬得那国里君臣妃后,一齐下拜。行者近前,搀住国王,笑道:"且休拜我。这鹿儿即是国丈,你只拜他便是。"那国王羞愧无地,只道:"感谢神僧救我一国小儿,真天恩也!"即传旨教光禄寺安排素宴,大开东阁,请南极老人与唐僧四众,共坐谢恩。三藏拜见了寿星,沙僧亦以礼见。都问道："白鹿既是老寿星之物，如何得到此间为害？"寿星笑道："前者，东华帝君过我荒山，我留坐着棋，一局未终，这业畜走了。及客去寻他不见，我因屈指询算，知他走在此处，特来寻他，正遇着孙大圣施威。若果来迟，此畜休矣。"叙不了，只见报道："宴已完备。"好素宴：

五彩盈门，异香满座。卓挂绣纬生锦艳，地铺红毯幌霞光。宝鸭内，沉檀香袅；御筵前，蔬品香馨。看盘高果砌楼台，龙缠斗糖摆走兽。鸳鸯锭，狮仙糖，似模似样；鹦鹉杯，鹭鸶杓，如相如形。席前果品般般盛，案上斋肴件件精。魁圆茧栗，鲜果子桃。枣儿柿饼味甘甜，松子葡萄香腻酒。几般蜜食，数品蒸酥。油札糖浇，花团锦砌。金盘高垒大馍馍，银碗满盛香稻饭。辣爆爆汤水粉条长，香喷喷相连添换美。说不尽蘑菇、木香、嫩笋、黄精、十香素菜，百味珍羞。往来绰模不曾停，进退诸般皆盛设。

当时叙了坐次，寿星首席，长老次席，国王前席，行者、八戒、沙僧侧席，旁又有两三个太师相陪左右。即命教坊司动乐，国王擎着紫霞杯，一一奉酒。惟唐僧不饮，八戒向行者道："师兄，果子让你，汤饭等须请让我受用受用。"那呆子不分好歹，一齐乱上，但来的吃个精空。一席筵宴已毕，寿星告辞。那国王又近前跪拜寿星，求祛病延年之法，寿星笑道："我因寻鹿，未带丹药。欲传你修养之方，你又筋衰神败，不能还丹。我这衣袖中，只有三个枣儿，是与东华帝君献茶的，我未曾吃，今送你罢。"国王吞之，渐觉身轻病退，后得长生者，皆原于此。八戒看见，就叫道："老寿，有火枣，送我几个吃吃。"寿星道："未曾带得。待改日我送你几斤。"遂出了东阁，道了谢意，将白鹿一声喝起，飞跨背上，踏云而去。这朝中君王妃后，城中黎庶居民，各各焚香礼拜不题。

三藏叫："徒弟，收拾辞王。"那国王又苦留求教。行者道："陛下，从此色欲少贪，阴功多积，凡百事将长补短，自足以祛病延年，就是教也。"^{着眼。}遂拿出两盘散金碎银，奉为路费。唐僧坚辞，分文不受。国王无已，命摆銮驾，请唐僧端坐凤辇龙车，王与嫔后，俱推轮转毂，方送出朝。六街三市，百姓群黎，亦皆盏添净水，炉降真香，又送出城。忽听得半空中一声风响，路两边落下一千一百一十一个鹅笼，内有小儿啼哭，暗中有原护的城王、土地、社令、真官、五方揭谛、四直功曹、六丁六甲、护教伽蓝等众，应声高叫道："大圣，我等前蒙分付，摄去小儿鹅笼，今知大圣功成起行，一一送来也。"那国王妃后与一应臣民，又俱下拜。行者望空道："有劳列位，请各归祠，我着民间祭祀谢你。"呼呼渐渐，阴风又起而退。行者叫城里人家来认领小儿。当时传播，俱来各认出笼中之儿，欢欢喜喜，抱出叫哥哥，叫肉儿，跳的跳，笑的笑，都叫："扯住唐朝爷爷，到我家奉谢救儿之恩！"无大无小，若男若女，都不怕他相貌之丑，抬着猪八戒，扛着沙和尚，顶着孙大圣，撮着唐三藏，牵着马，挑着担，一拥回城，那国王也不能禁止。这家也开宴，那家也设席，请不及的，或做僧帽、僧鞋、褊衫、布袜，里里外外，大小衣裳，都来相送，如此盘桓，将有个月，才得离城。又有传下形神，立起牌位，顶礼焚香供养。

这才是：

> 阴功高叠恩山重，救活千千万万人。

毕竟不知向后又有什么事体，且听下回分解。

总批：

谁人没个玉面狐狸，安得行者打杀？

第八十回

姹女育阳求配偶

心猿护主识妖邪

却说比丘国君臣黎庶，送唐僧四众出城，有二十里之远，还不肯舍。三藏勉强下辇乘马，辞别而行。目送者直望至不见踪影方回。四众行勾多时，又过了冬残春尽，看不了野花山树，景物芳菲。前面又见一座高山峻岭。三藏心惊，问道：“徒弟，前面高山，有路无路？是必小心！”行者笑道：“师父这话，也不像走长路的，却似个公子王孙坐井观天之类。公子王孙是坐井观天的，说得有理，说得有理。自古道：山不碍路，路自通山。何必问有路无路？”三藏道：“虽然是山不碍路，但恐险峻之间生怪物，密查深处出妖精。”八戒道：“放心，放心！这里来相近极乐不远，管取太平无事！”师徒正说，不觉的到了山脚下。行者取出金箍棒，走上石崖，叫道：“师父，此间乃转山的路儿，试好步。快来，快来！”长老只得放怀策马。沙僧教：“二哥，你把担子挑一肩儿。”真个八戒接了担子挑上。沙僧拢着缰绳，老师父稳坐雕鞍，随行者都奔山崖上大路。但见那山

云雾笼峰顶，潺湲涌涧中。百花香满路，万树密丛丛。梅青李白，柳绿桃红。杜鹃啼处春将暮，紫燕呢喃社已终。嵯峨石，翠盖松。崎岖岭道，突兀玲珑。削壁悬崖峻，薜萝草木秾。千岩竞秀如排戟，万壑争流远浪洪。

老师父缓观山景，忽闻啼鸟之声，又起思乡之念。兜马叫道：“徒弟

我自天牌传旨意，锦屏风下领关文。观灯十五离乡井，才与

唐王天地分。甫能龙虎风云会，却又师徒拗马军。行尽巫山峰十二，何时对子见当今？

行者道："师父，你常以思乡为念，全不似个出家人。放心且走，莫要多忧。古人云，欲求生富贵，须下死工夫。"三藏道："徒弟，虽然说得有理，但不知西天路还在那里哩！"八戒道："师父，我佛如来舍不得那三藏经，知我们要取去，想是搬了，不然，如何只管不到？"沙僧道："莫胡说，只管跟着大哥走。只把工夫捱他，终须有个到之之日。"师徒正自闲叙，又见一派黑松大林。唐僧害怕，又叫道："悟空，我们才过了那崎岖山路，怎么又遇这个深黑松林？是必在意。"行者道："怕他怎的。"三藏道："说那里话，不信直中直，须防人不仁。我也与你走过好几处松林，不似这林深远。"你看：

东西密摆，南北成行。东西密摆彻云霄，南北成行侵碧汉。密查荆棘周围结，蓼却缠枝上下盘。藤来缠葛，葛去缠藤。藤来缠葛，东西客旅难行；葛去缠藤，南北经商怎过。这林中，住半年，那分日月；行数里，不见斗星。你看那背阴之处千般景，向阳之所万丛花。又有那千年槐，万载桧，奈寒松，山桃果，野芍药，旱芙蓉，一攒攒密砌重堆，乱纷纷神仙难画。又听得百鸟声：鹦鹉哨，杜鹃啼；喜鹊穿枝，乌鸦反哺；黄鹂飞舞，百舌调音；鹧鸪鸣，紫燕语；八哥儿学人说话，画眉郎也会看经。又见那大虫摆尾，老虎磕牙；多年狐狢妆娘子，日久苍狼吼振林。就是托塔天王来到此，纵会降妖也失魂！

孙大圣公然不惧，使铁棒上前劈开大路，引唐僧径入深林，逍逍遥遥，行经半日，未见出林之路。唐僧叫道："徒弟，一向西来，无数的山林崎岖，幸得此间清雅，一路太平。这林中奇花异卉，其实可人情意。我要在此坐坐，一则歇马，二则腹中饥了，你去那里化些斋来我吃。"行者道："师父请下马，老孙化斋去来。"那长老果然下了马，八戒将马拴在树上，沙僧歇下行李，取了钵盂，递与行者。行者道："师父稳坐，莫要惊怕。我去了就来。"三藏端坐松阴之下，八戒、沙僧都去寻花觅果闲耍。

却说大圣纵筋斗，到了半空，仵定云光，回头观看，只见松林中祥云缥缈，瑞霭氤氲。他忽失声叫道："好阿，好阿！"你道他叫好做甚？原来夸奖唐僧，说他是金蝉长老转世，十世修行的好人，所以有此祥瑞罩头。"若我老孙，那五百年前大闹天宫之时，云游海角，放荡天涯，聚群精自称齐天大圣，降龙伏虎，消了死籍，头戴着三额金冠，身穿着黄金铠甲，手执着金箍棒，足踏着步云履，手下有四万七千群怪，都称我做大圣爷爷，着实为人。如今脱却天灾，做小伏低，与你做了徒弟，想师父头顶上有祥云瑞霭罩定，径回东土，必定有些好处，老孙也必定得个正果。"正自家这等夸念中间，忽然见林南下有一股子黑气，骨都都的冒将上来。行者大惊道："那黑气里必定有邪了，我那八戒、沙僧却不会放甚黑气。"那大圣在半空中，详察不定。

却说三藏坐在林中，明心见性，讽念那《摩诃般若波罗密多心经》，忽听得嘤嘤的叫声"救人"。三藏大惊道："善哉，善哉！这等深林里，有甚么人叫？想是狼虫虎豹唬倒的，待我看看。"那长老起身那步，穿过千年柏，隔起万年松，附葛攀藤，近前视之。只见那大树上绑着一个女子，上半截使葛藤绑在树上，下半截埋在土里。长老立定脚，问他一句道："女菩萨，你有甚事，绑在此间？"咦！分明这厮是个妖怪，长老肉眼凡胎，却不能认得。那妖见他来问，泪如泉涌，你看他桃腮垂泪，有沉鱼落雁之容；星眼含悲，有闭月羞花之貌。长老实不敢近前，又开口问道："女菩萨，你端的有何罪过？说与贫僧，却好救你。"那妖精巧语花言，虚情假意，忙忙的答应道："师父，我家住在贫婆国，离此有二百馀里。父母在堂，十分好善，一生的和亲爱友。时遇清明，邀请诸亲及本家老小拜扫先茔，一行轿马，都到了荒郊野外，至茔前摆开祭祀。刚烧化纸马，只闻得锣鸣鼓响，跑出一伙强人，持刀弄杖，喊杀前来，慌得我们魂飞魄散。父母诸亲，得马得轿的，各自逃了性命，奴奴年幼跑不动，唬倒在地，被众强人拐来山内。大大王要做夫人，二大王要做妻室，第三第四个都爱我美色。七八十家一齐争炒，大家都不忿气，所以把奴奴绑在林间，众强人散盘而去。今已五日五夜，看看命尽，不久身亡。不知是那世里祖宗积德，今日遇着老师父到此。千万发大慈悲，救我一命，九泉之下决不忘恩。"说罢泪下如雨。三藏真个慈心，也就忍不住吊下泪来，声音哽咽，叫道："徒弟。"那八戒、沙僧，正在林中寻花觅果，猛听得师父叫得凄怆，呆子道："沙和尚，师父在此认了亲耶。"沙僧笑道："二哥胡缠，我们走了这些时，好人也不曾撞见一个，亲从何来？"八戒道："不是亲，师父那里与人哭么？我和你去看来。"沙僧真个回转旧处，牵了马挑了担，至跟前叫："师父，怎么说？"唐僧用手指定那树上，叫："八戒，解下那女菩萨

好人原少，如何容易撞见？

来，救他一命。"呆子不分好歹，就去动手。

却说那大圣在半空中，又见那黑气浓厚，把祥光尽情盖了，道声："不好，不好！黑气罩暗祥光，怕不是妖邪害俺师父。化斋还是小事，且去看我师父去。"即返云头，按落林里。只见八戒乱解绳儿，行者上前，一把揪住耳朵，扑的摔了一跌。呆子抬头看见，爬起来说道："师父教我救人，你怎么恃自有力将我掼这一跌。"行者笑道："兄弟，莫解他。他是个妖精，弄喧儿骗我们哩。"三藏喝道："你这泼猴，又来胡说了！怎么这等一个女子，就认得他是个妖怪。"女子正是妖精，唐僧缘何看作两截。行者道："师父原来不知。这都是老孙干过的买卖，想人肉吃的法儿。你那里认得。"八戒㖷着嘴道："师父，莫信这弼马温哄你。这女子乃是此间人家，我们东土远来，不与相较，又不是亲眷，如何说他是妖精？他打发我们丢了前去，他却翻筋斗，弄神法转来和他干巧事儿，倒踏门也。"行者喝道："夯货！莫乱谈！我老孙一向西来，那里有甚急懒处？似你这个重色轻生，见利忘义的馕糟，不识好歹，被人家哄了招女婿，绑在树上哩。"三藏道："也罢，也罢。八戒呵，你师兄常时也看得不差，既这等说，不要管他，我们去罢。"行者大喜道："好了！师父是有命的了。请上马，出松林外有人家化斋你吃。"四人果一路前进，把那怪撇了。

却说那怪绑在树上，咬牙恨齿道："几年家闻人说孙悟空神通广大，今日见他，果然话不虚传。那唐僧乃童身修行，一点元阳未泄，正欲拿他去配合成太乙金仙，不知被此猴识破吾法，将他救去了。若是解了绳，放我下来，随手捉将去，却不是我的人儿也？今被他一篇散言碎语带去，却又不是劳而无功？等我再叫他两声，看是如何。"妖精不动绳索，把几声善言善语用一阵顺风，嘤嘤的吹在唐僧耳内。你道叫的甚么？他叫道："师父呵，你放着活人的性命还不救，昧心拜佛取何经？"唐僧在马上听得这般叫唤，即勒马叫："悟空，去救那女子下来罢。"行者道："师父走路，怎么又想起他来了？"唐僧道："他又在那里叫哩。"行者问："八戒，你听见么？"八戒道："耳大遮住了，不曾听见。"又问："沙僧，你听见么？"沙僧道："我挑担前走，不曾在心，也不曾听见。"行者道："老孙也不曾听见。师父，他叫甚么？偏你听见。"唐僧道："他叫得有理。说道：'活人性命还不救，昧心拜佛取何经？'救人一命，胜造七级浮屠。快去救他下来，强似取经拜佛。"行者笑道："师父要善将起来，就没药医。你想你离了东土，一路西来，却也过了许多山场，遇着许多妖怪，常把你拿将进洞，老孙来救你，使铁棒常打死千千万万。今日一个妖精的性命舍不得，要去救他？"唐僧道："徒弟呀，古人云：勿以善小而不为，勿以恶小而为之。还去救他救罢。"行者道："师父，既然如此，只是这个担儿老孙却担不起，你要救他，我也不敢苦劝，我劝一会，你又恼了。任你去救。"唐僧道："猴头莫多话！你坐着，等我和八戒救他去。"唐僧回至林里，教八戒解了上半截绳子，用钯筑出下半截身子。那怪跌跌脚，束束裙，喜孜孜跟着唐僧出松林。见了行者，行者只是冷笑不止，唐僧骂道："泼猴头！你笑怎的？"行者道："我笑你时来逢好友，运去遇佳人。"三藏又骂道："泼猢狲！胡说！我自出娘肚皮就做和尚。如今奉旨西来，虔心礼佛求经，又不是利禄之辈，有甚运退时！"行者笑道："师父，你

虽是自幼为僧，却只会看经念佛，不曾见王法条律。这女子生得
年少标致，我和你乃出家人，同他一路行走，倘或遇着歹人把我
们拿送官司，不论甚么取经拜佛，且都打做奸情，纵无此事，也
要问个拐带人口，师父追了度牒，打个小死，八戒该问充军，沙
僧也问摆站，我老孙也不得干净，饶我口能，怎么折辩，也要
问个不应。"三藏喝道："莫胡说！终不然我救他性命，有甚赔
累不成，带了他去，凡有事，都在我身上。"行者道："师父虽
说有事在你，却不知你不是救他，反是害他。"三藏道："我救
他出林，得其活命，怎么反是害他？"行者道："他当时绑在林
间，或三五日，十日半月，没饭吃，饿死了，还得个完全身子归
阴。如今带他出来，你坐的是个快马，行路如风，我们只得随
你，那女子脚小，那步艰难，怎么跟得上走？一时把他丢下，若
遇着狼虫虎豹，一口吞之，却不是反害其生也？"三藏道："正
是呀。这件事却亏你想。如何处置？"行者笑道："抱他上来，
和你同骑着马走罢。"三藏沉吟道："我那里好与他同马，他怎
生得去？"三藏道："教八戒驮他走罢。"行者笑道："呆子造
化到了。"八戒道："远路没轻担。教我驮人，有甚造化？"行
者道："你那嘴长，驮着他，转过嘴来，计较私情话儿，却不便
益？"八戒闻此言，捶胸暴跳道："不好，不好！师父要打我几
下，宁可忍疼，背着他决不得干净，师兄一生会赃埋人。我驮不
成！"三藏道："也罢，也罢，我也还走得几步，等我下来慢慢
的同走，着八戒牵着空马罢。"行者大笑道："呆子倒有买卖。
师父照顾你牵马哩。"三藏道："这猴头又胡说了。古人云，马
行千里，无人不能自往。假如我在路上慢走，你好丢了我去？我

若慢，你们也慢，大家一处同这女菩萨走下山去，或到庵观寺院，有人家之处，留他在那里，也是我们救他一场。"行者道："师父说得有理。快请前进。"三藏拽步前走，沙僧挑担，八戒牵着空马，行者拿着棒。引着女子，一行前进。不二三十里，天色将晚，又见一座楼台殿阁，三藏道："徒弟，那里必定是座庵观寺院，就此借宿了，明日早行。"行者道："师父说得是。各各走动些。"霎时到了门首，分付道："你们略站远些，等我先去借宿。若有方便处，着人来叫你。"众人俱立在柳阴之下，惟行者拿铁棒辖着那女子。

长老拽步近前，只见那门东倒西歪，零零落落，推开看时，忍不住心中凄惨：长廊寂静，古刹萧疏；苔藓盈庭，蒿蓁满径；惟萤火之飞灯，只蛙声而代漏。长老忽然吊下泪来。真个是：

殿宇凋零倒塌，廊房寂寞倾颓。断砖破瓦十馀堆，尽是些歪梁折柱。前后尽生青草，尘埋朽烂香厨。钟楼崩坏鼓无皮，琉璃香灯破损。佛祖金身没色，罗汉倒卧东西。观音淋坏尽成泥，杨柳净瓶坠地。日内并无僧入，夜间尽宿狐狸。只听风响吼声如雷，都是虎豹藏身之处。四下墙垣皆倒，亦无门扇关居。

有诗为证：

多年古刹没人修，狼狈凋零倒更休。猛风吹裂伽蓝面，大雨浇残佛祖头。金刚跌损随淋洒，土地无房夜不收。更有两般堪叹处，铜钟着地没悬楼。

三藏硬着胆，走进二层门。见那钟鼓楼俱倒了，止有一口铜钟扎在地下，上半截如雪之白，下半截如靛之青，原来是日久年深，上边被雨淋白，下边是土气上的铜青。三藏用手摸着钟，高叫道："钟阿！你

也曾悬挂高楼吼，也曾鸣远彩梁声。也曾鸡啼就报晓，也曾天晚送黄昏。不知化铜的道人归何处，铸铜匠作那边存。想他一命归阴府，他无踪迹你无声。"

长老高声赞叹，不觉的惊动寺里之人。那里边有一个侍奉香火的道人，他听见人语，扒起来，拾一块断砖，照钟上打将去。那钟当的响了一声，把个长老唬了一跌，挣起身要走，又绊着脚根，扑的又是一跌，长老倒在地下，抬头又叫道："钟阿

贫僧正然感叹你，忽的叮当响一声。

想是西天路上无人到，日久多年变作精。"

那道人赶上前，一把搀住道："老爷请起。不干钟成精之事，却才是我打得钟响。"三藏抬头见他的模样丑黑，道："你莫是魑魅妖邪？我不是寻常之人，我是大唐来的，我手下有降龙伏虎的徒弟。你若撞着他，性命难存也。"道人跪下道："老爷休怕。我不是妖邪，我是这寺里侍奉香火的道人。却不听见老爷善言相赞，就欲出来迎接，恐怕是个邪鬼敲门，故此拾一块断砖，把钟打一下压惊，方敢出来。老爷请起。"那唐僧方然正

性道："住持，险些儿唬杀我也。你带我进去。"那道人引定唐僧，直至三层门内看处，比外边甚是不同。但见那：

青砖砌就彩云墙，绿瓦盖成琉璃殿。黄金妆圣像，白玉造阶台。大雄殿上舞青光，毗罗阁下生锐气。文殊殿，结采飞云；轮藏堂，描花堆翠。三檐顶上宝瓶尖，五福楼中平绣盖。千株翠竹摇禅榻，万种青松映佛门。碧云宫里放金光，紫雾丛中飘瑞霭。朝闻四野香风远，暮听山高画鼓鸣。应有朝阳补破衲，岂无对月了残经？又只见半壁灯光明后院，一行香雾照中庭。

三藏见了，不敢进去，叫："道人，你这前边十分狼狈，后边这等齐整，何也？"道人笑道："老爷，这山中多有妖邪强寇，天色清明，沿山打劫，天阴就来寺里藏身，被他把佛像推倒垫坐，木植搬来烧火。本寺僧人软弱，不敢与他讲论，因此把这前边破房都舍与那些强人安歇，从新另化了些施主，所以盖得那一所寺院。怕混各一，这是西方的事情。"三藏道："原来是如此。"正行间，又见山门上有五个大字，乃"镇海禅林寺"。才举步跨入门里，忽见一个和尚走来，你看他怎生模样：

头戴左笄绒锦帽，一对铜圈坠耳根。身着颇罗毛线服，一双白眼亮如银。手中摇着播郎鼓，口念番经听不真。三藏原来不认得，这是西方路上喇嘛僧。

那喇嘛和尚，走出门来，看见三藏眉清目秀，额阔顶平，耳垂肩，手过膝，好似罗汉临凡，十分俊雅，他走上前扯住，满面笑唏唏的与他捻手捻脚，摸他鼻子，揪他耳朵，以示亲近之意。携至方丈中，行礼毕，却问：“老师父何来？”三藏道：“弟子乃东土大唐驾下钦差往西方天竺国大雷音寺拜佛取经者。适行至宝方天晚，特奔上刹借宿一宵，明日早行。望垂方便一二。”那和尚笑道：“不当人子，不当人子！我们不是好意要出家的，皆因父母生身，命犯华盖，家里养不住，才舍断了出家。既做了佛门弟子，切莫说脱空之话。”三藏道：“我是老实话。”和尚道：“那东土到西天有多少路程，路上有山，山中有洞，洞内有精，想你这个单身，又生得娇嫩，那里像个取经的。”三藏道：“院主也见得是。贫僧一人，岂能到此。我有三个徒弟，逢山开路，遇水叠桥，保我弟子，所以到得上刹。”那和尚道：“三位高徒何在？”三藏道：“现在山门外伺候。”那和尚慌了道：“师父你不知我这里有虎狼、妖贼、鬼怪伤人，白日里不敢远出，未经天晚就闭了门户。这早晚把人放在外边！”叫：“徒弟，快去请将进来。”有两个小喇嘛儿，跑出外去，看见行者，唬了一跌；见了八戒，又是一跌；扒起来往后飞跑，道：“爷爷，造化低了！你的徒弟不见，只有三四个妖怪站在那门首也。”三藏问道：“怎么模样？”小和尚道：“一个雷公嘴，一个�‌挺嘴，一个青脸獠牙，旁有一个女子，倒是个油头粉面。”三藏笑道：“你不认得。那三个丑的是我徒弟，那一个女子是我打松林里救命来的。”那喇嘛道：“爷爷呀，这们好俊师父，怎么寻这般丑徒弟？”三藏道：“他丑自丑，却俱有用。你快请他进来。若再迟了些儿，那雷公嘴的有些撞祸，不是个人生父母养的，他就打进来也。"那小和尚即忙跑出，战兢兢的跪下道："列位老爷，唐老爷请哩。"八戒笑道："哥阿，他请便罢了，却这般战兢兢的，何也？"行者道："看见我们丑陋害怕。"八戒道："可是扯淡！我们乃生成的，那个是好要丑哩。"行者道："把那丑且略收拾收拾。"呆子真个把嘴揣在怀里，低着头，牵着马，沙僧挑着担，行者在后面，拿着棒，辖着那女子，一行进去，穿过了那倒塌房廊，入三层门里，拴着马，歇着担，进方丈中，与喇嘛僧相见，分了坐次。那和尚入里边，引出七八十个小喇嘛来，见礼毕，收拾办斋管待。

正是：

积功须在慈悲念，佛法兴时僧赞僧。

毕竟不知怎生离寺，且听下回分解。

总批：

篇内云："只把工夫捱他，终须有个到之之日。"是极到家语，着眼，着眼。

第八十一回

镇海寺心猿知怪

黑松林三众寻师

话表三藏师徒到镇海禅林寺，众僧相见，安排斋供。四众食毕，那女子也得些食力。渐渐天昏，方丈里点起灯来。众僧一则是问唐僧取经来历，二则是贪看那女子，都攒攒簇簇排列灯下。三藏对那初见的喇嘛僧道："院主，明日离了宝山，西去的路途如何？"那僧双膝跪下，慌得长老一把扯住道："院主请起。我问你个路程，你为何行礼？"那僧道："老师父明日西行，路途平正，不须费心。只是眼下有件事儿好不尴尬，一进门就要说，恐怕冒犯洪威，却才斋罢，方敢大胆奉告：老师东来，路遥辛苦，都在小和尚房中安歇甚好，只是这位女菩萨不方便，不知请他那里睡好。"三藏道："院主，你不要生疑，说我师徒们有甚邪意。早间打黑松林过，撞见这个女子绑在树上，小徒孙悟空不肯救他，是我发善提心，将他救了到此，随院主送他那里睡去。"那僧谢道："既老师宽厚，请他到天王殿里，就在天王爷爷身后安排个草铺，教他睡罢。"三藏道："甚好，甚好。"遂此时，众小和尚引那女子往殿后睡去。长老就在方丈中，请众院主自在，遂各散去。三藏分付悟空："辛苦了，早睡早起。"遂一处都睡着了，不敢离侧，护着师父。渐入夜深，正是那：

玉兔高升万籁宁，天街寂静断人行。

银河耿耿星光灿，鼓发谯楼偿换更。

一宵晚话不题。及天明了，行者起来，教八戒、沙僧收拾行囊、马匹，却请师父走路。此时长老还贪睡未醒。行者近前叫声"师父"。那师父把头抬了一抬，又不曾答应得出。行者问：

"师父怎么说？"长老呻吟道："我怎么这般头悬眼胀，浑身皮骨皆疼？"八戒听说，伸手去摸摸，身上有些发热，呆子笑道："我晓得了。这是昨晚见没钱的饭，多吃了几碗，倒沁着头睡，伤食了。"行者喝道："胡说！等我问师父端的何如？"三藏道："我半夜之间起来解手，不曾戴得帽子，想是风吹了。"行者道："这还说得是。如今可走得路么？"三藏道："我如今起坐不得，怎么上马？但只误了路呵。"行者道："师父说那里话。常言道，一日为师，终身为父。我等与你做徒弟，就是儿子一般；又说道：养儿不用阿金溺银，只是见景生情便好。你既身子不快，说甚么误了行程，便宁耐几日何妨。"兄弟们都伏侍着师父，不觉的早尽午来昏又至，良宵才过又侵晨。

光阴迅速，早过了三日。那一日，师父欠身起来叫道："悟空，这两日病体沉疴，不曾问得你，那个脱命的女菩萨，可曾有人送些饭与他吃？"行者笑道："你管他怎的，且顾了自家的病着。"三藏道："正是，正是，你且扶我起来，取出我的纸笔墨，寺里借个砚台来使使。"行者道："要怎的？"长老道："我要修一封书并关文封在一处，你替我送上长安驾下，见太宗皇帝一面。"行者道："这个容易，我老孙别事无能，若说送书，人间第一。你把书收拾停当与我，我一筋斗送到长安，递与唐王，再一筋斗转将回来，你的笔砚还不干哩。但只是你寄书怎的？且把书意念念我听，念了再写不迟。"长老滴泪道："我写着：

臣僧稽首三顿首，万岁三呼拜圣君，文武两班同入目，公卿四百共知闻。当年奉旨离东土，指望灵山见世尊。不料途中遭厄

难，何期半路有灾迍。僧病沉疴难进步，佛门深远接天门。有经
无命空劳碌，启奏当今别遣人。"

　　行者听得此言，忍不住呵呵大笑道："师父，你忒不济，略
有些些病儿，就起这个意念。你若是病重，要死要活，只消问
我，我老孙自有个本事，问道：'那个阎王敢起心？那个判官敢
出票？那个鬼使来勾取？'若恼了我，我拿出那大闹天宫之性
子，又一路棍打入幽冥，捉住十代阎王，一个个抽了他的筋，还
不饶他哩。"三藏道："徒弟呀，我病重了，切莫说这大话。"
八戒上前道："师兄，师父说不好，你只管说好，十分不尴尬。
我们趁早商量，先卖了马，典了行囊，买棺木送终散火。"行者
道："呆子又胡说了，你不知道师父是我佛如来第二个徒弟，原
叫做金蝉长老，只因他轻慢佛法，该有这场大难。"八戒道：
"哥呵，师父既是轻慢佛法，贬回东土，在是非海内，口舌场
中，托化人身，发愿往西天去拜佛求经，遇妖精就捆，逢魔头就
吊，受诸苦恼也勾了，怎么又叫他害病？"行者道："你那里晓
得，老师父不曾听佛讲法，打了一个盹，往下一试，左脚下蹦了
一粒米，下界来，该有这三日病。"八戒惊道："相老猪吃东西
泼泼撒撒的，也不知害多少年代病哩。"行者道："兄弟，佛不
与你众生为念。你又不知人云：'锄禾日当午，汗滴禾下土。谁
知盘中餐，粒粒皆辛苦。'师父只今日一日，明日就好了。"三
藏道："我今日与昨日不同：咽喉里十分作渴，你去那里，有凉
水寻些来我吃。"行者道："好了！师父要水吃，便是好了。等
我取水去。"即时取了钵盂，往寺后面香积厨取水。忽见那和尚

一个个眼儿通红，悲啼哽咽，只是不敢放声大哭。行者道："你们这些和尚忒小家子样！我们住几日，临行谢你，柴火钱照日算还，怎么这等脓包。"众僧慌跪下道："不敢，不敢！"行者道："怎么不敢？想是我那长嘴和尚食肠大，吃伤了你的本儿也？"众僧道："老爷，我这荒山，大大小小也有百十众和尚，每一人养老爷一日，也养得起百十日，怎么敢欺心计较甚么食用。"行者道："既不计较，你却为甚么啼哭？"众僧道："老爷，不知是那山里来的妖邪在这寺里。我们晚夜间着两个小和尚去撞钟打鼓，只听得钟鼓响罢，再不见人回，至次日找寻，只见僧帽、僧鞋，丢在后边园里，骸骨尚存，将人吃了。你们住了三日，我寺里不见了六个和尚。故此，我兄弟们不由的不怕，不由的不伤。因见你老师父贵恙，不敢传说，忍不住泪珠偷垂也。"行者闻言，又惊又喜道："不消说了，必定是妖魔在此伤人也，等我与你剿除他。"众僧道："老爷，妖精不精者不灵，一定会腾云驾雾，一定会出幽入冥。古人道得好，莫信直中直，须妨仁不仁。老爷，你莫怪我们说：你若拿得他住哩，便与我荒山除这条祸根，正是三生有幸了，若还拿他不住呵，却有好些儿不便处。"行者道："怎叫做好些不便处？"那众僧道："直不相瞒老爷说，我这荒山，虽有百十众和尚，却都只是自小儿出家的，发长寻刀削，衣单破衲缝。早晨起来洗着脸，叉手躬身，皈依大道；夜来收拾烧着香，虔心叩齿，念的弥陀。举头看见佛，莲九品，执三乘，慈航共法云，愿见祇园释世尊；低头看见心，受五戒，度三千，生生万法中，愿悟顽空与色空。诸檀越来呵，老的、小的、长的、矮的、胖的、瘦的，一个个敲木鱼，击金磬，挨挨拶拶，两卷《法华经》，一第《梁王忏》；诸檀越不来呵，新的、旧的、生的、熟的、村的、俏的，一个个合着掌，瞑着目，俏俏冥冥，入定蒲团上，牢关月下门。一任他莺啼鸟语闲争斗，不上我方便慈悲大法乘。因此上，也不会伏虎，也不会降龙；也不识的怪，也不识的精。你老爷若还惹起那妖魔呵，我百十个和尚只觳他一顿饱。一则堕落我众生轮回，二则灭抹了这禅林古迹，三则如来会上全没半点儿光辉。这却是好些儿不便处。"也说得快活。

行者闻得众和尚说出这一端的话语，他便怒从心上起，恶向胆边生，高叫一声："你这众和尚好呆哩！只晓得那妖精，就不晓得我老孙的行止么？"众僧轻轻的答道："实不晓得。"行者道："我今日略节说说，你们听着：

我也曾花果山伏虎降龙，我也曾上天堂大闹六宫，饥时把老君的丹，略略咬了两三颗；渴时把玉帝的酒，轻轻嗛了六七钟。睁着一双不白不黑的金睛眼，天惨淡，月朦胧；拿着一条不短不长的金箍棒，来无影，去无踪。说甚么大精小怪，那怕他愈懒臕脓！一赶赶上去，跑的跑，颤的颤，躲的躲，慌的慌；一捉捉将来，锉的锉，烧的烧，磨的磨，舂的舂。正是八仙同过海，独自显神通！众和尚，我拿这妖精与你看看，你才认得我老孙！"

众僧听着，暗点头道："这贼秃开大口，说大话，想是有些来历。"都一个个诺诺连声。只有那喇嘛僧道："且住！你老师父贵恙，你拿这妖精不至紧，俗语道：公子登筵，不醉便饱；壮士临阵，不死即伤。你两下里角斗之下，倘贻累你师父，不当稳便。"行者道："有理，有哩！我且送凉水与师父吃了再来。"掇起钵盂，着上凉水，转出香积厨，就到方丈，叫声："师父，吃凉水哩。"三藏正当烦渴之时，便抬起头来，捧着水，只是一吸。真个"渴时一滴如甘露，药到真方病即除"。行者见长老精神渐爽，眉目舒开，就问道："师父，可吃些汤饭么？"三藏道："这凉水就是灵丹一般，这病儿减了一半，有汤饭也吃得些。"行者连声高高叫道："我师父好了，要汤饭吃哩。"教那些和尚忙忙的安排，淘米，煮饭，捍面，烙饼，蒸馍馍，做粉汤，抬了四五桌。唐僧只吃得半碗儿米汤，行者、沙僧止用了一席，其馀的都是八戒一并食之。家火收去，点起灯来，众僧各散。三藏道："我们今住几日了？"行者道："三整日矣。明朝向晚，便就是四个日头。"三藏道："三日误了许多路程。"行者道："师父，也算不得路程，明日去罢。"三藏道："正是。就带几分病儿，也没奈何。"行者道："既是明日要去，且让我今晚捉了妖精者。"三藏惊道："又捉甚么妖精？"行者道："有个妖精在这寺里，等老孙替他捉捉。"唐僧道："徒弟呀，我的病身未可，你怎么又兴此念？倘那怪有神通，你拿他不住呵，却又不是害我？"行者道："你好灭人威风。老孙到处降妖，你见我弱与谁的？只是不动手，动手就要赢。"三藏扯住道："徒弟，常言说得好，遇方便时行方便，得饶人处且饶人；操心怎似人心好，争气何如忍气高。"孙大圣见师父苦苦劝他，不许降妖，他说出老实话来道："师父，实不瞒你说，那妖在此吃了人了。"

唐僧大惊道："吃了甚么人？"行者说道："我们住了三日，已是吃了这寺里六个小和尚了。"长老道："兔死狐悲，物伤其类。他既吃了寺内之僧，我亦僧也，我放你去，只但用心仔细些。"行者道："不消说。老孙的手到就消除了。"你看他灯光前分付八戒、沙僧看守师父，他喜孜孜跳出方丈径来佛殿看时，天上有星，月还未上，那殿里黑暗暗的，他就吹出真火，点起琉璃，东边打鼓，西边撞钟。响罢，摇身一变，变做个小和尚儿，年纪只有十二三岁，披着黄绢褊衫，白布直裰，手敲着木鱼，口里念经。等到一更时分，不见动静，二更时分，残月才升，只听见呼呼的一阵风响。好风：

黑雾遮天暗，愁云照地昏。四方如泼墨，一派靛妆浑。先刮时扬尘播土，次后来倒树摧林。扬尘播土星光现，倒树摧林月色昏。只刮得嫦娥紧抱梭罗树，玉兔团团找药盆。九曜星官皆闭户，四海龙王尽掩门。庙里城隍觅小鬼，空中仙子怎腾云？地府阎罗寻马面，判官乱跑赶头巾。刮动昆仑顶上石，卷得江湖波浪混。此等处虽可恶，然从人口中说出，却又好听。

那风才然过处，猛闻得兰麝香熏，环珮声响，即欠身抬头观看，呀！却是一个美貌佳人，径上佛殿。行者口里呜哩呜喇，只情念经。那女子近前一把搂住道："小长老，念的是甚么经？"行者道："许下的。"女子道："别人都自在睡觉，你还念经怎么？"行者道："许下的，如何不念？"女子搂住，与他亲个嘴道："我与你到后面要要去。"行者故意的扭过头去道："你有些不晓事。"女子道："你会相面？"行者道："也晓得些儿。"女子道："你相我怎的样子？"行者道："我相你有些儿偷生揾熟，被公婆赶出来的。"女子道："相不着，相不着，我

不是公婆赶逐，不因揾熟偷生，奈我前生命薄，投配男子年轻，不会洞房花烛，避夫逃走之情。

趁如今星光月皎，也是有缘千里来相会，我和你到后园中交欢配鸾俦去也。"行者闻言，暗点头道："那几个愚僧都被色欲引诱，所以伤了性命。他如今也来哄我。"就随口答应道："娘子，我出家人年纪尚幼，却不知甚么交欢之事。"女子道："你跟我去，我教你。"行者暗笑道："也罢，我跟他去，看他怎生摆布。"他两个搂着肩，携着手，出了佛殿，径至后边园里。那怪把行者使个绊子腿，跌倒在地，口里"心肝哥哥"的乱叫，将手就去掐他的臊根。行者道："我的儿，真个要吃老孙哩。"却被行者接住他手，使个小坐跌法，把那怪一辘轳掀翻在地上。那怪口里还叫道："心肝哥哥，你倒会跌你的娘哩。"行者暗算道："不趁此时下手他，还到几时！正是先下手为强，后下手为殃。"就手一叉，腰一躬，一跳跳起来，现出原身法象，轮起金箍铁棒，劈头就打。那怪倒也吃了一惊。他心想道："这个小和尚，这等利害！"打开眼一看，原来是那唐长老的徒弟姓孙的。他也不惧他，你说这精怪是甚么精怪：

金作鼻，雪铺毛。地道为门屋，安身处处牢。养成三百年前

气，曾向灵山走几遭。一饱香花和蜡烛，如来分付下天曹。托塔
天王恩爱女，哪吒太子认同胞。也不是个填海鸟，也不是个戴山
鳌。也不怕的雷焕剑，也不怕的吕虔刀。往往来来，一任他水流
江汉阔；上上下下，那论他山耸泰恒高。你看他月貌花容娇滴
滴，谁识得是个老鼠成精逞黠豪。

他自恃的神通广大，便随手架起双股剑叮叮珰珰的响，左遮
右格，随东倒西。行者虽强些，却也捞他不倒。阴风四起，残月
无光。你看他两人，后园中一场好杀：

阴风从地起，残月荡微光。阒静梵王宇，阑珊小鬼廊。后园
里一片战争场：孙大士，天上圣；毛姹女，女中王，赌赛神通未
肯降。一个儿扭转芳心嗔黑秃，一个儿圆睁慧眼恨新妆。两手剑
飞，认得那女菩萨；一根棍打，狠似个活金刚。响处金箍如电
掣，霎时铁白耀星芒。玉楼抓翡翠，金殿碎鸳鸯。猿啼巴月小，
雁叫楚天长。十八尊罗汉，暗暗喝采；三十二诸天，个个慌张。

那孙大圣精神抖擞，棍儿没半点差池。妖精自料敌他不住，
猛可的眉头一蹙，计上心来，抽身便走。行者喝道："泼货那
走！快快来降！"那妖精只是不理，直往后退，等行者赶到紧急
之时，即将左脚上花鞋脱下来，吹口仙气，念个咒语，叫一声：
"变！"就变做本身模样，使两口剑舞将来，真身一幌，化阵清
风而去。这却不是三藏的灾星？他便径撞到方丈里，把唐三藏摄
将去，云头上杳杳冥冥，霎霎眼就到了陷空山，进了无底洞，

叫小的们安排素筵席成亲不题。却说行者斗得心焦性燥，闪一个空，一棍把那妖精打落下来，乃是一只花鞋。行者晓得中了他计，连忙转身来看师父，那有个师父？只见那呆子和沙僧口里鸣哩鸣哪说甚么。行者怒气填胸，也不管好歹，捞起棍来一片打，连声叫道："打死你们，打死你们！"那呆子慌得走也没路，沙僧却是个灵山大将，见得事多，就软款温柔近前跪下道："兄长，我知道了，想你要打杀我两个，也不去救师父，径自回家去哩。"亦好。行者道："我打杀你两个，我自去救他。"沙僧笑道："兄长说那里话。无我两个，真是单丝不线，孤掌难鸣，兄阿，这行囊马匹，谁与看顾？宁学管鲍分金，休仿孙庞斗智。自古道，打虎还得亲兄弟，上阵须教父子兵。望兄长且饶打，待天明和你同心戮力，寻师去也。"行者虽是神通广大，却也明理识时，见沙僧苦苦哀告，便就回心道："八戒，沙僧，你都起来，明日找寻师父，却要用力。"那呆子听见饶了，恨不得天也许下半边，道："哥阿，这个都在老猪身上。"兄弟们思思想想，那曾得睡，恨不得点头唤出扶桑日，一口吹散满天星。三众只坐到天晓，收拾要行，早有寺僧拦门来问："老爷那里去？"行者笑道："不好说，昨日对众夸口，说与你们拿妖精，妖精未曾拿得，倒把我个师父不见了。我们寻师父去哩。"众僧害怕道："老爷，小可的事，倒带累老师，却往那里去寻？"行者道："有处寻他。"众僧又道："既去莫忙，且吃些早斋。"连忙的端了两三盆汤饭。八戒尽力吃个干净，道："好和尚！我们寻着师父，再到你这里来耍子。"行者道："还到这哩吃他饭哩，你去天王殿里看看那女子在否。"众僧道："老爷，不在了，不在了。自是当晚宿了一夜，第二日就不见了。"行者喜喜欢欢的辞了众僧，着八戒、沙僧牵马挑担，径回东走。八戒道："哥哥差了，怎么又往东行？"行者道："你岂知道，前日在那黑松林绑的那个女子，老孙火眼金睛把他认透了，你们都认做好人。今日吃和尚的也是他，摄师父的也是他，你们救得好女菩萨！今既摄了师父，还从旧路上找寻去也。"二人叹服道："好，好，好！真是粗中有细！去来，去来！"三人急急到于林内，只见那：

　　云蔼蔼，雾漫漫；石层层，路盘盘。狐踪兔迹交加走，虎豹豺狼往复钻。林内更无妖怪影，不知三藏在何端。

　　行者心焦，掣出棒来，摇身一变，变作大闹天宫的本相，三头六臂，六只手理着三根棒，在林里辟哩拨喇的乱打。八戒见了道："沙僧，师兄着了恼，寻不着师父，弄做个气心风了。"原来行者打了一路，打出两个老头儿来：一个是山神，一个是土地，上前跪下道："大圣，山神土地来见。"八戒道："好灵根阿。打了一路，打出两个山神土地，若再打一路，连太岁都打出来也。"行者问道："山神土地，汝等这般无礼！在此处专一结伙强盗，强盗得了手，买些猪羊祭赛你，又与妖精结掳打伙儿，把我师父摄来。如今藏在何处？快快的从实供来，免打！"山神慌了道："大圣错怪了我耶。妖精不在小神山上，不伏小神管辖，但只夜间风响处，小神略知一二。"行者道："既知一二，说来！"土地道："那妖精摄你师父去在那正南下，离此有千里之遥，那厢有座山，唤做陷空山，山中有个洞，叫做无底洞。是那山里妖精，到此变化摄去也。"^{着眼}行者听言，暗自惊心，喝退了山神土地，收了法身，现出本相，与八戒沙僧道："师父去得远了。"八戒道："远便腾云赶去！"好呆子，一纵狂风先起，随后是沙僧驾云，那白马原是龙子出身，驮了行李，也踏了风雾，大圣即起筋斗，一直南来。不多时，早见一座大山，阻住云脚，三人采住马，都按定云头，见那山：

顶摩碧汉，峰接青霄。周围杂树万万千，来往飞禽喳喳噪。虎豹成阵走，獐鹿打丛行。向阳处，琪花瑶草馨香；背阴方，腊雪顽冰不化。崎岖峻岭，削壁悬崖。直立高峰，湾环深涧。松郁郁，石磷磷，行人见了悚其心。打柴樵子全无影，采药仙童不见踪。眼前虎豹能兴雾，遍地狐狸乱弄风。

八戒道："哥阿，这山如此险峻，必有妖邪。"行者道："不消说了，山高原有怪，岭峻岂无精。"叫："沙僧，我和你且在此，着八戒先下山凹里打听打听，看那条路好走，端的可有洞府，再看是那里开门，俱细细打探，我们好一齐去寻师父救他。"八戒道："老猪晦气，先拿我顶缸。"行者道："你夜来说都在你身上，如何打仰？"八戒道："不要嚷，等我去。"呆子放下钯，抖抖衣服，空着手，跳下高山，找寻路径。

这一去，毕竟不知好歹如何，且听下回分解。

总批：

人试思之，陷空山、无底洞是怎么东西？若想得着，定是大笑，又大哭也。

第八十二回　姹女求阳　元神护道

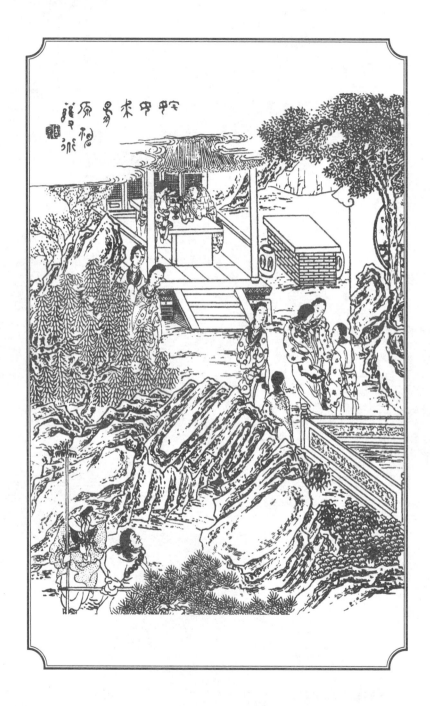

却说八戒跳下山，寻着一条小路，依路前行，有五六里远近，忽见两个女怪，在那井上打水。他怎么认得是两个女怪？见他头上戴一顶一尺二三寸高的篾丝鬏髻，甚不时兴。呆子走近前叫声"妖怪"。那怪闻言大怒，两人互相说道："这和尚怠懒，我们又不与他相识，平时又没有调得嘴惯，他怎么叫我们做妖怪。"那怪恼了，轮起抬水的杠子，劈头就打。这呆子手无兵器，遮架不得，被他捞了几下，侮着头跑上山来道："哥阿，回去罢，妖怪凶。"行者道："怎么凶？"八戒道："山凹里两个女妖精在井上打水，我只叫了他一声，就被他打了我三四杠子。"行者道："你叫他做甚么的？"八戒道："我叫他做妖怪。"行者笑道："打得还少。"八戒道："谢你照顾。头都打肿了，还说少哩。"行者道："'温柔天下去得，刚强寸步难移'。他们是此地之妖，我们是远来之僧，你一身都是手，也要略温存，你就去叫他做妖怪，他不打你，打我？人将礼乐为先。"八戒道："一发不晓得。"行者道："你自幼枉山中吃人，你晓得有两样木么？"八戒道："不知是甚么木？"行者道："一样是杨木，一样是檀木。杨木性格甚软，巧匠取来，或雕圣象，或刻如来，妆金立粉，嵌玉装花，万人烧香礼拜，受了多少无量之福；那檀木性格刚硬，油房里取了去做柞撒，使铁箍箍了头，又使铁锤往下打，只因刚强，所以受此苦楚。"八戒道："哥阿，你这好话儿，早与我说说也好，却不受他打了。"行者道："你还去问他个端的。"八戒道："这去他认得我了。"行者道："你变化了去。"八戒道："哥阿，且如我变了，却怎么问他？"行者道："你变了去，到他跟前，行个礼儿，看他多大年纪，若与我们差不多，叫他声姑娘；若比我们老些儿，叫他声奶奶。"八戒笑道："可是蹭蹬，这般许远的田地，认得是甚么亲。"行者道："不是认亲，要套他的话哩。若是他拿了师父，就好下手，若不是他，却不误了我们别处干事？"八戒道："说得有理，等我再去。"好呆子，把钉钯撒在腰里，下山凹，摇身一变，变做个黑胖和尚，摇摇摆摆走近怪前，深深唱个大喏道："奶奶，贫僧稽首了。"那两个喜道："这个和尚却好，会唱个喏儿，又会称道一声儿。"问道："长老，那里来的？"八戒道："那里来的。"又问："那里去？"又道："那里去的。"又问："你叫做甚么名字？"又答道："我叫做甚么名字。"那怪笑道："这和尚好便好，只是没来历，会说顺口话儿。"八戒道："奶奶，你们打水怎的？"那怪道："和尚，你不知道：我家老夫人今夜里摄了一个唐僧在洞内，要管待他，我洞中水不干净，差我两个来此打这阴阳交媾的好水，安排素果素菜的筵席与唐僧吃了，晚间要成亲哩。"那呆子闻得此言，急抽身跑上山叫："沙和尚，快拿将行李来我们分了罢。"沙僧道："二哥，又分怎么？"八戒道："分了便你还去流沙河吃人，我去高老庄探亲，哥哥去花果山称圣，白龙马归大海成龙。师父已在这妖精洞内成亲哩，我们都各安生理去也。"行者道："这呆子又胡说了！"八戒道："你的儿子胡说！才那两个抬水的妖精说，安排素筵席与唐僧吃了成亲哩。"行者道："那妖精把师父困在洞内，师父眼巴巴的望我们去救，你却在此说这样话！"八戒道："怎么救？"行者道："你两个牵着马，挑着担，我们跟着那两个女怪，做个引子，引到那门前一齐下手。"真个呆子只得随行。行者远远的标着那两怪，渐入深山，有一二十里远近，忽然不见。八戒惊道："师父是日里鬼拿去了！"行者道："你好眼力，怎么就看出他本相来？"八戒道："那两个怪，正抬着水走，忽然不见，却不是个日里鬼？"行者道："想是钻进洞去了，等我去看看。"好大圣，急睁火眼金睛，漫山看处，果然不见动静，只见那陡崖前，有一座玲珑剔透山山花堆五采、三檐四簇的牌楼。他与八戒沙僧近前观看，上有六个大字，乃"陷空山无底洞"。行者道："兄弟呀，这妖精把个架子支在这里，这不知门向那里开哩。"沙僧说："不远，不远，好生寻。"都转身看时，牌楼下山脚下有一块大石，约有十馀里方圆，正中间有缸口大的一个洞儿，爬得光溜溜的。八戒道："哥阿，这就是妖精出入洞也。"行者看了道："怪哉！我老孙自保唐僧，瞒不得你两个，妖精也拿了些，却不见这样洞府。八戒，你先下去试试，看有多少浅深，我好进去救师父。"八戒摇头道："这个难，这个难！我老猪身子夯夯的，若塌了脚吊下去，不知二三年可得到底哩。"行者道："就有多深么？"八戒道："你看！"大圣伏在洞边上，仔细往下看处，咦！深啊，周围足有三百馀里，回头道："兄弟，果然深得紧！"八戒道："你便回去罢。师父救不得耶！"行者道："你说那里话！莫生懒惰意，休起怠慌心，且将行李歇下，把马拴在牌楼柱上，你使钉钯，沙僧使杖，拦住洞门，让我进去打听打听。若师父果在里面，我将铁棒把妖精从内打出，跑至门口，你两个却在外面挡住。这是里应外合，打死精灵，才救得师父。"二人遵命。

　　行者却将身一纵，跳入洞中，足下彩云生万道，身边瑞气护千层。不多时，到于深远之间，那里边明明朗朗，一般的有日色，有风声，又有花草果木。行者喜道："好去处阿，想老孙出世，天赐与水帘洞，这里也是个洞天福地。"正看时，又有一座二滴水的门楼，团团都是松竹，内有许多房舍，又想道："此必是妖精的住处了，我且到那里边去打听打听。且住！若是这般去啊，他认得我了，且变化了去。"摇身捻诀，就变做个苍蝇，轻轻的飞在门楼上听听。只见那怪高坐在草亭内，他那模样，比在松林内救他，寺里拿他，更是不同，越发打扮得俊了：

发盘云髻似堆鸦，身着绿绒花比甲。一对金莲刚半折，十指如同春笋发。团团粉面若银盆，朱唇一似樱桃滑。端端正正美人姿，月里嫦娥还喜恰。今朝拿住取经僧，便要欢娱同枕榻。

行者且不言语，听他说甚话。少时，绽破樱桃，喜孜孜的叫道："小的们，快排素筵席来，我与唐僧哥哥吃了成亲。"

好个唐僧哥哥，
最叫得有滋味。

行者暗笑道："真个有这话，我只道八戒作耍子乱说哩！等我且飞进去看寻，看师父在那里，不知他的心性如何的，假若被他摩弄动了啊，留他在这里也罢。"即展翅飞到里边看处，那东廊下上明下暗的红纸格子里面，坐着唐僧哩。行者一头撞破格子眼，飞在唐僧光头上丁着，叫声："师父。"三藏认得声音，叫道："徒弟，救我命阿！"行者道："师父不济呀！那妖精安排筵宴，与你吃了成亲哩。或生下一男半女，也是你和尚之后代，你愁怎的？"猴。长老闻言，咬牙切齿道："徒弟，我自出了长安，到两界山中收你，一向西来，那个时辰动荤？那一日子有甚歪意？今被这妖精拿住，要求配偶，我若把真阳丧了，我就身堕轮回，打在那阴山背后，永世不得翻身。"^{着眼}。行者笑道：
"莫发誓，既有真心往西天取经，老孙带你去罢。"三藏道：
"进来的路儿，我通忘了。"行者道："莫说你忘了，他这洞不
比走进来走出去的，是打上头往下钻。如今救了你，要打底下往
上钻，若是造化高，钻着洞口儿，就出去了；若是造化低，钻不
着，还有个闷杀的日子了。"三藏满眼垂泪道："似此艰难，怎
生是好？"行者道："没事，没事！那妖精整治酒与你吃，没奈
何也吃他一钟；只要斟得急些儿，斟起一个喜花儿来，等我变作
个蟭蟟虫儿，飞在酒泡之下，他把我一口吞下肚去，我就捻破他
的心肝，扯断他的肺腑，弄死那妖精，你才得脱身出去。"三藏
道："徒弟这等说，只是不当人子。"行者道："只管行起善来，
你命休矣。妖精乃害人之物，你惜他怎的。"三藏道："也罢，
也罢！你只是要跟着我。"正是那孙大圣护定唐三藏，取经僧全
靠美猴王。

　　他师徒两个商量未定，早是那妖精安排停当，走近东廊外，
开了门锁，叫声："长老。"唐僧不敢答应，又叫一声，又不敢
答应。他不敢答应者何意？想着口开神气散，舌动是非生，却又
一条心儿想着，若死住法儿不开口，怕他心狠，顷刻间就害了性
命。正是那进退两难心问口，三思忍耐口问心。正自狐疑，那怪
又叫一声"长老"。唐僧没奈何，应他一声道："娘子，有。"
那长老应出这一句言来，真是肉落千斤。人都说唐僧是个真心的
和尚，往西天拜佛求经，怎么与这女妖精答话？不知此时正是危
急存亡之际，万分出于无奈，虽是外有所答，其实内无所欲。
妖精见长老应了一声，他推开门，把唐僧搀起来，和他携手挨

肩，交头接耳，你看他做出那千般娇态，万种风情，岂知三藏一腔子烦恼。行者暗中笑道："我师父被他这般哄诱，只怕一时动心。"正是：

真僧魔苦遇娇娃，妖怪娉婷实可夸。淡淡翠眉分柳叶，盈盈丹脸衬桃花。绣鞋微露双钩凤，云鬟高盘两鬓鸦。含笑与师携手处，香飘兰麝满袈裟。

妖精挽着三藏，行近草亭道："长老，我办了一杯酒，和你酌酌。"唐僧道："娘子，贫僧自不用荤。"妖精道："我知你不吃荤，因洞中水不干净，特命山头上取阴阳交媾的净水，做些素果素菜筵席和你耍子。"唐僧跟他进去观看，果然见那

盈门下，绣缠彩结；满庭中，香喷金猊。摆列着黑油垒钿桌，彩漆篾丝盘。垒钿桌上，有异样珍羞；篾丝盘中，盛稀奇素物：林檎、橄榄、莲肉、葡桃、榧柰、榛松、荔枝、龙眼、山栗、风菱、枣儿、柿子、胡桃、银杏、金桔、香橙。果子随山有，蔬菜更时新：豆腐、面筋、木耳、鲜笋、蘑菇、香蕈、山药、黄精。石花菜、黄花菜，青油煎炒；扁豆角、江豆角，熟酱调成。王瓜、瓠子、白菜、蔓菁。镟皮茄子鹌鹑做，别种冬瓜方旦名。烂煨芋头糖拌着，白煮萝卜醋浇烹。椒姜辛辣般般美，醋淡调和色色平。

那妖精露尖尖之玉指，捧幌幌之金杯，满斟美酒递与唐僧，

口里叫道："长老哥哥妙人，请一杯交欢酒儿。"三藏羞答答的接了酒望空浇奠，心中暗祝道："护法诸天、五方揭谛、四值功曹：弟子陈玄奘自离东土，蒙观世音菩萨差遣列位众神暗中保护，拜雷音见佛求经，今在途中被妖精拿住，强逼成亲，将这一杯酒递与我吃。此酒果是素酒，弟子勉强吃了，还得见佛成功；若是荤酒，破了弟子之戒，永堕轮回之苦。"孙大圣，他却变得轻巧，在耳根后若像一个耳报，但他说话，惟三藏听见，别人不闻。他知师父平日好吃葡萄做的素酒，教吃他一钟。那师父没奈何吃了，急将酒满斟一钟，回与妖怪，果然斟起有一个喜花儿，行者变作个蟭蟟虫儿，轻轻的飞入喜花之下。那妖精接在手，且不吃，把杯儿放住，与唐僧拜了两拜，口里娇娇怯怯，叙了几句情话，却才举杯，那花儿已散，就露出虫来，妖精也认不得是行者变的，只以为虫儿，用小指挑起往下一弹。行者见事不谐，料难入他腹，即变做个饿老鹰。真个是：

玉爪金睛铁翮，雄姿猛气抟云。妖狐狡兔见他昏，千里山河时遁。饥处迎风逐雀，饱来高贴天门。老拳钢硬最伤人，得志凌霄嫌近。

飞起来，轮开玉爪，响一声掀翻桌席，把些素果素菜、盘碟家火，尽皆摔碎，撇却唐僧，飞将出去。唬得妖精心胆皆裂，唐僧的骨肉通酥，妖精战战兢兢，搂住唐僧道："长老哥哥，此物是那里来的？"三藏道："贫僧不知。"妖精道："我费了许多心，安排这个素宴与你耍耍，却不知这个扁毛畜生从那里飞来，把我的家火打碎。"众小妖道："夫人，打碎家火犹可，将些素品都泼散在地，秽了怎用？"三藏分明晓得是行者弄法，他那里敢说。那妖精道："小的们，我知道了，想必是我把唐僧困住，天地不容，故降此物。你们将碎家火拾出去，另安排些酒肴，不拘荤素，我指天为媒，指地作订，然后再与唐僧成亲。"依然把长老送在东廊里坐下不题。

却说行者飞出去，现了本相，到于洞口，叫声："开门。"八戒笑道："沙僧，哥哥来了。"他二人撒开兵器。行者跳出，八戒上前扯住道："可有妖精？可有师父？"行者道："有，有，有！"八戒道："师父在里边受罪哩？绑着是捆着？要蒸是要煮？"行者道："这个事倒没有，只是安排素宴，要与他干那个事哩。"八戒道："你造化，你造化！你吃了陪亲酒来了！"行者道："呆子阿！师父的性命也难保，吃甚么陪亲酒！"八戒道："你怎的就来了？"行者把见唐僧施变化的上项事说了一遍，道："兄弟们，再休胡思乱想。师父已在此间，老孙这一去，一定救他出来。"复翻身入里面，还变做个苍蝇儿，丁在门楼上听之，只闻得这妖怪气嘑嘑的，在亭子上分付："小的们，不论荤素，拿来烧纸，我借烦天地为媒订，务要与他成亲。"行者听见暗笑道："这妖精全没一些儿廉耻。青天白日，把个和尚关在家里摆布的。此等事世上尽有。且不要忙，等老孙再进去看看。"嘤的一声，飞在东廊之下，只见那师父坐在里边，清滴滴腮边泪淌。行者钻将进去，丁在他头上，只叫声："师父。"长老认得声音，跳起来咬牙恨道："猢狲阿！别人胆大，还是身包胆，你的胆大，就是胆包身。弄变化神通，打破家火，能值几何。斗得那妖精淫兴发了，那里不分荤素安排，定要与我交媾，此事怎了？"行者暗中陪笑道："师父莫怪，有救你处。"唐僧道："那里救得我？"行者道："我才一翅飞起去时，见他后边有个花园。你哄他往园里去耍子，我救了你罢。"唐僧道："园里怎么样救？"行者道："你与他到园里，走到桃树边，就莫走了，等我飞上桃枝，变作个红桃子。你要吃果子，先拣红的儿摘下来，红的是我，他必然也要摘一个，你把红的定要让他。他若一口吃了，我却在他肚里，等我捣破他的皮袋，扯断他的肝肠，弄死他，你就脱身了。"三藏道："你若有手段，就与他赌斗便了，只要钻在他肚里怎么？"行者道："师父，你不知趣。他这个洞，若好出入，便可与他赌斗，只为出入不便，曲道难行，若就动手，他这一窝子老老小小，连我都扯住，却怎么了？须是这般摔手干，大家才得干净。"三藏点头听信，只叫："你跟定我。"行者道："晓得，晓得！我在你头上。"

师徒们商量定了，三藏才欠起身来，双手扶着那格子叫道："娘子，娘子。"那妖精听见，笑嘻嘻的跑近跟前道："妙人哥哥，有甚话说？"三藏道："娘子，我出了长安，一路西来，无日不山，无日不水。昨在镇海寺投宿，偶得伤风重疾，今日出了汗，略才好些；又蒙娘子盛情，携来仙府，只得坐了这一日，又觉心神不爽。你带我往那里略散散心，要耍儿去么？"那妖精十分欢喜道："妙人哥哥倒有些兴趣，我和你去花园里耍耍。"叫："小的们，拿钥匙来开了园门，打扫路径。"众妖都跑去开门收拾。这妖精开了格子，挽出唐僧。你看那许多小妖，都是油头粉面，袅娜娉婷，簇簇拥拥，与唐僧径上花园而去。好和尚！

他在这绮罗队里无他故，锦绣丛中作哑聋，若不是这铁打的心肠朝佛去，第二个酒色凡夫也取不得经。一行都到了花园之外，那妖精俏语低声叫道："妙人哥哥，这里要要，真可散心释闷。"唐僧与他携手相搀，同入园内，抬头观看，其实好个去处，但见那：

萦回曲径，纷纷尽点苍苔；窈窕绮窗，处处暗笼绣箔。微风初动，轻飘飘展开蜀锦吴绫；细雨才收，娇滴滴露出冰肌玉质。日勾鲜杏，红如仙子晒霓裳；月映芭蕉，青似太真摇羽扇。粉墙四面，万株杨柳啭黄鹂；闲馆周围，满院海棠飞粉蝶。更看那凝香阁、青蛾阁、解醒阁、相思阁，层层卷映，朱帘上，钩控虾须；又见那养酸亭、披素亭、画眉亭、四雨亭，个个峥嵘，华扁上，字书鸟篆。看那浴鹤池、浣觞池、怡月池、濯缨池，青萍绿藻耀金鳞；又有玉墨轩、异箱轩、适趣轩、慕云轩，玉斗琼卮浮绿蚁。池亭上下，有太湖石、紫英石、鹦落石、锦川石，青青栽着虎须蒲。轩阁东西，有木假山、翠屏山、啸风山、玉芝山，处处丛生凤尾竹。茶蘼架、蔷薇架，近着秋千架，浑如锦帐罗帏。松柏亭、辛夷亭，对着木香亭，却似碧城绣幕。芍药栏，牡丹丛，朱朱紫紫斗秾华；夜合台，茉蘼槛，岁岁年年生妩媚。涓涓滴露紫含笑，堪画堪描，艳艳烧空红拂桑，宜题宜赋。论景致，休夸阆苑蓬莱；较芳菲，不数姚黄魏紫。若到三春闲斗草，园中只少玉琼花。

长老携着那怪，步赏花园，看不尽的奇葩异卉，行过了许多

亭阁，真个是渐入佳境，忽抬头，到了桃树林边，行者把师父头
上一掐，那长老就知。行者飞在桃树枝儿上，摇身一变，变作个
桃子儿，其实红得可爱。长老对妖精道："娘子，你这苑内花
香，枝头果熟。苑内花香蜂竞采，枝头果熟鸟争衔。怎么这桃树
上果子青红不一，何也？"妖精笑道："天无阴阳，日月不明；
地无阴阳，草木不生；人无阴阳，不分男女。这桃树上果子，向
阳处有日色相烘者先熟，故红；背阴处无日者还生，故青。此阴
阳之道理也。"^{竟说大道理。}三藏道："谢娘子指教，其实贫僧不知。"
即向前伸手摘了个红桃，妖精也去摘了一个青桃，三藏躬身将红
桃奉与妖怪道："娘子，你爱色，请吃这个红桃，拿青的来我
吃。"妖精真个换了，且暗喜道："好和尚阿！果是个真人，一
日夫妻未做，却就有这般恩爱也。"那妖精喜喜欢欢的，把唐僧
亲敬。这唐僧把青桃拿过来就吃，那妖精喜相陪，把红桃儿张口
便咬，启朱唇，露银牙，未曾下口，原来孙行者十分性急，毂辘
一个跟头，翻入他咽喉之下，径到肚腹之中。妖精害怕对三藏
道："长老阿，这个果子利害。怎么不容咬破，就滚下去了？"
三藏道："娘子，新开园的果子爱吃，所以去得快了。"妖精
道："未存吐出核子，他就撺下去了。"三藏道："娘子意美情
佳，喜吃之甚，所以不及吐核，就下去了。"行者在他肚里，复
了本相，叫声："师父，不要与他答嘴，老孙已得了手也。"三
藏道："徒弟方便着些。"妖精听见道："你和那个说话哩？"三
藏道："和我徒弟孙悟空说话哩。"妖精道："孙悟空在那里？"
三藏道："在你肚内哩，却才吃的那个红桃子不是？"^{这妖精未曾成精，肚内已先有个小和尚了。}
妖精慌了道："罢了，罢了！这猴头钻在我肚里，我是死

也。孙行者，你千方百计的钻在我肚内怎的？"行者在里边恨道："也不怎的！只是吃了你的六叶连肝肺，三毛七孔心；五脏都淘净，弄做个梆子精！"妖精听说，唬得魂飞魄散，战战兢兢的，把唐僧抱住道："长老呵！我只道

凤世前缘系赤绳，鱼水相和两意浓。不料鸳鸯今拆散，何期鸾凤又西东。蓝桥水涨难成事，佛庙烟沉嘉会空。着意一场今又别，何年与你再相逢？"

行者在他肚里听见说时，只怕长老慈心，又被他哄了，便就轮拳跳脚，支架子，理四平，几乎把个皮袋儿捣破了。那妖精忍不得疼痛，倒在尘埃，半晌家不敢言语。行者见不言语，想是死了，却把手略松一松，他又回过气来，叫："小的们！在那里？"原来那些小妖，自进园门来，各人知趣，都不在一处，各自去采花斗草，任意随心耍子，让那妖精与唐僧两个自在叙情儿。忽听得叫，却才都跑将来，又见妖精倒在地上，面容改色，口里哼哼的爬不动，连忙搀起，围在一处道："夫人，怎的不好？想是急心疼了？"妖精道："不是，不是！你莫要问，我肚里已有了人也。快把这和尚送出去，留我性命。"〔这样薄情的，有了人便打发和尚去矣。〕那些小妖真个都来扛抬。行者在肚内叫道："那个敢抬！要便是你自家献我师父出去，出到外边，我饶你命。"那怪也没及奈何，只是惜命之心，急挣起来，把唐僧背在身上，拽开步，往外就走。小妖跟随道："老夫人，往那里去？"妖精道："留得五湖明月在，何愁没处下金钩。把这厮送出去，等我别寻一个头儿

罢！"好妖精，一纵云光，直到洞口。又闻得叮叮当当，兵刃乱响，三藏道："徒弟，外面兵器响哩。"行者道："是八戒揉钯哩，你叫他一声。"三藏便叫："八戒！"八戒听见道："沙和尚！师父出来也！"二人掣开钯杖，妖精把唐僧驮出。咦！正是：

　　　　　心猿里应降邪怪，土木同门接圣僧。

　　毕竟不知那妖精性命如何，且听下回分解。

　　总批：

　　妖精多变妇人，妇人多恋和尚，何也？作者亦自有意。只为妖精就是妇人，妇人就是妖精。妖精妇人，妇人妖精定偷和尚故也。

第八十三回　心猿识得丹头　姹女还归本性

却说三藏着妖精送出洞外，沙和尚近前问曰："师父出来，师兄何在？"八戒道："他有算计，必定贴换师父出来也。"三藏用手指着妖精道："你师兄在他肚里哩。"八戒笑道："腌臜杀人！在肚里做甚？出来罢。"行者在里边叫道："张开口，等我出来。"那怪真个把口张开。行者变得小小的，趴在咽喉之内，正欲出来，又恐他无理来咬，即将铁棒取出，吹口仙气，叫："变！"变作个枣核钉儿，撑住他的上腭子，把身一纵跳出口外，就把铁棒顺手带出，把腰一躬，还是原身法象，举起棒来就打。那妖精也随手取出两口宝剑，丁当架住。两个在山头上这场好杀：

双舞剑飞当面架，金箍棒起照头来。一个是天生猴属心猿体，一个是地产精灵姹女骸。他两个，恨冲怀，喜处生仇大会垓。那个要取元阳成配偶，这个要战纯阴结圣胎。^{着眼。}棒举一天寒雾漫，剑迎满地黑尘筛。因长老，拜如来，恨苦相争显大才，水火不投母道损，阴阳难合各分开。两家斗罢多时节，地动山摇树木摧。

八戒见他们赌斗，口里絮絮叨叨，返恨行者，转身对沙僧道："兄弟，师兄胡缠。方才在他肚里，轮起拳来，送他一个满腔红，扒开肚皮钻出来，却不了帐？怎么又从他口里出来，却与他争战，让他这等猖狂！"沙僧道："正是，却也亏了师兄，深洞中救出师父，返又与妖精厮战。且请师父自家坐着，我和你各持兵器助助大哥，打倒妖精去来。"八戒摆手道："不，不，不！他有神通，我们不济。"沙僧道："说那里话！都是大家有益之事，虽说不济，却也放屁添风。"那呆子一时兴发，掣了钉钯，叫声："去来！"他两个不顾师父，一起驾风赶上，举钉钯，使宝杖，望妖精乱打。那妖精战行者一个已是不能，又见他二人，怎生抵敌，急回头抽身就走。行者喝道："兄弟们赶上！"那妖精见他们赶上来，即将右脚上花鞋脱下来，吹口仙气，念个咒语，叫："变！"即变作本身模样，使两口剑舞将来，真身一幌，化一阵清风，径直回去。这番也只说战他们不过，顾命而回。岂知又有这般样事，也是三藏灾星未退：他到洞门前牌楼下，却见唐僧在那里独坐哩，他就近前一把抱住，抢了行李，咬断缰绳，连人和马，复又摄将进去不题。

且说八戒闪个空，一钯把妖精打落地，乃是一只花鞋。行者看见道："你这两个呆子！看师父罢了，谁要你来帮甚么功？"八戒道："沙和尚，如何么？我说莫来。这猴子好的有些夹脑风，我们替他降了妖怪，返落得他生报怨。"行者道："在那里降了妖怪？那妖怪昨日与我战时，使了一个遗鞋计哄了。你们走了，不知师父如何，我们快去看看。"三人急回来，果然没了师父，连行李白马一并无踪。慌得个八戒两头乱跑，沙僧前后跟寻，孙大圣亦心焦性燥。正寻觅处，只见那路旁边斜躺着半截儿缰绳。他一把拿起，止不住眼中流泪，放声叫道："师父啊！我去时辞别人和马，回来只见这些绳。"正是那"见鞍思俊马，滴泪想亲人"。八戒见他垂泪，仰天大笑。行者骂道："你这个夯货！又是要散火哩！"八戒又笑道："哥阿，不是这话，师父一定又被妖精摄进洞去了。常言道：'事无三不成。'你进洞两遭了，再进去一遭，管情救出师父来也。"行者揩了眼泪道："也罢，到此地位，势不容己，我还进去。你两个没了行李马匹耽心，却好生把守洞口。"好大圣，即转身跳入里面，不施变化，就是本身法相。真个是：

古怪别腮心里强，自小为怪神力壮。高低面赛马鞍桥，眼放金光如火亮。浑身毛硬似钢针，虎皮裙系明花响。上天撞散万云飞，下海混起千层浪。当天倚力打天王，挡退十万八千将。官封大圣美猴精，手中惯使金箍棒。今日西天任显能，复来洞内扶三藏。

你看他停住云光，径到了妖精宅外，见那门楼门关了，不分好歹，轮铁棒一下打开，闯将进去。那里边静悄悄，全无人迹，东廊下不见唐僧，亭子上桌椅与各处家火一件也无。原来他的洞里，周围有三百馀里，妖精巢穴甚多。前番摄唐僧在此，被行者寻着，今番摄了，又怕行者来寻，当时搬了，不知去向。恼得这行者跌脚捶胸，放声高叫道："师父阿！你是个晦气转成的唐三藏，灾殃铸就的取经僧！噫！这条路且是走熟了，如何不在？却教老孙那里寻找也！"正自吆喝爆燥之间，忽闻得一阵香风扑鼻，他回了性道："这香烟是从后面飘出，想是在后头哩。"拽开步，提着铁棒，走将进去看时，也不见动静。只见有三间倒坐儿，近后壁却铺一张龙吞口雕漆供桌，桌上有一个大流金香炉，炉内有香烟馥郁。那上面供养着一个大金字牌，牌上写着"尊父李天王之位"，略次些儿写着"尊兄哪吒三太子位"。行者见了满心欢喜，也不去搜妖怪找唐僧，把铁棒捻作个绣花针儿，揠在耳朵里，轮开手，把那牌子并香炉拿将起来，返云光，径出门去。至洞口，唏唏哈哈，笑声不绝。

八戒、沙僧听见，掣放洞口，迎着行者道："哥哥这等欢喜，想是救出师父也？"行者笑道："不消我们救，只问这牌子要人。"八戒道："哥阿，这牌子不是妖精，又不会说话，怎么问他要人？"行者放在地下道："你们看。"沙僧近前看时，上写着"尊父李天王之位""尊兄哪吒三太子位"。沙僧道："此意何也？"行者道："这是那妖精家供养的。我闯入他住居之所，见人迹俱无，惟有此牌。想是李天王之女，三太子之妹，思凡下界，假捏妖邪，将我师父摄去。不问他要人，却问谁要？你两个且在此把守，等老孙执此牌位，径上天堂，玉帝前告个御状，教天王爷儿们还我师父。"八戒道："哥阿，常言道：'告人死罪得死罪。'须是理顺，方可为之。况御状又岂是可轻易告的？你且与我说，怎的告他？"行者笑道："我有主张，我把这牌位香炉做个证见，另外再备纸状儿。"八戒道："状儿上怎么写？你且念念我听。"行者道：

告状人孙悟空，年甲在牒，系东土唐朝西天取经僧唐三藏徒弟。告为假妖摄陷人口事。彼有托塔天王李靖同男哪吒太子，闺门不谨，走出亲女，在下方陷空山无底洞变化妖邪，迷害人命无数。今将吾师摄陷曲邃之所，渺无寻处。若不状告，切思伊父子不仁，故纵女氏成精害众。伏乞怜准，行拘至案，收邪救师，明正其罪，深为恩便。有此上告。

八戒沙僧闻其言，十分欢喜道："哥阿，告的有理，必得上风。切须早来，稍迟恐妖精伤了师父性命。"行者道："我快，我快！多时饭熟，少时茶滚就回。"

好大圣，执着这牌位香炉，将身一纵，驾祥云直至南天门外。时有把天门的大力天王与护国天王见了行者，一个个都控背躬身，不敢拦阻，让他进去。直至通明殿下，有张、葛、许、丘四大天师迎面作礼道："大圣何来？"行者道："有纸状儿，要告两个人哩。"天师吃惊道："这个赖皮，不知要告那个。"无奈，将他引入灵霄殿下启奏。蒙旨宣进，行者将牌位香炉放下，朝上礼毕，将状子呈上。葛仙翁接了，铺在御案。玉帝从头看了，见这等这等，即将原状批作圣旨，^{好大官私。}宣西方长庚太白金星，领旨到云楼宫，宣托塔李天王见驾。行者上前奏道："望天主好生惩治，不然，又别生事端。"玉帝又分付："原告也去。"行者道："老孙也去？"四天师道："万岁已出了旨意，你可同金星去来。"行者真个随着金星，纵云头早至云楼宫。原来是天王住宅，号云楼宫。金星见宫门首有个童子侍立，那童子认得金星，即入内报道："太白金星老爷来了。"天王遂出迎迓，又见金星捧着旨意，即命焚香，及转身，又见行者跟入，天王即又作怒。你道他作怒为何？当年行者大闹天宫时，玉帝曾封天王为降魔大元帅，封哪吒太子为三坛海会之神，帅领天兵，收降行者，屡战不能取胜。还是五百年前败阵的仇气，有些恼他，故此作怒。^{好照应}他且忍不住道："老长庚，你赍得是什么旨意？"金星道："孙大圣告你的状子。"那天王本是烦恼，听见说个"告"字，一发雷霆大怒道："他告我怎的？"金星道："告你假妖摄陷人口事。你焚了香，请自家开读。"那天王气嗔嗔的设了香案，望空谢恩。拜毕，展开旨意看了，原来是这般这般，如此如此，恨得他手扑着香案道："这个猴头！他也错告我了！"金星道："且息怒，现有牌位香炉在御前作证，说是你亲女哩。"天王道："我止有三个儿子，一个女儿。大小儿名君咤，侍奉如来，做前部护法。二小儿名木叉，在南海随观世音做徒弟。三小儿名哪吒，在我身边，早晚随朝护驾。一女年方七岁，名贞英，人事尚未省得，如何会做妖精！不信，抱出来你看。这猴头着实无礼！且莫说我是天上元勋，封受先斩后奏之职，就是下界小民，也不可诬告。律云：'诬告加三等。'"叫手下："将缚妖索把这猴头捆了！"那庭下摆列着巨灵神、鱼肚将、药叉雄帅，一拥上前，把行者捆了。金星道："李天王莫闯祸阿！我在御前同他领旨意来宣你的人。你那索儿颇重，一时捆坏他，合气。"天王道："金星阿，似他这等诈伪告扰，怎该容他？你且坐下，待我取砍妖刀砍了这个猴头，然后与你见驾回旨！"金星见他取刀，心惊胆战，对行者道："你干事差了，御状可是轻易告的？你也不访的实，似这般乱弄，伤其性命，怎生是好？"行者全然不惧，笑吟吟的道："老官儿放心，一些没事。老孙的买卖原是这等做，一定先输后赢。"

　　说不了，天王轮过刀来，望行者劈头就砍。早有那三太子赶上前，将软腰剑架住，叫道："父王息怒。"天王大惊失色。噫！父见子以剑架刀，就当喝退，怎么返大惊失色？原来天王生此子时，他左手掌上有个"哪"字，右手掌上有个"吒"字，故名哪吒。这太子三朝儿就下海净身闯祸，踏倒水晶宫，捉住蛟龙

要抽筋为绦子。天王知道，恐生后患，欲杀之。哪吒奋怒，将刀
在手，割肉还母，剔骨还父，还了父精母血，一点灵魂，径到西
方极乐世界告佛。佛正与众菩萨讲经，只闻得幢幡宝盖有人叫
道："救命！"佛慧眼一看，知是哪吒之魂，即将碧藕为骨，荷
叶为衣，念动起死回生真言，哪吒遂得了性命。运用神力，法降
九十六洞妖魔，神通广大，后来要杀天王，报那剔骨之仇。天王
无奈，告求我佛如来。如来以和为尚，赐他一座玲珑剔透舍利子
如意黄金宝塔，那塔上层层有佛，艳艳光明。唤哪吒以佛为父，
解释了冤仇。所以称为托塔李天王者，此也。今日因闲在家，
未曾托着那塔，恐哪吒有报仇之意，故下个大惊失色。却即回
手，向塔座上取了黄金宝塔托在手间，问哪吒道："孩儿，你以
剑架住我刀，有何话说？"哪吒弃剑叩头道："父王是有女儿在
下界哩。"天王道："孩儿，我只生了你姊妹四个，那里又有个
女儿哩？"哪吒道："父王忘了，那女儿原是个妖精，三百年前
成怪，在灵山偷食了如来的香花宝烛，如来差我父子天兵将他拿
住。拿住时，只该打死，如来分付道：'积水养鱼终不钓，深山
喂鹿望长生。'当时饶了他性命。积此恩念，拜父王为父，拜孩
儿为兄，在下方供设牌位，侍奉香火。不期他又成精，陷害唐
僧，却被孙行者搜寻到巢穴之间，将牌位拿来，就做名告了御
状。此是结拜之恩女，非我同胞之亲妹也。"

　　天王闻言，悚然惊讶道："孩儿，我实忘了，他叫做甚么名
字？"太子道："他有三个名字：他的本身出处，唤做金鼻白毛
老鼠精；因偷香花宝烛，改名唤做半截观音；^{好名}如今饶他下
界，又改了，唤做地涌夫人是也。"天王却才有悟，放下宝塔，

便亲手来解行者。行者就放起刁来道："那个敢解我！要便连绳儿抬去见驾，老孙的官事才赢。"慌得天王手软，太子无言，众家将委委而退。那大圣打滚撒赖，只要天王去见驾。天王无计可施，哀求金星说个方便。金星道："古人云：'万事从宽。'你干事忒紧了些儿，就把他捆住，又要杀他。这猴子是个有名的赖皮，你如今教我怎的处？若论你令郎讲起来，虽是恩女，不是亲女，却也晚亲义重，不拘怎生折辨，你也有个罪名。"天王道："老星怎说个方便，就没罪了。"金星道："我也要和解你们，却只是无情可说。"天王笑道："你把那奏招安授官衔的事说说，他也罢了。"真个金星上前，将手摸着行者道："大圣，看我薄面，解了绳好去见驾。"行者道："老官儿，不用解，我会滚法，一路滚就滚到也。"金星笑道："你这猴忒恁寡情，我昔日也曾有些恩义儿到你，我这一些事儿，就不依我？"行者道："你与我有甚恩义？"金星道："你当年在花果山为怪，伏虎降龙，强消死籍，聚群妖大地猖狂，上天要擒你，是老身力奏，降旨招安，把你宣上天堂，封你做弼马温。你吃了玉帝仙酒，后又招安，也是老身力奏，封你做齐天大圣。你又不守本分，偷桃盗酒，窃老君之丹，如此如此，才得个无灭无生。若不是我，你如何得到今日？"行者道："古人说得好：'死了莫与老头儿同墓。'干净会揭挑人！我也只是做弼马温，闹天宫罢了，再无甚大事。也罢，也罢，看你老人家面皮，还教他自己来解。"天王才敢向前解了缚，请行者着衣上坐，一一上前施礼。

行者朝了金星道："老官儿，何如？我说先输后赢，买卖儿原是这等做。快催他去见驾，莫误了我的师父。"金星道："莫忙，弄了这一会，也吃钟茶儿去。"行者道："你吃他的茶，受他的私，卖放犯人，轻慢圣旨，你得何罪？"金星道："不吃茶，不吃茶！连我也奈将起来了！李天王，快走，快走！"天王那里敢去，怕他没的说做有的，放起刁来，口里胡说乱道，怎生与他折辨。没奈何，又央金星，教说方便。金星道："我有一句话儿，你可依我？"行者道："绳捆刀砍之事，我也通看你面，还有甚话？你说，你说！说得好，就依你，说得不好，莫怪。"金星道："一日官事十日打，你告了御状，说妖精是天王的女儿，天王说不是，你两个只管在御前折辨，反复不已。我说天上一日，下界就是一年。这一年之间，那妖精把你师父陷在洞中，莫说成亲，若有个喜花下儿子，也生了一个小和尚儿，却不误了大事？"^{说得有}行者低头想道："是阿！我离八戒沙僧，只说多时饭熟、少时茶滚就回，今已弄了这半会，却不迟了？""老官儿，既依你说，这旨意如何回缴？"金星道："教李天王点兵，同你下去降妖，我去回旨。"行者道："你怎么样回？"金星道："我只说原告脱逃，被告免提。"行者笑道："好阿！我倒看你面情罢了，你倒说我脱逃！教他点兵在南天门外等我，我即和你回旨缴状去。"天王害怕道："他这一去，若有言语，是臣背君也。"行者道："你把老孙当甚么样人？我也是个大丈夫！一言既出，驷马难追，岂又有污言顶你？"天王即谢了行者，行者与金星回旨。天王点起本部天兵，径出南天门外。金星与行者回见玉帝道："陷唐僧者，乃金鼻白毛老鼠成精，假设天王父子牌位。天王知之，已点兵收怪去了，望天尊赦罪。"^{行者做人到底真性。}玉帝已知此情，降天恩免究。行者即返云光，到南天门外，见天王、太子，布列天兵等候。噫！那些神将，风滚滚，雾腾腾，接住大圣，一齐坠下云头，早到了陷空山上。

八戒沙僧眼巴巴正等，只见天兵与行者来了。呆子迎着天王施礼道："累及，累及。"天王道："天蓬元帅，你却不知，只因我父子受他一炷香，致令妖精无理，困了你师父，来迟莫怪。这个山就是陷空山了？但不知他的洞门还向那边开？"行者道："我这条路且是走熟了。只是这个洞叫做个无底洞，周围有三百馀里，妖精窠穴甚多。前番我师父在那两滴水的门楼里，今番静悄悄，鬼影也没个，不知又搬在何处去也。"天王道："任他设尽千般计，难脱天罗地网中。到洞门前，再作道理。"大家就行。咦，约有十馀里，就到了那大石边。行者指那缸口大的门儿道："兀的便是也。"天王道："不入虎穴，安得虎子！谁敢当先？"行者道："我当先。"三太子道："我奉旨降妖，我当先。"那呆子便莽撞起来，高声叫道："当头还要我老猪！"天王道："不须啰噪，但依我分摆：孙大圣和太子同领着兵将下去，我们三人在口上把守，做个里应外合，教他上天无路，入地无门，才显些些手段。"众人都答应了一声"是"。

你看那行者和三太子，领了兵将，望洞里只是一溜。驾起云光，闪闪烁烁，抬头一望，果然好个洞呵：

依旧双轮日月，照般一望山川。珠渊金井暖发烟，更有许多堪美。叠叠朱楼画阁，巍巍赤壁青田。三春杨柳九秋莲，兀的洞天罕见。

　　顷刻间，停住了云光，径到那妖精旧宅。挨门儿搜寻，吆吆喝喝，一重又一重，一处又一处，把那三百里地草都踏光了，那见个妖精？那见个三藏？都只说："这孽畜一定是早出了这洞，远远去哩。"那晓得他在那东南黑角落上，望下去，另有个小洞。洞里一重小小门，一间矮矮屋，盆栽了几种花，檐傍着数竿竹，黑气氤氲，暗香馥馥，老怪摄了三藏，搬在这里逼住成亲，只说行者再也找不着。谁知他命合该休，那些小怪在里面，一个个唧唧嘈嘈，挨挨簇簇。中间有个大胆些的，伸起颈来，望洞外略看一看，一头撞着个天兵，一声嚷道："在这里！"那行者恼起性来，捻着金箍棒，一下闯将进去，那里边窄小，窝着一窟妖精。三太子纵起天兵，一齐拥上，一个个那里去躲？行者寻着唐僧，和那龙马，和那行李。那老怪寻思无路，看着哪吒太子，只是磕头求命。太子道："这是玉旨来拿你，不当小可。我父子只为受了一炷香。险些儿'和尚拖木头，做出了寺'。"喝声："天兵，取下缚妖索，把那些妖精都捆了！"老怪也少不得吃场苦楚。返云光，一齐出洞。行者口里嘻嘻嗄嗄。天王掣开洞口，迎着行者道："今番却见你师父也。"行者道："多谢了！多谢了！"就引三藏拜谢天王，次及太子。沙僧、八戒只是要碎剐那老精，天王道："他是奉玉旨拿的，轻易不得。我们还要去回旨哩。"

　　一边天王同三太子领着天兵神将，押住妖精，去奏天曹，听候发落；一边行者拥着唐僧，沙僧收拾行李，八戒拢马，请唐僧骑马，齐上大路。这正是：

割断丝萝乾金海，打开玉锁出樊笼。

毕竟不知前去如何，且听下回分解。

总批：

半截观音，不知是上半截，不知是下半截。请问世人还是上半截好，还是下半截好？一笑，一笑。

第八十四回

难灭伽持圆大觉

法王成正体天然

唐三藏固住元阳，出离了烟花苦套，随行者投西前进。不觉夏时，正值那熏风初动，梅雨丝丝，好光景：

　　冉冉绿阴密，风轻燕引雏。新荷翻照面，修竹渐扶苏。芳草连天碧，山花遍地铺。溪边满插剑，榴火壮行图。

师徒四众耽炎受热，正行处，忽见那路旁有两行高柳，柳阴中走出一个老母，右手下搀着一个小孩儿，对唐僧高叫道："和尚，不要走了，快早儿拨马东回，进西去都是死路。"唬得个三藏跳下马来，打个问讯道："老菩萨，古人云：海阔从鱼跃，天高任鸟飞。怎么西进便没路了？"那老母用手朝西指道："那里去有五六里远近，乃是灭法国。那国王前生那世里结下冤仇，今世里无端造罪，二年前许下一个罗天大愿，要杀一万个和尚，这两年陆陆续续，杀勾了九千九百九十六个无名和尚，只要等四个有名的和尚，凑成一万，好做圆满哩。你们去，若到城中，都是送命王菩萨。"三藏闻言心中害怕，战兢兢的道："老菩萨，深感盛情，感谢不尽。但请问可有不进城的方便路儿，我贫僧转过去罢。"那老母笑道："转不过去，转不过去，只除是会飞的，就过去了也。"八戒在旁边卖嘴道："妈妈儿莫说黑话，我们都会飞的。"行者火眼金睛，其实认得好歹，那老母搀着孩儿，原是观音菩萨与善财童子，慌得倒身下拜，叫道："菩萨，弟子失迎，失迎！"那菩萨一朵祥云，轻轻驾起。吓得个唐长老立身无地，只情跪着磕头，八戒沙僧也慌跪下，朝天礼拜。一时间，祥云渺渺，径回南海而去。

若论不长进和尚，杀得少。

行者起来，扶着师父道："请起来，菩萨已回宝山也。"三藏起来道："悟空，你既认得是菩萨，何不早说？"行者笑道："你还问话不了，我即下拜，怎么还是不早哩？"八戒、沙僧对行者道："感蒙菩萨指示，前边必是灭法国，要杀和尚，我等怎生奈何？"行者道："呆子休怕！我们曾遭着那毒魔狠怪，虎穴龙潭，更不曾伤损。此间乃是一国凡人，有何惧哉？只奈这里不是住处，天色将晚，且有乡村人家上城买卖回来的，看见我们是和尚，嚷出名去，不当稳便。且引师父找下大路，寻个僻静之处，却好商议。"真个三藏依言，一行都闪下路来，到一个坑坎之下坐定。行者道："兄弟，你两个好生保守师父，待老孙变化了，去那城中看看，寻一条僻路，连夜去也。"三藏叮嘱道："徒弟啊，莫当小可，王法不容，你须仔细。"行者笑道："放心，放心！老孙自有道理。"好大圣，话毕将身一纵，嗖哨的跳在空中，怪哉：

上面无绳扯，下头没棍撑。

一般同父母，他便骨头轻。 如今骨头轻的更多。

伫立在云端里，往下观看，只见那城中喜气冲融，祥光荡漾。行者道："好个去处，为何灭法？"看一会，渐渐天昏，又见那：

十字街，灯光灿烂，九重殿，香霭钟鸣。七点皎星照碧汉，八方客旅卸行踪。六军营，隐隐的画角才吹；五鼓楼，点点的铜壶初滴。四边宿雾昏昏，三市寒烟蔼蔼。两两夫妻归绣幕，一轮明月上东方。

　　他想着："我要下去，到街坊打看路径，这般个嘴脸撞见人，必定说是和尚，等我变一变了。"捻着诀，念动真言，摇身一变，变做个扑灯蛾儿：

　　形细翼硗轻巧，灭灯扑烛投明。本来面目化生，腐草中间灵应。每爱炎光触焰，忙忙飞绕无停。紫衣香翅赶流萤，最喜夜深风静。

　　待见他翩翩翻翻飞向三街六市，傍房檐，近屋角，正行时，忽见那隅头拐角上一湾子人家，人家门首挂着个灯笼儿，他道："这人家过元宵哩，怎么挨排儿都点灯笼？"他硬硬翅飞近前来，仔细观看，正当中一家子方灯笼上，写着"安歇往来商贾"六字，下面又写着"王小二店"四字，行者才知是开饭店的；又伸头打一看，看见有八九个人，都吃了晚饭，宽了衣服，卸了头巾，洗了脚手，各各上床睡了。行者暗喜道："师父过得去了。"你道他怎么就知过得去？他要起个不良之心，等那些人睡着，要偷他的衣服头巾，妆做俗人进城。
　　噫，有这般不遂意的事！正思忖处，只见那小二走向前，分付："列位官人仔细些，我这里君子小人不同，各人的衣物行李都要小心着。"你想那在外做买卖的人，那一样不仔细？又听得店家分付，越发谨慎。他都爬起来道："主人家说得有理，我们走路的人辛苦，只怕睡着，急忙不醒，一时失所，奈何？你将这衣服、头巾、搭联都收进去，待天将明，交付与我们起身。"逼真。那王小二真个把些衣物之类，尽情都搬进他屋里去了。行者性急，展开翅，就飞入里面，丁在一个头巾架上；又见王小二去门首摘了灯笼，放下吊搭，关了门窗，却才进房，脱衣睡下，那小二有个婆子，带了两个孩子，哇哇聒噪，急忙不睡，那婆子又拿了一件破衣，补补纳纳，也不见睡。行者暗想道："若等这婆子睡了下手，却不误了师父？"又恐更深，城门闭了，他就忍不住，飞下去，望灯上一扑，真是舍身投火焰，焦额探残生，那盏灯早已熄了，他又摇身一变，变作个老鼠，嗤嗤哇哇的叫了两声，跳下来，拿着衣服头巾，往外就走。那婆子慌慌张张的道："老头子，不好了！夜耗子成精也！"行者闻言，又弄手段，拦着门厉声高叫道："王小二，莫听你婆子胡说。我不是夜耗子成精，明人不做暗事，吾乃齐天大圣临凡，保唐僧往西天取经。你这国王无道，特来借此衣冠，妆扮我师父。一时过了城去，就便送还。"那王小二听言，一毂辘起来，黑天摸地，又是着忙的人，捞着裤子当衫子，左穿也穿不上，右套也套不上。那大圣使个摄法，早已驾云出去，复番身，径至路下坑坎边。三藏见星光月皎，探身凝望，见是行者来至近前，即开口叫道："徒弟，可过得灭法国么？"行者上前放下衣物道："师父，要过灭法国，和尚做不成。"八戒道："哥，你勒揝那个哩？趣而且妙，恰是不和的声气。不做和尚也容易，只消半年不剃头，就长出毛来也。"行者道："那里等得半年，眼下就都要做俗人哩。"那呆子慌了道："但你说话，通不察理。我们如今都是和尚，眼下要做俗人，却怎么戴得头巾？就是边儿勒住，也没收顶绳处。”三藏喝道："不要打花，且干正事！端的何如？"行者道："师父，他这城中我已看了。虽是国王无道杀僧，却倒是个真天子，城头上有祥光喜气。城中的街道，我也认得，这里的乡谈，我也省得会说。却才在饭店内借了这几件衣服头巾，我们且扮作俗人，进城去借了宿，至四更天就起来，教店家安排了斋吃，捱到五更时候，挨城门而去，奔大路西行。就有人撞见扯住，也好折辨，只说是上邦钦差的，灭法王不敢阻滞，放我们来的。"沙僧道："师兄处的最当，且依他行。"

真个长老无奈，脱了褊衫，去了僧帽，穿了俗人的衣服，戴了头巾，沙僧也换了，八戒的头大，戴不得巾儿，被行者取了些针线，把头巾扯开，两顶缝做一顶，与他搭在头上，拣件宽大的衣服，与他穿了，然后自家也换上一套道："列位，这一去，把师父徒弟四个字儿且收起。"八戒道："除了此四字，怎的称呼？"行者道："都作做弟兄：师父叫做唐大官儿，你叫做朱三官儿，沙僧叫做沙四官儿，我叫做孙二官儿。但到店中，你们切休言语，只让我一个开口答话。等他问什么买卖，只说是贩马的客人，把这白马做个样子，说我们是十弟兄，我四个先来赁店房卖马。那店家必然款待我们，我们受用了，临行时，等我拾块瓦查儿，变块银子谢他，却就走路。"长老无奈，只得曲从。

四众忙忙的牵马挑担，跑过那边。此处是个太平境界，入更时分，尚未关门，径直进去，行到王小二店门首，只听得里边叫哩。有的说："我不见了头巾。"有的说："我不见了衣服。"行者只推不知，引着他们往斜对门一家安歇。那家子还未收

好点缀。

灯笼，即近门叫道："店家，可有闲房儿我们安歇？"那里边有个妇人答应道："有，有，有，请官人们上楼。"说不了，就有一个汉子来牵马。行者把马儿递与牵进去，他引着师父，从灯影儿后面径上楼门，那楼上有方便的桌椅，推开窗格，映月光齐齐坐下。只见有人点上灯来，行者拦门，一口吹息道："这般月亮不用灯。"那人才下去，又一个丫环拿四碗清茶，行者接住，楼下又走上一个妇人来，约有五十七八岁的模样，一直上楼，站着旁边问道："列位客官，那里来的？有甚宝货？"行者道："我们是北方来的，有几匹粗马贩卖。"那妇人道："贩马的客人尚还少。"行者道："这一位是唐大官，这一位是朱三官，这一位是沙四官，我学生是孙二官。"妇人笑道："异姓。"行者道："正是异姓同居。我们共有十个弟兄，我四个先来赁店房打火，还有六个在城外借歇，领着一群马，因天晚不好进城，待我们赁了房子，明早都进来，等我卖了马才回。"那妇人道："一群有多少马？"行者道："大小有百十匹儿，都像我这个马的身子，却只是毛片不一。"妇人笑道："孙二官人诚然是个客纲客纪。早是来到舍下，第二个人家也不敢留你。我舍下院落宽阔，槽札齐备，草料又有，凭你几百匹马都养得下。却一件：我舍下在此开店多年，也有个贱名，先夫姓赵，不幸去世久矣，我唤做赵寡妇店。我店里三样儿待客，如今先小人，后君子，先把房钱讲定，后好算帐。"^{逼真。}行者道："说得是。你府上是那三样待客？常言道，货有高低三等价，客无远近一般看。你怎么说三样待客？你可试说说我听。"赵寡妇道："我这里是上、中、下三样。上样者，五果五菜的筵席，狮仙斗糖桌面，二位一张，请小娘儿来陪唱陪歇，每位该银五钱，连房钱在内。"行者笑道："相应阿！我那里五钱银子还不勾请小娘儿哩。"寡妇又道："中样者，合盘桌儿，只是水果，热酒筛来凭自家猜枚行令，不用小娘儿，每位只该二钱银子。"行者道："一发相应！下样儿怎么？"妇人道："不敢在尊客面前说。"妙行者道："也说说无妨，我们好拣相应的干。"妇人道："下样者，没人伏侍，锅里有方便的饭，凭他怎么吃，吃饱了，拿个草儿，打个地铺，方便处睡觉，天光时，凭赐几文饭钱，决不争竞。"八戒听说道："造化，造化！老朱的买卖到了！等我看看锅底，吃饱了饭，锅门前睡他娘。"行者道："兄弟，说那里话。你我在江湖上，那里不撰几两银子。把上样的安排将来。"那妇人满心欢喜，即叫："看好茶来，厨下快整治东西。"遂下楼去，忙叫："宰鸡宰鹅，煮腌下饭。"又叫："杀猪杀羊，今日用不了，明日也可用，看好酒，拿白米做饭，白面捍饼。"三藏在楼上听见道："孙二官，怎好？他去宰鸡鹅，杀猪羊，倘送将来，我们都是长斋，那个敢吃？"行者道："我有主张。"去那楼门边跌跌脚道："赵妈妈，你上来。"那寡妇上来道："二官人有甚分付？"行者道："今日且莫杀生，我们今日斋戒。"寡妇惊讶道："官人们是长斋，是月斋？"行者道："俱不是，我们唤做庚申斋。今朝乃是庚申日，当斋。只过三更后，就是辛酉，便开斋了，你明日杀生罢。如今且去安排些素的来，定照上样价钱奉上。"那妇人越发欢喜，跑下去教："莫宰，莫宰，取些木耳、闽笋、豆腐、面筋，园里拔些青菜，做粉汤，发面蒸卷子，再煮白米饭，烧香茶。"咦！那些当厨的庖丁，都是每日家做惯的手段，霎时间就安排停当，摆在楼上，又有现成的狮仙糖果，四众任情受用，又问："可吃素酒？"行者道："止唐大官不用，我们也吃几杯。"寡妇又取了一壶暖酒，他三个方才斟上，忽听得乒乓板响，行者道："妈妈，底下倒下甚么家火了？"寡妇道："不是，是我小庄上几个客子送租米来晚了，教他在底下睡。因客官到，没人使用，教他们抬轿子去院中请小娘儿陪你们，想是轿杠撞得楼板响。"行者道："早是说哩，快不要去请。一则斋戒日期，二则兄弟们未到。索性明日进来，一家请个表子，在府上要要，待卖了马起身。"寡妇道："好人，好人！又不失了和气，又养了精神。"教："抬进轿子来，不要去请。"四众吃了酒饭，收了家火，都散讫。

三藏在行者耳根边悄悄的道："那里睡？"行者道："就在楼上睡。"三藏道："不稳便。我们都辛辛苦苦的，倘或睡着，这家子一时再有人来收拾，见我们或滚了帽子，露出光头，认得是和尚，嚷将起来，却怎么好？"行者道："是阿！"又去楼前跌跌脚。寡妇又上来道："孙官人又有甚分付？"行者道："我们在那里睡？"妇人道："楼上好睡，又没蚊子，又是南风，大开着窗子，忒好睡觉。"行者道："睡不得，我这朱三官儿有些寒湿气，沙四官儿有些漏肩风，唐大哥只要在黑处睡，我也有些儿羞明。此间不是睡处。"那妈妈走下去，倚着柜栏叹气。他有个女儿，抱着个孩子近前道："母亲，常言道：十日滩头坐，一日行九滩。如今炎天，虽没甚买卖，到交秋时，还做不了的生意哩，你嗟叹怎么？"妇人道："儿阿，不是愁没买卖。今日晚间，已是将收铺子，入更时分，有这四个马贩子来赁店房，他要上样管待。实指望撰他几钱银子，他却吃斋，又赚不得他钱，故此嗟叹。”那女儿道：“他既吃了饭，不好往别人家去。明日还好安排荤酒，如何赚不得他钱？”妇人又道：“他都有病，怕风羞亮，都要在黑处睡。你想家中都是些单浪瓦的房子，那里去寻黑暗处？不若舍一顿饭与他吃了，交他往别家去罢。”女儿道：“母亲，我家有个黑处，又无风色，甚好，甚好。”妇人道：“是那里？”女儿道：“父亲在日曾做了一张大柜。那柜有四尺宽，七尺长，三尺高下，里面可睡六七个人。教他们往柜里睡罢。”妇人道：“不知可好，等我问他一声。”“孙官人，舍下蜗居，更无黑处，止有一张大柜，不透风，又不透亮，往柜里睡去如何？”行者道：“好，好，好！”_{八戒入柜便是"楹}_{椟而藏猪"了。}即着几个客子把柜抬出，打开盖儿，请他们下楼。行者引着师父，沙僧拿担，顺灯影后径到柜边，八戒不管好歹，就先跳进柜去，沙僧把行李递入，搀着唐僧进去，沙僧也到里边。行者道：“我的马在那里？”旁有伏侍的道：“马在后屋拴着吃草料哩。”行者道：“牵来，把槽抬来，谨挨着柜儿拴住。”方才进去，叫：“赵妈妈，盖上盖儿，插上销钉，锁上锁子，还替我们看看，那里透亮，使些纸儿糊糊，明日早些儿来开。”寡妇道：“忒小心了！”遂此各各关门去睡不题。

却说他四个到了柜里，可怜阿！一则乍戴个头巾，二来天气炎热，又闷住了气，略不透风，他都摘了头巾，脱了衣服，又没把扇子，只将僧帽扑扑扇扇，你挨着我，我挤着你，直到有二更时分，却都睡着。惟行者有心闯祸，偏他睡不着，伸过手将八戒腿上一捻。那呆子缩了脚，口里哼哼的道：“睡了罢！辛辛苦苦的，有甚么心肠还捻手捻脚的耍子？"行者捣鬼道："我们原来的本身是五千两，前者马卖了三千两，如今两搭联里现有四千两，这一群马还卖他三千两，也有一本一利，勾了，勾了！"^{猴。}八戒要睡的人，那里答对。岂知他这店里走堂的，挑水的，烧火的，素与强盗一伙，听见行者说有许多银子，他就着几个溜出去，伙了二十多个贼，明火执杖的来打劫马贩子。冲开门进来，唬得那赵寡妇娘女们战战兢兢的关了房门，尽他外边收拾。原来那贼不要店中家火，只寻客人。到楼上不见形迹，打着火把，四下照看，只见天井中一张大柜，柜脚上拴着一匹白马，柜盖紧锁，掀翻不动。众贼道："走江湖的人都有手眼，看这柜势重，必是行囊财帛锁在里面。我们偷了马，抬柜出城，打开分用，却不是好？"那些贼果找起绳扛，把柜抬着就走，幌阿幌的。八戒醒了道："哥哥，睡罢，摇甚么？"行者道："莫言语！没人摇。"三藏与沙僧忽地也醒了，道："是甚人抬着我们哩？"行者道："莫嚷，莫嚷，等他抬！抬到西天，也省得走路。"那贼得了手，不往西去，到抬向城东，杀了守门的军，打开城门出去。当时就惊动六街三市，各铺上火甲人夫，都报与巡城总兵、东城兵马司，那总兵、兵马，事当干己，即点人马弓兵，出城赶贼，那贼见官军势大，不敢抵敌，放下大柜，丢了白马，各自落草逃走。众官军不曾拿得半个强盗，只是夺下柜，捉住马，得胜而回。总兵在灯光下见那马，好马：

鬃分银线，尾軃玉条。说甚么八骏龙驹，赛过了骕骦款段。千金市骨，万里追风。登山每与青云合，啸月浑如白雪匀。真是蛟龙离海岛，人间喜有玉麒麟。

　　总兵官把自家马儿不骑，就骑上这个白马，帅军兵进城，把柜子抬在总府，同兵马写个封皮封了，令人巡守，待天明启奏，请旨定夺。官军散讫不题。

　　却说唐长老在柜里埋怨行者道："你这个猴头，害杀我也！若在外边被人拿住，送与灭法国王，还好折辨，如今锁在柜里，被贼劫去，又被官军夺来，明日见了国王，现现成成的开刀请杀，却不凑了他一万之数？"行者道："外面有人！打开柜，拿出来不是捆着，便是吊着，且忍耐些儿，免了捆吊。明日见那昏君，老孙自有对答，管你一毫儿也不伤，且放心睡睡。"挨到三更时分，行者弄个手段，顺出棒来，吹口仙气，叫："变！"即变做三尖头的钻儿，挨柜脚两三钻，钻了一个眼子，收了钻，摇身一变，变做个蝼蚁儿，爬将出去，现原身，踏起云头，径入皇宫门外。那国王正在睡浓之际，他使个大分身普会神法，将左臂上毫毛都拔下来，吹口仙气，叫："变！"都变做瞌睡虫，念一声"唵"字真言，教当坊土地，领众布散皇宫内院，五府六部，各衙门大小官员宅内，但有品职者，都与他一个瞌睡虫，人人稳睡，不许翻身，又将金箍棒取在手中，掂一掂，幌一幌，叫声："宝贝，变！"即变做千百口剃头刀儿，他拿一把，分付小行者各拿一把，都去皇宫内院、五府六部、各衙门里剃头。（猴。○他倒剃度了多少人！）咦！这才是：

　　法王灭法法无穷，法贯乾坤大道通。万法原因归一体，三乘妙相本来同。钻开玉柜明消息，布散金毫破蔽蒙。管取法王成正果，不生不灭去来空。

这半夜剃削成功，念动咒语，喝退土地神祇，将身一抖，两臂上毫毛归伏，将剃头刀总捻成真，依然认了本性，还是一条金箍棒，收来些小之形，藏于耳内，复翻身还做蝼蚁，钻入柜内，现了本相，与唐僧守困不题。

却说那皇宫内院宫娥彩女，天不亮起来梳洗，一个个都没了头发，穿宫的大小太监，也都没了头发，一拥齐来，到于寝宫外，奏乐惊寝，个个噙泪，不敢传言。少时，那三宫皇后醒来，也没了头发，忙移灯到龙床下看处，锦被窝中睡着一个和尚，皇后忍不住言语出来，惊醒国王。那国王急睁睛，见皇后的光头，他连忙爬起来道："梓童，你如何这等？"皇后道："主公亦如此也。"那皇帝摸摸头，唬得三尸神咋，七魄飞空，行幻至此。道："朕当怎的来耶！"正慌忙处，只见那六院嫔妃，宫娥彩女，大小太监，都光着头跪下道："主公，我们做了和尚耶！"恐其却不管，笑杀了人。国王见了，眼中流泪道："想是寡人杀害和尚。"即传旨分付："汝等不得说出落发之事，恐文武群臣，褒贬国家不正。且都上殿设朝。"却说那五府六部合衙门大小官员，天不明都要去朝王拜阙。原来这半夜一个个也没了头发，各人都写表启奏此事，只听那：

静鞭三响朝皇帝，表奏当今剃发因。

毕竟不知那总兵官夺下柜里贼赃如何，与唐僧四众的性命如何，且听下回分解。

总批：

灭法国杀了许多和尚，固可恨也。如今灭法的都是和尚，如此则和尚又该杀了，何足惜哉。

又批：

处处逼真，令人绝倒。到得满城披剃，又是匪夷所思。何物文人，奇幻尔尔。

第八十五回　心猿妒木母　魔主计吞禅

话说那国王早朝，文武多官俱执表章启奏道："主公，望赦臣等失仪之罪。"国王道："众卿礼貌如常，有何失仪？"众卿道："主公啊，不知何故，臣等一夜把头发都没了。"国王执了这没头发之表，下龙床对群臣道："果然不知何故。朕宫中大小人等，一夜也尽没了头发。"君臣们都各汪汪滴泪道："从此后再不敢杀戮和尚也。"王复上龙位，众官各立本班。王又道："有事出班来奏，无事卷帘散朝。"只见那武班中闪出巡城总兵官，文班中走出东城兵马使，当阶叩头道："臣蒙圣旨巡城，夜来获得贼赃一柜，白马一匹。微臣不敢擅专，请旨定夺。"国王大喜道："连柜取来。"二臣即退至本衙，点起齐整军余，将柜抬出。三藏在内，魂不附体道："徒弟们，这一到国王前，如何理说？"行者笑道："莫嚷！我已打点停当了。开柜时，他就拜我们为师哩。只教八戒不要争竞长短。"八戒道："但只免杀，就是无量之福，还敢争竞哩！"说不了，抬至朝外，入五凤楼，放在丹墀之下。二臣请国王开看，国王即命打开。方揭了盖，猪八戒就忍不住往外一跳，唬得那多官胆战，口不能言，又见孙行者搀出唐僧，沙和尚搬出行李。八戒见总兵官牵着马，走上前，咄的一声道："马是我的！拿过来！"吓得那官儿翻觔头，跌倒在地。四众俱立在阶中。那国王看见是四个和尚，忙下龙床，宣召三宫妃后，下金銮宝殿，同群臣拜问道："长老何来？"三藏道："是东土大唐驾下差往西方天竺国大雷音寺拜活佛取真经的。"国王道："老师远来，为何在这柜里安歇？"三藏道："贫僧知陛下有愿心杀和尚，不敢明投上国，扮俗人，夜至宝方饭店里借宿。因怕人识破原身，故此在柜中安歇。不幸被贼偷出，被总兵捉获抬来。今得见陛下龙颜，所谓拨云见日。望陛下赦放贫僧，海深恩便也。"国王道："老师是天朝上国高僧，朕失迎迓。朕常年有愿杀僧者，曾因僧谤了朕，朕许天愿，要杀一万和尚做圆满，不期今夜归依，教朕等为僧。如今君臣后妃发都没了，望老师勿吝高贤，愿为门下。"八戒听言，呵呵大笑道："既要拜为门徒，有何贽见之礼？"国王道："师若肯从，愿将国中财宝献上。"行者道："莫说财宝，我和尚是有道之僧。你只把关文倒换了，送我们出城，保你皇图永固，福寿长臻。"那国王听说，即着光禄寺大排筵宴，君臣同拜为师。即时倒换关文，求三藏改换国号。行者道："陛下法国之名甚好，但只灭字不通。自经我过，可改号'钦法国'，管教你海晏河清千代胜，风调雨顺万方安。"国王谢了恩，传旨摆銮驾，送唐僧四众出城西去。君臣们乘善归真不题。

却说长老辞别了钦法国王，在马上忻然道："悟空，此一法甚善，大有功也。"沙僧道："哥阿，是那里寻这许多整容匠，连夜剃这许多头。"行者把那施变化弄神通的事说了一遍，师徒们都笑不合口。正欢喜处，忽见一座高山阻路，唐僧勒马道："徒弟们，你看这面前山势崔巍，切须仔细！"行者笑道："放心，放心！保你无事！"三藏道："休言无事。我见那山峰挺立，远远的有些凶气，暴云飞出，渐觉惊惶，满身麻木，神思不安。"行者笑道："你把乌巢禅师的《密多心经》早已忘了？"三藏道："我记得。"行者道："你虽记得，还有四句颂子，你却忘了哩。"三藏道："那四句？"行者道：

佛在灵山莫远求，灵山只在汝心头。

人人有个灵山塔，好向灵山塔下修。^{着眼。}

三藏道："徒弟，我岂不知？若依此四句，千经万典，也只是修心。"行者道："不消说了。心净孤明独照，心存万境皆清。差错些儿成惰懈，千年万载不成功。但要一片志诚，雷音只在眼下。似你这般恐惧惊性，神思不安，大道远矣，雷音亦远矣。且莫胡疑，随我去。"那长老闻言，心神顿爽，万虑皆休。四众一同前进，不几步，到于山上，举目看时：

那山真好山，细看色班班。顶上云飘荡，崖前树影寒。飞禽渐沥，走兽凶顽。林内松千干，峦头竹几竿。吼叫是苍狼夺食，咆哮是饿虎争餐。野猿长啸寻鲜果，麋鹿攀花上翠岚。风洒洒，水潺潺，时闻幽鸟语间关。几处藤萝牵又扯，满溪瑶草杂香兰。磷磷怪石，削削峰岩。狐狢成群走，猴猿作队还。行客正愁多险峻，奈何古道又湾还。

师徒们怯怯惊惊，正行之时，只听得呼呼一阵风起。三藏害怕道："风起了！"行者道："春有和风，夏有熏风，秋有金风，冬有朔风，四时皆有风，风起怕怎的？"三藏道："这风来得甚急，决然不是天风。"行者道："自古来，风从地起，云自山出，怎么得个天风？"说不了，又见一阵雾起。那雾真个是：

漠漠连天暗，蒙蒙匝地昏。日色全无影，鸟声无处闻。宛然如混沌，仿佛似飞尘。不见山头树，那逢采药人？

三藏一发心惊道："悟空，风还未定，如何又这般雾起？"
行者道："且莫忙。请师父下马，你兄弟二个在此保守，等我去
看看是何吉凶。"好大圣，把腰一躬，就到半空。用手搭在眉
上，圆睁火眼，向下观之，果见那悬岩边坐着一个妖精。你看他
怎生模样：

炳炳纹斑多采艳，昂昂雄势甚抖擞。獠牙出口如钢钻，利爪
藏蹄似玉钩。金眼圆睛禽兽怕，银须倒竖鬼神愁。张狂哮吼施威
猛，嗳雾喷风运智谋。

又见那左右手下有三四十个小妖摆列，他在那里逼法的喷风
嗳雾。行者暗笑道："我师父也有些儿先兆。他说不是天风，果
然不是，却是个妖精在这里弄喧儿哩。若老孙使铁棒往下就打，
这叫做捣蒜打，打便打死了，只是坏了老孙的名头。"那行者一
生豪杰，再不晓得暗算计人，他道："我且回去，照顾猪八戒照
顾，教他来先与这妖精见一仗。若是八戒有本事打倒这妖，算他
一功，若无手段，被这妖拿去，等我再去救他，才好出名。"
他想道："八戒有些躲懒，不肯出头，却只是有些口紧，好吃东
西。等我哄他一哄，看他怎么说。"即时落下云头，到三藏前。
三藏问道："悟空，风雾处吉凶何如？"行者道："这会却明净
了，没甚风雾。"三藏道："正是，觉到退下些去了。"行者笑
道："师父，我常时间还看得好，这番却看错。我只说风雾之

中恐有妖怪，原来不是。"三藏道："是甚么？"行者道："前面不远，乃是一庄村。村上人家好善，蒸的白米干饭、白面馍馍斋僧哩。这些雾，想是那些人家蒸笼之气，也是积善之应。"悉猴。八戒听说，认了真实，扯过行者，悄悄的道："哥哥，你先吃了他的斋来的？"行者道："吃不多儿，因那菜蔬太咸了些，不喜多吃。"八戒道："啐！凭他怎么咸，我也尽肚吃他一饱。十分作渴，便回来吃水。"行者道："你要吃么？"八戒道："正是。我肚里有些饥了，先要去吃些儿，不知如何？"行者道："兄弟莫题，古书云：'父在，子不得自专。'师父又在此，谁敢先去？"八戒笑道："你若不言语，我就去了。"行者道："我不言语，看你怎么得去。"那呆子吃嘴的见识偏好，走上前，唱个大喏道："师父，适才师兄说前村里有人家斋僧。你看这马，有些要打搅人家，便要草料，却不费事？幸如今风雾明净，你们且略坐坐，等我去寻些嫩草儿，先喂喂马，然后再往那家子化斋去罢。"唐僧欢喜道："好阿！你今日却怎肯这等勤谨？快去快来。"那呆子暗暗笑着便走。行者赶上扯住道："兄弟，他那里斋僧，只斋俊的，不斋丑的。"八戒道："这等说，又要变化了。"行者道："正是。你变变儿去。"好呆子，他也有三十六般变化，走到山凹里，捻着诀，念动咒语，摇身一变，变做个矮胖和尚，手里敲个木鱼，口里哼阿哼的，又不会念经，只哼的是"上大人"。

却说那怪物收风敛雾，号令群妖，在于大路口上，摆开一个圈子阵，专等行客。这呆子晦气，不多时，撞到当中，被群妖围住，这个扯住衣服，那个扯着丝绦，推推拥拥，一齐下手。八戒道："不要扯，等我一家家吃将来。"群妖道："和尚，你要吃甚的？"八戒道："你们这里斋僧，我来吃斋的。"群妖道："你想这里斋僧，不知我这里专要吃僧。我们都是山中得道的妖仙，专要把你们和尚拿到家里，上蒸笼蒸熟吃哩。你倒还想来吃斋！"八戒闻言，心中害怕，才报怨行者道："这个弼马温，其实怠懒！他哄我说是这村里斋僧，这里那得村庄人家，那里斋甚么僧，却原来是些妖精。"那呆子被他扯急了，即便现出原身，腰间掣钉钯，一顿乱筑，筑退那些小妖。小妖急跑去报与老妖道："大王，祸事了！"老怪道："有甚祸事？"小妖道："山前来了一个和尚，且是生得干净。我说拿家来蒸他吃，若吃不了，留些儿防天阴，不想他会变化。"老妖道："变化甚的模样？"小妖道："那里成个人相！长嘴大耳躲，背后又有鬃，双手轮一根钉钯，没头没脸的乱筑，唬得我们跑回来报大王也。"老怪道："莫怕，等我去看。"轮着一条铁杵，走近前看时，见那呆子果然丑恶。他生得：

　　碓嘴初长三尺零，獠牙髭出赛银钉。一双圆眼光如电，两耳扇风唿唿声。脑后鬃长排铁箭，浑身皮糙癞还青。手中使件蹊跷物，九齿钉钯个个惊。

　　妖精硬着胆喝道："你是那里来的，叫甚名字？快早说来，饶你性命。"八戒笑道："我的儿，你是也不认得你猪祖宗哩！上前来，说与你听：

巨口獠牙神力大，玉皇升我天蓬帅。掌管天河八万兵，天宫快乐多自在。只因酒醉戏宫娥，那时就把英雄卖。一嘴拱倒斗牛宫，吃了王母灵芝菜。玉皇亲打二千钯，把吾贬下三天界。教吾立志养元神，下方却又为妖怪。正在高庄喜结亲，命低撞着孙兄到。金箍棒下受他降，低头才把沙门拜。背马挑包做夯工，前生少了唐僧债。铁脚天蓬本姓猪，法名唤作猪八戒。"

那妖精闻言，喝道："你原来是唐僧的徒弟。我一向闻得唐僧的肉好吃，正要拿你哩。你却撞得来，我肯饶你？不要走，看杵！"八戒道："孽畜，你原来是个染博士出身。"妖精道："我怎么是染博士？"八戒道："不是染博士，怎么会使棒槌？"那怪那容分说，近前乱打。他两个在山凹里，这一场好杀：

九齿钉钯，一条铁杵。钯丢解数滚狂风，杵运机谋飞骤雨。一个是无名恶怪阻山程，一个是有罪天蓬扶性主。性正何愁怪与魔，山高不得金生土。那个杵架犹如蟒出潭，这个钯来却似龙离浦。喊声叱咤振山川，吆喝雄威惊地府。两个英雄各逞能，舍身却把神通赌。

八戒长起威风，与妖精厮斗，那怪喝令小妖把八戒一齐围住不题。

却说行者在唐僧背后，忽失声冷笑。沙僧道："哥哥冷笑，何也？"行者道："猪八戒真个呆呀！听见说斋僧，就被我哄去了，这早晚还不见回来。若是一顿钯打退妖精，你看他得胜而回，争嚷功果，若战他不过，被他拿去，却是我的晦气，背前面后，不知骂了多少弼马温哩。悟净，你休言语，等我去看看。"好大圣，他也不使长老知道，悄悄的脑后拔了一根毫毛，吹口仙气，叫："变！"即变做本身模样，陪着沙僧，随着长老。他的真身出个神，跳在空中观看，但见那呆子被怪围绕，钉钯势乱，渐渐的难敌。行者忍不住，按落云头，厉声高叫道："八戒不要忙，老孙来了！"那呆子听得是行者声音，仗着势，愈长威风，一顿钯，向前乱筑。那妖精抵敌不住，道："这和尚先前不济，这会子怎么又发起狠来？"八戒道："我的儿，不可欺负我！我家里人来也！"一发向前，没头没脸筑去。那妖精抵架不住，领群妖败阵去了。行者见妖精败去，他就不曾近前，拨转云头，径回本处，把毫毛一抖，收上身来。长老的肉眼凡胎，那里认得。不一时，呆子得胜，也自转来，累得那粘涎鼻涕，白沫生生，气嗐嗐的走将来，叫声："师父！"长老见了，惊讶道："八戒，你去打马草的，怎么这般狼狈回来？想是山上人家有人看护，不容你打草么？"呆子放下钯，捶胸跌脚道："师父！莫要问！说起来就活活羞杀人！"长老道："为什么羞来？"八戒道："师兄捉弄我！他先头说风雾里不是妖精，没甚凶兆，是一庄村人家好善，蒸白米干饭、白面馍馍斋僧的，我就当真，想着肚内饥了，先去吃些儿，假倚打草为名。岂知若干妖怪把我围了，苦战了这一会，若不是师兄的哭丧棒相助，我也莫想得脱罗网回来也。"行者在傍笑道："这呆子胡说！你若做了贼，就攀上一牢人。是我在这里看着师父，何曾离侧？"长老道："是阿，悟空不曾离我。"那呆子跳着嚷道："师父！你不晓得，他有替身。"长老道：“悟空，端的可有怪么？”行者瞒不过，躬身笑道：“是有个把小妖儿，他不敢惹我们。八戒，你过来，一发照顾你照顾。我们既保师父，走过险峻山路，就似行军的一般。”八戒道：“行军便怎的？”行者道：“你做个开路将军，在前剖路。那妖精不来便罢，若来时，你与他赌斗，打倒妖精，算你的功果。”八戒量着那妖精手段与他差不多，却说：“我就死在他手内也罢，等我先走。”行者笑道：“这呆子先说晦气语，怎么得长进。”八戒道：“哥哥，你知道公子登筵，不醉即饱；壮士临阵，不死带伤？先说句错话儿，后便有威风。”行者欢喜，即忙背了马，请师父骑上，沙僧挑着行李，相随八戒，一路入山不题。

却说那妖精帅几个败残的小妖，径回本洞，高坐在那石崖上，默默无言。洞中还有许多看家的小妖，都上前问道：“大王常时出去，喜喜欢欢回来，今日如何烦恼？”老妖道：“小的们，我往常出洞巡山，不管那里的人与兽，定捞几个来家养赡汝等，今日造化低，撞见一个对头。”小妖问：“是那个对头？”老妖道：“是一个和尚，乃东土唐僧取经的徒弟，名唤猪八戒。我被他一顿钉钯，把我筑得败下阵来。好恼阿！我这一向常闻得人说，唐僧乃十世修行的罗汉，有人吃他一块肉，可以延寿长生。不期他今日到我山里，正好拿住他蒸吃，不知他手下有这等徒弟。”说不了，班部丛中闪上一个小妖，对老妖哽哽咽咽哭了三声，又嘻嘻哈哈的笑了三声。老妖喝道：“你又哭又笑，何也？”小妖跪下道：“大王才说要吃唐僧，唐僧的肉不中吃。”老妖道：“人都说吃他一块肉可以长生不老，与天同寿，怎么说他不中吃？”小妖道：“若是中吃，也到不得这里，别处妖精也都吃了。他手下有三个徒弟哩。"老妖道:"你知是那三个?"小妖道:"他大徒弟是孙行者,三徒弟是沙和尚,这个是他二徒弟猪八戒。"老妖道:"沙和尚比猪八戒如何?"小妖道:"也差不多儿。""那孙行者比他如何?"小妖吐舌道:"不敢说!那孙行者神通广大,变化多端,他五百年前曾大闹天宫,上方二十八宿、九曜星官、十二元辰、五卿四相、东西星斗、南北二神、五岳四渎、普天神将,也不曾惹得他过,你怎敢要吃唐僧?"老妖道:"你怎么晓得他这等详细?"小妖道:"我当初在狮驼岭狮驼洞与那大王居住,那大王不知好歹,要吃唐僧,被孙行者使一条金箍棒,打进门来,可怜就打得犯了骨牌名,都断幺绝六。还亏我有些见识,从后门走了,来到此处,蒙大王收留。故此知他手段。"老妖听言,大惊失色,这正是大将军怕谶语,他闻得自家人这等说,安得不惊?正都在悚惧之际,又一个小妖上前道:"大王莫恼,莫怕。常言道:'事从缓来。'若是要吃唐僧,等我定个计策拿他。"老妖道:"你有何计?"小妖道:"我有个分瓣梅花计。"老妖道:"怎么叫做分瓣梅花计?"小妖道:"如今把洞中大小群妖点将起来,千中选百,百中选十,十中只选三个,须是有能干会变化的,都变做大王的模样,顶大王之盔,贯大王之甲,执大王之杵,三处埋伏。先着一个战猪八戒,再着一个战孙行者,再着一个战沙和尚,舍着三个小妖,调开他弟兄三个,大王却在半空伸下拿云手去捉这唐僧,就如探囊取物,就如鱼水盆内捻苍蝇,有何难哉。"老妖闻言,满心欢喜,道:"此计绝妙,绝妙!这一去,拿不得唐僧便罢,若是拿了唐僧,决不轻你,就封你做个前部先锋。"小妖叩头谢恩,叫点妖怪，即将洞中大小妖精点起，果然选出三个有能的小妖，俱变做老妖，各执铁杵，埋伏等待唐僧不题。

却说这唐长老无虑无忧，相随八戒上大路，行勾多时，只见那路旁边扑禄的一声响亮，跳出一个小妖，奔向前边，要捉长老，孙行者叫："八戒！妖精来了，何不动手？"那呆子不认真假，掣钉钯赶上乱筑，那妖精使铁杵就架相迎，他两个一往一来的，在山坡下正然赌斗；又见那草科里响一声，又跳出个怪来，就奔唐僧，行者道："师父！不好了！八戒的眼拙，放那妖精来拿你了。等老孙打他去。"急掣棒迎上前喝道："那里去！看棒！"那妖精更不打话，举杵来迎，他两个在草坡下一撞一冲；正相持处，又听得山背后呼的风响，又跳出个妖精来，径奔唐僧，沙僧见了，大惊道："师父！大哥与二哥的眼都花了，把妖精放将来拿你了！你坐在马上，等老沙拿他去。"这和尚也不分好歹，即掣杖，对面挡住那妖精铁杵，恨苦相持。吆吆喝喝，乱嚷乱斗，渐渐的调远。那老怪在半空中，见唐僧独坐马上，伸下五爪钢钩，把唐僧一把挝住，那师父丢下马，脱了镫，被妖精一阵风径摄去了。可怜！这正是禅性遭魔难正果，江流又遇苦灾星。

老妖按下风头，把唐僧拿到洞里，叫："先锋。"那定计的小妖上前跪倒，口中道："不敢，不敢。"老妖道："何出此言？大将军一言即出，如白染皂。当时说拿不得唐僧便罢，拿了唐僧，封你为前部先锋。今日你果妙计成功，岂可失信于你？你可把唐僧拿来，着小的们挑水刷锅，搬柴烧火，把他蒸一蒸，我和你都吃他一块肉，以图延寿长生也。"先锋道："大王，且不可吃。"老怪道："既拿来，怎么不可吃？"先锋道："大王吃了他不打紧，猪八戒也做得人情，沙和尚也做得人情，但恐孙行者那主子刮毒。他若晓得是我们吃了，他也不来和我们厮打，他只把那金箍棒往山腰里一刷，搠个窟窿，连山都搠倒了，我们安身之处也无之矣。"老怪道："先锋，凭你有何高见？"先锋道："依着我，把唐僧送在后园，绑在树上，两三日不要与他饭吃，一则图他里面干净；二则等他三人不来门前寻找，打听得他们回去了，我们却把他拿出来，自自在在的受用，却不是好？"老怪笑道："正是，正是，先锋说得有理。"

一声号令，把唐僧拿入后园，一条绳绑在树上。众小妖都去前面去听候。你看那长老苦捱着绳缠索绑，紧缚牢栓，止不住腮边流泪，叫道："徒弟呀！你们在山中擒怪，甚路里赶妖？我被泼魔捉来，此处受灾，何日相会？痛杀我也！"正自两泪交流，只见对面树上有人叫道："长老，你也进来了。"长老正了性道："你是何人？"那个道："我是本山中的樵子，被那山主前日拿来，绑在此间，今已三日，算计要吃我哩。"长老滴泪道："樵夫阿，你死只是一身，无甚挂碍，我却死得不甚干净。"樵子道："长老，你是个出家人，上无父母，下无妻子，死便死了，有甚么不干净？"长老道："我本是东土往西天取经去的，奉唐朝太宗皇帝御旨拜活佛，取真经，要超度那幽冥无主的孤魂。今若丧了性命，可不盼杀那君王，孤负那臣子？那枉死城中，无限的的冤魂，却不大失所望，永世不得超生，一场功果，尽化作风尘。这却怎么得干净也？"樵子闻言，眼中堕泪道："长老，你死也只如此，我死又更伤情。我自幼失父，与母鳏居，更无家业，止靠着打柴为生，老母今年八十三岁，只我一人奉养。倘若身丧，谁与他埋尸送老？苦哉，苦哉，痛杀我也！"长老闻言，放声大哭道："可怜，可怜！山人尚有思亲意，空教贫僧会念经。事君事亲，皆同一理，你为亲恩，我为君恩。"正是那：

　　　　　流泪眼观流泪眼，断肠人送断肠人。

　　且不言三藏身遭困苦。却说孙行者在草坡下战退小妖，急回来路旁边，不见了师父，止存白马、行囊，慌得他牵马挑担，向山头找寻。咦！正是那：

　　　　　有难的江流专遇难，降魔的大圣亦遭魔。

第八十六回　木母助威征怪物　金公施法灭妖邪

话说孙大圣牵着马，挑着担，满山头寻叫师父，忽见猪八戒气嘑嘑的跑将来道："哥哥，你喊怎的？"行者道："师父不见了，你可曾看见？"八戒道："我原来只跟唐僧做和尚的，你又捉弄我，教做甚么将军。我舍着命与那妖精战了一会，得命回来。师父是你与沙僧看着的，反来问我？"行者道："兄弟，我不怪你。你不知怎么眼花了，把妖精放回来拿师父。我去打那妖精，教沙和尚看着师父的，如今连沙和尚也不见了。"八戒笑道："想是沙和尚带师父那里出恭去了。"说不了，只见沙僧来到，行者问道："沙僧，师父那里去了？"沙僧道："你两个眼都昏了，把妖精放将来拿师父。老沙去打那妖精的，师父自家在马上坐来。"行者气得暴跳道："中他计了，中他计了！"沙僧道："中他甚么计？"行者道："这是分瓣梅花计。把我弟兄们调开，他劈心里捞了师父去了。天，天，天！却怎么好！"止不住腮边泪滴。八戒道："不要哭，一哭就浓包了。横竖不远，只在这座山上，我们寻去来。"三人没急奈何，只得入山找寻，行了有二十里远近，只见那悬崖之下有一座洞府：

削峰掩映，怪石嵯峨。奇花瑶草馨香，红杏碧桃艳丽。崖前古树，霜皮溜雨四十围；门外苍松，黛色参天二千尺。双双野鹤，常来洞口舞清风；对对山禽，每向枝头啼白昼。簇簇黄藤如挂索，行行烟柳似垂金。方塘积水，深穴依山。方塘积水，隐穷鳞未变的蛟龙；深穴依山，住多年吃人的老怪。果然不亚神仙境，真是藏风聚气巢。

行者见了，两三步跳到门前看处，那石门紧闭，门上横安着一块石版，石版上有八个大字，乃"隐雾山折岳连环洞。"行者道："八戒，动手阿！此间乃妖精住处，师父必在他家也。"那呆子仗势行凶，举钉钯尽力筑将去，把他那石头门筑了一个大窟窿，叫道："妖怪！快送出我师父来，免得钉钯筑倒门，一家子都是了帐！"守门的小妖急急跑入报道："大王，闯出祸来了！"老怪道："有甚祸？"小妖道："门前有人把门打破，嚷道要师父哩！"老怪大惊道："不知是那个寻将来也？"先锋道："莫怕！等我出去看看。"那小妖奔至前门，从那打破的窟窿处，歪着头，往外张，见是个长嘴大耳朵，即回头高叫："大王，莫怕他！这是个猪八戒，没甚本事，不敢无理。他若无理，开了门，拿他进来凑蒸。怕便只怕那毛脸雷公嘴的和尚。"八戒在外边听见道："哥阿，他不怕我，只怕你哩。师父定在他家了。你快上前。"行者骂道："泼孽畜！你孙外公在这里！送我师父出来，饶你命罢。"先锋道："大王，不好了！孙行者也寻将来了！"老怪报怨道："都是你定的甚么分瓣分瓣，却惹得祸事临门。怎生结果？"先锋道："大王放心，且休埋怨。我记得孙行者是个宽洪海量的猴头，虽则他神通广大，却好奉承。我们拿个假人头出去哄他一哄，奉承他几句，只说他师父是我们吃了，若还哄得他去了，唐僧还是我们受用，哄不过再作理会。"老怪道："那里得个假人头？"先锋道："等我做一个儿看。"

好妖怪，将一把衠钢刀斧，把柳树根砍做个人头模样，喷上些人血，糊糊涂涂的，着一个小怪，使漆盘儿拿至门下，叫道："大圣爷爷，息怒容禀。"孙行者果好奉承，听见叫声大圣爷爷，便就止住八戒："且莫动手，看他有甚话说。"拿盘的小怪道："你师父被我大王拿进洞来，洞里小妖村顽，不识好歹，这个来吞，那个来搯，抓的抓，咬的咬，把你师父吃了，只剩了一个头在这里也。"行者道："既吃了便罢，只拿出人头来，我看是真是假。"那小怪从门窟里抛出那个头来，猪八戒见了就哭道："可怜啊！那们个师父进去，弄做这们个师父出来也！"行者道："呆子，你且认认是真是假。就哭！"八戒道："不差！人头有个真假的？"行者道："这是个假人头。"八戒道："怎认得是假？"行者道："真人头抛出来，扑搭不响，假人头抛得像梆子声。你不信，等我抛了你听。"拿起来往石头上一掼，当的一声响亮，沙和尚道："哥哥，响哩。"行者道："响便是个假的。我教他现出本相来你看。"急掣金棒，扑的一下打破了。八戒看时，乃是个柳树根，呆子忍不住骂起来道："我把你这颗毛团！你将我师父藏在洞里，拿个柳树根哄你猪祖宗，莫成我师父是柳树精变的。"慌得那拿盘的小怪，战兢兢跑去报道："难，难，难！难，难，难！"老妖道："怎么有许多难？"小妖道："猪八戒与沙和尚倒哄过了，孙行者却是个贩古董的——识货，识货，他就认得是个假人头。如今得个真人头与他，或者他就去了。"老怪道："怎么得个真人头？我们那剥皮亭内有吃不了的人头选一个来。"众妖即至亭内拣了个新鲜的头，教啃净头皮，滑塔塔的，还使盘儿拿出，叫："大圣爷爷，先前委是个假头。这个真正是唐老爷的头，我大王留下镇宅子的，今特献出来也。"扑通的把个人头又从门窟里抛出，血滴滴的乱滚。孙行者认得是个真人头，没奈何就哭，八戒、沙僧也一齐放声大哭，八戒噙着泪道："哥哥，且莫哭。天气不是好天气，恐一时弄臭了，等我拿将去，乘生气埋下再哭。"行者道："也说得是。"那呆子不嫌秽污，把个头抱在怀里，跑上山崖，向阳处寻了个藏风聚气的所在，取钉钯筑了一个坑，把头埋了，又筑起一个坟冢，才叫沙僧："你与哥哥哭着，等我去寻些甚么供养供养。"他就走向洞边，攀几根大柳枝，拾几块鹅卵石，回至坟前，把柳枝儿插在左右，鹅卵石堆在面前。行者问道："这是怎么说？"八戒道："这柳枝权为松柏，与师父遮遮坟顶；这石子权当点心，与师父供养供养。"行者喝道："夯货！人已死了，还将石子儿供他。"八戒道："表表生人意，权为孝道心。"行者道："且休胡弄！教沙僧在此，一则庐墓，二则看守行李、马匹。我和你去打破他的洞府，拿住妖魔，碎尸万段，与师父报仇去来。"沙和尚滴泪道："大哥言之极当。你两个着意，我在此处看守。"

好八戒，即脱了皂锦直裰，束一束着体小衣，举钯随着行者，二人努力向前，不容分辨，径自把他石门打破，喊声振天，叫道："还我活唐僧来耶。"那洞里大小群妖，一个个魂飞魄散，都报怨先锋的不是。老妖问先锋道："这些和尚打进门来，却怎处治？"先锋道："古人说得好：手插鱼篮，避不得腥。一不做，二不休，左右帅领先锋杀那和尚去来。"老怪闻言，无计可奈，真个传令，叫："小的们，各要齐心，将精锐器械跟我去出征。"果然一齐呐喊，杀出洞门。这大圣与八戒，急退几步，到那山场平处，抵住群妖，喝道："那个是出名的头儿？那个是拿我师父的妖怪？"那群怪扎下营盘，将一面锦绣花旗闪一闪，老怪持铁杵，应声高叫道："那泼和尚，你不得惹我？我乃南山大王，数百年放荡于此。你唐僧已是我拿吃了，你敢如何？"
行者骂道："这个大胆的毛团！你能有多少的作纪，敢称南山二
字？李老君乃开天辟地之祖，尚坐于太清之右；佛如来治世之
尊，今还坐于大鹏之下；孔圣人是儒教之尊，敬重呼为夫子。你
这个孽畜，敢称甚么南山大王，数百年之放荡！不要走！吃你外
公爷的一棒！"那妖精侧身闪过，使杵抵住铁棒，睁圆眼问道：
"你这嘴脸像个猴儿模样，敢将许多言语压我。你有甚手段，在
吾门下猖狂？"行者笑道："我把你个无名的孽畜，是也不知老
孙。你站住，硬着胆，且听我说：

　　祖居东胜大神洲，天地包含几万秋。花果山头仙石卵，卵开
产化我根苗。生来不比凡胎类，圣体原从日月侔。本性自修非小
可，天姿颖悟大丹头。官封大圣居云府，倚势行凶斗斗牛。十万
神兵难近我，满天星宿易为收。名扬宇宙方方晓，智贯乾坤处处
留。今幸归依从释教，扶持长老向西游。逢山开路无人阻，遇水
支桥有怪愁。林内施威擒虎豹，崖前复手捉貔貅。东方果正来西
域，那个妖邪敢出头。孽畜伤师真可恨，管教时下命将休。

　　那怪闻言，又惊又恨，咬着牙跳近前来，使铁杵望行者就
打，行者轻轻的用棒架住，还要与他讲话。那八戒忍不住，掣钯
乱筑那怪的先锋，先锋帅众齐来。这一场在山中平地处混战，真
是好杀：

　　东土天邦上国僧，西方极乐取真经。南山大豹喷风雾，路阻

深山独显能。施巧计，弄乖伶，无知误捉大唐僧。相逢行者神通广，更遭八戒有声名。群妖混战山平处，尘土纷飞天不清。那阵上小妖呼哮，枪刀乱举；这壁厢神僧叱喝，钯棒齐兴。大圣英雄无敌手，悟能精壮喜袙年。南闾老怪，部下先锋，都为唐僧一块肉，致令舍死又亡生。这两个因师性命成仇隙，那两个为要唐僧忒恶情。往来斗经多半会，冲冲撞撞没输赢。

孙大圣见那些小妖勇猛，连打不退，即使个分身法，把毫毛拔下一把嚼在口中，喷出去，叫声"变！"都变做本身模样，一个使一根金箍棒，从前边往里打进。那一二百个小妖，顾前不能顾后，遮左不能遮右，一个个各自逃生，败走归洞。这行者与八戒，从阵里往外杀来，可怜那些不识俊的妖精，汤着钯，九孔血出；挽着棒，骨肉如泥。唬得那南山大王滚风生雾，得命逃回，那先锋不能变化，早被行者一棒打倒，现出本相，乃是个铁背苍狼怪。八戒上前扯着脚，翻过来看了道："这厮从小儿也不知偷了人家多少猪牙子、羊羔儿吃了。"行者将身一抖，收上毫毛道："呆子！不可迟慢，快赶老怪，讨师父的命去来。"八戒回头，就不见那些小行者，道："哥哥的法相儿都去了。"行者道："我已收来也。"八戒道："妙阿，妙阿！"两个喜喜欢欢，得胜而回。

却说那老怪逃了命回洞，分付小妖搬石块、挑土把前门堵了，那些得命的小妖，一个个战兢兢的，把门都堵了，再不敢出头。这行者引八戒，赶至门首叱喝，内无人答应。八戒使钯筑时，莫想得动，行者知之道："八戒，莫费气力，他把门已堵了。"八戒道："堵了门，师仇怎报？"行者道："且回，上墓前看看沙僧去。"二人复至本处，见沙僧还哭哩。八戒越发伤悲，丢了钯，伏在坟上，手扑着土哭道："苦命的师父呵！远乡的师父呵！那里再得见你耶。"行者道："兄弟，且莫悲切。这妖精把前门堵了，一定有个后门出入。你两个只在此间，等我再去寻看。"八戒滴泪道："哥阿，仔细着。莫连你也捞去了，我们不好哭得，哭一声师父，哭一声师兄，就要哭得乱了。"^{呆得妙。}行者道："没事，我自有手段。"

好大圣，收了棒，束束裙，拽开步，转过山坡，忽听得潺潺水响，且回头看处，原来是涧中水响，上溜头冲泄下来，又见涧那边有座门儿，门左边有一个出水的暗沟，沟中流出红水来，他道："不消讲，那就是后门了。若要是原嘴脸，恐有小妖开门看见认得，等我变作个水蛇儿过去。且住，变水蛇恐师父的阴灵儿知道，怪我出家人变蛇缠长；变作个小螃蟹儿过去罢。也不好，恐师父怪我出家人脚多。"即做一个水老鼠，搜的一声撺过去，从那出水的沟中钻至里面天井中，探着头儿观看，只见那向阳处有几个小妖，拿些人肉巴子，一块块的理着晒哩。行者道："我的儿呵！那想是师父的肉，吃不了，晒干巴子防天阴的。我要现本相，赶上前，一棍子打杀，显得我有勇无谋，且再变化进去，寻那老怪，看是何如。"跳出沟，摇身一变，变做个有翅的蚂蚁儿，真个是：

力微身小号玄驹，日久藏修有翅飞。闲渡桥边排阵势，喜来床下斗仙机。善知雨至常封穴，垒积尘多遂作灰。巧巧轻轻能爽利，几番不觉过柴扉。

他展开翅，无声无影，一直飞在中堂。只见那老怪烦烦恼恼正坐，有一个小妖，从后面跳将来报道："大王万千之喜。"老妖道："喜从何来？"小妖道："我才在后门外涧头上探看，忽听得有人大哭，即跳上峰头望望，原来是猪八戒、孙行者、沙和尚在那里拜坟痛哭，想是把那个人头认做唐僧的头葬下，抟作坟墓哭哩。"行者在暗中听说，心内欢喜道："若出此言，我师父还藏在那里，未曾吃哩。等我再去寻寻，看死活如何，再与他说话。"好大圣，飞在中堂，东张西看，见旁边有个小门儿关得甚紧，即从门缝儿里钻去看时，原是个大园子，隐隐的听得悲声。径飞入深处，但见一丛大树，树底下绑着两个人，一个正是唐僧。行者见了，心展难挠，忍不住现了本相，近前叫声："师父。"那长老认得，滴着泪道："悟空，你来了？快些救我一救！"行者道："师父你且莫只管亭叫名字，面前有人，怕走了风汛。你既有命，我可救得你。那怪只说已将你吃了，拿个假人头哄我，我们与他恨苦相持。师父放心，且再熬熬儿，等我把那妖精弄倒，方好来解救。"

大圣念声咒语，却又摇身还变做个蚂蚁儿，复入中堂，丁在正梁之上。只见那些未伤命的小妖，簇簇攒攒，纷纷嚷嚷，内中忽跳出一个小妖，告道："大王，他们见堵了门，攻打不开，死心蹋地，舍了唐僧，将假人头弄做个坟墓。今日哭一日，明日再哭一日，后日复了三，好道回去。打听得他们散了呵，把唐僧拿出来，碎劖碎剁，把些大料煎了，香喷喷的大家吃一块儿，也得

个延寿长生。"又一个小妖拍着手道："莫说，莫说！还是蒸了
吃的有味！"又一个说："煮了吃，还省柴。"又一个道："他本
是个稀奇之物，还着些盐儿腌腌，吃得长久。"行者在那梁中听
见，心中大怒道："我师父与你有甚毒情，这般算计吃他。"即
将毫毛拔了一把，口中嚼碎，轻轻吹出，暗念咒语，都教变做瞌
睡虫儿，往那众妖脸上抛去，一个个钻入鼻中，小妖渐渐打盹，
不一时，都睡倒了。只有那个老妖睡不稳，他两只手揉头搓脸，
不住的打涕喷，捏鼻子，行者道："莫是他晓得了？与他个双探
灯！"又拔一根毫毛，依母儿做了，抛在他脸上，钻于鼻孔内，
两个虫儿，一个从左进，一个从右入。那老妖爬起来，伸伸腰，
打两个呵欠，呼呼的也睡倒了。行者暗喜，才跳下来，现出本
相，耳朵里取出棒来，幌一幌，有鸭蛋粗细，当的一声，把旁门
打破，跑至后园，高叫"师父！"长老道："徒弟，快来解解绳
儿，绑坏我了。"行者道："师父不要忙，等我打杀妖精，再来
解你。"急抽身跑至中堂，正举棍要打，又撺住手道："不好！
等解了师父来打。"复至园中，又思量道："等打了来救。"如
此者两三番，却才跳跳舞舞的到园里。长老见了，悲中作喜道：
"猴儿，想是看见我不曾伤命，所以欢喜得没是处，故这等作跳
舞也？"行者才至前，将绳解下，挽着师父就走，又听得对面树
上绑的人叫道："老爷舍大慈悲，也救我一命！"长老立定身，
叫："悟空，那个人也解他一解。"行者道："他是甚么人？"
长老道："他比我先拿进一日。他是个樵子，说有母亲年老，甚
是思想，倒是个尽孝的。一发连他解下救了。"行者依言，也解
了绳索，一同带出后门，爬上石崖，过了陡涧。长老谢道："贤

徒，亏你救了他与我命！悟能、悟净都在何处？"行者道："他两个都在那里哭你哩。你可叫他一声。"长老果厉声高叫道："八戒，八戒！"那呆子哭得昏头昏脑的，揩揩鼻涕眼泪道："沙和尚，师父回家来显魂哩，在那里叫我们不是？"行者上前，喝了一声道："夯货！显甚么魂！这不是师父来了？"那沙僧抬头见了，忙忙跪在面前道："师父，你受了多少苦呵，哥哥怎生救得你来也？"行者把上项事说了一遍。八戒闻言，咬牙恨齿，忍不住举起钯把那坟冢，一顿筑倒，掘出那人头，一顿筑得稀烂。唐僧道："你筑他为何？"八戒道："师父呵，不知他是那家的亡人，教我朝着他哭。"长老道："亏他救了我命哩。你兄弟们打上他门，嚷着要我，想是拿他来搪塞，不然阿，就杀了我也。还把他埋一埋，见我们出家人之意。"那呆子听长老此言，遂将一包稀烂骨肉埋下，也抟起个坟墓。

行者却笑道："师父，你请略坐坐，等我剿除去来。"即又跳下石崖，过涧入洞，把那绑唐僧与樵子的绳索儿拿入中堂，那老妖还睡着了，即将他四马攒蹄捆倒，使金箍棒掬起来，握在肩上，径出后门。猪八戒远远的望见道："哥哥，好干这握头事，再寻一个儿趁头挑着不好？"行者到跟前放下，八戒举钯就筑，行者道："且住！洞里还有小妖怪未拿哩。"八戒道："哥阿，有便带我进去打他。"行者道："打又费工夫了，不若寻些柴，教他断根罢。"那樵子闻言，即引八戒去东凹里寻了些破梢竹、败叶松、空心柳、断根藤、黄蒿、老荻、芦苇、干桑，挑了若干，送入后门里。行者点上火，八戒两耳扇起风。那大圣将身跳上，抖了一抖，收了瞌睡虫的毫毛。那些小妖及醒来，烟火齐着，可

怜！莫想有半个得命，连洞府烧得精空，却
回见师父。师父听见老妖方醒声唤，便叫："徒弟，妖精醒了。"八戒上前一钯，把
老怪筑死，现出本相，原来是个艾叶花皮豹子精。行者道："花
皮会吃老虎，如今又会变人，这顿打死才绝了后患了。"长老谢
之不尽，攀鞍上马。那樵子道："老爷，向西南去不远，就是舍
下。请老爷到舍，见见家母，叩谢老爷活命之恩，送爷上路。"
长老忻然，遂不骑马，与樵子并四众同行，向西南迤逦前来。不
多路，果见那：

石径重漫苔藓，柴门蓬络藤花。四面山光连接，一林鸟雀喧
哗。密密松篁交翠，纷纷异卉奇葩。地僻云深之处，竹篱茅舍
人家。

远见一个老妪，倚着柴扉，眼泪汪汪的，儿天儿地的痛哭。
这樵子看见自家母亲，丢了长老，急忙忙先跑到柴扉前，跪下叫
道："母亲，儿来也！"老妪一把抱住道："儿呵！你这几日不来
家，我只说是山主拿你去，害了性命，是我心疼难忍。你既不曾
被害，何以今日才来？你绳担、柯斧俱在何处？"樵子叩头道：
"母亲，儿已被山主拿去，绑在树上，实是难得性命。幸亏这几
位老爷，这老爷是东土唐朝往西天取经的罗汉。那老爷倒也被山
主拿去绑在树上，他那三位徒弟老爷，神通广大，把山主一顿打
死，却是个艾叶花皮豹子精，概众小妖，俱尽烧死，却将那老爷
解下救出，连孩儿都解救出来。此诚天高地厚之恩！不是他们，
孩儿也死无疑了。如今山上太平，孩儿彻夜行走，也无事矣。"

那老妪听言，一步一拜，拜接长老四众，都入柴扉茅舍中坐下。娘儿两个磕头称谢不尽，慌慌忙忙的，安排些素斋酬谢。八戒道："樵哥，我见你府上也寒薄，只可将就一饭，切莫费心大摆布。"樵子道："不瞒老爷说。我这山间实是寒薄，没甚么香蕈、蘑菇、川椒、大料，只是几品野菜奉献老爷，权表寸心。"八戒笑道："聒噪，聒噪。放快些儿就是，我们肚中饥了。"樵子道："就有，就有。"果然不多时，展抹桌凳，摆将上来。果是几盘野菜。但见那：

嫩焯黄花菜，酸齑白鼓丁。浮蔷马齿苋，江荠雁肠英。燕子不来香且嫩，芽儿拳小脆还青。烂煮马蓝头，白熝狗脚迹。猫耳躲，野落荜，灰条熟烂能中吃；剪刀股，牛塘利，倒灌窝螺操帚荠；碎米荠，莴菜荠，几品清香又滑腻。油炒乌英花，菱料甚可夸。蒲根菜并茭儿菜，四般近水实清华。着麦娘，娇且佳，破破纳，不穿他，苦麻台下藩篱架。雀儿绵单，猢狲脚迹，油灼灼煎来只好吃。斜蒿青蒿抱娘蒿，灯娥儿飞上板荞荞。羊耳秃，枸杞头，加上乌蓝不用油。几般野菜一餐饭，樵子虔心为谢酬。

师徒们饱餐一顿，收拾起程。那樵子不敢久留，请母亲出来，再拜再谢，樵子只是磕头，取了一条枣木棍，结束了衣裙，出门相送。沙僧牵马，八戒挑担，行者紧随左右，长老在马上拱手道："樵哥，烦先引路，到大路上相别。"一齐登高下坂，转涧寻坡。长老在马上思量道："徒弟呵，自从别主来西域，递递迢迢去路遥。水水山山灾不脱，妖妖怪怪命难逃。心心只为唐三藏，念念仍求上九霄。碌碌劳劳何日了，几时行满转唐朝。"

樵子闻言道："老爷切莫忧思。这条大路，向西方不满千里，就是天竺国极乐之乡也。"长老闻言，翻身下马道："有劳远涉。即是大路，请樵哥回府，多多拜上令堂老安人：适间厚扰盛斋，贫僧无甚相谢，只是早晚诵经，保佑你母子平安，百年长寿。"那樵子喏喏相辞，复回本路。师徒遂一直投西。

正是：

降怪解冤离苦厄，受恩上路用心行。

毕竟不知还有几日得到西天，且听下回分解。

第八十七回　凤仙郡冒天止雨　孙大圣劝善施霖

大道幽深，如何消息，说破鬼神惊骇。挟藏宇宙，剖判玄
光，真乐世间无赛。灵鹫峰前，宝珠拈出，明映五般光彩。照乾
坤上下群生，知者寿同山海。

　　却说三藏师徒四众，别樵子下了雾隐山，奔上大路。行经数
日，忽见一座城池相近，三藏道："悟空，你看那前面城池，可
是天竺国么？"行者摇手道："不是，不是！如来处虽称极乐，
却没有城池，乃是一座大山，山中有楼台殿阁，唤做灵山大雷音
寺。就到了天竺国，也不是如来住处，天竺国还不知离灵山有多
少路哩。那城想是天竺之外郡，到前边方知明白。"不一时至城
外。三藏下马，入到三层门里，见那民事荒凉，街衢冷落，又到
市口之间，见许多穿青衣者，左右摆列，有几个冠带者，立于房
檐之下。他四众顺街行走，那些人更不逊避。猪八戒村愚，把长
嘴掬一掬，叫道："让路，让路！"那些人猛抬头，看见模样，
一个个骨软筋麻，跌跌蹡蹡，都道："妖精来了，妖精来了。"
唬得那檐下冠带者，战兢兢躬身问道："那方来者？"三藏恐他
们闯祸，一力当先，对众道："贫僧乃东土大唐驾下拜天竺国大
雷音寺佛祖求经者。路过宝方，一则不知地名，二则未落人家，
才进城甚失回避，望列公恕罪。"那官人却才施礼道："此处乃
天竺外郡，地名凤仙郡。连年干旱，郡侯差我等在此出榜，招求
法师祈雨救民也。"行者闻言道："你的榜文何在？"众官道：
"榜文在此，适间才打扫廊檐，还未张挂。"行者道："拿来我
看看。"众官即将榜文展开，挂在檐下。行者四众上前同看。榜
上写着：

大天竺国凤仙郡郡侯上官，为榜聘明师，招求大法事。兹因郡土宽弘，军民殷实，连年亢旱，累岁干荒，民田灾而军地薄，河道浅而沟浍空。井中无水，泉底无津。富民聊以全生，穷军难以活命。斗粟百金之价，束薪五两之资。十岁女易米三升，五岁男随人带去。城中惧法，典衣当物以存身；乡下欺公，打劫吃人而顾命。为此出给榜文，仰望十方贤哲，祷雨救民，恩当重报。愿以千金奉谢，决不虚言。须至榜者。

行者看罢，对众官道："郡侯上官何也？"众官道："上官乃是他姓，此我郡侯之姓也。"行者笑道："此姓却少。"八戒道："哥哥不曾读书。百家姓后有一句上官欧阳。"三藏道："徒弟们，且休闲讲。那个会求雨，与他求一场甘雨，以济民瘼，此乃万善之事，如不会，就行，莫误了走路。"行者道："祈雨有甚难事。我老孙翻江搅海，换斗移星，踢天弄井，吐雾喷云，担山赶月，唤雨呼风，那一件儿不是幼年耍子的勾当。何为稀罕！"

众官听说，着两个急去郡中报道："老爷，万千之喜至也。"那郡侯正焚香默祝，听得报声喜至，即问："何喜？"那官道："今日领榜，方至市口张挂，即有四个和尚，称是东土大唐差往天竺国大雷音拜佛求经者，见榜即道能祈甘雨，特来报知。"那郡侯即整衣步行，不用轿马多人，径至市口，以礼敦请。忽有人报道："郡侯老爷来了。"众人闪过。那郡侯一见唐僧，不怕他徒弟丑恶，当街心倒身下拜道："下官乃凤仙郡郡侯上官氏，熏沐拜请老师祈雨救民。望师大舍慈悲，运神功，拔济，拔济！"三藏答礼道："此间不是讲话处，待贫僧到那寺观，却好行事。"郡侯道："老师同到小衙，自有洁净之处。"师徒们遂牵马挑担，径至府中。一一相见，郡侯即命看茶摆斋。少顷斋至，那八戒雄量吞餐，如同饿虎。唬得那些捧盘的心惊胆战，一往一来，添汤添饭，就如走马灯儿一般，刚刚供上，直吃得饱满方休。斋毕，唐僧谢了斋，却问："郡侯大人，贵处干旱几时了？"郡侯道：

　　敝地大邦天竺国，凤仙外郡吾司牧。一连三载遇干荒，草子不生绝五谷。大小人家买卖难，十门九户俱啼哭。三停饿死二停人，一停还似风中烛。下官出榜遍求贤，幸遇真僧来我国。若施寸雨济黎民，愿奉千金酬厚德。

　　行者听说，满面喜生，呵呵的笑道："莫说，莫说，若说千金为谢，半点甘雨全无，但论积功累德，老孙送你一场大雨。"那郡侯原来十分清正贤良，爱民心重，即请行者上坐，低头下拜道："老师果舍慈悲，下官必不敢悖德。"行者道："且莫讲话，请起。但烦你好生看着我师父，等老孙行事。"沙僧道："哥哥，怎么行事？"行者道："你和八戒过来，就在他这堂下随着我做个羽翼，等老孙唤龙来行雨。"八戒、沙僧谨依使令，三个人都在堂下，郡侯焚香礼拜，三藏坐着念经。行者念动真言，诵动咒语，即时见正东上一朵乌云，渐渐落至堂前，乃是东海老龙王敖广。那敖广收了云脚，化作人形，走向前，对行者躬身施礼道："大圣唤小龙来，那方使用？"行者道："请起。累你远来，别无甚事。此间乃凤仙郡,连年干旱,问你如何不来下雨?"老龙道:"启上大圣得知,我虽能行雨,乃上天遣用之辈。上天不差,岂敢擅自来此行雨?"行者道:"我因路过此方,见久旱民苦,特着你来此施雨求济,如何推托?"龙王道:"安敢推托?但大圣念真言呼唤,不敢不来。一则未奉上天御旨,二则未曾带得行雨神将,怎么动得雨部?大圣既有拔济之心,容小龙回海点兵,烦大圣到天宫奏准,请一道降雨的圣旨,请水官放出龙来,我却好照旨意数目下雨。"行者见他说出理来,只得发放老龙回海,他即跳出罡斗,对唐僧备言龙王之事。唐僧道:"既然如此,你去为之,切莫打诳语。"行者即分付八戒、沙僧:"保着师父,我上天宫去也。"好大圣,说声去,寂然不见。那郡侯胆战心惊道:"孙老爷那里去了?"八戒笑道:"驾云上天去了。"郡侯十分恭敬,传出飞报,教满城大街小巷,不拘公卿士庶,军民人等,家家供养龙王牌位,门设清水缸,缸插杨柳枝,侍奉香火,拜天不题。

却说行者一驾筋斗云,径到西天门外,早见护国天王引天丁、力士上前迎接道:"大圣,取经之事完乎?"行者道:"也差不远矣。今行到天竺国界,有一外郡,名凤仙郡。彼处三年不雨,民甚艰苦,老孙欲唤雨拯救。呼得龙王到彼,他言无旨,不敢私自为之,特来朝见玉帝请旨。"天王道:"那壁厢敢是不该下雨哩。我向时闻得说:那郡侯撒泼,冒犯天地,上帝见罪,立有米山、面山、黄金大锁,直等此三事倒断,才该下雨。"行者不知此意是何,要见玉帝,天王不敢拦阻,让他进去。径至通明殿外,又见四大天师迎道:"大圣到此何干?"行者道:

"因保唐僧，路至天竺国界，凤仙郡无雨，郡侯召师祈雨。老孙呼得龙王，意命降雨，他说未奉玉帝旨意，不敢擅行，特来求旨，以苏民困。"四大天师道："那方不该下雨。"行者笑道："该与不该，烦为引奏引奏，看老孙的人情何如。"葛仙翁道："俗语云：苍蝇包网儿，好大面皮。"许旌阳道："不要乱谈，且只带他进去。"丘洪济、张道陵与葛、许四真人引至灵霄殿下，启奏道："万岁，有孙悟空路至天竺国凤仙郡，欲与求雨，特来请旨。"玉帝道："那厮三年前十二月二十五日，朕出即监观万天，浮游三界，驾至他方，见那上官正不仁，将斋天素供，推倒喂狗，口出秽言，造有冒犯之罪，朕即立以三事，在于披香殿内。汝等引孙悟空去看，若三事倒断，即降旨与他，如不倒断，且休管闲事。"四天师即引行者至披香殿内看时，见有一座米山约有十丈高下，一座面山约有二十丈高下，米山边有一只拳大之鸡，在那里紧一嘴，慢一嘴，嗛那米山；面山边有一只金毛哈巴狗儿，在那里长一舌，短一舌，餂那面吃；左边悬一座铁架子，架上挂一把金锁，约有一尺三四寸长短，锁梃有指头粗细，下面有一盏明灯，灯焰燎着那锁梃。行者不知其意，回头问天师曰："此何意也？"天师道："那厮触犯了上天，玉帝立此三事，直等鸡嗛了米尽，犬餂得面尽，灯焰燎断锁梃，那方才该下雨哩。"行者闻言，大惊失色，再不敢启奏，走出殿，满面含羞。四大天师笑道："大圣不必烦恼，这事只宜作善可解。若有一念善慈，惊动上天，那米、面山即时就倒，锁梃即时就断。你去劝他归善，福自来矣。"行者依言，不上灵霄辞玉帝，径来下界复凡夫。须臾，到西天门，又见护国天王。天王道："请旨如何？"行者将米山、面山、金锁之事说了一遍，道："果依你言，不肯传旨。适间天师送我，教劝那厮归善，即福原也。"遂相别，降云下界。

那郡侯同三藏、八戒、沙僧、大小官员人等接着，都簇簇攒攒来问。行者将郡侯喝了一声道："只因你这厮三年前十二月二十五日冒犯了天地，致令黎民有难，如今不肯降雨。"郡侯慌得跪伏在地道："老师如何得知三年前事？"行者道："你把那斋天的素供，怎么推倒喂狗？可实实说来。"那郡侯不敢隐瞒，道："三年前十二月二十五日，献供斋天，在于本衙之内，因妻不贤，恶言相斗，一时怒发无知，推倒供桌，泼了素馔，果是唤狗来吃了。这两年忆念在心，神思恍惚，无处可以解释。不知上天见罪，遗害黎民。今遇老师降临，万望明示，上界怎样计较。"行者道："那一日正是玉皇下界之日。见你将斋供喂狗，又口出秽言，玉帝即立三事记汝。"八戒问道："是甚三事？"行者道："披香殿立一座米山约有十丈高下，一座面山约有二十丈高下，米山边有拳大的一只小鸡，在那里紧一嘴慢一嘴的嗛那米吃；面山边有一个金毛哈巴狗儿，在那里长一舌短一舌的餂那面吃；左边又一座铁架子，架上挂一把黄金大锁，锁梃儿有指头粗细，下面有一盏明灯，灯焰儿燎着那锁梃。直等那鸡嗛米尽，狗餂面尽，灯燎断锁梃，他这里方才该下雨哩。"八戒笑道："不打紧，不打紧！哥哥肯带我去，变出法身来，一顿把他的米面都吃了，锁梃弄断了，管取下雨。"行者道："呆子莫胡说。此乃上天所设之计，你怎么得见？"三藏道："似这等说，怎生是好？"行者道："不难，不难！我临行时，四天师曾对我言，但只作善可解。"那郡侯拜伏在地，哀告道："但凭老师指教，下官一一归依也。"行者道："你若回心向善，趁早念佛看经，我还替你为作，汝若仍前不改，我亦不能解释，不久天即诛之，性命不能保矣。"那郡侯磕头礼拜，誓愿归依，当时召请本处僧道，启建道场，各各写发文书，申奏三天，郡侯领众拈香瞻拜，答天谢地，引罪自责。三藏也与他念经。一壁厢又出飞报，教城里城外大家小户，不论男女人等，都要烧香念佛。自此时，一片善声盈耳。行者却才欢喜，对八戒、沙僧道："你两个好生护持师父，等老孙再与他去去来。"八戒道："哥哥，又往那里去？"行者道："这郡侯听信老孙之言，果然受教，恭敬善慈，诚心念佛，我这去再奏玉帝，求些雨来。"沙僧道："哥哥即要去不必迟疑，且耽搁我们行路，必求雨一坛，庶成我们之正果也。"

好大圣，又纵云头，直至天门外，还遇着护国天王。天王道："你今又来做甚？"行者道："那郡侯已归善矣。"天王亦喜。正说处，早见直符使者捧定了道家文书，僧家关牒，到天门外传递。那符使见了行者，施礼道："此意乃大圣劝善之功。"行者道："你将此文牒送去何处？"符使道："直送至通明殿上，与天师传递到玉皇大天尊前。"行者道："如此，你先行，我当随后而去。"那符使入天门去了。护国天王道："大圣，不消见玉帝了。你只往九天应元府下，借点雷神，径自声雷掣电，还他就有雨下也。"真个行者依言，入天门里，不上灵霄殿求请旨意，转云步，径往九天应元府，见那雷门使者、纠录典者、廉访典者都来迎着，施礼道："大圣何来？"行者道："有事要见天尊。"三使者即为传奏。天尊随下九凤丹霞之扆，整衣出迎。相见礼毕，行者道："有一事特来奉求。"天尊道："何事？"行者道："我因保唐僧至凤仙郡，见那干旱之甚，已许他求雨，特来告借贵部官将到彼声雷。"天尊道："我知那郡侯冒犯上天，立有三事，不知可该下雨哩。"行者笑道："我昨日已见玉帝请旨。玉帝着天师引我去披香殿看那三事，乃是米山、面山、金锁，只要三事倒断，方该下雨。我愁难得倒断，天师教我劝化郡侯等众作善，以为人有善念，天必从之，庶几可以回天心，解灾难也。今已善念顿生，善声盈耳。适间执符使者已将改行从善的文牒奏上玉帝去了，老孙因特造尊府，告借雷部官将相助相助。"天尊道："既如此，差邓、辛、张、陶，帅领闪电娘子，即随大圣下降凤仙郡声雷。"那四将同大圣，不多时，至于凤仙境界，即于半空中作起法来。只听得唿嗽嗽的雷声，又见那淅淅沥沥的闪电，真个是：

电掣紫金蛇，雷轰群蛰哄。荧煌飞火光，霹雳崩山洞。列缺满天明，震惊连地纵。红销一闪发萌芽，万里江山都撼动。

那凤仙郡，城里城外，大小官员，军民人等，整三年不曾听见雷电。今日见有雷声霍闪，一齐跪下，头顶着香炉，有的手拈着柳枝，都念"南无阿弥陀佛！南无阿弥陀佛！"这一声善念，果然惊动上天，正是那古诗云：

如今念一声佛求天者极多。

人心生一念，天地悉皆知。

善恶若无报，乾坤必有私。

　　且不说孙大圣指挥雷将，掣电轰雷于凤仙郡，人人归善。却说那上界执符使者，将僧道两家的文牒，送至通明殿，四天师传奏灵霄殿。玉帝见了道："那厮们既有善念，看三事如何。"正说处，忽有披香殿看管的将官报道："所立米面山俱倒了，霎时间米面皆无，锁梃亦断。"奏未毕，又有当驾天官引凤仙郡土地、城隍、社令等神齐来拜奏道："本郡郡主并满城大小黎庶之家，无一家人人不归依善果，礼佛敬天。今启垂慈，普降甘雨，救济黎民。"玉帝闻言大喜，即传旨："着风部、云部、雨部，各遵号令，去下方，按凤仙郡界，即于今日今时，声雷布云，降雨三尺零四十二点。"时有四大天师奉旨，传与各部随时下界，各逞神威，一齐振作。行者正与邓、辛、张、陶，令闪电娘子在空中调弄，只见众神都到，合会一天。那其间风云际会，甘雨滂沱，好雨：

　　漠漠浓云，濛濛黑雾。雷车轰轰，闪电灼灼。滚滚狂风，淙淙骤雨。所谓一念回天，万民满望。全亏大圣施元运，万里江山处处阴。好雨倾河倒海，蔽野迷空。檐前垂瀑布，窗外响玲珑。万户千门人念佛，六街三市水流洪。东西河道条条满，南北溪湾处处通。禾苗得润，枯木回生。田畴麻麦盛，村堡豆粮升。客旅喜通贩卖，农夫爱尔耘耕。从今黍稷多条畅，自然稼穑得丰登。风调雨顺民安乐，海晏河清享太平。

一日雨下足了三尺零四十二点。众神祇渐渐收回，孙大圣厉声高叫道："那四部众神，且暂停云从，待老孙去叫郡侯拜谢列位。列位可拨开云雾，各现真身，与这凡夫亲眼看看，他才信心供奉也。"众神听说，只得都停在空中。这行者按落云头，径至郡里，早见三藏、八戒、沙僧，都来迎接，那郡侯一步一拜来谢。行者道："且慢谢我。我已留住四部神祇，你可传召多人同此拜谢，教他向后好来降雨。"郡侯随传飞报，召众同酬，都一个个拈香朝拜。只见那四部神祇，开明云雾，各现真身，四部者，乃雨部、雷部、云部、风部。只见那：

龙王显像，雷将舒身。云童出现，风伯垂真。龙王显像，银须苍貌世无双。雷将舒身，钩嘴威颜诚莫比。云童出现，谁如玉面金冠。风伯垂真，曾似燥眉环眼。齐齐显露青霄上，各各挨排现圣仪。凤仙郡界人才信，顶礼拈香恶性回。今日仰朝天上将，洗心向善尽归依。

众神祇宁待了一个时辰，人民拜之不已。孙行者又起在云端，对众作礼道："有劳，有劳！请列位各归本部。老孙还教郡界中人家，供养高真，遇时节醮谢。列位从此后，五日一风，十日一雨，还来拯救拯救。"众神依言，各各转部不题。

却说大圣坠落云头，与三藏道："事毕民安，可收拾走路矣。"那郡侯闻言，急忙行礼道："孙老爷说那里话。今此一场乃无量无边之恩德。下官这里差人办备小宴，奉答厚恩，仍买治民间田地，与老爷起建寺院，立老爷生祠，勒碑刻名，四时享祀。虽刻骨镂心，难报万一，怎么就说走路的话。"三藏道："大人之言虽当，但我等乃西方挂搭行脚之僧，不敢久住，一二日间定走无疑。"那郡侯那里肯放，连夜差多人治办酒席，起盖祠宇，次日大开佳宴，请唐僧高坐，孙大圣与八戒、沙僧列坐，郡侯同本郡大小官员部臣把杯献馔，细吹细打，款待了一日。这场果是欣然，有诗为证：

田畴久旱逢甘雨，河道经商处处通。深感神僧来郡界，多蒙大圣上天宫。解除三事从前恶，一念归依善果弘。此后愿如尧舜世，五风十雨万年丰。

一日筵，二日宴，今日酬，明日谢，扳留将有半月，只等寺院生祠完备。一日，郡侯请四众往观。唐僧惊讶道："功程浩大，何成之如此速耶？"郡侯道："下官催趱人工，昼夜不息，急急命完，特请列位老爷看看。"行者笑道："果是贤才能干的好贤侯也。"即时都到新寺，见那殿阁巍峨，山门壮丽，俱称赞不已。行者请师父留一寺名，三藏道："有留名，当唤做'甘霖普济寺'。"郡侯称道："甚好，甚好！"用金贴广招僧众，侍奉香火。殿左边立起四众生祠，每年四时祭祀，又起盖雷神、龙神等庙，以答神功。看毕，即命趱行。那一郡人民，知久留不住，各备赆仪，分文不受，因此，合郡官员人等，盛张鼓乐，大展旌幢，送有三十里远近，犹不忍别，遂掩泪目送，直至望不见方回。这正是：

硕德神僧留普济，齐天大圣广施恩。

毕竟不知此去还有几日方见如来，且听下回分解。

总批：

米山面山处亦可提醒不敬天地愚人。太守一念恶，则不雨，太守一念善，则雨。百姓死活全在太守手里，寄语天下太守，也要知他百姓死活方好。

第八十八回　禅到玉华施法会　心猿木母授门人

话说唐僧喜喜欢欢别了郡侯，在马上向行者道："贤徒，这一场善果，真胜似比丘国搭救儿童，皆尔之功也。"沙僧道："比丘国只救得一千一百一十一个小儿，怎似这场大雨，滂沱浸润，活勾者万万千千性命。弟子也暗自称赞大师兄的法力通天，慈恩盖地也。"八戒笑道："哥的恩也有，善也有，却只是外施仁义，内包祸心，但与老猪走，就要作践人。"行者道："我在那里作践你？"八戒道："也勾了，也勾了，常照顾我捆，照顾我吊，照顾我煮，照顾我蒸。今在凤仙郡施了恩惠与万万之人，就该住上半年，带挈我吃几顿自在饱饭，却只管催促行路。"长老闻言，喝道："这个呆子，怎么只思量捣嘴，快走路，再莫斗口！"八戒不敢言，掬掬嘴，挑着行囊，打着哈哈，师徒们奔上大路。此时光景如梭，又值深秋之候，但见：

水痕收，山骨瘦。红叶纷飞，黄花时候。霜晴觉夜长，月白穿窗透。家家烟火夕阳多，处处湖光寒水溜。白蘋香，红蓼茂。桔绿橙黄，柳衰谷秀。荒村雁落碎芦花，野店鸡声收菽豆。

四众行勾多时，又见城垣影影，长老举鞭遥指道："悟空，你看那里又有一座城池，却不知是甚去处。"行者道："你我俱未曾到，何以知之？且行至前边问人。"说不了，忽见树丛里走出一个老者，手持竹杖，身着轻衣，足踏一对棕鞋，腰束一条扁带，慌得唐僧滚鞍下马，上前道个问讯。那老者扶杖还礼道："长老那方来的？"唐僧合掌道："贫僧东土唐朝差往雷音拜佛求经者，今至宝方，遥望城垣，不知是甚去处，特问老施主指教。"那老者闻言，口称："有道禅师，我这敝处，乃天竺国下郡，地名玉华县。县中城主，就是天竺皇帝之宗室，封为玉华王。此王甚贤，专敬僧道，重爱黎民。老禅师若去相见，必有重敬。"三藏谢了，那老者径穿树林而去。三藏才转身对徒弟备言前事。他三人欣喜，扶师父上马。三藏道："没多路，不须乘马。"四众遂步至城边街道观看。原来那关厢人家，做买做卖的，人烟凑集，生意亦甚茂盛，观其声音相貌，与中华无异。三藏分付："徒弟们谨慎，切不可放肆。"那八戒低了头，沙僧掩着脸，惟孙行者搀着师父。两边人都来争看，齐声叫道："我这里只有降龙伏虎的高僧，不曾见降猪伏猴的和尚。"八戒怒不住，把嘴一掬道："你们可曾看见降猪王的和尚。"唬得满街上人跌跌跛跛，都往两边闪过。行者笑道："呆子，快藏了嘴，莫妆粉，仔细脚下过桥。"那呆子低着头，只是笑。过了吊桥，入城门内，又见那大街上酒楼歌馆，热闹繁华，果然是神州都邑。有诗为证：

锦城铁瓮万年坚，临水依山色色鲜。百货通湖船入市，千家沽酒店垂帘。楼台处处人烟广，巷陌朝朝客贾喧。不亚长安风景好，鸡鸣犬吠亦般般。

三藏心中暗喜道："人言西域诸番，更不曾到此。细观此景，与我大唐何异，所为极乐世界，诚此之谓也。"又听得人说，白米四钱一石，麻油八厘一斤，真是五谷丰登之处。行勾多时，方到玉华国府，府门左右有长史府、审理厅、典膳所、待客馆。三藏道："徒弟，此间是府，等我进去，朝王验牒而行。"八戒道："师父进去，我们可好在衙门前站立？"三藏道："你不看这门上是'待客馆'三字。你们都去那里坐下，看有草料，买些喂马。我见了王，倘或赐斋，便来唤你等同享。"行者道："师父放心前去，老孙自当理会。"那沙僧把行李挑至馆中。馆中有看馆的人役，见他们面貌丑陋，也不敢问他，也不敢教他出去，只得让他坐下不题。

　　却说老师父换了衣帽，拿了关文，径至王府前，早见引礼官迎着问道："长老何来？"三藏道："东土大唐差来大雷音拜佛祖求经之僧，今到贵地，欲倒换关文，特来朝参千岁。"引礼官即为传奏，那王子果然贤达，即传旨召进。三藏至殿下施礼，王子即请上殿赐坐，三藏将关文献上，王子看了，见有各关印信手押，也就欣然将宝印了，押了花字，收折在案，问道："国师长老，自你那大唐至此，历遍诸邦，共有几多路程？"三藏道："贫僧也未记程途。但先年蒙观音菩萨在我王御前显身，曾留下颂子，言西方十万八千里。贫僧在路，已经过一十四遍寒暑矣。"王子笑道："十四遍寒暑，即十四年了。想是途中有甚耽搁。"三藏道："一言难尽，万蛰千魔，也不知受了多少苦楚，才到得宝方。"那王子十分欢喜，即着典膳官备素斋管待。三藏起身启道："贫僧有三个小徒，在外等候，不敢领斋，但恐违误行程。"王子教当殿官："快去请长老三位徒弟，进府同斋。"当殿官随出外相请，都道："未曾见，未曾见。"有跟随的人道："待客馆中坐着三个丑貌和尚，想必是也。"当殿官同众至馆中，即问看馆的道："那个是大唐取经僧的高徒？我王有旨，请吃斋也。"八戒正坐打盹，听见一个斋字，忍不住跳起身来答道："我们是，我们是！"当殿官一见了，魂飞魄丧，都战战的道："是个猪魈，猪魈！"行者听见，一把扯住八戒道："兄弟，放斯文些，莫撒村野。"那众官见了行者，又道："是个猴精，猴精！"沙僧拱手道："列位休得惊恐。我三人都是唐僧的徒弟。"众官见了，又道："灶君，灶君！"孙行者即教八戒牵马，沙僧挑担，同众入玉华王府。当殿官先入启知。那王子举目见那等丑恶，却也心中害怕。三藏合掌道："千岁放心，顽徒虽是貌丑，却都心良。"八戒朝上唱个喏道："贫僧问讯了。"王子愈觉心惊。三藏道："顽徒都是山野中收来的，不会行礼，万望赦罪。"王子奈着惊恐，教典膳官请众僧去暴纱亭吃斋，三藏谢了恩，辞王下殿，同至亭内，埋怨八戒道："你这夯货，全不知一毫礼体。索性不开口，便也罢了，怎么那般愚鲁，一句话，足足冲倒泰山。"行者笑道："还是我不唱喏的好，也省些力气。"沙僧道："他唱喏又不等齐，预先就抒着个嘴吆喝。"八戒道："活淘气，活淘气，师父前日教我，见人打个问讯儿是礼，今日打问讯，又说不好，教我怎的干么。"三藏道："我教你见了人打个问讯，不曾教你见王子就此歪缠。常言道：物有几等物，人有几等人。如何不分个贵贱？"正说处，见那典膳官带领人役，调开桌椅，摆上斋来，师徒们尽不言语，各各吃斋。

却说那王子退殿进宫，宫中有三个小王子见他面容改色，即问道："父王今日为何有此惊恐？"王子道："适才有东土大唐差来拜佛取经的一个和尚，倒换关文，却一表非凡。我留他吃斋，他说有徒弟在府前，我即命请。少时进来，见我不行大礼，打个问讯，我已不快。及抬头看时，一个个丑似妖魔，心中不觉惊骇，故此面容改色。"原来那三个小王子比众不同，一个个好武好强，便就伸拳攎袖道："莫敢是那山里走来的妖精，假装人像，待我们拿兵器出去看来。"好王子，大的个拿一条齐眉棍，第二个轮一把九齿钯，第三个使一根乌油黑棒子，雄纠纠、气昂昂的走出王府，吆喝道："什么取经的和尚！在那里？"时有典膳官员人等跪下道："小主，他们在这暴纱亭吃斋哩。"小王子不分好歹，闯将进去，喝道："汝等是人是怪，快早说来，饶你性命！"唬得三藏面容失色，丢下饭碗，躬着身道："贫僧乃唐朝来取经者，人也，非怪也。"小王子道："你便还像个人，那三个丑的，断然是怪。"八戒只管吃饭不睬，沙僧与行者欠身道："我等俱是人，面虽丑而心良，身虽夯而性善。汝三个却是何来，却恁样海口轻狂？"旁有典膳等官道："三位是我王之子，小殿下。"八戒丢了碗道："小殿下，各拿兵器怎么？莫是要与我们打哩？"二王子掣开步，双手舞钯，便要打八戒。八戒嘻嘻笑道："你那钯只好与我这钯做孙子罢了。"即揭衣，腰间取出钯来，幌一幌，金光万道，丢了解数，有瑞气千条，把个王子唬得手软筋麻，不敢舞弄。行者见大的个使一条齐眉棍，跳阿跳的，即耳朵里取出金箍棒来，幌一幌，碗来粗细，有丈二三长短，着地下一捣，捣了有三尺深浅，竖在那里，笑道："我把这棍子送你罢。"那王子听言，即丢了自己棍，去取那棒，双手尽气力一拔，莫想得动分毫，再又端一端，摇一摇，就如生根一般。第三个撒起莽性，使乌油棒便来打，被沙僧一手劈开，取出降妖宝杖，拈一拈，艳艳光生，纷纷霞亮，唬得那典膳等官，一个个呆呆挣挣，口不能言。三个小王子一齐下拜道："神师，神师！我等凡人不识，万望施展一番，我等好拜授也。"行者走近前，轻轻的把棒拿将起来道："这里窄狭，不好展手，等我跳在空中，耍一路儿你们看看。"好大圣，唿哨一声，将筋斗一纵，两只脚踏着五色祥云，起在半空，离地约有三百步高下，把金箍棒丢开个撒花盖顶，黄龙转身，一上一下，左旋右转，起初时人与棒似锦上添花，次后来不见人，只见一天棒滚。八戒在底下喝声采，也忍不住手脚，厉声喊道："等老猪也去耍耍来！"好呆子，驾起风头，也到半空，丢开钯，上三下四，左五右六，前七后八，满身解数，只听得呼呼风响。正使到热闹处，沙僧对长老道："师父，也等老沙去操演操演。"好和尚，只着脚下跳，轮着杖，也起在空中，只见那锐气氤氲，金光缥缈，双手使降妖杖丢一个丹凤朝阳，饿虎扑食，紧迎慢挡，即转忙揰。弟兄三个大展神通，都在那半空中一齐扬威耀武。这才是：

真禅景象不凡同，大道缘由满太空。金木施威盈法界，刀圭展转合圆通。神兵精锐随时显，丹器花生到处崇。天竺虽高还戒性，玉华王子总归中。

唬得那三个小王子，跪在尘埃。暴纱亭大小人员，并王府里老王子，满城中军民男女，僧尼道俗，一应人等，家家念佛磕头，户户拈香礼拜。果然是：

见像归真度众僧，人间作福享清平。

从今果正菩提路，尽是参禅拜佛人。

　　他三个各逞雄才，使了一路，按下祥云，把三个收了，到唐僧面前问讯，谢了师恩，各各坐下不题。那三个小王子急回宫里，告奏老王道："父王万千之喜！今有莫大之功也！适才可曾看见半空中舞弄么？"老王道："我才见半空霞彩，就于宫院内同你母亲等众焚香启拜，更不知是那里神仙降聚也。"小王子道："不是那里神仙，就是那取经僧三个丑徒弟。一个使金箍铁棒，一个使九齿钉钯，一个使降妖宝杖，把我三个的兵器，比的通没有分毫。我们教他使一路，他嫌地上窄狭，不好施展，等我起在空中，使一路你看，他就各驾云头，满空中祥云缥缈，瑞气氤氲。才然落下，都坐在暴纱亭里。做儿的十分欢喜，欲要拜他为师，学他手段，保护我邦，此诚莫大之功。不知父王以为何如？"老王闻言，信心从愿。当时父子四人，不摆驾，不张盖，步行到暴纱亭。他四众收拾行李，欲进府谢斋，辞王起行，偶见玉华王父子上亭来倒身下拜，慌得长老舒身扑地行礼，行者等闪过旁边，微微冷笑。众拜毕，请四众进府堂上坐，四众忻然而入，老王起身道："唐老师父，孤有一事奉求，不知三位高徒，可能容否？"三藏道："但凭千岁分付，小徒不敢不从。"老王道："孤先见列位时，只以为唐朝远来行脚僧，其实肉眼凡胎，多致轻亵。适见老师三位高徒起舞在空，方知是仙是佛。孤三个犬子，一生好弄武艺，今谨发虔心，欲拜为门徒，学些武艺。万望老师开天地之心，普运慈舟，传度小儿，必以倾城之资奉谢。"行者闻言忍不住呵呵笑道："你这殿下，好不会事。我等出家人，巴不得要传几个徒弟。你令郎既有从善之心，切不可说起分毫之利，但只以情相处，足为爱也。"王子听言，十分欢喜，随命大排筵宴，就在本府正堂摆列。嗳！一声旨意，即刻俱完。但见那：

结彩飘飘，香烟馥郁。饿金桌子挂绞绡，幌人眼目；彩漆椅儿铺锦绣，添座风光。树果新鲜，茶汤香喷。三五道闲食清甜，一两餐馒头丰洁。蒸酥蜜煎更奇哉，油札糖浇真美矣。有几瓶香糯素酒，斟出来，赛过琼浆；献几番阳美仙茶，捧到手，香欺丹桂。般般品品皆齐备，色色行行尽出奇。

一壁厢叫承应的歌舞吹弹，撮弄演戏，他师徒们并王父子，尽乐一日。不觉天晚，散了酒席，又叫即在暴纱亭铺设床帏，请师安宿，待明早竭诚焚香再拜，求传武艺。众皆听从，即备香汤，请师沐浴，众却归寝。

众鸟高栖万籁沉，诗人下榻罢哦吟。银河光显天弥亮，野径荒凉草更深。砧杵叮咚敲别院，关山杳窎动乡心。寒蛩声朗知人意，唧唧床头破梦魂。

一宵晚景已过。明早，那老王父子，又来相见这长老。昨日相见，还是王礼，今日就行师礼。那三个小王子对行者、八戒、沙僧当面叩头，拜问道："尊师之兵器，还借出与弟子们看看。"八戒闻言，忻然取出钉钯，抛在地下；沙僧将宝杖抛出，倚在墙边；二王子与三王子跳起去便拿，就如蜻蜓撼石柱，一个个挣得红头赤脸，莫想拿动半分毫。大王子见了，叫道："兄弟，莫费力了。师父的兵器，俱是神兵，不知有多少重哩！"八戒笑道："我的钯也没多重，只有一藏之数，连柄五千零四十八斤。"三王子问沙僧道："师父宝杖多重？"沙僧笑道："也是五千零四十八斤。"大王子求行者的金箍棒看，行者去耳朵里取出一个针儿来，迎风幌一幌，就有碗来粗细，直直的竖立面前。那王父子都皆悚惧，众官员个个心惊。三个小王子礼拜道："猪师、沙师之兵，俱随身带在衣下，即可取之。孙师为何自耳中取出？见风即长，何也？"行者笑道："你不知我这棒不是凡间等闲可有者。这棒是：

鸿蒙初判陶镕铁，大禹神人亲所设。湖海江河浅共深，曾将此棒知之切。开山治水太平时，流落东洋镇海阙。日久年深放彩霞，能消能长能光洁。老孙有分取将来，变化无穷随口诀。要大弥于宇宙间，要小却似针儿节。棒名如意号金箍，天上人间称一绝。重该一万三千五百斤，或粗或细能生灭。也曾助我闹天宫，也曾随我攻地阙。伏虎降龙处处通，炼魔荡怪方方彻。举头一指太阳昏，天地鬼神皆胆怯。混沌时传到至今，原来不是凡间铁。"

那王子听言，个个顶礼不尽，三人向前重重拜礼，虔心求授。行者道："你三人不知学那般武艺？"王子道："愿使棍的就学棍，惯使钯的就学钯，爱用杖的就学杖。"行者笑道："教便也容易，只是你等无力量，使不得我们的兵器，恐学之不精，如画虎不成反类狗也。古人云，训教不严师之惰，学问无成子之罪。汝等既有诚心，可去焚香来拜了天地，我先传你些神力，然后可授武艺。"^{便放出先生面孔，拈弄先生舌头矣。}三个小王子闻言，满心欢喜，即便亲抬香案，沐手焚香，朝天礼拜。拜毕请师传法。行者转下身来，对唐僧行礼道："告尊师，恕弟子之罪。自当年在两界山蒙师父大德救脱弟子，秉教沙门，一向西来，虽不曾重报师恩，却也曾渡水登山，竭尽心力。今来佛国之乡，幸遇贤王三子，投拜我等，欲学武艺。彼既为我等之徒弟，即为我师之徒孙也。谨禀过我师，庶好传受。"三藏十分大喜。八戒、沙僧见行者行礼，也即转身朝三藏磕头道："师父，我等愚卤，拙口钝腮，不会说话，望师父高坐法位，也让我两个各招个徒弟耍耍，也是西方路上之忆念。"三藏俱忻然允之。行者才教三个王子就在暴纱亭后，静室之间，画了罡斗，教三人都俯伏在内，一个个瞑目宁神。这里却暗暗念动真言，诵动咒语，将仙气吹入他三人心腹之中，把元神收归本舍，传与口诀，各授得万千之膂力，运添了火候，却像个脱胎换骨之法。运遍了子午周天，那三个小王子，方才苏醒，一齐爬将起来，抹抹脸，精神抖擞，一个个骨壮筋强，大王子就拿得金箍棒，二王子就轮得九齿钯，三王子就举得降妖杖。老王见了欢喜不胜，又排素宴，启谢他师徒四众。就在筵前各传各授：学棍的演棍，学钯的演钯，学杖的演杖，虽然打几个转身，丢几般解数，终是有些着力，走一路便喘气嘘嘘，不能耐久。盖他那兵器都有变化，其进退攻扬，随消随长，皆有自然之妙，此等终是凡夫，岂能以遽及也？当日散了筵宴。

　　次日，三个王子又来称谢道："感蒙神师授赐了膂力，纵然轮得师的兵器，只是转换艰难。意欲命匠依师兵器式样，减削斤两，打造一般，未知师父肯容否？"八戒道："好，好，好！说得有理。我们的器械，一则你们使不得，二则我们要护法降魔，正该另造，另造。"王子又随宣召铁匠，买办钢铁万斤，就于王府内前院搭厂，支炉铸造。先一日将钢铁炼熟，次日请行者三人将金箍棒、九齿钯、降妖杖，都取出放在篷厂之间，看样造作，遂此昼夜不收。

　　噫！这兵器原是他们随身之宝，一刻不可离者，各藏在身，自有许多光彩护体。今放在厂院中几日，那霞光有万道冲天，瑞气有千般罩地。其夜有一妖精，离城只有七十里远近，山唤豹头山，洞唤虎口洞，夜坐之间，忽见霞光瑞气，即驾云来，看见光彩起，是王府之内。他按下云头近前观看，乃是三般兵器放光。妖精又喜又爱道："好宝贝，好宝贝！这是甚人用的，今放在此？也是我的缘法，拿了去呀，拿了去呀。"他爱心一动，弄起威风，将三般兵器一股收之，径转本洞。

　　　　道不须臾离，可离非道也。
　　　　神兵尽落空，枉费参修者。

　　毕竟不知怎生寻得兵器，且听下回分解。

总批：

　　既要做他们徒弟，只合学空学能学净，却去学棒学钯学杖。所以今之学者只能得师门之糟粕而已。

第八十九回　黄狮精虚设钉钯宴　金木土计闹豹头山

却说那院中几个铁匠，因连日辛苦，夜间俱自睡了，及天明起来打造，篷下不见了三般兵器，一个个呆挣神惊，四下寻找。只见那三个王子出宫来看，那铁匠一齐磕头道："小主呵，神师的三般兵器都不知那里去了。"小王子听言，心惊胆战道："想是师父今夜收拾去了。"急奔暴纱亭看时，见白马尚在廊下，忍不住叫道："师父还睡哩！"沙僧道："起来了。"即将房门开了，让王子进里看时，不见兵器，慌慌张张问道："师父的兵器都收来了？"行者跳起道："不曾收啊！"王子道："三般兵器，今夜都不见了。"八戒连忙爬起道："我的钯在么？"小王道："适才我等出来，只见众人前后找寻不见，弟子恐是师父收了，却才来问。老师的宝贝俱是能长能消，想必藏在身边哄弟子哩。"行者道："委的未收，都寻去来。"随至院中篷下，果然不见踪影。八戒道："定是这伙铁匠偷了。快拿出来，略迟了些儿，就都打死，打死！"那铁匠慌得磕头滴泪道："爷爷！我们连日辛苦，夜间睡着，及至天明起来，遂不见了。我等乃一概凡人，怎么拿得动？望爷爷饶命，饶命！"行者无语暗恨道："还是我们的不是，既然看了式样，就该收在身边，怎么却丢放在此。那宝贝霞彩光生，想是惊动甚么歹人，今夜窃去也。"八戒不信道："哥哥说那里话！这般个太平境界，又不是旷野深山，怎得个歹人来。定是铁匠欺心，他见我们的兵器光彩，认得是三件宝贝，连夜走出王府，伙些人来，抬的抬，拉的拉，偷出去了。拿起来打哑，打哑！"众匠只是磕头发誓。正嚷处，只见老王子出来，问及前事，却也面无人色，沉吟半晌，道："神师兵器，本不同凡，就有百十馀人也禁挫不动，况孤在此城

今已五代，不是大胆海口，孤也颇有个贤名在外，这城中军民匠
作人等也颇惧孤之法度，断是不敢欺心，望神师再思可矣。"行
者笑道："不用再思，也不须苦赖铁匠。我问殿下：你这州城四
面，可有甚么山林妖怪？"王子道："神师此问，甚是有理。孤
这州城之北，有一座豹头山，山中有一座虎口洞，往往人言洞
内有仙，又言有虎狼，又言有妖怪。孤未曾访得端的，不知果
是何物。"行者笑道："不消讲了，定是那方歹人，知道俱是宝
贝，一夜偷将去了。"叫："八戒，沙僧，你都在此保着师父，
护着城池，等老孙寻访去来。"又叫铁匠们不可住了炉火，一一
炼造。好猴王，辞了三藏，唿哨一声，形影不见，早跨到豹头山
上。原来那城相去只有三十里，一瞬即到。径上山峰观看，果然
有些妖气，真是：

龙脉悠长，地形远大。尖峰挺挺插天高，陡涧沉沉流水急。
山前有瑶草铺茵，山后有奇花布锦。乔松老柏，古树修篁。山鸦
山鹊乱飞鸣，野鹤野狼皆啸哮。悬崖下，麋鹿双双；峭壁前，獾
狐对对。一起一伏远来龙，九曲九湾潜地脉。埂头相接玉华州，
万古千秋兴胜处。

行者正然看时，忽听得山背后有人言语，急回头视之，乃两
个狼头妖怪，朗朗的说着话，向西北上走。行者揣道："这定是
巡山的怪物，等老孙跟他去听听，看他说些甚的。"捻着诀，念
个咒，摇身一变，变做个蝴蝶儿，展开翅，翩翩翻翻，径自赶
上。果然变得有样范：

一双粉翅，两道银须。乘风飞去急，映日舞来徐。渡水过墙能疾俏，偷香弄絮甚欢娱。体轻偏爱鲜花味，雅态芳情任卷舒。

他飞在那个妖精头直上，飘飘荡荡，听他说话。那妖猛的叫道：“二哥，我大王连日侥幸。前月里得了一个美人儿，在洞内盘桓，十分快乐；昨夜里又得了三般兵器，果然是无价之宝，明朝开宴庆钉钯会哩，我们都有受用。”这个道：“我们也有些侥幸。拿这二十两银子买猪羊去，如今到了乾方集上，先吃几壶酒儿，把东西开个花帐儿，落他二三两银子，买件绵衣过寒，却不是好？”两个怪说说笑笑的，上大路急走如飞。行者听得要庆钉钯会，心中暗喜，欲要打杀他，争奈不干他事，况手中又无兵器。他即飞向前边，现了本相，在路口上立定，那怪看看走到身边，被他一口法唾喷将去，念一声“唵吽咤唎”，即使个定身法，把两个狼头精定住，眼睁睁，口也难开，直挺挺，双脚站住，又将他扳翻倒，揭衣搜捡，果是有二十两银子，着一条搭包儿打在腰间裙带上，又各挂着一个粉漆牌儿，一个上写着“刁钻古怪”，一个上写着“古怪刁钻”。好大圣，取了他银子，解了他牌儿，返跨步回至州城，到王府中，见了王子、唐僧并大小官员、匠作人等，具言前事。八戒笑道：“想是老猪的宝贝，霞彩光明，所以买猪羊治筵席庆贺哩。但如今怎得他来？”行者道：“我兄弟三人俱去，这银子是买办猪羊的，且将这银子赏了匠人，教殿下寻几个猪羊，八戒你变做刁钻古怪，我变做古怪刁钻，沙僧装做个贩猪羊的客人，走进那虎口洞里，得便处，各人拿了兵器，打绝那妖邪，回来却收拾走路。”沙僧笑道：“妙，妙，妙！不宜迟！快走！"老王果依此计，即教管事的买办了七八口猪、四五腔羊。他三人辞了师父，在城外大显神通，八戒道："哥哥，我未曾看见那刁钻古怪，怎生变得他模样？"行者道："那怪被老孙使了定身法定住在那里，直到明日此时方醒。我记得他的模样，你站下，等我教你变，如此如彼，就是他的模样了。"那呆子真个口里念着咒，行者吹口仙气，霎时就变得与那刁钻古怪一般无二，将一个粉牌儿带在腰间；行者即变做古怪刁钻，腰间也带了一个牌儿；沙僧打扮得像个贩猪羊的客人，一起儿赶着猪羊，上大路，径奔山来。不多时，进了山凹里，又遇见一个小妖，他生得嘴脸也怎地凶恶。看那：

圆滴溜，两只眼如灯幌亮；红刺娲，一头毛似火飘光。槽鼻子，猛俫口，獠牙尖利；查耳朵，砍额头，青脸泡浮。身穿一件浅黄衣，足踏一双莎蒲履。雄雄纠纠若凶神，急急忙忙如恶鬼。

那怪左胁下挟着一个彩漆的请书匣儿，迎着行者三人叫道："古怪刁钻，你两个来了？买了几口猪羊？"行者道："这赶的不是？"那怪朝沙僧道："此位是谁？"行者道："就是贩猪羊的客人，还少他几两银子，带他来家取的。你往那里去？"那怪道："我往竹节山去请老大王明早赴会。"行者绰他的口气儿，就问："共请多少人？"那怪道："请老大王坐首席，连本山大王共头目等众，约有四十多位。"正说处，八戒道："去罢，去罢！猪羊都四散走了。"行者道："你去邀着，等我讨他帖儿看看。"那怪见自家人，即揭开取出，递与行者。行者展开看时，上写着："明辰敬治肴酌庆钉钯嘉会，屈尊车从过山一叙，幸勿外，至感！右启祖翁九灵元圣老大人尊前。门下孙黄狮顿首百拜。"行者看毕，仍递与那怪。那怪放在匣内，径往东南上去了。沙僧问道："哥哥，帖儿上是甚么话头？"行者道："乃庆钉钯会的请帖，名字写着门下孙黄狮百拜，请的是祖翁九灵元圣老大人。"沙僧笑道："黄狮想必是个金毛狮子成精，但不知九灵元圣是个何物？"八戒听言，笑道："是老猪的货了！"行者道："怎见得是你的货？"八戒道："古人云：癞母猪专赶金毛狮子，故知是老猪之货物也。"他三人说说笑笑，赶着猪羊，却就望见虎口洞门。但见那门儿外：

周围山绕翠，一脉气连城。削壁扳青蔓，高崖挂紫荆。鸟声深树匝，花影洞门迎。不亚桃源洞，堪宜避世情。

渐渐近于门口，又见一丛大大小小的杂项妖精，在那花树之下顽耍，忽听得八戒"呵，呵！"赶猪羊到时，都来迎接，便就捉猪的捉猪，捉羊的捉羊，一齐捆倒。早惊动里面妖王，领十数个小妖，出来问道："你两个来了？买了多少猪羊？"行者道："买了八口猪，七腔羊，共十五个牲口。猪银该一十六两，羊银该九两，前者领银二十两，仍欠五两。这个就是客人，跟来找银子的。"妖王听说，即唤："小的们，取五两银子，打发他去。"行者道："这客人，一则来找银子，二来要看看嘉会。"那妖大怒骂道："你这个刁钻儿愈懒。你买东西罢了，又与人说什么会不会。"八戒上前道："主人公得了宝贝，诚是天下之奇珍，就教他看看怕怎的？"那怪咄的一声道："你这古怪也可恶！我这宝贝乃是玉华州城中得来的，倘这客人看了，去那州中传说，说得人知，那王子一时来访求，却如之何？"行者道："主公，这个客人，乃乾方集后边的人，去州许远，又不是他城中人也，那里去传说？二则他肚里也饥了，我两个也未曾吃饭，家中有现成酒饭，赏他些吃了，打发他去罢。"说不了，有一小妖取了五两银子递与行者。行者将银子递与沙僧道："客人，收了银子，我与你进后面去吃些饭来。"沙僧仗着胆，同八戒、行者进于洞内，到二层厂厅之上。只见正中间桌上，高高的供养着一柄九齿钉钯，真个是光彩映目，东山头靠着一条金箍棒，西山头靠着一条降妖杖。那怪王随后跟着道："客人，那中间说光亮的就是钉钯。你看便看，只是出去，千万莫与人说。"沙僧点头称谢了。噫！这正是物见主，必定取，那八戒一生是个鲁夯的人，他见了钉钯，那里与他叙甚么情节，跑上去拿下来，轮在手中，现了本相，丢了解数，望妖精劈脸就筑，这行者、沙僧也奔至两山头各拿器械，现了原身。三弟兄一齐乱打，慌得那怪王急抽身闪过，转入后边，取一柄四明铲，杆长镈利，赶到天井，支住他三般兵器，厉声喝道："你是甚么人，敢弄虚头，骗我宝贝。"行者骂道："我把你这个贼毛团！你是认我不得！我们乃东土圣僧唐三藏的徒弟。因至玉华州倒换关文，蒙贤王教他三个王子拜我们为师，学习武艺，将我们宝贝作样，打造如式兵器。因放在院中，被你这贼毛团黄夜入城偷来，倒说我弄虚头骗你宝贝。不要走！就把我们这三件兵器，各奉承你几下尝尝！"那妖精就举铲来敌，这一场，从天井中斗出前门，看他三僧攒一怪，好杀：

呼呼棒若风，滚滚钯如雨。降妖杖举满天霞，四明铲伸云生绮。好似三仙炼大丹，火光彩幌惊神鬼。行者施威甚有能，妖精盗宝多无礼！天蓬八戒显神通，大将沙僧英更美。兄弟合意运机谋，虎口洞中兴斗起。那怪豪强弄巧乖，四个英雄堪厮比。当时杀至日头西，妖邪力软难相抵。

他们在豹头山战斗多时，那妖精抵敌不住，向沙僧前喊一声："看铲！"沙僧让个身法躲过，妖精得空而走，向东南巽宫上，乘风飞去。八戒拽步要赶，行者道："且让他去，自古道：穷寇勿追，且只来断他归路。"八戒依言。三人径至洞口，把那百十个若大若小的妖精，尽皆打死，原来都是些虎狼彪豹，马鹿山羊，被大圣使个手法，将他那洞里细软物件并打死的杂项兽身与赶来的猪羊，通皆带出，沙僧就取出干柴放起火来，八戒使两个耳朵扇风，把一个巢穴一时烧得干净，却将带出的诸物，即转州城。此时城门尚开，人家未睡，老王父子与唐僧俱在暴纱亭盼望。只见他们扑哩扑剌的丢下一院子死兽、猪羊及细软物件，一齐叫道："师父，我们已得胜回来也。"那殿下喏喏相谢，唐长老满心欢喜，三个小王子跪拜于地，沙僧搀起道："且莫谢，都近前看看那物件。"王子道："此物俱是何来？"行者笑道："那虎狼彪豹，马鹿山羊，都是成精的妖怪。被我们收了兵器，打出门来，那老妖是个金毛狮子，他使一柄四明铲，与我等战到天晚，败阵逃生，往东南上走了。我等不曾赶他，却扫除他归路，打杀这些群妖，搜寻他这些物件，带将来的。"老王听说，又喜又忧，喜的是得胜而回，忧的是那妖日后报仇。行者道："殿下放心，我已虑之熟，处之当矣。一定与你扫除尽绝，方才起行，决不至贻害于后。我午间去时，撞见一个青脸红毛的小妖送请书，我看他帖子上写着'明辰敬治肴酌庆钉钯嘉会，屈尊车从过山一叙。幸勿外，至感！右启祖翁九灵元圣老大人尊前'。名字是'门下孙黄狮顿首百拜'。才那妖精败阵，必然向他祖翁处去会话。明辰断然寻我们报仇，当情与你扫荡干净。"老王称谢了，摆上晚斋。师徒们斋毕，各归寝处不题。

却说那妖精果然向东南方奔到竹节山。那山中有一座洞天之处，唤名九曲盘桓洞，洞中的九灵元圣是他的祖翁。当夜足不停风，行至五更时分，到于洞口，敲门而进。小妖见了道："大王，昨晚有青脸儿下请书，老爷留他住到今早，欲同他来赴你钉钯会，你怎么又绝早亲来邀请？"妖精道："不好说，不好说！会成不得了。"正说处，见青脸儿从里边走出道："大王，你来怎的？老大王爷爷起来就同我去赴会哩。"妖精慌张张的，只是摇手不言。少顷，老妖起来了，唤入。这妖精丢了兵器，倒身下拜，止不住腮边泪落。老妖道："贤孙，你昨日下柬，今早正欲来赴，你又亲来，为何发悲烦恼？"妖精叩头道："小孙前夜对月闲行，只见玉华州城中有光彩冲空，急去看时，乃是王府院中三般兵器放光：一件是九齿渗金钉钯，一件是宝杖，一件是金箍棒，小孙即使神法摄来，立名钉钯嘉会，着小的们买猪羊果品等物，设宴庆会，请祖爷爷赏之，以为一乐。昨差青脸来送柬之后，只见原差买猪羊的刁钻儿等赶着几个猪羊，又带了一个贩卖的客人来找银子，他定要看看会去，是小孙恐他外面传说，不容他看，他又说肚中饥饿，讨些饭吃，因教他后边吃饭。他走到里边，看见兵器，说是他的，三人就各抢去一件，现出原身：一个是毛脸雷公嘴的和尚，一个是长嘴大耳朵的和尚，一个是晦气色脸的和尚，他都不分好歹，喊一声乱打。是小孙急取四明铲赶出与他相持，问是甚么人敢弄虚头，他道是东土大唐差往西天去的唐僧之徒弟，因过州城，倒换关文，被王子留住，习学武艺，将他这三件兵器作样子打造，放在院内，被我偷来，遂此不忿相持。不知那三个和尚叫做甚名，却俱有本事，小孙一人敌他三个不过，所以败走祖爷处。望拔刀相助，拿那和尚报仇，庶见我祖爱孙之意也。"老妖闻言，默想片时，笑道："原来是他。我贤孙，你错惹了他也。"妖精道："祖爷知他是谁？"老妖道："那长嘴大耳者乃猪八戒，晦气色脸者乃沙和尚，这两个犹可。那毛脸雷公嘴者叫做孙行者，这个人其实神通广大，五百年前曾大闹天宫，十万天兵也不曾拿得住他，专意寻人的，他便就是个搜山揭海、破洞攻城、闯祸的个都头。你怎么惹他？也罢，等我和你去，把那厮连玉华王子都擒来替你出气。"那妖精听说，即叩头而谢。

当时老妖点猱狮、雪狮、狻猊、白泽、伏狸、抟象诸孙，各执锋利器械，黄狮引领，各纵狂风，径至豹头山界。只闻得烟火之气扑鼻，又闻得有哭泣之声，仔细看时，原来是刁钻、古怪二人在那里叫主公哭主公哩。妖精近前喝道："你是真刁钻儿，假刁钻儿？"妙。二怪跪倒，嗛泪叩头道："我们怎是假的？昨日这早晚领了银子去买猪羊，走至山西边大路之内，见一个毛脸雷公嘴的和尚，他啐了我们一口，我们就脚软口强，不能言语，不能移步，被他扳倒，把银子搜了去，牌儿解了去，我两个昏昏沉沉，直到此时才醒。及到家，见烟火未息，房舍尽皆烧了，又不见主公并大小头目，故在此伤心痛哭。不知这火是怎生起的。"那妖精闻言，止不住泪如泉涌，双脚齐跌，喊声振天，恨道："秃厮！十分作恶！怎么干出这般毒事，把我洞府烧尽，美人烧死，家当老小一空。气杀我也，气杀我也！"老妖叫猱狮扯他过来道："贤孙，事已至此，徒恼无益。且养全锐气，到州城里拿那和尚去。"那妖精犹不肯住哭，道："老爷！我那们个山场非一日治的，今被这秃厮尽毁，我却要此命做甚的。"挣起来，往石崖上撞头磕脑，被雪狮、猱狮等苦劝方止。当时丢了此处，都奔州城。只听得那风滚滚，雾腾腾，来得甚近，唬得那城外各关厢人等，拖男挟女，顾不得家私，都往州城中走，走入城门，将门闭了。有人报入王府中道："祸事，祸事！"那王子唐僧等，正在暴纱亭吃早斋，听得人报祸事，却出门来问。众人道："一群妖精，飞沙走石、喷雾掀风的来近城了。"老王大惊道："怎么好？"行者笑道："都放心，都放心！这是虎口洞妖精，昨日败阵，往东南方去伙了那什么九灵元圣儿来也。等我同兄弟们出去，分付教关了四门，汝等点人夫看守城池。"那王子果传令把四门闭了，点起人夫上城，他父子并唐僧在城楼上点札，旌旗蔽日，炮火连天。行者三人，却半云半雾，出城迎敌。

这正是：

失却慧兵缘不谨，顿教魔起众邪凶。_{着眼。}

毕竟不知这场胜败如何，且听下回分解。

总批：

"失却慧兵缘不谨，顿教魔起众邪凶"。慧兵是怎么？魔是怎么？邪是凭么？如何为不谨？如何为失却？如何为凶？不要看远了。

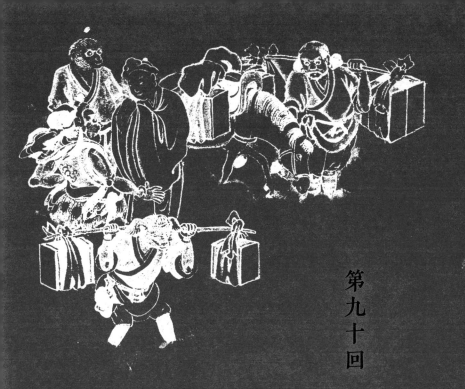

第九十回　师狮授受同归一　盗道缠禅静九灵

却说孙大圣同八戒、沙僧出城头，觌面相迎，见那伙妖精都是些杂毛狮子：黄狮精在前引领，狻猊狮、抟象狮在左，白泽狮、伏狸狮在右，猱狮、雪狮在后，中间却是一个九头狮子，那青脸儿怪执一面锦绣团花宝幢，紧挨着九头狮子，刁钻古怪儿、古怪刁钻儿打两面红旗，齐齐的都布在坎宫之地。八戒莽撞，走近前骂道："偷宝贝的贼怪！你去那里伙这几个毛团来此怎的？"黄狮精切齿骂道："泼狠秃厮！昨日三个敌我一个，我败回去，让你为人罢了，你怎么这般狠恶，烧了我的洞府，损了我的山场，伤了我的眷属。我和你冤仇深如大海。不要走，吃你老爷一铲！"好八戒，举钯就迎，两个才交手，还未见高低，那猱狮精轮一根铁蒺藜，雪狮精使一条三楞简，径来奔打，八戒发一声喊道："来得好！"你看他横冲直抵，斗在一处，这壁厢，沙和尚急掣降妖杖，近前相助；又见那狻猊精、白泽精与抟象、伏狸二精，一拥齐上，这里孙大圣使金箍棒架住群精，狻猊使闷棍，白泽使铜锤，抟象使钢枪，伏狸使钺斧，那七个狮子精，这三个狠和尚，好杀：

棍锤枪斧三楞简，蒺藜骨朵四明铲。七狮七器甚锋芒，围战三僧齐呐喊。大圣金箍铁棒凶，沙僧宝杖人间罕。八戒颠风骋势雄，钉钯幌亮光华惨。前遮后挡各施功，左架右迎都勇敢。城头王子助威风，擂鼓筛锣齐壮胆。投来抢去弄神通，杀得昏濛天地反。

那一伙妖精，齐与大圣三人战经半日，不觉天晚。八戒口吐粘涎，看看脚软，虚幌一钯，败下阵去，被那雪狮、猱狮二精喝道："那里走，看打。"呆子躲闪不及，被他照脊梁上打了一简，睡在地下，只叫："罢了，罢了！"两个精把八戒采鬃拖尾，扛将去见那九头狮子，报道："祖爷，我等拿了一个来也。"说不了，沙僧、行者也都战败。众妖精一齐赶来，被行者拔一把毫毛，嚼碎喷将去，叫声："变！"即变做个百十个小行者，围围绕绕，将那白泽、狻猊、抟象、伏狸并金毛狮怪围裹在中，沙僧行者却又上前攒打，到晚，拿住狻猊、白泽，走了伏狸、抟象。金毛报知老妖，老怪见失了二狮，分付："把猪八戒捆了，不可伤他性命。待他还我二狮，却将八戒与他，他若无知，坏了我二狮，即将八戒杀了对命。"当晚群妖安歇城外不题。

却说孙大圣把两个狮子精抬近城边，老王见了，即传令开门，差二三十个校尉，拿绳扛出门，绑了狮精，扛入城里。孙大圣收了法毛，同沙僧径至城楼上，见了唐僧。唐僧道："这场事甚是利害呀。悟能性命，不知有无？"行者道："没事！我每把这两个妖精拿了，他那里断不敢伤。且将二精牢拴紧缚，待明早抵换八戒也。"三个小王子对行者叩头道："师父先前赌斗，只见一身，及后佯输而回，却怎么就有百十位师身？及至拿住妖精，近城来还是一身，此是什么法力？"行者笑道："我身上有八万四千毫毛，以一化十，以十化百，百千万亿之变化，皆身外之身法也。"那王子一个个顶礼，即时摆上斋来，就在城楼上吃了。各垛口上都要灯笼旗帜，梆铃锣鼓，支更传箭，放炮呐喊。

早又天明。老怪即唤黄狮精定计道："汝等今日用心拿那行者、沙僧，等我暗自飞空上城，拿他那师父并那老王父子，先转九曲盘桓洞，待你得胜回报。"黄狮领计，便引猱狮、雪狮、抟象、伏狸各执兵器到城边，滚风踏雾的索战。这里行者与沙僧跳出城头，厉声骂道："贼泼怪！快将我师弟八戒送还我，饶你性命，不然，都教你粉骨碎尸！"那妖精那容分说，一拥齐来。这大圣弟兄两个，各运机谋，挡住五个狮子。这杀比昨日又甚不同：

呼呼刮地狂风恶，暗暗遮天黑雾浓。走石飞沙神鬼怕，推林倒树虎狼惊。钢枪狠狠钺斧明，蒺藜简锤太毒情。恨不得囫囵吞行者，活活捉沙僧。这大圣一条如意棒，卷舒收放甚精灵。沙僧那柄降妖杖，灵霄殿外有名声。今番干运神通广，西域施功扫荡精。

这五个杂毛狮子精与行者、沙僧正厮杀到好处，那老怪驾着黑云，径直腾至城楼上，摇一摇头，唬得那城上文武大小官员并城夫人等，都滚下城去，被他奔入楼中，张开口把三藏与老王父子一齐噙出，复至道宫地下，将八戒也着口噙之。原来他九个头就有九张口，一口噙着唐僧，一口噙着八戒，一口噙着老王，一口噙着大王子，一口噙着二王子，一口噙着三王子，六口噙着六人，还空了三张口，发声喊叫道："我先去也。"这五个小狮精见他祖得胜，一个个愈展雄才。行者闻得城上人喊嚷，情知中了他计，急唤沙僧仔细，他却把臂膊上毫毛，尽皆拔下，入口嚼烂喷出，变作千百个小行者，一拥攻上，当时拖倒猱狮，活捉了雪狮，拿住了抟象狮，扛翻了伏狸狮，将黄狮打死，烘烘的囔到州城之下，倒转走脱了青脸儿与刁钻古怪、古怪刁钻儿二怪。那城上官看见，却又开门，将绳把五个狮精又捆了，扛进城去，还未发落，只见那王妃哭哭啼啼，对行者礼拜道："神师啊，我殿下父子并你师父性命休矣。这孤城怎生是好？"大圣收了法毛，对王妃作礼道："贤后莫愁，只因我拿他七个狮精，那老妖弄摄法，定将我师父与殿下父子摄去，料必无伤。待明日绝早，我兄弟二人去那山中，管情捉住老妖，还你四个王子。"那王妃并宫女闻得此言，都对行者下拜道："愿求殿下父子全生，皇图坚固！"拜毕，一个个含泪还宫。行者分付各官："将打死的黄狮精剥了皮，六个活狮精，牢牢拴锁。取些斋饭来，我们吃了睡觉，你们都放心，保你无事。"

至次日，大圣领沙僧驾起祥云，不多时，到于竹节山头。按云头观看，好座高山！但见：

峰排突兀，岭峻崎岖。深涧下潺湲水漱，陡崖前锦锈花香。回峦重迭，古道湾环。真是鹤来松有伴，果然云去石无依。玄猿觅果向晴晖，麋鹿寻花欢日暖。青鸾声渐呖，黄鸟语绵蛮。春来桃李争妍，夏至柳槐竞茂。秋到黄花布锦，冬交白雪飞绵。四时八节好风光，不亚瀛洲仙景象。

他两个正在山头上看景，忽见那青脸儿手拿一条短棍，径跑出崖谷之间。行者喝道："那里走！老孙来也！"唬得那小妖一翻一滚的跑下崖谷。他两个一直追来，又不见踪迹，向前又转几步，却是一座洞府，两扇花斑石门，紧紧关闭。门枋上横嵌着一块石版，楷镌了十个大字，乃是"万灵竹节山九曲盘桓洞"。那小妖原来跑进洞去，即把洞门闭了，到中间对老妖道："爷爷，外面又有两个和尚来了。"老妖道："你大王并猱狮、雪狮、抟象、伏狸可曾来？"小妖道："不见，不见！只是两个和尚在山峰高处眺望。我看见回头就跑，他赶将来，我却闭门来也。"老妖听说，低头不语，半晌，忽的吊下泪来，叫声："苦呵！我黄狮孙死了，猱狮孙等又尽被和尚捉进城去矣。此恨怎生报得！"

八戒捆在旁边，与王父子唐僧俱攒簇一处，恓恓惶惶受苦，听见老妖说声"众孙被和尚捉进城去"，暗暗喜道："师父莫怕，殿下休愁，我师兄已得胜，捉了众妖，寻到此间救拔吾等也。"说罢，又听得老妖叫："小的们，好生在此看守，等我出去拿那两个和尚进来，一发惩治。"你看他身无披挂，手不拈兵，大踏步走到前边，只闻得孙行者吆喝哩，他就开了洞门，径不打话，来奔行者。行者使铁棒当头支住，沙僧轮宝杖就打。那老妖把头摇一摇，左右八个头一齐张开口，把行者、沙僧轻轻的又衔入洞内，教："取绳索来。"那刁钻古怪、古怪刁钻与青脸儿是昨夜逃生而回者，即拿两条绳，把他二人着实捆了。老妖问道："你这泼猴，把我那七个儿孙捉了，我今拿住你和尚四个，王子四个，也足以抵得我儿孙之命。小的们，选荆条柳棍来，且打这猴头一顿，与我黄狮孙报报冤仇。"那三个小妖，各执柳棍，专打行者。行者本是熬炼过的身体，那些些柳棍儿，只好与他拂痒，他那里做声？凭他怎么捶打，略不介意。八戒、唐僧与王子见了，一个个毛骨悚然。少时，打折了柳棍，直打到天晚，也不计其数。沙僧见打得多了，甚不过意道："我替他打百十下罢。"
老妖道："你且莫忙，明日就打到你了，一个个挨次一一将
来。"八戒着忙道："后日就打到我老猪也。"打一会，渐渐的
天昏了，老妖叫："小的们且住，点起灯火来，你们吃些饮食，
让我到锦云窝^{好名色}略睡睡去。汝三人都是遭过害的，却用心看
守，待明早再打。"三个小妖移过灯来，拿柳棍又打行者脑盖，
就象敲梆子一般，剔剔托，托托剔，紧几下，慢几下，夜将深
了，却都盹睡。行者就使个遁法，将身一小，脱出绳来，抖一抖
毫毛，整束了衣服，耳朵内取出棒来，幌一幌，有吊桶粗细，二
丈长短，朝着三个小妖道："你这业畜，把你老爷就打了许多棍
子。老爷还只照旧，老爷也把这棍子略揶你揶，看道如何。"把
三个小妖轻轻一揶，就揶做三个肉饼，却又剔亮了灯，解放沙
僧。八戒捆急了，忍不住大声叫道："哥哥！我的手脚都捆肿
了，倒不来先解放我。"这呆子喊了一声，却早惊动老妖。老妖
一毂辘爬起来道："是谁人解放？"那行者听见，一口吹息灯，
也顾不得沙僧等众，使铁棒打破几重门走了。那老妖到中堂里
叫："小的们，怎么没了灯光？只莫走了人也？"叫一声，没人
答应，又叫一声，又没人答应，及取灯火来看时，只见地下血淋
淋的三块肉饼，老王父子及唐僧、八戒俱在，只不见了行者、沙
僧；点着火，前后赶看，忽见沙僧还背贴在廊下站哩，被他一把
拿住摔倒，照旧捆了；又找寻行者，但见几层门尽皆损破，情知
是行者打破走了，也不去追赶，将破门补的补，遮的遮，固守家
业不题。

　　却说孙大圣出了那九曲盘桓洞，跨祥云径转玉华州，但见那

城头上各方的土地神祇与城隍之神迎空拜接。行者道："汝等怎么今夜才见？"城隍道："小神等知大圣下降玉华州，因有贤王款留，故不敢见。今知王等遇怪，大圣降魔，特来叩接。"行者正在嗔怪处，又见金头揭谛、六甲六丁神将，押着一尊土地，跪在面前道："大圣，吾等捉得这个土地儿来也。"行者喝道："汝等不在竹节山护我师父，却怎么嚷到这里？"丁甲神道："大圣，那妖精自你逃时，复捉住卷帘大将，依然捆了。我等见他法力甚大，却将竹节山土地押解至此，他知那妖精的根由，乞大圣问他一问，便好处治，以救圣僧贤王之苦。"行者听言甚喜，那土地战兢兢叩头道："那老妖前年下降竹节山。那九曲盘桓洞原是六狮之窝，那六个狮子，自得老妖至此，就都拜为祖翁，祖翁乃是个九头狮子，号为九灵元圣。若得他灭，须去到东极妙岩宫，请他主人公来，方可收伏。他人莫想来也。"行者闻言，思忆半晌道："东极妙岩宫，是太乙救苦天尊啊，他坐下正是个九头狮子。这等说……"便教："揭谛、金甲，还同土地回去，暗中护佑师父、师弟并州王父子。本处城隍守护城池。"众神各各遵守去讫。这大圣纵筋斗云，连夜前行，约有寅时，到了东天门外，正撞着广目天王与天丁、力士一行仪从。众皆停住，拱手迎道："大圣何往？"行者对众礼毕，道："前去妙岩宫走走。"天王道："西天路不走，却又东天来做甚？"行者道："因到玉华州，蒙州王相款，遣三子拜我等弟兄为师，习学武艺，不期遇着一伙狮怪。今访得妙岩宫太乙救苦天尊乃怪之主人公，欲请他去降怪救师。"天王道："那厢因你欲为人师，所以惹出这一窝狮子来也。"趣甚趣甚。行者笑道："正为此，正为此。"众天丁、力士一个个拱手，让道而行。大圣进了东天门，不多时，到妙岩宫前。但见：

> 彩云重迭，紫气氤葱。瓦漾金波焰，门排玉兽崇。花盈双阙红霞绕，日映骞林翠雾笼。果然是万真环拱，千圣兴隆。殿阁层层锦，窗轩处处通。苍龙盘护祥光蔼，黄道光辉瑞气浓。这的是青华长乐界，东极妙岩宫。

那宫门里立着一个穿霓帔的仙童，忽见孙大圣，即入宫报道："爷爷，外面是闹天宫的齐天大圣来了。"太乙救苦天尊听得，即唤侍卫众仙迎接。迎至宫中，只见天尊高坐九色莲花座上，百亿瑞光之中，见了行者，下座来相见。行者朝上施礼，天尊答礼道："大圣，这几年不见，前闻得你弃道归佛，保唐僧西天取经，想是功行完了？"行者道："功行未完，却也将近。但如今因保唐僧到玉华州，蒙王子遣三子拜老孙等为师，习学武艺，把我们三件兵器照样打造，不期夜间被贼偷去；及天明寻找，原是城北豹头山虎口洞一个金毛狮子成精盗去，老孙用计取出，那精就伙了若干狮精与老孙大闹，内有一个九头狮子，神通广大，将我师父与八戒并王父子四人都衔去，到一竹节山九曲盘桓洞；次日，老孙与沙僧跟寻，亦被衔去，老孙被他捆打无数，幸而弄法走了，他们正在彼处受罪。问及当方土地，始知天尊是他主人，特来奉请收降他去。"天尊闻言，即令仙将到狮子房唤出狮奴来问。那狮奴熟睡，被众将推摇方醒，揪至中厅来见。天尊问道："狮兽何在？"那奴儿垂泪叩头，只教："饶命，饶命！”天尊道：“孙大圣在此，且不打你。你快说，为何不谨，走了九头狮子？”狮奴道：“爷爷，我前日在大千甘露殿中见一瓶酒，不知偷去吃了，不觉沉醉睡着，失于拴锁，是以走了。”天尊道：“那酒是太上老君送的，唤做轮回琼液，你吃了该醉三日不醒。那狮兽今走几日了？”大圣道：“据土地说，他前年下降，到今二三年矣。”天尊笑道：“是了，是了！天宫里一日，在凡世就是一年。”叫狮奴道：“你且起来，饶你死罪，跟我与大圣下方去收他来，汝众仙都回去，不用跟随。”

　　天尊遂与大圣、狮奴，驾云径至竹节山，只见那五方揭谛、六丁六甲、本山土地都来跪接。行者道：“汝等护佑，可曾伤着我师？”众神道：“妖精着了恼睡了，更不曾动甚刑罚。”天尊道：“我那元圣儿也是一个久修得道的真灵，他喊一声，上通三圣，下彻九泉，等闲也便不伤生。孙大圣，你去他门首索战，引他出来，我好收之。”行者听言，果擎棒跳近洞口，高骂道：“泼妖精，还我人来也！泼妖精，还我人来也！”连叫了数声，那老妖睡着了，无人答应。行者性急起来，轮铁棒，往内打进，口中不住的喊骂。那老妖方才惊醒，心中大怒，爬起来，喝一声：“赶战！”摇摇头，便张口来衔。行者回头跳出，妖精赶到外边，骂道：“贼猴，那里走！”行者立在高崖上笑道：“你还敢这等大胆无礼！你死活也不知哩，这不是你老爷主公在此？”那妖精赶到崖前，早被天尊念声咒语，喝道：“元圣儿，我来了！”那妖认得是主人，不敢展挣，四只脚伏之于地，只是磕头。旁边跑过狮奴儿，一把扯住项毛，用拳着项上打勾百十，口里骂道：“你这畜生，如何偷走，教我受罪！”那狮兽合口无言，不敢摇动。狮奴儿打得手困，方才住了，即将锦鞴安在他身上。天尊骑了，喝声叫走，他就纵身驾起彩云，径转妙岩宫去。

大圣望空称谢了，却入洞中，先解玉华王，次解唐三藏，次又解了八戒、沙僧并三王子，共搜他洞里物件，逍逍停停，将众领出门外。八戒就取了若干枯柴，前后堆上，放起火来，把一个九曲盘桓洞，烧做了乌焦破瓦窑。大圣又发放了众神，还教土地在此镇守，却令八戒、沙僧，各各使法，把王父子背驮回州，他揽着唐僧，不多时，到了州城，天色渐晚，当有妃后官员，都来接见了。摆上斋筵，共坐享之。长老师徒还在暴纱亭安歇，王子们入宫各寝。一宵无话。次日，王又传旨，大开素宴，合府大小官员，一一谢恩。行者又叫屠子来，把那六个活狮子杀了，共那黄狮子都剥了皮，将肉安排将来受用。殿下十分欢喜，即命杀了，把一个留在本府内外人用，一个与王府长史等官分用，把五个都剁做一二两重的块子，差校尉散给州城内外军民人等，各吃些须，一则尝尝滋味，二则押押惊恐。那些家家户户，无不瞻仰。又见那铁匠人等造成了三般兵器，对行者磕头道："爷爷，小的们工都完了。"问道："各重多少斤两？"铁匠道："金箍棒有千斤，九齿钯与降妖杖各有八百斤。"行者道："也罢。"叫请三位王子出来，各人执兵器。三子对老王道："父王，今日兵器完矣。"老王道："为此兵器，几乎伤了我父子之命。"小王子道："幸蒙神师施法，救出我等，却又扫荡妖邪，除了后患，诚所谓海晏河清，太平之世界也。"当时老王父子赏劳了匠作，又至暴纱亭拜谢了师恩。三藏又教大圣等快传武艺，莫误行程。他三人就各轮兵器，在王府院中，一一传授。不数日，那三个王子尽皆操演精熟，其馀攻退之方，紧慢之法，各有七十二般解数，无不知之，一则那诸王子心坚，二则亏孙大圣先授了神力，此所以那千斤之棒，八百斤之钯杖，俱能举能运，较之初时自家弄的武艺，真天渊也。有诗为证，诗曰：

缘因善庆遇神师，习武何期动怪狮。扫荡群邪安社稷，皈依一体定边夷。九灵数合元阳理，四面精通道果之。授受心明遗万古，玉华永乐太平时。

那王子又大开筵宴，谢了师教，又取出一大盘金银，用答微情。行者笑道："快拿进去，快拿进去！我们出家人，要他何用？"八戒在旁道："金银实不敢受，奈何我这件衣服被那些狮子精扯拉破了，但与我们换件衣服，足为爱也。"那王子随命针工，照依色样，取青锦、红锦、茶褐锦各数匹，与三位各做了一件。三人忻然领受，各穿了锦布直裰，收拾了行装起程，只见那城内城外，若大若小，无一人不称是罗汉临凡，活佛下界，鼓乐之声，旌旗之色，盈街塞道。正是家家户外焚香火，处处门前献彩灯。送至许远方回，他四众方得离城西去。

这一去顿脱群思，潜心正果。^{着眼。}才是：

无虑无忧来佛界，诚心诚意上雷音。

毕竟不知到灵山还有几多路程，何时行满，且听下回分解。

总批：

"顿脱群思"乃此回之本意也。急着眼，急着眼。〇六狮砍头，黄狮剥皮，快则快矣，安得把世上许多误人子弟的庸师一并食肉寝皮，更为快也。

第九十一回　金平府元夜观灯
　　　　　玄英洞唐僧供状

修禅何处用工夫？马劣猿颠速剪除。牢捉牢拴生五彩，^{着眼。}暂停暂住堕三途。若教自在神丹漏，才放从容玉性枯。喜怒忧思须扫净，得玄得妙恰如无。

话表唐僧师徒四众离了玉华城，一路平稳，诚所谓极乐之乡。去有五六日程途，又见一座城池，唐僧问行者道："此又是甚么处所？"行者道："是座城池，但城上有杆无旗，不知地方，俟近前再问。"及至东关厢，见那两边茶坊酒肆喧哗，米市油房热闹。街衢中有几个无事闲游的浪子，见猪八戒嘴长，沙和尚脸黑，孙行者眼红，都拥拥簇簇的争看，只是不敢近前而问。唐僧捏着一把汗，惟恐他们惹祸。又走过几条巷口，还不到城，忽见有一座山门，门上有"慈云寺"三字，唐僧道："此处略进去歇歇马，打一个斋如何？"行者道："好，好！"四众遂一齐而入。但见那里边：

珍楼壮丽，宝座峥嵘。佛阁高云外，僧房静月中。丹霞缥缈浮屠挺，碧树阴森轮藏清。真净土，假龙宫，大雄殿上紫云笼。两廊不绝闲人戏，一塔常开有客登。炉中香火时时热，台上灯花夜夜荧。忽闻方丈金钟韵，应佛僧人朗诵经。

四众正看时，又见廊下走出一个和尚，对唐僧作礼道："老师何来？"唐僧道："弟子中华唐朝来者。"那和尚倒身下拜，慌得唐僧搀起道："院主何为行此大礼？"那和尚合掌道："我这里向善的人，看经念佛，都指望修到你中华地托生，^{真。○如此看起来，中华修西方者}

不颠倒乎？才见老师丰采衣冠，果然是前生修到的，方得此受用，故当下拜。"唐僧笑道："惶恐，惶恐！我弟子乃行脚僧，有何受用。若院主在此闲养自在，才是享福哩。"那和尚领唐僧入正殿，拜了佛像。唐僧方才招呼："徒弟进来。"原来行者三人，自见那和尚与师父讲话，他都背着脸，牵着马，守着担，立在一处，和尚不曾在心。忽的闻唐僧叫徒弟，他三人方才转面，那和尚见了，慌得叫："爷爷呀！你高徒如何恁般丑样？"唐僧道："丑则虽丑，倒颇有些法力，我一路甚亏他们保护。"正说处，里面又走出几个和尚作礼。先见的那和尚对后的说道："这老师是中华大唐来的人物，那三位是他高徒。"众僧且喜且惧道："老师中华大国，到此何为？"唐僧言："我奉唐王圣旨，向灵山拜佛求经。适过宝方，特奔上刹，一则求问地方，二则打顿斋食就行。"那僧人个个欢喜，又邀入方丈，方丈内又有几个与人家做斋的和尚。这先进去的又叫道："你们都来看看中华人物。原来中华有俊的，有丑的，俊的真个难描难画，丑的却十分古怪。"那许多僧同斋主都来相见。见毕，各坐下。茶罢，唐僧问道："贵处是何地名？"众僧道："我这里乃天竺国外郡，金平府是也。"唐僧道："贵府至灵山还有许多远近？"众僧道："此间到都下有二千里，这是我等走过的。西去到灵山，我们未走，不知还有多少路，不敢妄对。"唐僧谢了。少时，摆上斋来。斋罢，唐僧要行，却被众僧并斋主款留道："老师宽住一二日，过了元宵，耍耍去不妨。"唐僧惊问道："弟子在路，只知有山，有水，怕的是逢怪，逢魔，把光阴都错过了，不知几时是元宵佳节。"众僧笑道："老师拜佛与悟禅心重，故不以此为念。今日

乃正月十三，到晚就试灯，后日十五上元，直至十八九，方才谢
灯。我这里人家好事，本府太守老爷爱民，各地方俱高张灯火，
彻夜笙箫，还有个金灯桥，乃上古传留，至今丰盛。老爷们宽住
数日，我荒山颇管待得起。"唐僧无奈，遂俱住下。当晚只听得
佛殿上钟鼓喧天，乃是家坊众信人等，送灯来献佛，唐僧等都出
方丈来看了灯，各自归寝。次日，寺僧又献斋。吃罢，同步后园
闲耍。果然好个去处，正是：

　　时维正月，岁届新春。园林幽雅，景物妍森。四时花木争
奇，一派峰峦迭翠。芳草阶前萌动，老梅枝上生馨。红入桃花
嫩，青归柳色新。金谷园富丽休夸，《辋川图》流风慢说。水流
一道，野兔出没无常；竹种千竿，墨客推敲未定。芍药花、牡丹
花、紫薇花、含笑花，天机方醒；山茶花、红梅花、迎春花、瑞
香花，艳质先开。阴崖积雪犹含冻，远树浮烟已带春。又见那鹿
向池边照影，鹤来松下听琴。东几厦，西几亭，客来留宿；南几
堂，北几塔，僧静安禅。花卉中，有一两座养性楼，重檐高拱；
山水内，有三四处炼魔室，静几明窗。真个是天然堪隐逸，又何
须他处觅蓬瀛。

　　师徒们玩赏一日，至晚，殿上看了灯，又都去看灯游戏。但
见那：

　　玛瑙花城，琉璃仙洞，水晶云母诸宫，似重重锦绣，叠叠玲
珑。星桥影幌乾坤动，看数株火树摇红。六街箫鼓，千门璧月，

万户香风。几处鳌峰高耸，有鱼龙出海，鸾凤腾空。美灯光月色，和气融融。绮罗队里，人人喜听笙歌，车马轰轰。看不尽花容玉貌，风流豪侠，佳景无穷。

　　三藏与众僧在本寺内看了灯，又到东关厢各街上游戏，到二更时，方才回转安置。次日，唐僧对众僧道："弟子原有扫塔之愿，趁今日上元佳节，请院主开了塔门，让弟子了此愿心。"众僧随开了门。沙僧取了袈裟，随从唐僧，到了一层，就披了袈裟，拜佛祷祝毕，即将笤帚扫了一层，卸了袈裟，付与沙僧，又扫二层，一层层直扫上绝顶，那塔上层层有佛，处处开窗，扫一层，赏玩赞美一层，扫毕下来，天色已晚，又都点上灯火。此夜正是十五元宵，众僧道："老师父，我们前晚只在荒山与关厢看灯。今晚正节，进城里看看金灯如何？"唐僧欣然从之，同行者三人及众僧进城看灯。正是那：

　　三五良宵节，上元春色和。花灯悬闹市，齐唱太平歌。又见那六街三市灯亮，半空一鉴初升。那月如冯夷推上烂银盘，这灯似仙女织成铺地锦。灯映月，增一倍光辉；月照灯，添十分灿烂。观不尽铁锁星桥，看不了灯花火树。雪花灯、梅花灯，春冰剪碎；绣屏灯、画屏灯，五彩攒成。核桃灯、荷花灯，灯楼高挂；青狮灯、白象灯，灯架高擎。虾儿灯、鳖儿灯，棚前高弄；羊儿灯、兔儿灯，檐下精神。鹰儿灯、凤儿灯，相连相并；虎儿灯、马儿灯，同走同行。仙鹤灯、白鹿灯，寿星骑坐；金鱼灯、长鲸灯，李白高乘。鳌山灯，神仙聚会；走马灯，武将交锋。

万千家灯火楼台，十数里云烟世界。那壁厢，索琅琅玉辔飞来；这壁厢，毂辘辘香车辇过。看那红妆楼上，倚着栏，隔着帘，并着肩，携着手，双双美女贪欢；绿水桥边，闹吵吵，锦簇簇，醉醺醺，笑呵呵，对对游人戏彩。满城中箫鼓喧哗，彻夜里笙歌不断。^{亦通。}

有诗为证：

锦绣场中唱彩莲，太平境内簇人烟。

灯明月皎元宵夜，雨顺风调大有年。

此时正是金吾不禁，乱烘烘的无数人烟，有那跳舞的，蹦跶的，装鬼的，骑象的，东一攒，西一簇，看之不尽。却才到金灯桥上，唐僧与众僧近前看处，原来是三盏金灯，那灯有缸来大，上照着玲珑剔透的两层楼阁，都是细金丝儿编成，内托着琉璃薄片，其光幌月，其油喷香。唐僧回问众僧道："此灯是甚油？怎么这等异香扑鼻？"众僧道："老师不知，我这府后有一县，名唤旻天县，县有二百四十里。每年审造差徭，共有二百四十家灯油大户，府县的各项差徭犹可，惟有此大户甚是吃累，每家当一年，要使二百多两银子。此油不是寻常之油，乃是酥合香油，这油每一两值价银二两，每一斤值三十二两银子，三盏灯，每缸要五百斤，三缸共一千五百斤，共该银四万八千两。还有杂项缴缠使用，将有五万馀两，只点得三夜。"行者道："这许多油，三夜何以就点得尽？"众僧道："这缸内每缸有四十九个大灯马，都是灯草扎的把，裹了丝绵，有鸡子粗细，只点过今夜，见佛爷现了身，明夜油也没了，灯就昏了。"八戒在旁笑道："想是佛爷连油都收去了。"众僧道："正是此说，满城里人家，自古及今，皆是这等传说。但油干了，人俱说是佛祖收了灯，自然五谷丰登；若有一年不干，却就年成荒旱，风雨不调。所以人家都要这供献。"

正说处，只听得半空中呼呼风响，唬得些看灯的人尽皆四散。那些和尚也立不住脚道："老师父，回去罢，风来了，是佛爷降祥，到此看灯也。"唐僧道："怎见得是佛来看灯？"众僧道："年年如此，不上三更就有风来，知道是诸佛降祥，所以人皆回避。"唐僧道："我弟子原是思佛念佛拜佛的人，今逢佳景，果有诸佛降临，就此拜拜，多少是好。"众僧连请不回。少时，风中果现出三位佛身，近灯来了。慌得那唐僧跑上桥顶，倒身下拜。行者急忙扯起道："师父，不是好人，必定是妖邪也。"说不了，见灯光昏暗，呼的一声，把唐僧抱起，驾风而去。噫！不知是那山那洞真妖怪，积年假佛看金灯。唬得那八戒两边寻找，沙僧左右招呼。行者叫道："兄弟！不须在此叫唤，师父乐极生悲，已被妖精摄去了。"那几个和尚害怕道："爷爷，怎见得是妖精摄去？"行者笑道："原来你这伙凡人，累年不识，故被妖邪惑了，只说是真佛降祥，受此灯供。刚才风到处现佛身者，就是三个妖精。我师父亦不能识，上桥顶就拜，却被他侮暗灯光，将器皿盛了油，连我师父都摄去。我略走迟了些儿，所以他三个化风而遁。"沙僧道："师兄，这般却如之何？"行者道："不必迟疑。你两个同众回寺，看守马匹行李，等老孙趁此风追赶去也。"好大圣，急纵筋斗云，起在半空，闻着那腥风之气，往东北上径赶，赶至天晓，倏尔风息，又有一座大山，十分险峻，着实嵯峨。好山：

重重丘壑，曲曲源泉。藤萝悬削壁，松柏挺虚岩。鹤鸣晨雾里，雁唳晓云间。义义蠡蠡峰排戟，突突磷磷石砌磐。顶巅高万仞，峻岭叠千湾。野花佳木知春发，杜宇黄莺应景妍。能巍奕，实巉岩，古怪崎岖险又艰。停玩多时人不识，只听虎豹有声豻。香獐白鹿随来往，玉兔青狼去复还。深涧水流千万里，回湍激石响潺潺。

大圣在山崖上，正自找寻路径，只见四个人，赶着三只羊，从西坡下，齐吆喝"开泰"。大圣闪火眼金睛，仔细观看，认得是年、月、日、时四值功曹使者，隐像化形而来。大圣即掣出铁棒，幌一幌，碗来粗细，有丈二长短，跳下崖来，喝道："你都藏头缩颈的那里走！"四值功曹见他说出风息，慌得喝散三羊，现了本相，闪下路旁施礼道："大圣，恕罪，恕罪！"行者道："这一向也不曾用着你们，你们见老孙宽慢，都一个个弄懈怠了，见也不来见我一见，是怎么说？你们不在暗中保佑吾师，都往那里去？"功曹道："你师父宽了禅性，在于金平府慈云寺贪欢，所以泰极生否，乐盛生悲，今被妖邪捕获。他身边有护法伽蓝保着哩，吾等知大圣连夜追寻，恐大圣不识山林，特来传报。"行者道："你既传报，怎么隐姓埋名，赶着三个羊儿，吆吆喝喝作甚？"功曹道："设此三羊，以应开泰之言，唤做三阳开泰，破解你师之否塞也。"行者狠狠的要打，^{真正该打。}见有此意，却就免之，收了棒，回嗔作喜道："这座山，可是妖精之处？"功曹道："正是，正是。此山名青龙山，内有洞名玄英洞，洞中有三个妖精：大的个名辟寒大王，第二个号辟暑大王，第三个号辟尘大王，这妖精在此有千年了。他自幼儿爱食酥合香油。当年成精，到此假装佛像，哄了金平府官员人等，设立金灯，灯油用酥合香油。他年年到正月半，变佛像收油，今年见你师父，他认得是圣僧之身，连你师父都摄在洞内，不日要割剐你师之肉，使酥合香油煎吃哩。你快用工夫，救援去也。"行者闻言，喝退四功曹，转过山崖，找寻洞府。行未数里，只见那洞边有一石崖，崖下是座石屋，屋有两扇石门，半开半掩，门旁立有石碣，上有六字，却是青龙山玄英洞。行者不敢擅入，立定步，叫声："妖怪！快送我师父出来！"那里唿喇一声，大开了门，跑出一阵牛头精，邓邓呆呆的问道："你是谁，敢在这里呼唤。"行者道："我本是东土大唐取经的圣僧唐三藏之大徒弟，路过金平府观灯，我师被你家魔头摄来，快早送还，免汝等性命。如或不然，掀翻你窝巢，教你群精都化为脓血！"那些小妖听言，急入里边报道："大王！祸事了，祸事了！"三个老妖正把唐僧拿在那洞中深远处，那里问甚么青红皂白，教小的先剥了衣裳，汲湍中清水洗净，算计要细切细锉，着酥合香油煎吃，忽闻得报声"祸事"，老大着惊，问是何故。小妖道："大门前有一个毛脸雷公嘴的和尚嚷道：大王摄了他师父来，教快送出去，免吾等性命，不然，就要掀翻窝巢，教我们都化为脓血哩。"那老妖听说，个个心惊道："才拿了这厮，还不曾问他个姓名来历。小的们，且把衣服与他穿了，带过来审他一审，端是何人，何自而来也。”众妖一拥上前，把唐僧解了索，穿了衣服，推至座前，唬得唐僧战兢兢的跪在下面，只叫：“大王饶命，饶命！”三个妖精异口同声道：“你是那方来的和尚？怎么见佛像不躲，却冲撞我的云路？”唐僧磕头道：“贫僧是东土大唐驾下差来的，前往天竺国大雷音寺拜佛祖取经的。因到金平府慈云寺打斋，蒙那寺僧留过元宵看灯，正在金灯桥上，见大王显现佛像，贫僧乃肉眼凡胎，见佛就拜，故此冲撞大王云路。”那妖精道：“你那东土到此，路程甚远，一行共有几众，都叫甚名字？快实实供来，我饶你性命。”唐僧道：“贫僧俗名陈玄奘，自幼在金山寺为僧，后蒙唐皇敕赐在长安洪福寺为僧官；又因魏徵丞相梦斩泾河老龙，唐王游地府，回生阳世，开设水陆大会，超度阴魂，蒙唐王又选赐贫僧为坛主，大阐都纲；幸观世音菩萨出现，指化贫僧，说西天大雷音寺有三藏真经，可以超度亡者升天，差贫僧来取，因赐号三藏，即倚唐为姓，所以人都呼我为唐三藏。我有三个徒弟，第一个姓孙，名悟空行者，乃齐天大圣归正。”群妖闻得此名，着了一惊道：“这个齐天大圣，可是五百年前大闹天宫的？”唐僧道：“正是，正是。第二个姓猪，名悟能八戒，乃天蓬大元帅转世；第三个姓沙，名悟净和尚，乃卷帘大将临凡。”三个妖王听说，个个心惊道：“早是不曾吃他。小的们，且把唐僧将铁链锁在后面，待拿他三个徒弟来凑吃。”遂点了一群山牛精、水牛精、黄牛精，各持兵器，走出门，掌了号头，摇旗擂鼓。三个妖披挂整齐，都到门外喝道：“是谁人敢在我这里吆喝！”行者闪在石崖上，仔细观看，那妖精生得：

彩面环睛，二角峥嵘。尖尖四只耳，灵窍闪光明。一体花纹如彩画，满身锦绣若蜚英。第一个，头顶狐裘花帽暖，一脸昂毛热气腾；第二个，身挂轻纱飞烈焰，四蹄花莹玉玲玲；第三个，威雄声吼如雷振，獠牙尖利赛金灯。个个勇而猛，手持三样兵：一个使钺斧，一个大刀能，但看第三个，肩上横担挝挞藤。

又见那七长八短、七肥八瘦的大大小小妖精，都是些牛头鬼怪，各执枪棒。有三面大旗，旗上明明书着"辟寒大王""辟暑大王""辟尘大王"。孙行者看了一会，忍耐不得，上前高叫道："泼贼怪！认得老孙么？"那妖喝道："你是那闹天宫的孙悟空？真个是闻名不曾见面，见面羞杀天神。你原来是这等个猢狲儿，敢说大话！"行者大怒，骂道："我把你这个偷灯油的贼，油嘴妖怪，不要胡谈！快还我师父来！"赶近前，轮铁棒就打，那三个老妖，举三般兵器，急架相迎。这一场在山凹中好杀：

钺斧钢刀挝挞藤，猴王一棒敢相迎。辟寒辟暑辟尘怪，认得齐天大圣名。棒起致令神鬼怕，斧来刀砍乱飞腾。好一个混元有法真空像！抵住三妖假佛形。那三个偷油润鼻今年犯，务捉钦差驾下僧。这个因师不惧山程远，那个为嘴常年设献灯。乒乓只听刀斧响，劈朴惟闻棒有声。冲冲撞撞三攒一，架架遮遮各显能。一朝斗至天将晚，不知那个亏输那个赢。

孙行者一条棒与那三个妖魔斗经百五十合，天色将晚，胜负未分。只见那辟尘大王把挝挞藤闪一闪，跳过阵前，将旗摇了一摇，那伙牛头怪簇拥上前，把行者围在垓心，各轮兵器，乱打将来。行者见事不谐，唿喇的纵起筋斗云，败阵而走。那妖更不来赶，招回群妖，安排些晚食，众各吃了，也叫小妖送一碗与唐僧，只待拿住孙行者等才要整治。那师父一则长斋，二则愁苦，哭啼啼的未敢沾唇不题。

却说行者驾云回至慈云寺内，叫声："师弟！"那八戒沙僧正自盼望商量，听得叫时，一齐出接道："哥哥，如何去这一日方回？端的师父下落何如？"行者笑道："昨夜闻风而赶，至天晓到一山，不见。幸四值功曹传信道：那山叫做青龙山，山中有一玄英洞，洞中有三个妖精，唤做辟寒大王、辟暑大王、辟尘大王。原来积年在此偷油，假变佛像，哄了金平府官员人等。今年遇见我们，他不知好歹，反连师父都摄去。老孙审得此情，分付功曹等众暗中保护师父，我寻近门前叫骂。那三怪齐出，都像牛头鬼形，第一个使钺斧，第二个使大刀，第三个使藤棍，后引一窝子牛头鬼怪，摇旗擂鼓，与老孙斗了一日，杀个手平，那妖王摇动旗，小妖都来，我见天晚，恐不能取胜，所以驾筋斗回来也。"八戒道："那里想是酆都城鬼王弄喧。"沙僧道："你怎么就猜道是酆都城鬼王弄喧？"八戒笑道："哥哥说是牛头鬼怪，故知之耳。"行者道："不是，不是！若论老孙看那怪，是三只犀牛成的精。"八戒道："若是犀牛，且拿住他，锯下角来，倒值好几两银子哩。"正说处，众僧道："孙老爷可吃晚斋？"行者道："方便吃些儿，不吃也罢。"众僧道："老爷征战这一日，岂不饥了？"行者笑道："这日把儿那里便得饥，老孙曾五百年不吃饮食哩！"众僧不知是实，只以为说笑。须臾拿来，行者也吃了，道："且收拾睡觉，待明日我等都去相持，拿住妖王，庶可救师父也。"沙僧在旁道："哥哥说那里话！常言道，停留长智。那妖精倘或今晚不睡，把师父害了，却如之何？不若如今就去，嚷得他措手不及，方才好救师父，少迟，恐有失也。"八戒闻言，抖擞神威道："沙兄弟说得是！我们都趁此月光去降魔耶！"行者依言，即分付寺僧："看守行李马匹，待我等把妖精捉来，对本府刺史证其假佛，免却灯油，以苏概县小民之困，却不是好？"众僧领诺，称谢不已。他三个遂纵起祥云，出城而去。

正是那：

懒散无拘禅性乱，灾危有分道心蒙。

毕竟不知此去胜败何如，且听下回分解。

总批：

篇中"宽了禅性，所以生否成悲"一语，大足为学人警策。○描画放灯处亦可观。

第九十二回　　三僧大战青龙山　　四星挟捉犀牛怪

却说孙大圣挟同二弟滚着风，驾着云，向东北艮地上，顷刻至青龙山玄英洞口，按落云头。八戒就欲筑门，行者道："且消停，待我进去看看师父生死如何，再好与他争持。"沙僧道："这门闭紧，如何得进？"行者道："我自有法力。"好大圣，收了棒，捻着诀，念声咒语，叫："变！"即变做个火焰虫儿。真个也疾伶！你看他：

展翅星流光灿，古云腐草为萤。神通变化不非轻，自有徘徊之性。飞近石门悬看，旁边瑕缝穿风。将身一纵到幽庭，打探妖魔动静。

他自飞入洞，见几只牛横倚直倒，一个个呼吼如雷，尽皆睡熟，又至中厅里面，全无消息，四下门户通关，不知那三个妖精睡在何处，才转过厅房，向后又照，只闻得啼泣之声，乃是唐僧锁在后房檐柱上哭哩。行者暗暗听他哭甚，只见他哭道：

一别长安十数年，登山涉水苦熬煎。幸来西域逢佳节，喜到金平遇上元。不识灯中假佛像，皆因命里有灾愆。贤徒追袭施威武，但愿英雄展大权。

行者闻言满心欢喜，展开翅，飞近师前。唐僧揩泪道："呀！西方景象不同，此时正月，蛰虫始振，为何就有萤飞？"行者忍不住，叫声："师父，我来了！"唐僧喜道："悟空，我说正月间怎得萤火，原来是你。"行者即现了本相道："师父啊，为你不识真假，误了多少路程，费了多少心力。我一行说不是好人，你就下跪，却被这怪侮暗灯光，盗取酥合香油，连你都摄将来了。我当分付八戒沙僧回寺看守，我即闻风追至此间，不识地名，幸遇四值功曹传报，说此山名青龙山玄英洞。我日间与此怪斗至天晚方回，与师弟辈细道此情，却就不曾睡，同他两个来此。我恐夜深不便交战，又不知师父下落，所以变化进来，打听打听。"唐僧喜道："八戒沙僧如今在外边哩？"行者道："在外边，方才老孙看时，妖精都睡着。我且解了锁，搠开门，带你出去罢。"唐僧点头称谢。

行者使个解锁法，用手一抹，那锁早自开了，领着师父往前正走，忽听得妖王在正中厅内房里叫道："小的们，紧闭门户，小心火烛，这会怎么不叫更巡逻，梆铃都不响了？"原来那伙小妖征战一日，辛辛苦苦睡着，听见叫唤，却才醒了。梆铃响处，有几个执器械的，敲着锣从后而走，可可的撞着他师徒两个。众小妖一齐喊道："好和尚啊！扭开锁往那里去！"行者不容分说，掣出棒幌一幌，碗来粗细，就打，棒起处，打死两个。其馀的丢了器械，近中厅打着门叫："大王！不好了，不好了！毛脸和尚在家里打杀人了！"那三怪听见，一毂辘爬将起来，只叫："拿住，拿住！"唬得个唐僧手软脚软。行者也不顾师父，一路棒，滚向前来。众小妖架遮不住，被他放倒三两个，推倒两三个，打开几层门，径自出来，叫道："兄弟们何在？"八戒沙僧正举着钯杖等待，道："哥哥，如何了？"行者将变化入里解放师父，正走，被妖惊觉，顾不得师父，打出来的事，讲说一遍不题。

那妖王把唐僧捉住，依然使铁索锁了，执着刀，轮着斧，灯火齐明，问道："你这厮怎样开锁，那猴子如何得进，快早供来，饶你之命！不然，就一刀两段！"慌得那唐僧战战兢兢的跪道："大王爷爷！我徒弟孙悟空，他会七十二般变化，才变个火焰虫儿，飞进来救我。不期大王知觉，被小大王等撞见，是我徒弟不知好歹，打伤两个，众皆喊叫，举兵着火，他遂顾不得我，走出去了。"三个妖王，呵呵大笑道："早是惊觉，未曾走了！"叫小的们把前后门紧紧关闭，亦不喧哗。沙僧道："闭门不喧哗，想是暗弄我师父，我们动手耶！"行者道："说得是，快早打门。"那呆子卖弄神通，举钯尽力筑去，把那石门筑得粉碎，却又厉声喊骂道："偷油的贼怪！快送吾师出来也！"唬得那门内小妖滚将进去报道："大王！不好了，不好了！前门被和尚打破了！"三个妖王十分烦恼道："这厮着实无礼！"即命取披挂结束了，各持兵器，帅小妖出门迎敌。此时约有三更时候，半天中月明如昼。走出来，更不打话，便就轮兵。这里行者抵住钺斧，八戒敌住大刀，沙僧迎住大棍。这场好杀：

僧三众，棍杖钯，三个妖魔胆气加。钺斧钢刀藤扢挞，只闻风响并尘沙。初交几合喷愁雾，次后飞腾散彩霞，钉钯解数随身滚，铁棒英豪更可夸。降妖宝杖人间少，妖怪顽心不让他。钺斧口明尖镈利，藤条节懞一身花。大刀幌亮如门扇，和尚神通偏赛他。这壁厢因师性命发狠打，那壁厢不放唐僧劈脸挝。斧剁棒迎争胜负，钯轮刀砍两交搭。扢挞藤条降怪杖，翻翻复复逞豪华。

三僧三怪，赌斗多时，不见输赢。那辟寒大王喊一声，叫："小的们上来！"众精各执兵刃齐来，早把个八戒绊倒在地，被几个水牛精，揪揪扯扯，拖入洞里捆了；沙僧见没了八戒，又见那群牛发喊唬声，即掣宝杖，望辟尘大王虚丢了架子要走，又被群精一拥而来，拉一个跐蹉，急挣不起，也被捉去捆了；行者觉道难为，纵筋斗云，脱身而去。当时把八戒沙僧拖至唐僧前。唐僧见了，满眼垂泪道："可怜你二人也遭了毒手！悟空何在？"沙僧道："师兄见捉住我们，他就走了。"唐僧道："他既走了，必然那里去求救。但我等不知何日方得脱网。"师徒们凄凄惨惨不题。

却说行者驾筋斗云复至慈云寺，寺僧接来问："唐老爷救得否？"行者道："难救，难救！那妖精神通广大，我弟兄三人，与他三人斗了多时，被他呼小妖先捉了八戒，后捉了沙僧，老孙幸走脱了。"众僧害怕道："爷爷这般会腾云驾雾，还捉获不得，想老师父被倾害也。"行者道："不妨，不妨！我师父自有伽蓝、揭谛、丁甲等神暗中护佑，却也曾吃过草还丹，料不伤命，只是那妖精有本事。汝等可看好马匹行李，等老孙上天去求救兵来。"众僧胆怯道："爷爷又能上天？"行者笑道："天宫原是我的旧家。当年我做齐天大圣，因为乱了蟠桃会，被我佛收降，如今没奈何，保唐僧取经，将功折罪，一路上辅正除邪。我师父该有此难，汝等却不知也。"众僧听此言，又磕头礼拜。行者出得门，打个唿哨，即时不见。

好大圣，早至西天门外，忽见太白金星与增长天王，殷、朱、陶、许四大灵官讲话。他见行者来，都慌忙施礼道："大圣那里去？"行者道："因保唐僧行至天竺国东界金平府旻天县，我师被本县慈云寺僧留赏元宵。北至金灯桥，有金灯三盏，点灯用酥合香油，价贵白金五万馀两，年年有诸佛降祥受用。正看时，果有三尊佛像降临，我师不识好歹，上桥就拜。我说不是好人，早被他侮暗灯光，连油并我师一风摄去。我随风追袭，至天晓到一山，幸四功曹报道，那山名青龙山，山有玄英洞，洞有三怪，名辟寒大王、辟暑大王、辟尘大王。老孙急上门寻讨，与他赌斗一阵，未胜。是我变化入里，见师父锁住未伤，随解了欲出，又被他知觉，我遂走了。后又同八戒沙僧苦战，复被他将二人也捉去捆了。老孙因此特启玉帝，查他来历，请命将降之。"金星呵呵大笑道："大圣既与妖怪相持，岂看不出他的出处？"行者道："认便认得，是一伙牛精。只是他大有神通，急不能降也。"金星道："那是三个犀牛之精。他因有天文之象，累年修悟成真，亦能飞云步雾。其怪极爱干净，常嫌自己影身，每欲下水洗浴；他的名色也多：有兕犀，有雄犀，有牯犀，有斑犀，又有胡冒犀、堕罗犀、通天花文犀，都是一孔三毛二角，行于江海之中，能开水道。似那辟寒、辟暑、辟尘都是角有贵气，故以此为名而称大王也。若要拿他，只是四木禽星见面就伏。"行者连忙唱喏问道："是那四木禽星？烦长庚老为一明示明示。"金星笑道："此星在斗牛宫外，罗布乾坤。你去奏闻玉帝，便见分明。"行者拱拱手称谢，径入天门里去。

如今世上牛精神通一味怪客。

　　不一时，到于通明殿下，先见葛、丘、张、许四大天师。天师问道："何往？"行者道："近行至金平府地方，因我师宽放禅性，元夜观灯，遇妖魔摄去。老孙不能收降，特来奏闻玉帝求救。"四天师即领行者至灵霄宝殿启奏。各各礼毕，备言其事，玉帝传旨："教点那路天兵相助？"行者奏道："老孙才到西天门，遇长庚星说，那怪是犀牛成精，惟四木禽星可以降伏。"玉帝即差许天师同行者去斗牛宫点四木禽星下界收降。及至宫外，早有二十八宿星辰来接，天师道："吾奉圣旨，教点四木禽星与孙大圣下界降妖。"旁即闪过角木蛟、斗木獬、奎木狼、井木犴应声呼道："孙大圣，点我等何处降妖？"行者笑道："原来是你。这长庚老儿却隐匿，我不解其意，早说是二十八宿中的四木，老孙径来相请，又何必烦劳旨意？"四木道："大圣说那里话！我等不奉旨意，谁敢擅离？端的是那方？快早去来。"行者道："在金平府东北艮地青龙山玄英洞，犀牛成精。"斗木獬、奎木狼、角木蛟道："若果是犀牛成精，不须我们，只消井星去罢，他能上山吃虎，下海擒犀。"行者道："那犀不比望月之犀，乃是修行得道，都有千年之寿者。须得四位同去才好，切勿推调，倘一时一位拿他不住，却不又费事了？"天师道："你们说的是甚话。旨意着你四人，岂可不去？趁早飞行，我回旨去也。"那天师遂别行者而去。四木道："大圣不必迟疑，你先去索战，引他出来，我们随后动手。"行者即近前骂道："偷油的贼怪！还我师来！"原来那门被八戒夜间筑破的，几个小妖弄了几块板儿搪住，在里边听得骂詈，急跑进报道："大王，孙和尚在外面骂哩！"辟尘儿道："他败阵去了，这一日怎么又来？想是那里求些救兵来了。"辟寒、辟暑道："怕他甚么救兵！快取披挂来！小的们，都要用心围绕，休放他走了。"那伙精不知死活，一个个各执枪刀，摇旗擂鼓，走出洞来，对行者喝道：

"你个不怕打的猢狲儿，你又来了！"行者最恼得是这猢狲二字，咬牙发狠举铁棒就打。三个妖王，调小妖，跑个圈子阵，把行者圈在垓心。那壁厢四木禽星一个个各轮兵刃道："孽畜！休动手！"那三个妖王看见四星，自然害怕，俱道："不好了，不好了！他寻将降手儿来了。小的们，各顾性命走耶！"只听得呼呼吼吼，喘喘呵呵，众小妖都现了本相：原来是那山牛精、水牛精、黄牛精，满山乱跑。那三个妖王，也现了本相，放下手来，还是四只蹄子，就如铁炮一般，径往东北上跑。这大圣帅井木犴、角木蛟紧追急赶，略不放松。惟有斗木獬、奎木狼在东山凹里、山头上、山涧中、山谷内，把些牛精打死的、活捉的，尽皆收净，却向玄英洞里解了唐僧、八戒、沙僧。沙僧认得是二星，随同拜谢，因问："二位如何到此相救？"二星道："吾等是孙大圣奏玉帝请旨调来收怪救你也。"唐僧又滴泪道："我悟空徒弟怎么不见进来？"二星道："那三个老怪是三只犀牛，他见吾等，各各顾命，向东北艮方逃遁。孙大圣帅井木犴、角木蛟追赶去了。我二星扫荡群妖到此，特来解放圣僧。"唐僧复又顿首拜谢，朝天又拜。八戒搀起道："师父，礼多必诈，不须只管拜了。四星官一则是玉帝圣旨，二则是师兄人情。今既扫荡群妖，还不知老妖如何降伏，我们且收拾些细软东西出来，掀翻此洞，以绝其根，回寺等候师兄罢。"奎木狼道："天蓬元帅说得有理。你与卷帘大将保护你师回寺安歇，待吾等还去艮方迎敌。"八戒道："正是，正是，你二位还协同一捉，必须剿尽，方好回旨。"二星官即时追袭。八戒与沙僧将他洞内细软宝贝，有许多珊瑚、玛瑙、珍珠、琥珀、琚、宝贝、美玉、良金，搜出一石，搬在外面，请师父到山崖上坐了，他又进去放起火来，把一座洞烧成灰烬，却才领唐僧找路回金平慈云寺去。正是：

> 经云太极还生否，好处逢凶实有之。爱赏花灯禅性乱，喜游美景道心漓。大丹自古宜长守，一失原来到底亏。紧闭牢拴休旷荡，须史懈怠见参差。

且不言他三众得命回寺。却表斗木獬、奎木狼二星官驾云直向东北艮方赶妖怪来，二人在那半空中，寻看不见，直到西洋大海，远望见孙大圣在海上吆喝，他两个按落云头道："大圣，妖怪那里去了？"行者恨道："你两个怎么不来追降？这会子却冒冒失失的问甚？"斗木獬道："我见大圣与井、角二星战败妖魔追赶，料必擒拿。我二人却就打荡群精，入玄英洞救出你师父、师弟。搜了山，烧了洞，把你师父付托与你二弟领回府城慈云寺。多时不见车驾回转，故又追寻到此也。"行者闻言，方才喜谢道："如此，却是有功，多累，多累！但那三个妖魔，被我赶到此间，他就钻下海去。当有井、角二星，紧紧追拿，教老孙在岸边抵挡。你两个既来，且在岸边把截，等老孙也再去去。"好大圣，轮着棒，捻着诀，辟开水径，直入波涛深处，只见那三个妖魔在水底下与井木犴、角木蛟舍死忘生苦斗哩。他跳近前喊道："老孙来也！"那妖精抵住二星官，措手不及，正在危难之处，忽听得行者叫喊，顾残生，拨转头往海心里飞跑。原来这怪头上角，极能分水，只闻得花得花，冲开明路。这后边二星官并孙大圣并力追之。

　　却说西海中有个探海的夜叉，巡海的介士，远见犀牛分开水势，又认得孙大圣与二天星，即赴水晶宫对龙王慌慌张张报道："大王！有三只犀牛，被齐天大圣和二位天星赶来也。"老龙王敖顺听言，即唤太子摩昂："快点水兵，想是犀牛精辟寒、辟暑、辟尘儿三个惹了孙行者。今既至海，快快拔刀相助。"敖摩昂得令，即忙点兵。顷刻间，龟鳖鼍鼋，鲌白鳜鲤，与虾兵蟹卒等，各执枪刀，一齐呐喊，腾出水晶宫，抵挡住犀牛精。犀牛精不能前进，急退后，又有井、角二星并大圣拦阻，慌得他失了群，各各逃生，四散奔走，早把个辟尘儿被老龙王领兵围住。孙大圣见了心欢，叫道："消停消停！捉活的，不要死的。"摩昂听令，一拥上前，将辟尘儿扳翻在地，用铁钩子穿了鼻，攒蹄捆倒。老龙王又传号令，教分兵赶那两个，挟助二星官擒拿。那时小龙王帅众前来，只见井木犴现原身，按住辟寒儿，大口小口的唒着吃哩，摩昂高叫道："井宿，井宿！莫咬死他，孙大圣要活的，不要死的哩。"连喊是喊，已是被他把颈项咬断了。摩昂分付虾兵蟹卒，将个死犀牛抬转水晶宫，却又与井木犴向前追赶。只见角木蛟把那辟暑儿倒赶回来，只撞着井宿。摩昂帅龟鳖鼍鼋，撒开簸箕阵围住，那怪只教："饶命，饶命！"井木犴走近前，一把揪住耳朵，夺了他的刀，叫道："不杀你，不杀你！拿与孙大圣发落去来。"即当倒干戈，复至水晶宫外报道："都捉来也。"行者见一个断了头，血淋津的倒在地下，一个被井木犴拖着耳朵，推跪在地，近前仔细看了道："这头不是兵刀伤的啊。"摩昂笑道："不是我喊得紧，连身子都着井星官吃了。"行者道："既是如此，也罢，取锯子来，锯下他的这两只角，剥了皮带去，犀牛肉还留与龙王贤父子享之。"又把辟尘儿穿了鼻，教角木蛟牵着，辟暑儿也穿了鼻，教井木犴牵着，"带他上金平府见那刺史官，明究其由，问他个积年假佛害民，然后的决"。众等遵言，辞龙王父子，都出西海，牵着犀牛，会着奎、斗二星，驾云雾，径转金平府。行者足踏祥云，半空中叫道："金平府刺史、各佐贰郎官并府城内外军民人等听着：吾乃东土大唐差往西天取经的圣僧。你这府县每年家供献金灯，假充诸佛降祥者，即此犀牛之怪。我等过此，因元夜观灯，见这怪将灯油并我师父摄去，是我请天神收伏。今已扫清出洞，剿尽妖魔，不得为害，以后你府县再不可供献金灯，劳民伤财也。"那慈云寺里，八戒、沙僧方保唐僧进得山门，只听见行者在半空言语，即便撇了师父，丢下担子，纵风云起到空中道："那一只被井星咬死，已锯角剥皮在此。"八戒道："这两个索性推下此城，与官员人等看看，也认得我们是圣是神，左右累四位星官收云下地，同到府堂，将这怪的决。已此情真罪当，再有甚讲。"四星道："天蓬帅近来知理明律，却好呀。"八戒道："因做了这几年和尚，也略学得些儿。"众神果推落犀牛，一簇彩云，降至府堂之上。唬得这府县官员，城里城外人等，都家家设香案，户户拜天神。少时间，慈云寺僧把长老用轿抬进府门，会着行者，口中不离"谢"字，道："有劳上宿星官救出我等，因不见贤徒，悬悬在念，今幸得胜而回。然此怪不知赶向何方才捕获也。"行者道："自前日别了尊师，老孙上天查访，蒙太白金星识得妖魔是犀牛，指示请四木禽星。当时奏闻玉帝，蒙旨差委，直至洞口交战。妖王走了，又蒙斗、奎二宿救出尊师。老孙与井、角二宿并力追妖，直赶到西洋大海，又亏龙王父子帅兵相助，所以捕获到此审究也。"长老赞扬称谢不已。又见那府县正官并佐贰首领，都在那里高烧宝烛，满斗焚香，朝上礼拜。少顷间，八戒发起性来，掣出戒刀，将辟尘儿头一刀砍下，又一刀把辟暑儿头也砍下，随即取锯子锯下四只角来。孙大圣更有主张，就教："四位星官，将此四只犀角拿上界去，进贡玉帝，回缴圣旨。"把自己带来的二只："留一只在府堂镇库，以作向后免征灯油之证，^{是。}我们带一只去，献灵山佛祖。"四星心中大喜，即时拜别大圣，忽驾彩云回奏而去。

　　府县官留住他师徒四众，大排素宴，遍请乡官陪奉。一壁厢出给告示，晓谕军民人等，下年不许点设金灯，永蠲买油大户之役；一壁厢叫屠子宰剥犀牛之皮，硝熟熏干，制造铠甲，把肉普给官员人等；又一壁厢动支枉罚无碍钱粮，买民间空地，起建四星降妖之庙；又为唐僧四众建立生祠，各各树碑刻文，用传千古，以为报谢。师徒们索性宽怀饮爱，又被那二百四十家灯油大户，这家酬，那家请，略无虚刻。八戒遂心满意受用，把洞里搜来的宝物，每样各笼些须在袖，以为各家斋筵之赏。住经个月，犹不得起身，长老分付："悟空，将馀剩的宝物，尽送慈云寺僧，以为酬礼。瞒着那些大户人家，天不明走罢。恐只管贪乐，误了取经，惹佛祖见罪，又生灾厄，深为不便。"行者随将前件一一处分。次日五更早起，唤八戒备马。那呆子吃了自在酒饭，睡得梦梦乍道："这早备马怎的？"行者喝道："师父教走路哩。"呆子抹抹脸道："又是这长老没正经。二百四十家大户都请，才吃了有三十几顿饱斋，怎么又弄老猪忍饿。"长老听言骂道："馕糟的夯货，莫胡说，快早起来！再若强嘴，教悟空拿金箍棒打你！"那呆子听见说打，慌了手脚道："师父今番变了。常时疼我爱我，念我蠢夯护我，哥要打时他又劝解，今日怎么发狠转教打么？"行者道："师父怪你为嘴误了路程，^{着眼。}快早收拾行李备马，免打！"那呆子真个怕打，跳起来穿了衣服，吆喝沙僧道："快起来，打将来了！"沙僧也随跳起，各各收拾皆完。长老摇手道："寂寂悄悄的，不要惊动寺僧。"连忙上马，开了山门，找路而去。

这一去，正所谓：

> 暗放玉笼飞彩凤，私开金锁走蛟龙。

毕竟不知天明时，酬谢之家端的如何，且听下回分解。

总评：

四星挟捉三犀，不过是木克土耳，无他奥义，读者勿为所混。

第九十三回　给孤园问古谈因　天竺国朝王偶遇

起念断然有爱，留情必定生灾。^{着眼。}灵明何事辨三台？行满
自归元海。不论成仙成佛，须从个里安排。清清净净绝尘埃，果
正飞升上界。

却说寺僧，天明不见了三藏师徒，都道："不曾留得，不曾
别得，不曾求告得，清清的把个活菩萨放得走了。"正说处，只
见南关厢有几个大户来请，众僧扑掌道："昨晚不曾防御，今夜
都驾云去了。"众人齐望空拜谢。此言一讲，满城中官员人等，
尽皆知之，叫此大户人家，俱治办五牲花果，往生祠祭献酬恩
不题。

却说唐僧四众，餐风宿水，一路平宁，行有半个多月。忽一
日，见座高山，唐僧又悚惧道："徒弟，那前面山岭拱峭，是必
小心！"行者笑道："这边路上将近佛地，断乎无甚妖邪，师父
放怀勿虑。"唐僧道："徒弟，虽然佛地不远。但前日那寺僧
说，到天竺国都下有二千里，还不知是有多少路哩。"行者道：
"师父，你好是又把乌巢禅师《心经》忘记了也？"三藏道：
"《般若心经》是我随身衣钵。自那乌巢禅师教后，那一日不
念，那一时得忘，颠倒也念得来，怎会忘得？"行者道："师父
只是念得，不曾求那师父解得。"三藏说："猴头！怎又说我不
曾解得。你解得么？"行者道："我解得，我解得。"自此，三
藏、行者再不作声。旁边笑倒一个八戒，喜坏一个沙僧，说道：
"嘴靶！替我一般的做妖精出身，又不是那里禅和子听过讲经，
那里应佛僧，也曾见过说法，弄虚头，找架子，说甚么晓得解
得，怎么就不作声？听讲，请解！"沙僧说："二哥，你也信

他？大哥扯长话，哄师父走路，他晓得弄棒罢了，他那里晓得讲经。"三藏道："悟能、悟净，休要乱说，悟空解得是无言语文字，乃是真解。" ^{老和尚饶舌} 他师徒们正说话间，却倒也走过许多路程，离了几个山冈，路旁早见一座大寺。三藏道："悟空，前面是座寺啊，你看那寺，倒也：

　　不小不大，却也是琉璃碧瓦；半新半旧，却也是八字红墙。隐隐见苍松偃盖，也不知是几千百年间故物到于今；潺潺听流水鸣弦，也不道是那朝代时分开山留得在。三门上，大书着'布金禅寺'；悬匾上，留题着'上古遗迹'。"

　　行者看得是"布金禅寺"，八戒也道是"布金禅寺"，三藏在马上沉思道："布金，布金，这莫不是舍卫国界了么？"八戒道："师父，奇啊！我跟师父几年，再不曾见识得路，今日也识得路了。"三藏说道："不是，我常看经诵典，说是佛在舍卫城祇树给孤园，这园说是给孤笃长者问太子买了，请佛讲经，太子说：'我这园不卖。他若要买我的时，除非黄金满布园地。'给孤笃长者听说，随以黄金为砖，布满园地，才买得太子祇园，才请得世尊说法。我想这布金寺莫非就是这个故事？"八戒笑道："造化！若是就是这个故事，我们也去摸他块把砖儿送人。"大家又笑了一会，三藏才下得马来。进得三门，只见三门下挑担的，背包的，推车的，整车坐下，也有睡的去睡，讲的去讲。忽见他们师徒四众，俊的又俊，丑的又丑，大家有些害怕，却也就让开些路儿。三藏生怕惹事，口中不住只叫："斯文，斯文！"

这时节，却也大家收敛。转过金刚殿后，早有一位禅僧走出，却也威仪不俗。真是：

面如满月光，身似菩提树。

拥锡袖飘风，芒鞋石头路。

三藏见了问讯。那僧即忙还礼道："师从何来？"三藏道："弟子陈玄英，奉东土大唐皇帝之旨，差往西天拜佛求经。路过宝方，造次奉谒，便去一宿，明日就行。"那僧道："荒山十方常住，都可随喜，况长老东土神僧，但得供养，幸甚。"三藏谢了，随即唤他三人同行，过了回廊香积，径入方丈。相见礼毕，分宾主坐定，行者三人，亦垂手坐了。

这时寺中听说到了取经僧人，东土大唐话说，寺中若大若小，不问长住、挂褡、长老、行童，一一都来参见。茶罢，摆上斋供。这时长老还正开斋念偈，八戒早是要紧，馒头、素食、粉汤一搅直下。这时方丈却也人多，有知识的赞说三藏威仪，好耍子的都看八戒吃饭。却说沙僧眼溜，看见头底，暗把八戒捏了一把，说道："斯文！"八戒着忙，急的叫将起来，说道："斯文，斯文，肚里空空。"沙僧笑道："二哥，你不晓的，天下多少斯文，若论起肚子里来，正替你我一般哩。"活佛，活佛，缘何说得这样切实。八戒方才肯住。三藏念了结斋，左右撤了席面，三藏称谢。寺僧问起东土来因，三藏说到古迹，才问布金寺名之由。那僧答曰："这寺原是舍卫国给孤笃园寺，又名祇园，因是给孤笃长者请佛讲经，金砖布地，又易今名。我这寺一望之前，乃是舍卫国，那时给孤笃长者正在舍卫国居住，我荒山原是长者之祇园，因此遂名给孤布金寺，寺后边还有祇园基址。近年间，若遇时雨滂沛，还淋出金银珠儿，有造化的，每每拾着。"三藏道："话不虚传果是真。"又问道："才进宝山，见门下两廊有许多骡马车担的行商，为何在此歇宿？"众僧道："我这山唤做百脚山。先年且是太平，近因天气循环，不知怎的，生几个蜈蚣精，常在路下伤人，虽不至于伤命，其实人不敢走。山下有一座关，唤做鸡鸣关，但到鸡鸣之时，才敢过去。那些客人因到晚了，惟恐不便，权借荒山一宿，等鸡鸣后便行。"三藏道："我们也等鸡鸣后去罢。"师徒们正说处，又见拿上斋来，却与唐僧等吃毕。此时上弦月皎，三藏与行者步月闲行，又见个道人来报道："我们老师爷要见见中华人物。"三藏急转身，见一众老和尚，手持竹杖，向前作礼道："此位就是中华来的师父？"三藏答礼道："不敢。"老僧称赞不已。因问："老师高寿？"三藏道："虚度四十五年矣，敢问老院主尊寿？"老僧笑道："比老师痴长一花甲也。"行者道："今年是一百零五岁了，你看我有多少年纪？"老僧道："师家貌古神清，况月夜眼光，急看不出来。"叙了一会，又向后廊看看。三藏道："才说给孤园基址，果在何处？"老僧道："后门外就是。"快教开门，但见是一块空地，还有些碎石叠的墙脚。三藏合掌叹曰：

忆昔檀那须达多，曾将金宝济贫疴。
祇园千古留名在，长者何方伴觉罗？

他都玩着月，缓缓而行，行近后门外，至台上又坐了一坐。忽闻得有啼哭之声，三藏静心诚听，哭的是爷娘不知苦痛之言，他就感触心酸，不觉泪堕，回问众僧道：“是甚人在何处悲切？”老僧见问，即命众僧先回去煎茶，见无人方才对唐僧行者下拜。三藏搀起道：“老院主，为何行此礼？”老僧道：“弟子年岁百馀，略通人事，每于禅静之间，也曾见过几番景象。若老爷师徒，弟子聊知一二，与他人不同；若言悲切之事，非这位师家，明辨不得。”行者道：“你且说是甚事？”老僧道：“旧年今日，弟子正明性月之时，忽闻一阵风响，就有悲怨之声，弟子下榻，到祇园基上看处，乃是一个美貌端正之女。我问他：‘你是谁家女子？为甚到于此地？’那女子道：‘我是天竺国国王的公主。因为月下观花，被风刮来的。’我将他锁在一间敝空房里，将那房砌作个监房模样，门上止留一小孔，仅递得碗过。当日与众僧传道是个妖邪，被我捆了，但我僧家乃慈悲之人，不肯伤他性命，每日与他两顿粗茶粗饭，吃着度命。那女子也聪明，即解吾意，恐为众僧点污，就装风作怪，尿里眠，屎里卧，白日家说胡话，呆呆邓邓的，到夜静静处，却思量父母啼哭。^{此女亦通。}我几番家进城来化，打探公主事，全然无损，故此坚收紧锁，更不放出。今幸老师来国，万望到了国中，广施法力，辨明辨明，一则救拔良善，二则昭显神通也。”三藏与行者听罢，切切在心。正说处，只见两个小和尚请吃茶安置，遂而回去。八戒与沙僧在方丈中，突突浓浓的道：“明日要鸡鸣走路，此时还不来哩。”行者道：“呆子又说甚么？”八戒道：“睡了罢，这等夜深，还看甚么景致。”因此，老僧散去，唐僧就寝。正是那：

人静月沉花梦悄，暖风微透壁窝纱。

铜壶点点看三汲，银汉明明照九华。

当夜睡还未久，即听鸡鸣，那前边行商烘烘皆起，引灯造饭。这长老也唤醒八戒沙僧扣马收拾，行者叫点灯来。那寺僧已先起来，安排茶汤点心，在后候敬。八戒欢喜，吃了一盘馍馍，把行李马匹牵出，三藏、行者对众辞谢，老僧又向行者道："悲切之事，在心在心！"行者笑道："谨领谨领！我到城中，自能聆音而察理，见貌而辨色也。"那伙行商，哄哄嚷嚷的，也一同上了大路，将有寅时，过了鸡鸣关。至巳时，方见城垣，真是铁瓮金城，神州天府。那城：

虎踞龙蟠形势高，凤楼麟阁彩光摇。御沟流水如环带，福地依山插锦标。晓日旌旗明辇路，春风箫鼓遍溪桥。国王有道衣冠胜，五谷丰登显俊豪。

当日入于东市街，众商各投旅店。他师徒们进城，正走处，有一个会同馆驿，三藏等径入驿内。那驿内管事的，即报驿丞道："外面有四个异样的和尚，牵一匹白马进来了。"驿丞听说有马，就知是官差的，出厅迎迓。三藏施礼道："贫僧是东土唐朝钦差灵山大雷寺见佛求经的，随身有关文，入朝照验。借大人高衙一宿，事毕就行。"驿丞答礼道："此衙门原设待使客之处，理当款迓，请进，请进。"三藏喜悦，教徒弟们都来相见。

那驲丞看见嘴脸丑陋，暗自心惊，不知是人是鬼，战兢兢的，只得看茶，摆斋。三藏见他惊怕，道："大人勿惊，我等三个徒弟，相貌虽丑，心地俱良，俗谓山恶人善，何以惧为。"驲丞闻言，方才定了心性问道："国师，唐朝在于何方？"三藏道："在南赡部洲中华之地。"又问："几时离家？"三藏道："贞观十三年，今已历过十四载，苦经了些万水千山，方到此处。"驲丞道："神僧，神僧。"三藏问道："上国天年几何？"驲丞道："我敝处乃大天竺国，自太祖太宗传到今，已五百馀年。现在位的爷爷，爱山水花卉，号做怡宗皇帝，改元靖宴，今已二十八年了。"三藏道："今日贫僧要去见驾倒换关文，不知可得遇朝？"驲丞道："好，好，正好。近因国王的公主娘娘，年登二十青春，正在十字街头，高结彩楼，抛打绣球，撞天婚招驸马。今日正当热闹之际，想我国王爷爷还未退期，若欲倒换关文，趁此时好去。"三藏忻然要走，只见摆上斋来，遂与驲丞、行者等吃了。时已过午，三藏道："我好去了。"行者道："我保师父去。"八戒道："我去。"沙僧道："二哥罢么，你的嘴脸不见怎的，莫到朝门外妆胖，还教大哥去。"三藏道："悟净说得好，呆子粗夯，悟空还有些细腻。"那呆子掬着嘴道："除了师父，我三个的嘴脸也差不多儿。"三藏却穿了袈裟，行者拿了引袋同去。只见街坊上，士农工商，文人墨客，愚夫俗子，齐咳咳都道："看抛绣球去也。"三藏立于道旁对行者道："他这里人物衣冠，宫室器用，言语谈吐，也与我大唐一般。我想着我俗家先母也是抛打绣球遇旧姻缘，结了夫妇。此处亦有此等风俗。"行者道："我们也去看看如何？"三藏道："不可，不可！你我服色不便，恐有嫌疑。"行者道："师父，你忘了那给孤布金寺老僧之言：一则去看彩楼，二则去辨真假，似这般忙忙的，那皇帝必听公主之喜报，那里视朝理事？且去去来。"三藏听说，真与行者相随，见各项人等俱在那里看打绣球。呀！那知此去，却是渔翁抛下钩和线，从今钓出是非来。

话表那个天竺国王，因爱山水花卉，前年带后妃、公主在御花园月夜赏玩，惹动一个妖邪，把真公主摄去，他却变做一个假公主。知得唐僧今年今月今日今时到此，他假借国家之富，搭起彩楼，欲招唐僧为偶，采取元阳真气，以成太乙上仙。^{此妖亦通。}正当午时三刻，三藏与行者杂入人丛，行近楼下。那公主才拈香焚起，祝告天地，左右有五七十胭娇绣女，近侍的捧着绣球。那楼八窗玲珑，公主转睛观看，见唐僧来得至近，将绣球取过来，亲手抛在唐僧头上。唐僧着了一惊，把个毗卢帽子打歪，双手忙扶着那球，那球毂辘的滚在他衣袖之内。那楼上齐声发喊道："打着个和尚了，打着个和尚了。"^{妇人偏要打和尚，大奇。}噫！十字街头，那些客商人等，济济哄哄，都来奔抢绣球，被行者喝一声，把牙傪一傪，把腰躬一躬，长了有三丈高低个神威，弄出丑脸，唬得些人跌跌爬爬，不敢相近，霎时人散，行者还现了本像。那楼上绣女宫娥并大小太监，都来对唐僧下拜道："贵人，贵人！请入朝堂贺喜。"三藏急还礼，扶起众人，回头埋怨行者道："你这猴头，又是撮弄我也！"行者笑道："绣球儿打在你头上，滚在你袖里，干我何事？埋怨怎么？"三藏道："似此怎生区处？"行者道："师父，你且放心。便入朝见驾，我回驲报与八戒、沙僧等候。若是公主不招你便罢，倒换了关文就行，如必欲招你，你对国王说，召我徒弟来，我要分付他一声，那时召我三个入朝，我其间自能辨别真假。此是倚婚降怪之计。"唐僧无已从言，行者转身回驲。那长老被众宫娥等撮拥至楼前。公主下楼，玉手相搀，同登宝辇，摆开仪从，回转朝门。早有黄门官先奏道："万岁，公主娘娘搀着一个和尚，想是绣球打着，现在午门外候旨。"那国王见说，心甚不喜，意欲赶退，又不知公主之意何如，只得含情宣入。公主与唐僧遂至金銮殿下，正是一对夫妻呼万岁，两门邪正拜千秋。礼毕，又宣至殿上，开言问道："僧人何来，遇朕女抛球得中？"唐僧俯伏奏道："贫僧乃南赡部洲大唐皇帝差往西天大雷音寺拜佛求经的，因有长路关文，特来朝王倒换。路过十字街彩楼之下，不期公主娘娘抛绣球，打在贫僧头上。贫僧是出家异教之人，怎敢与玉叶金枝为偶？万望赦贫僧死罪，倒换关文，打发早赴灵山，见佛求经，回我国土，永注陛下之天恩也。"国王道："你乃东土圣僧，正是千里姻缘使线牵。寡人公主，今登二十岁未婚，因择今日年月日时俱利，所以结彩楼抛绣球，以求佳偶。可可的你来抛着，朕虽不嘉，却不知公主之意如何？"那公主叩头道："父王，常言嫁鸡逐鸡，嫁犬逐犬，女有誓愿在先，结了这球，告奏天地神明，撞天婚抛打。今日打着圣僧，即是前世之缘，遂得今生之遇，岂敢更移，愿招他为驸马。"国王方喜，即宣钦天监正台官选择日期，一壁厢收拾妆奁，又出旨晓谕天下。三藏闻言，更不谢恩，只教："放赦，放赦！"国王道："这和尚甚不通理。朕以一国之富，招你做驸马，为何不在此享用，念念只要取经。再若推辞，教锦衣官校推出斩了！"长老唬得魂不附体，只得战兢兢叩头启奏

难道和尚是鸡犬？

道："感蒙陛下天恩，但贫僧一行四众，还有三个徒弟在外，今当领纳，只是不曾分付得一言，万望召他到此，倒换关文，教他早去，不误了西求之意。"国王遂准奏道："你徒弟在何处？"三藏道："都在会同馆驿。"随即差官召圣僧徒弟领关文西去，留圣僧在此为驸马，长老只得起身侍立。有诗为证：

大丹不漏要三全，苦行难成恨恶缘。道在圣传修在色，善由人积福由天。休逞六根多贪欲，顿开一性本来原。无爱无思自清净，管教解脱得超然。

当时差官至会同馆驿，宣召唐僧徒弟不题。

却说行者自彩楼下别了唐僧，走两步，笑两声，喜喜欢欢的回驿。八戒、沙僧迎着道："哥哥，你怎么那般喜笑？师父如何不见？"行者道："师父喜了。"八戒道："还未到地头，又不曾见佛取得经回，是何来之喜？"行者笑道："我与师父只走至十字街彩楼之下，可可的被当朝公主抛绣球打中了师父，师父被些宫娥、彩女、太监推拥至楼前，同公主坐辇入朝，招为驸马，此非喜而何？"八戒听说，跌脚捶胸道："早知我去好来！都是那沙僧惫懒，你不阻我啊，我径奔彩楼之下，一绣球打着我老猪，那公主招了我，却不美哉妙哉，俊刮标致停当，大家造化耍子儿，何等有趣。"_{市井之谈，亦自有趣。}沙僧上前，把他脸上一抹道："不羞，不羞，好个嘴把姑子，三钱银子买了老驴——自夸骑得，要是一绣球打着你，就连夜烧退送纸也还道迟了，敢惹你这晦气进门。"八戒道："你这黑子不知趣。丑自丑，还有些风味。自古道：皮肉粗糙，骨格坚强，各有一得可取。"行者道："呆子莫胡谈！且收拾行李。但恐师父着了急，来叫我们，却好进朝保护他。"八戒道："哥哥又说差了。师父做了驸马，到宫中与皇帝的女儿交欢，又不是爬山踵路，遇怪逢魔，要你保护他怎的。他那样一把子年纪，岂不知被窝里之事，要你去扶揸？"行者一把揪住耳朵，轮拳骂道："你这个淫心不断的夯货！说那甚胡话！"正炒闹间，只见驲丞来报道："圣上有旨，差官来请三位圣僧。"八戒道："端的请我们为何？"驲丞道："老神僧幸遇公主娘娘，打中绣球，招为驸马，故此差官来请。"行者道："差官在那里？教他进来。"那官看行者施礼。礼毕，不敢仰视，只管暗念诵道："是鬼，是怪？是雷公，夜叉？"行者道："那官儿，有话不说，为何沉吟？"那官儿慌得战战兢兢的，双手举着圣旨，口里乱道："我公主有请会亲，我公主会亲有请。"如画。
八戒道："我这里没刑具，不打你，你慢慢说，不要怕。"行者道："莫成道怕你打？怕你那脸嘴！快收拾挑担牵马进朝，见师父议事去也。"

这正是：

路逢狭道难回避，定教恩爱反为仇。

毕竟不知见了国王有何话说，且听下回分解。

总批:

一部《西游记》，独此回为第一义矣。此回内说斯文肚里空空处，真是活佛出世，方能说此妙语。今日这班做举业的斯文，不识一瞎字，真正可怜，不知是何缘故，却被猪八戒、沙和尚看出破绽来也。大羞，大羞。

第九十四回　四僧宴乐御花园　一怪空怀情欲喜

中臺園御八怪東愧愁
僧樂筝此立情喜

话表孙行者三人，随着宣召官至午门外，黄门官即时传奏宣进。他三个齐齐站定，更不下拜，国王问道："那三位是圣僧驸马之高徒？姓甚名谁？何方居住？因甚事出家？取何经卷？"行者即近前，意欲上殿，旁有护驾的喝道："不要走，有甚话，立下奏来。"行者笑道："我们出家人，得一步就进一步。"随后八戒沙僧亦俱近前。长老恐他村卤惊驾，便起身叫道："徒弟呵，陛下问你来因，你即奏上。"行者见他那师父在旁侍立，忍不住大叫一声道："陛人轻人重己。既招我师为驸马，如何教他侍立？世间称女夫谓之贵人，岂有贵人不坐之理？"国王听说，大惊失色，欲逃殿，恐失了观瞻，只得硬着胆，教近侍的取绣墩来，请唐僧坐了。行者才奏道：

"老孙祖居东胜神州傲来国花果山水帘洞。父天母地，石裂吾生。曾拜至人，学成大道。复转仙乡，啸聚在洞天福地。下海降龙，登山擒兽。消死名，上生籍，官拜齐天大圣。玩赏琼楼，喜游宝阁。会天仙，日日歌欢；居圣境，朝朝快乐。只因乱却蟠桃宴，大反天宫，被佛擒伏。困压在五行山下，饥餐铁弹，渴饮铜汁，五百年未尝茶饭。幸我师出东土，拜西方，观音教令脱天灾，离大难，皈正在瑜伽门下。旧讳悟空，称名行者。"

国王闻得这般名重，慌得下了龙床，走将来，以御手挽定长老道："驸马，也是朕之天缘，得遇你这仙姻仙眷。"三藏满口谢恩，请国王登位。复问："那位是第二高徒？"八戒掬嘴扬威道：

"老猪先世为人，贪欢爱懒。一生混沌，乱性迷心。未识天高地厚，难明海阔山遥。正在幽闲之际，忽然遇一真人。半句话，解开业网；两三言，劈破灾门。当时省悟，立地投师。谨修二八之工夫，敬炼三三之前后。行满飞升，得超天府。荷蒙玉帝厚恩，官赐天蓬元帅，管押河兵，逍遥汉阙。只因蟠桃酒醉，戏弄嫦娥，谪官衔，遭贬临凡；错投胎，托生猪像。住福陵山，造孽无边。遇观音，指明善道。皈依佛教，保护唐僧。径往西天，拜求妙典。法讳悟能，称为八戒。"

国王听言，胆战心惊，不敢观觑。这呆子越弄精神，摇着头，掬着嘴，撑起耳朵呵呵大笑。三藏又怕惊驾，即叱道："八戒收敛！"方才叉手拱立，假扭斯文。又问："第三位高徒，因甚皈依？"沙和尚合掌道：

"老沙原系凡夫，因怕轮回访道。云游海角，浪荡天涯。常得衣钵随身，每炼心神在舍。因此虔诚，得逢仙侣。养就孩儿，配缘姹女。工满三千，合和四相。超天界，拜玄穹，官授卷帘大将，侍御凤辇龙车，封号将军。也为蟠桃会上，失手打破玻璃盏，贬在流沙河，改头换面，造业伤生。幸善菩萨远游东土，劝我皈依，等候唐朝佛子，往西天求经果正。从立自新，复修大觉，指河为姓。法讳悟净，称名沙僧。"

国王见说，多惊多喜，喜的是女儿招了活佛，惊的是三个实乃妖神。正在惊喜之间，忽有正台阴阳官奏道："婚期已定本年本月十三日，壬子辰良，周堂通利，宜配婚姻。"国王道：
"今日是何日辰？"阴阳官奏："今日初八，乃戊申之日，猿猴
献果，正宜进贤纳事。"国王大喜，即着当驾官打扫御花园馆阁
楼亭，且请驸马同三位高徒安歇，待后安排合卺佳筵，与公主匹
配。众等钦遵，国王退朝，多官皆散不题。

却说三藏师徒们都到御花园，天色渐晚，摆上素膳。八戒喜
道："这一日也该吃饭了。"管办人即将素米饭、面饭等物，整
担挑来。那八戒吃了又添，添了又吃，直吃得撑肠挂腹，方才住
手。少顷，又点上灯，设铺盖，各自归寝。长老见左右无人，却
恨责行者，怒声叫道："悟空！你这猢狲，番番害我。我说只去
倒换关文，莫向彩楼前去，你怎么直要引我去看看？如今看得好
么，却惹出这般事来，怎生是好？"（这和尚委是怕阴的。）行者陪笑道："师
父说：先母也是抛打绣球，遇旧缘成其夫妇。似有慕古之意，老
孙才引你去，又想着那个给孤布金寺长老之言，就此探视真假。
适见那国王之面，略有些晦暗之色，但只未见公主何如耳。"长
老道："你见公主便怎的？"行者道："老孙的火眼金睛，但见面
就认得真假善恶，富贵贫穷，却好施为，辨分邪正。"沙僧与八
戒笑道："哥哥近日又学得会相面了。"行者道："相面之士，当
我孙子罢了。"三藏喝道："且休调嘴，只是他如今定要招我，
果何以处之？"行者道："且到十三日会喜之时，必定那公主出
来参拜父母，等老孙在旁观看，若还是个真女人，你就做了驸
马，享用国内之荣华也罢。"三藏闻言，越生嗔怒，骂道："好
猢狲！你还害我哩。却是悟能说的，我们十节儿已上了九节七八
分了，你还把热舌头铎我？快早夹着，你休开那臭口！再若无

礼，我就念起咒来，教你了当不得。"行者听说念咒，慌得跪在面前道："莫念，莫念！若是真女人，待拜堂时我们一齐大闹皇宫，领你去也。"师徒说话，不觉早已入更。正是：

沉沉宫漏，荫荫花香。绣户垂珠箔，闲庭绝火光。秋千索冷空留影，羌笛声残静四方。绕屋有花笼月灿，隔宫无树显星芒。杜鹃啼歇，蝴蝶梦长。银汉横天宇，白云归故乡。正是离人情切处，风摇嫩柳更凄凉。

八戒道："师父，夜深了，有事明早再议，且睡，且睡！"师徒们果然安歇。一宵夜景不题，早又金鸡唱晓。五更三点，国王即登殿设朝，但见：

宫殿开轩紫气高，风吹御乐透青霄。云移豹尾旌旗动，日射螭头玉佩摇。香雾细添宫柳绿，露珠微润苑花娇。山呼舞蹈千官列，海晏河清一统朝。

众文武百官朝罢，又宣光禄寺安排十二日会喜佳筵，今日且整春醪，请驸马在御花园中款玩，分付仪制司领三位贤亲去会同馆少坐，着光禄寺安排三席素宴去彼奉陪，两处俱着教坊司奏乐，伏侍赏春景消迟日也。八戒闻得，应声道："陛下，我师徒自相会，更无一刻相离。今日既在御花园饮宴，带我们去耍两日，好教师父替你家做驸马，不然这个买卖生意弄不成。"那国王见他丑陋，说话粗俗，又见他扭头捏颈，掬嘴巴，摇耳朵，即像有些风气，犹恐搅破亲事，只得依从，便教："在永镇华夷阁里安排二席，我与驸马同坐，留春亭上安排三席，请三位别坐，恐他师徒们坐次不便。"那呆子才朝上唱个喏，叫声多谢，各各而退，又传旨教内宫官排宴，着三宫六院后妃与宫主上头，就为添妆馂子，以待十二日佳配。将有巳时前后，那国王排驾，请唐僧都到御花园内观看。好去处：

径铺彩石，槛凿雕栏。径铺彩石，径边石畔长奇葩；槛凿雕栏，槛外栏中生异卉。夭桃迷翡翠，嫩柳闪黄鹂。步觉幽香来袖满，行沾清味上衣多。凤台龙沼，竹阁松轩。凤台之上，吹箫引凤来仪；龙沼之间，养鱼化龙而去。竹阁有诗，费尽推敲裁白雪；松轩文集，考成珠玉注青编。假山拳石翠，曲水碧波深。牡丹亭，蔷薇架，叠锦铺绒；茶蘼槛，海棠畦，堆霞砌玉。芍药异香，蜀葵奇艳。白梨红杏斗芳菲，紫蕙金萱争烂熳。丽春花、木笔花、杜鹃花，夭夭灼灼；含笑花、凤仙花、玉簪花，战战巍巍。一处处红透胭脂润，一丛丛芳浓锦绣围。更喜东风回暖日，满园娇媚逞光辉。

一行君王几位，观之良久。早有仪制司官邀请行者三人入留春亭，国王携唐僧上华夷阁，各自饮宴。那歌舞吹弹，铺张陈设，真是：

峥嵘阊阖曙光生，凤阁龙楼瑞霭横。春色细铺花草绣，天光遥射锦袍明。笙歌缭绕如仙宴，杯斝飞传玉液清。君悦臣欢同玩赏，华夷永镇世康宁。

此时长老见那国王敬重，无计可奈，只得勉强随喜，诚是外喜而内忧也。坐间见壁上挂四面金屏，屏上画着春夏秋冬四景，皆有题咏，皆是翰林名士之诗：

春景诗曰：周天一气转洪钧，大地熙熙万象新。桃李争妍花烂熳，燕来画栋迷香尘。

夏景诗曰：熏风拂拂思迟迟，宫院榴葵映日辉。玉笛音调惊午梦，芰荷香散到庭帏。

秋景诗曰：金井梧桐一叶黄，珠帘不卷夜来霜。燕知社日辞巢去，雁折芦花过别乡。

冬景诗曰：天雨飞云暗淡寒，朔风吹雪积千山。深宫自有红炉暖，报道梅开玉满栏。

那国王见唐僧恣意看诗，便道："驸马喜玩诗中之味，必定善于吟哦，如不吝珠玉，请依韵各和一首如何？"长老是个对景忘情、明心见性之意，见国王钦重，命和前韵，他不觉忽谈一句道："日暖冰消大地钧。"〔说假事宛如真事。〕国王大喜，即召侍卫官："取文房四宝，请驸马和完录下，俟朕缓缓味之。"长老欣然不辞，举笔而和：

和春景诗曰：日暖冰消大地钧，御园花卉又更新。和风膏雨民沾泽，海晏河清绝俗尘。

和夏景诗曰：斗指南方白昼迟，槐云榴火斗光辉。黄鹂紫燕啼宫柳，巧转双声入绛帏。

和秋景诗曰：香飘橘绿与橙黄，松柏青青喜降霜。篱菊半开攒锦绣，笙歌韵彻水云乡。

和冬景诗曰：瑞雪初晴气味寒，奇峰巧石玉团山。炉烧兽炭煨酥酪，袖手高歌倚翠栏。驸马诗虽不工，然无和尚气，亦可取也。

国王见和大喜，称唱道："好个袖手高歌倚翠栏！"遂命教坊司以新诗奏乐，尽日而散。

行者三人在留春亭亦尽受用，各饮了几杯，也都有些醉意，正欲去寻长老，只见长老已同国王在一阁。八戒呆性发作，应声叫道："好快活！好自在！今日也受用这下日了，却该趁饱儿睡觉去也！"沙僧笑道："二哥忒没修养，这气饱饫，如何睡觉？"八戒道："你那里知，俗语云：吃了饭儿不挺尸，肚里没板脂哩。"唐僧与国王相别，只谨言，既至亭内，嗔责他三人道："汝等越发村了。这是甚么去处，只管大呼小叫。倘或恼着国王，却不被他伤害性命？"八戒道："没事，没事！我们与他亲家礼道的，他便不好生怪。常言道：打不断的亲，骂不断的邻。大家耍子，怕他怎的？"长老叱道，教："拿过呆子来，打他二十禅杖。"行者果一把揪翻，长老举杖就打，呆子喊叫道："驸马爷爷！饶罪，饶罪！"旁有陪宴官劝住，呆子爬将起来，突突囔囔的道："好贵人！好驸马！亲还未成，就行起王法来了！"行者侮着他嘴道："莫胡说，莫胡说！快早睡去。"他们又在留春亭住了一宿。到明早，依旧宴乐。

不觉乐了三四日，正值十二日佳辰，有光禄寺三部各官回奏道："臣等自八日奉旨，驸马府已修完，专等妆奁铺设，合卺宴亦已完备，荤素共五百馀席。"国王心喜，欲请驸马赴席，忽有内宫官对御前启奏道："万岁，正宫娘娘有请。"国王遂退入内宫，只见那三宫皇后，六院嫔妃，引领着公主，都在昭阳宫谈笑。真个是花团锦簇，那一片富丽妖娆，真胜似天堂月殿，不亚于仙府瑶宫。有《喜会佳姻》新词四首为证：

《喜词》云：喜，喜，喜！欣然乐矣！结婚姻，恩爱美。巧样宫妆，嫦娥怎比。龙钗与凤钗，艳艳飞金缕。樱唇皓齿朱颜，袅娜如花轻体。锦重重，五彩丛中；香拂拂，千金队里。

《会词》云：会，会，会！妖娆娇媚。赛毛嫱，欺楚妹。倾国倾城，比花比玉。妆饰更新妍，钗环多艳丽。兰心蕙性清高，粉脸冰肌荣贵。黛眉一线远山微，窈窕娘共攒锦队。

《佳词》云：佳，佳，佳！玉女仙娃。深可爱，实堪夸。异香馥郁，脂粉交加。天台福地远，怎似国王家。笑语纷然娇态，笙歌缭绕喧哗。花堆锦砌千般美，看遍人间怎若他。

《姻词》云：姻，姻，姻！兰麝香喷。仙子阵，美人群。嫔妃换彩，公主妆新。云鬓堆鸦髻，霓裳压凤裙。一派仙音嘹亮，两行朱紫缤纷。当年曾结乘鸾信，今朝幸喜会佳姻。

却说国王驾到，那后妃引着公主，并彩女宫娥都来迎接。国王喜孜孜，进了昭阳宫坐下。后妃等朝拜毕，国王道："公主贤女，自初八日结彩抛球，幸遇圣僧，想是心愿已足。各衙门官，又能体朕心，各项事俱已完备。今日正是佳期，可早赴合卺之宴，不要错过时辰。"那公主走近前倒身下拜，奏道："父王，乞赦小女万千之罪。有一言启奏：这几日闻得宫官传说，唐圣僧有三个徒弟，都生得十分丑恶，小女不敢见他，恐见时必生恐惧。万望父王将他发放出城方好，不然惊伤弱体，反为祸害也。"国王道："孩儿不说，朕几乎忘了，果然生得有些丑恶，连日教他在御花园里留春亭管待。趁今日就上殿，打发他关文，教他出城，却好会宴。"公主叩头谢了恩，国王即出宫上殿，传旨："请驸马共他三位。"

原来那唐僧掐指头儿算日子，熬至十二日，天未明，就与他三人计较道："今日却是十二了，这事如何区处？"行者道："那国王我已识得他有些晦气，还未沾身，不为大害。但只不得公主见面，若得出来，老孙一觑，就知真假，方才动作。你只管放心，他如今一定来请，打发我等出城，你自应承莫怕，我闪闪身儿就来，紧紧随护你也。"师徒们正讲，果见当驾官同仪制司来请。行者笑道："去来，去来！必定是与我们送行，好留师父会合。"八戒道："送行必定有千百两黄金白银，我们也好买些人事回去，到我那丈人家，也再会亲耍子儿去耶。"沙僧道："二哥箝着口，休乱说，只凭大哥主张。"遂此将行李马匹，俱随那些官到于丹墀下。国王见了，教请行者三位近前道："汝等将关文拿上来，朕当用宝花押交付汝等，外多备盘缠，送你一一早去灵山见佛，若取经回来，还有重谢。留驸马在此，勿得悬念。"行者称谢，遂教沙僧取出关文递上。国王看了，即用了印，押了花字，又取黄金十锭，白金二十锭，聊达亲礼，八戒原来财色心重，即去接了。行者朝上唱个喏道："聒噪，聒噪！"便转身要走，慌得个三藏一毂辘爬起，扯住行者，咬响牙根道："你们都不顾我就去了！"行者把手捏着三藏手掌，丢个眼色道："你在这里宽怀欢会，我等取了经，回来看你。"

那长老似信不信的，不肯放手。多官都看见，以为实是相别而去。早见国王又请驸马上殿，着多官送三位出城，长老只得放了手上殿。行者三人，同众出了朝门，各自相别。八戒道："我们当真的走哩？"行者不言语，只管走至驿中。驿丞接入，看茶摆饭。行者对八戒、沙僧道："你两个只在此，切莫出头。但驿丞问甚么事情，且含糊答应，莫与我说话，我保师父去也。"好大圣，拔一根毫毛，吹口仙气，叫："变！"即变作本身模样，与八戒、沙僧同在驿内，真身却幌的跳在半空，变作一个蜜蜂儿，其实小巧。但见：

翅黄口甜尾利，随风飘舞颠狂。最能摘蕊与偷香，度柳穿花摇荡。辛苦几番淘染，飞来飞去空忙。酿成浓美自何尝，只好留存名状。

你看他轻轻的飞入朝中，观见那唐僧在国王左边绣墩上坐着，愁眉不展，心存焦燥，竟飞至他毗卢帽上，悄悄的爬及耳边，叫道："师父，我来了，切莫忧虑。"这句话，只有唐僧听见，那伙凡人，莫想知觉。唐僧听见，始觉心宽。不一时，宫官来请道："万岁，合卺嘉筵已排设在鸳鹊宫中，娘娘与公主俱在宫伺候，专请万岁同贵人会亲也。"国王喜之不尽，同驸马进宫而去。

正是那：

邪主爱花花作祸，禅心动念念生愁。

毕竟不知唐僧在内宫怎生解脱，且听下回分解。

总批：

一谑语云："皇帝女婿名驸马，诸侯女婿当名驸驴，到得举人进士女婿，只好名驸狗罢了。"因见唐僧做驸马事，笑而书此。○《西游》妙处只是说假如真，令人解颐。

第九十五回　假合形骸擒玉兔

　　　　　　　真阴归正会灵元

却说那唐僧忧忧愁愁，随着国王至后宫，只听得鼓乐喧天，随闻得异香扑鼻，低着头，不敢仰视。行者暗里欣然，丁在那毗卢帽顶上，运神光，睁火眼金睛观看，又只见那两班彩女，摆列的似蕊宫仙府，胜强似锦帐春风。真个是：

娉婷袅娜，玉质冰肌。一双双娇欺楚女，一对对美赛西施。云鬟高盘飞彩凤，娥眉微显远山低。笙簧杂奏，箫鼓频吹。宫商角徵羽，抑扬高下齐。清歌妙舞常堪爱，锦砌花团色色怡。

行者见师父全不动念，暗自里咂嘴夸称道："好和尚，好和尚！身居锦绣心无爱，足步琼瑶意不迷。"少时，皇后嫔妃簇拥着公主出鸳鸯宫，一齐迎接，都道声："我王万岁，万万岁！"慌的个长老战战兢兢，莫知所措。行者早已知识，见那公主头直上微露出一点妖氛，却也不十分凶恶，即忙爬近耳朵叫道："师父，公主是个假的。"长老道："是假的，却如何教他现相。"行者道："使出法身，就此拿他也。"长老道："不可，不可！恐惊了主驾，且待君后退散，再使法力。"那行者一生性急，那里容得，大咤一声，现了本相，赶上前揪住公主骂道："好孽畜！你在这里弄假成真，只在此这等受用也尽勾了，心尚不足，还要骗我师父，破他的真阳，遂你的淫性哩。"唬得那国王呆呆挣挣，后妃跌跌爬爬，宫娥彩女，无一个不东躲西藏，各顾性命。好便似：

春风荡荡，秋气潇潇。春风荡荡过园林，千花摆动；秋气潇潇来径苑，万叶飘摇。刮折牡丹欹槛下，吹歪芍药卧栏边。沼岸芙蓉乱撼，台基菊蕊铺堆。海棠无力倒尘埃，玫瑰有香眠野境。春风吹折荇荷樗，冬雪压歪梅嫩蕊。石榴花瓣，乱落在内院东西；岸柳枝条，斜垂在皇宫南北。好花风雨一宵狂，无数残红铺地锦。

三藏一发慌了手脚，战兢兢抱住国王，只叫："陛下，莫怕，莫怕！此是我顽徒使法力，辨真假也。"

却说那妖精见事不谐，挣脱了手，解剥了衣裳，摔落了钗环首饰，即跑到御花园土地庙里，取出一条碓嘴样的短棍，急转身来乱打行者。行者随即跟来，使铁棒劈面相迎。他两个吆吆喝喝，就在花园内斗起，后却大显神通，各驾云雾，杀在空中。这一场：

金箍铁棒有名声，碓嘴短棍无人识。一个因取真经到此方，一个为爱奇花来住迹。那怪久知唐圣僧，要来配合元精液。旧年摄去真公主，变作人身钦爱惜。今逢大圣认妖氛，救援活命分虚的。短棍行凶着顶丢，铁棒施威迎面击。喧喧嚷嚷两相持，云雾满天遮白日。

他两个杀在半空赌斗，吓得那满城中百姓心慌，大朝里多官胆怕。长老扶着国王，只叫："休惊！请劝娘娘与众等莫怕。你公主是个假作真形的，等我徒弟拿住他，方知好歹也。"那些妃子有胆大的，把那衣服钗环拿与皇后看了，道："这是公主穿的、戴的，今都丢下，精着身子，与那和尚在天上争打，必定是个妖邪。"此时国王后妃人等才正了性，望空仰视不题。

却说那妖精与大圣斗经半日，不分胜败。行者把棒丢起，叫一声："变！"就以一变十，以十变百，以百变千，半天里，好似蛇游蟒搅，乱打妖邪。妖邪慌了手脚，将身一闪，化道清风，即奔碧空之上逃走。行者念声咒语，将铁棒收做一根，纵祥光一直赶来，将近西天门，望见那旌旗闪灼，行者厉声高叫道："把天门的，挡住妖精，不要放他走了。"真个那天门上有护国天王帅领着庞刘苟毕四大元帅，各展兵器拦阻。妖邪不能前进，急回头，舍死忘生，使短棍又与行者相持。这大圣用心力轮铁棒，仔细迎着看时，见那短棍儿一头壮，一头细，却是舂碓臼的杵头模样，叱咤一声喝道："孽畜！你拿的是甚么器械，敢与老孙抵敌。快早降伏，免得这一棒打碎你的天灵。"那妖邪咬着牙道："你也不知我这兵器。听我道：

仙根是段羊脂玉，磨琢成形不计年。混沌开时吾已得，洪蒙判处我当先。源流非比凡间物，本性生来在上天。一体金光和四相，五行瑞气合三元。随吾久住蟾宫内，伴我常居桂殿边。因为爱花垂世境，故来天竺假婵娟。与君共乐无他意，欲配唐僧了宿缘。你怎欺心破佳偶，死寻赶战逞凶顽。这般器械名头大，在你金箍棒子前。广寒宫里捣药杵，打人一下命归泉。

行者闻说，呵呵冷笑道："好孽畜啊！你既住在蟾宫之内，就不知老孙的手段？你还敢在此支吾？快早现相降伏，饶你性命！"那怪道："我认得你是五百年前大闹天宫的弼马温，理当让你。但只是破人亲事，如杀父母之仇，故此情理不甘，要打你欺天罔上的弼马温。"那大圣恼得是弼马温三字，他听得此言，心中大怒，举铁棒劈面就打。那妖邪轮杵来迎，就于西天门前，发狠相持。这一场：

金箍棒，捣药杵，两般仙气真堪比。那个为结婚姻降世间，这个因保唐僧到这里。原来是国王没正经，爱花引得妖邪喜。致使如今恨苦争，两家都把顽心起。一冲一撞赌输赢，劐语劐言齐斗嘴。药杵英雄世罕稀，铁棒神威还更美。金光湛湛幌天门，彩雾辉辉连地里。来往战经十数回，妖邪力弱难搪抵。

那妖精与行者又斗了十数回，见行者的棒势紧密，料难取胜，虚丢一杵，将身幌一幌，金光万道，径奔正南上败走，大圣随后追袭，忽至一座大山，妖精按金光，钻入山洞，寂然不见，又恐他遁身回国，暗害唐僧，他认了这山的规模，返云头径转国内。

此时有申时矣。那国王正扯着三藏，战战兢兢只叫："圣僧救我！"那些嫔妃皇后也正怆惶，只见大圣自云端里落将下来，叫道："师父，我来也！"三藏道："悟空立住，不可惊了圣躬。我问你，假公主之事，端的如何？"行者立于鸨鹊宫外，叉手当胸道："假公主是个妖邪。初时与他打了半日，他战不过我，化道清风，径往天门上跑，是我吆喝天神挡住。他现了相，又与我斗到十数合，又将身化作金光，败回正南上一座山上，我急追至山，无处寻觅，恐怕他来此害你，特地回顾也。"国王听说，扯着唐僧问道："既然假公主是个妖邪，我真公主在于何处？"行者应声道："待我拿住假公主，你那真公主自然来也。"那后妃等闻得此言，都解了恐惧，一个个上前拜告道："望圣僧救得我真公主来，分了明暗，必当重谢。"行者道："此间不是我们说话处，请陛下与我师出宫上殿，娘娘等各转回宫，召我师弟八戒、沙僧来保护师父，我却好去降妖，一则分了内外，二则免我悬挂，谨当辨明，以表我一场心力。"国王依言，感谢不已，遂与唐僧携手出宫，径至殿上，众后妃各各回宫，一壁厢教备素膳，一壁厢请八戒、沙僧。须臾间，二人早至。行者备言前事，教他两个用心护持。这大圣纵筋斗云，飞空而去，那殿前多官，一个个望空礼拜不题。孙大圣径至正南方那座山上寻找。

原来那妖邪败了阵，到此山，钻入窝中，将门儿使石块挡塞，虚怯怯藏隐不出。行者寻一会不见动静，心甚焦恼，捻着诀，念动真言，唤出那山中土地山神审问。少时，二神至了，叩头道："不知不知，知当远接。万望恕罪。"行者道："我且不打你，我问你，这山叫做甚么名字？此处有多少妖精？从实说来，饶你罪过。"二神告道："大圣，此山唤做毛颖山，山中只有三处兔穴，亘古至今没甚妖精，乃五环之福地也。大圣要寻妖精，还是西天路上去有。"_{想多是修西方的变的。}行者道："老孙到了西天天竺国，那国王有个公主被个妖精摄去抛在荒野，也就变做公主模样，戏哄国王，结彩楼，抛绣球，欲招驸马。我保唐僧至其楼下，被他有心打着唐僧，欲为配偶，诱取元阳。是我识破，就于宫中现身捉获。他就脱了衣服、首饰，使一条短棍，唤名捣药杵，与我斗了半日，他就化清风而去，被老孙赶至西天门，又斗有十数合，他料不能胜，复化金光，逃至此处，如何不见？"

二神听说，即引行者去那三窟中寻找，始于山脚下窟边看处，亦有几个草兔儿，也惊得走了，寻至绝顶上窟中看时，只见两块大石头，将窟门挡住。土地道："此间必是妖邪赶急钻进去也。"行者即使铁棒捎开石块，那妖邪果藏在里面，呼的一声，就跳将出来，举药杵来打。行者轮起铁棒架住，唬得那山神倒退，土地忙奔。那妖邪口里嚷嚷突突的，骂着山神土地道："谁教你引着他往这里来找寻！"他支支撑撑的，抵着铁棒，且战且退，奔至空中。正在危急之际，却又天色晚了。这行者愈发狠性，下切手，恨不得一棒打杀，忽听得九霄碧汉之间，有人叫道："大圣，莫动手，莫动手，棍下留情。"行者回头看时，原来是太阴星君，后带着姮娥仙子，降彩云到于当面。慌得行者收了铁棒，躬身施礼道："老太阴，往那里去？老孙失回避了。"太阴道："与你对敌的这个妖邪，是我广寒宫捣玄霜仙药之玉兔。他私自偷开玉关金锁走出宫来，经今一载。我算他目下有伤命之灾，特来救他性命，望大圣看老身饶他罢。"行者喏喏连声，只道："不敢，不敢，怪道他会使捣药杵，原来是个玉兔儿。老太阴不知，他摄藏了天竺国王之公主，却又假合真形，欲破我圣僧师父之元阳。其情其罪，其实何甘，怎么便可轻恕饶他？"太阴道："你亦不知。那国王之公主，也不是凡人，原是蟾宫中之素娥。十八年前，他曾把玉兔儿打了一掌，却就思凡下界，一灵之光，遂投胎于国王正宫皇后之腹，当时得以降生。这玉兔儿怀那一掌之仇，故于旧年走出宫，抛素娥于荒野，但只是不该欲配唐僧，此罪真不可逭。幸汝留心，识破真假，却也未曾伤损你师。万望看我面上，恕他之罪，我收他去也。"行者笑道："既有这些因果，老孙也不敢抗违。但只是你收了玉兔儿，恐那国王不信，敢烦太阴君同众仙妹将玉兔儿拿到那厢，对国王明证明证。一则显老孙之手段，二来说那素娥下降之因由，然后着那国王取素娥公主之身，以见显报之意也。"太阴君信其言，用手指定妖邪，喝道："那孽畜还不归正同来。"玉兔儿打个滚，现了原身。真个是：

　　缺唇尖齿，长耳稀须。团身一块毛如玉，展足千山蹄若飞。直鼻垂酥，果赛霜华填粉腻；双睛红映，犹欺雪上点胭脂。伏在地，白穰穰一堆素练；伸开腰，白铎铎一架银丝。几番家吸残清露瑶天晓，捣药长生玉杵奇。

　　那大圣见了不胜欣喜，踏云光向前引导，那太阴君领着众姮娥仙子，带着玉兔儿，径转天竺国界。此时正黄昏，看看月上，到城边，闻得谯楼上播鼓。那国王与唐僧尚在殿内，八戒、沙僧与多官都在阶前，方议退朝，只见正南上一片彩霞，光明如昼，众抬头看处，又闻得孙大圣厉声高叫道："天竺陛下，请出你那皇后嫔妃看者：这宝幢下乃月宫太阴星君，两边的仙妹是月里嫦娥，这个玉兔儿却是你家的假公主，今现真相也。"那国王急召皇后嫔妃与宫娥彩女等众，朝天礼拜，他和唐僧及多官亦俱望空拜谢，满城中各家各户，也无一人不设香案，叩头念佛。正此观看处，猪八戒动了欲心，忍不住跳在空中，把霓裳仙子抱住道：

"姐姐，我与你是旧相识，我和你耍子儿去也。"行者上前揪着
八戒，打了两掌骂道："你这个村泼呆子！此是甚么去处，敢动
淫心！"八戒道："拉闲散闷耍子而已。"那太阴君令转仙幢，
与众嫦娥收回玉兔，径上月宫而去。行者把八戒揪落尘埃。这
国王在殿上谢了行者，又问前因道："多感神僧大法力捉了假公
主，朕之真公主，却在何处所也？"行者道："你那真公主也不
是凡胎，就是月宫里素娥仙子。因十八年前，他将玉兔儿打了一
掌，就思凡下界，投胎在你正宫腹内，生下身来，那玉兔儿怀恨
前仇，所以于旧年间偷开玉关金锁走下来，把素娥摄抛荒野，他
却变形哄你。这段因果，是太阴君亲口才与我说的。今日既去其
假者，明日请御驾去寻其真者。"国王闻说，又心意惭惶，止不
住腮边流泪道："孩儿！我自幼登基，虽城门也不曾出去，却教
我那里去寻你也。"行者笑道："不须烦恼，你公主现在给孤布
金寺里妆风。今且各散，到天明我还你个真公主便了。"众官又
拜伏奏道："我王且心宽，这几位神僧，乃腾云驾雾之佛，必知
未来过去之因由。明日即烦神僧四众同去一寻，便知端的。"国
王依言，即请至留春亭摆斋安歇。此时已近二更，正是那：

铜壶滴漏月华明，金铎叮当风送声。杜宇正啼春去半，落花
无路近三更。御园寂寞秋千影，碧落空浮银汉横。三市六街无客
走，一天星斗夜光晴。

当夜各寝不题。这一夜，国王退了妖气，陡长精神，至五更
三点复出临朝。朝毕，命请唐僧四众议寻公主。长老随至，朝

上行礼。大圣三人，一同打个问讯。国王欠身道："昨所云公主孩儿，敢烦神僧为一寻救。"长老道："贫僧前日自东来，行至天晚，见一座给孤布金寺，特进求宿，幸那寺僧相待。当晚斋罢，步月闲行，行至布金旧园，观看基址，忽闻悲声入耳，询问其由，本寺一老僧，年已百岁之外，他屏退左右，方说道：'悲声者，乃旧年春深时，我正明性月，忽然一阵风生，就有悲怨之声。下榻到祇园基上看处，乃是一个女子。询问其故，那女子道，我是天竺国国王公主。因为夜间玩月观花，被风刮至于此。'那老僧多知人礼，即将公主锁在一间僻静房中，惟恐本寺顽僧污染，只说是'妖精被我锁住'。公主识得此意，日间胡言乱语，讨些茶饭吃了，夜深无人处，思量父母悲啼。那老僧也曾来国打听几番，见公主在宫无恙，所以不敢声言举奏，因见我徒弟有些神通，那老僧千叮万嘱，教贫僧到此查访。不期他原是蟾宫玉兔为妖，假合真形，变作公主模样，他却又有心要破我元阳。幸亏我徒弟施威显法，认出真假，今已被太阴星收去。贤公主见在布金寺妆风也。"国王见说此详细，放声大哭。早惊动三宫六院，都来问及前因。无一人不痛哭者。良久，国王又问："布金寺离城多远？"三藏道："只有六十里路。"国王遂传旨："着东西二宫守殿，掌朝太师卫国，朕同正宫皇后帅多官、四神僧，去寺取公主也。"当时摆驾，一行出朝。你看那行者就跳在空中，把腰一扭，先到了寺里。众僧慌忙跪接道："老爷去时，与众步行，今日何从天上下来？"行者笑道："你那老师在于何处？快叫他出来，排设香案接驾。天竺国王、皇后、多官与老师父都来了。"众僧不解其意，即请出那老僧，老僧见了行者，倒身下拜道："老爷，公主之事如何？"行者把那假公主抛绣球，欲配唐僧，并赶捉赌斗，与太阴星收去玉兔之言，备陈了一遍。那老僧又磕头拜谢，行者搀起道："且莫拜，且莫拜，快安排接驾。"众僧才知后房里锁得是个女子，一个个惊惊喜喜，便都设了香案，摆列山门之外，穿了袈裟，撞起钟鼓等候。不多时，圣驾早到，果然是：

缤纷瑞霭满天香，一座荒山倏被祥。虹流千载清河海，电绕长春赛禹汤。草木沾恩添秀色，野花得润有馀芳。古来长者留遗迹，今喜明君降宝堂。

国王到于山门之外，只见那众僧齐齐整整，俯伏接拜，又见孙行者立在中间，国王道："神僧何先到此？"行者笑道："老孙把腰略扭一扭儿，就到了，你们怎么就走这半日？"随后唐僧等俱到。长老引驾，到于后面房边，那公主还妆风胡说。老僧跪指道："此房内就是旧年风吹来的公主娘娘。"国王即令开门。随即打开铁锁，开了门。国王与皇后见了公主，认得形容，不顾秽污，近前一把搂抱道："我的受苦的儿呵！你怎么遭这等折磨，在此受罪！"真是父母子女相逢，比他人不同，三人抱头大哭。哭了一会，叙毕离情，即令取香汤，教公主沐浴更衣，上辇回国。

行者又对国王拱手道："老孙还有一事奉上。"国王答礼道："神僧有事分付，朕即从之。"行者道："他这山，名为百脚山。近来说有蜈蚣成精，黑夜伤人，往来行旅，甚为不便。我思蜈蚣惟鸡可以降伏，可选绝大雄鸡千只，撒放山中，除此毒虫，就将此山名改换改换，赐文一道敕封，就当谢此僧供养公主之恩也。"〔好心肠只以救人为事。〕国王甚喜领诺，随差官进城取鸡，又改山名为宝华山，仍着工部办料重修，赐与封号，唤做"敕建宝华山给孤布金寺"。把那老僧封为"报国僧官"，永远世袭，赐俸三十六石。僧众谢了恩，送驾回朝。公主入宫，各各相见，安排筵宴，与公主释闷贺喜。后妃母子，复聚首团圞，国王君臣，亦共喜饮宴一宵不题。

次早，国王传旨，召丹青图下圣僧四众喜容，供养在华夷楼上，又请公主新妆重整，出殿谢唐僧四众救苦之恩。谢毕，唐僧辞王西去。那国王那里肯放，大设佳宴，一连吃了五六日，着实好了呆子，尽力放开肚量受用。国王见他们拜佛心重，苦留不住，遂取金银二百锭，宝贝各一盘奉谢，师徒们一毫不受，教摆銮驾，请老师父登辇，差官远送，那后边臣民人等俱各叩谢不尽。及至前途，又见众僧叩送，尽俱不忍相别。行者见送者不肯回去，无已，捻诀往巽地上吹口仙气，一阵暗风，把送的人都迷了眼目，方才得脱身而去。

这正是：

沐净恩波归了性，出离金海悟真空。

毕竟不知前路如何，且听下回分解。

总批：

向说天下兔儿俱雌，只有月宫玉兔为雄，故兔向月宫一拜，便能受孕生育。今亦变公主，抛绣球，招驸马，想是南风大作耳。〇今竟以玉兔为弄童之名，甚雅致。书罢一笑。

第九十六回　寇员外喜待高僧　唐长老不贪富贵

冠外持僧辰不富
賢會老唐高喜莫

色色原无色，空空亦非空。静喧语默本来同，梦里何劳说梦。有用用中无用，无功功里施功。还如果熟自然红，莫问如何修种。

话表唐僧师众，使法力，阻住那布金寺僧。僧见黑风过处，不见他师徒，以为活佛临凡，磕头而回不题。他师徒西行，正是春尽夏初时节：

清和天气爽，池沼芰荷生。梅逐雨馀熟，麦随风里成。草香花落处，莺老柳枝轻。江燕携雏习，山鸡哺子鸣。斗南当日永，万物显光明。

说不尽那朝餐暮宿，转涧寻波，在那平安路上，行经半月，前边又见一城垣相近。三藏问道："徒弟，此又是甚么去处。"行者道："不知，不知。"八戒笑道："这路是你行过的，怎说不知？却是又有些儿跷蹊，故意推不认得，捉弄我们哩。"行者道："这呆子全不察理。这路虽是走过几遍，那时只在九霄空里，驾云而来，驾云而去，何曾落在此地？事不关心，查他做甚，此所以不知。却有甚跷蹊，又是捉弄也？"说话间，不觉已至边前，三藏下马，过吊桥，径入门里，长街上，只见廊下坐着两个老儿叙话。三藏叫："徒弟，你们在那街心里站住，低着头，不要放肆，等我去那廊下问个地方。"行者等果依言立住，长老近前合掌叫声"老施主，贫僧问讯了"。那二老正在那里闲讲闲论，说甚么兴衰得失，谁圣谁贤，当时的英雄事业，而今安在，诚可谓大叹息。忽听得道声问讯，随答礼道："长老有何话说？"三藏道："贫僧乃远方来拜佛祖的，适到宝方，不知是甚地名，那里有向善的人家，化斋一顿？"老者道："我敝处是铜台府，府后有一县叫做地灵县。长老若要吃斋，不须募化，过此牌坊，南北街，坐西向东者，有一个虎坐门楼，乃是寇员外家，他门前有个万僧不阻之牌。似你这远方僧，尽着受用。去，去，去！莫打断我们的话头。"三藏谢了，转身对行者道："此处乃铜台府地灵县。那二老道：'过此牌坊，南北街，向东虎坐门楼，有个寇员外家，他门前有个万僧不阻之牌。'教我到他家去吃斋哩。"沙僧道："西方乃佛家之地，真个有斋僧的。此间既是府县，不必照验关文，我们去化些斋吃了，就好走路。"长老与三人缓步到长街，又惹得那市口里人，都惊惊恐恐，猜猜疑疑的，围绕争看他们相貌。长老分付闭口，只教"莫放肆，莫放肆"。三人果低着头，不敢仰视，转过拐角，果见一条南北大街。正行时，见一个虎坐门楼，门里边影壁上挂着一面大牌，书着"万僧不阻"四字。三藏道："西方佛地，贤者愚者俱无诈伪。那二老说时，我犹不信，至此果如其言。"八戒村野，就要进去。行者道："呆子且住，待有人出来，问及何如，方好进去。"沙僧道："大哥说得有理，恐一时不分内外，惹施主烦恼。"在门口歇下马匹行李。

须臾间，有个苍头出来，提着一把秤，一只篮儿，猛然看见，慌的丢了，倒跑进去报道："主公，外面有四个异样僧家来也。"那员外挂着拐，正在天井中闲走，口里不住的念佛，一闻报到，就丢了拐，出来迎接，见他四众，也不怕丑恶，只叫：

"请进，请进。"三藏谦谦逊逊，一同都入。转过一条巷子，员外引路，至一座房里，说道："此上手房宇，乃管待老爷佛堂、经堂、斋堂，下手的，是我弟子老小居住。"三藏称赞不已，随取袈裟穿了拜佛，举步登堂观看。但见那：

香云霭霭，烛焰光辉。满堂中锦簇花攒，四下里金铺彩绚。朱红架，高挂紫金钟；彩漆棨，对设花腔鼓。几对幡，绣成八宝；千尊佛，尽饰黄金。古铜炉，古铜瓶，雕漆桌，雕漆盒。古铜炉内，常常不断沉檀；古铜瓶中，每有莲花现彩。雕漆桌上五云鲜，雕漆盒中香瓣积。玻璃盏，净水澄清；瑠璃灯，香油明亮。一声金磬，响韵虚徐。真个是红尘不到赛珍楼，家奉佛堂欺上刹。

长老净了手，拈了香，叩头拜毕，却转回与员外行礼。员外道："且住，请到经堂中相见。"又见那：

方台竖柜，玉匣金函。方台竖柜，堆积着无数经文；玉匣金函，收贮着许多简札。彩漆桌上，有纸墨笔砚，都是些精精致致的文房；椒粉屏前，有书画琴棋，尽是些妙妙玄玄的真趣。放一口轻玉浮金之仙磬，挂一柄披风披月之龙髯。清气令人神气爽，斋心自觉道心闲。

长老到此，正欲行礼，那员外又搀住道："请宽佛衣。"三藏脱了袈裟，才与长老见了，又请行者三人见了，又叫把马喂了，行李安在廊下，方问起居。三藏道："贫僧是东土大唐钦差，诣宝方谒灵山见佛祖求真经者。闻知尊府敬僧，故此拜见，求一斋就行。"员外面生喜色，笑吟吟的道："弟子贱名寇洪，字大宽，虚度六十四岁。自四十岁上，许斋万僧，才做圆满，今已斋了二十四年，有一簿斋僧的帐目，连日无事，把斋过的僧名算一算，已斋过九千九百九十六众，止少四众，不得圆满。今日可可的天降老师四位，圆满万僧之数，请留尊讳，好歹宽住月馀，待做了圆满，弟子着轿马送老师上山。此间到灵山只有八百里路，苦不远也。"三藏闻言，十分欢喜，都就权且应承不题。

他那几个大小家僮，往宅里搬柴打水，取米面素菜，整治斋供，忽惊动妈妈。妈妈问道："是那里来的僧，这等上紧？"僮仆道："才有四位高僧，爹爹问他起居，他说是东土大唐皇帝差来的，往灵山拜佛爷爷，到我们这里不知有多少路程。爹爹说是天降的，分付我们快整斋供养他也。"那老妪听说也喜，叫丫环："取衣服来我穿，我也去看看。"僮仆道："奶奶，只一位看得，那三位看不得，形容丑得狠哩。"老妪道："汝等不知，但形容丑陋，古怪清奇，必是天人下界。快先去报你爹爹知道。"那僮仆跑至经堂对员外道："奶奶来了，要拜见东土老爷哩。"三藏听见，即起身下座。说不了，老妪已至堂前，举目见唐僧相貌轩昂，丰姿英伟，转面见行者三人模样非凡，虽知他是天人下降，却也有几分悚惧，朝上跪拜。三藏急急还礼道："有劳菩萨错敬。"老妪问员外说道："四位师父，怎不并坐？"八戒掬着嘴道："我三个是徒弟。"噫！他这一声，就如深山虎啸，那妈妈一发害怕。正说处，又见一个家僮来报道："两个叔叔也来了。"三藏急转身看时，原来是两个少年秀才。那秀才走上经堂，对长老倒身下拜，慌得三藏急便还礼。员外上前扯住道："这是我两个小儿，唤名寇梁、寇栋，在书房里读书方回，未吃午饭，知老师下降，故来拜也。"秀才是有孔夫子，
又说恁么东西。三藏喜道："贤哉，贤哉！正是欲高门第须为善，要好儿孙在读书。"二秀才启上父亲道："这老爷是那里来的？"员外笑道："来路远哩，南赡部洲东土大唐皇帝钦差到灵山拜佛祖爷爷取经的。"秀才道："我看《事林广记》上，盖天下只有四大部洲，我们这里叫做西牛贺洲，还有个东胜神洲。想南赡部洲至此，不知走了多少年代？"三藏笑道："贫僧在路，耽阁的日子多，行的日子少。常遭毒魔狠怪，万苦千辛，甚亏我三个徒弟保护，共计一十四遍寒暑，方得至宝方。"秀才闻言，称奖不尽道："真是神僧，真是神僧。"说未毕，又有个小的来请道："斋筵已摆，请老爷进斋。"员外着妈妈与儿子转宅，他却陪四众进斋堂吃斋。那里铺设的齐整，但见：

金漆桌案，黑漆交椅。前面是五色高果，俱巧匠新装成的时样。第二行五盘小菜，第三行五碟水果，第四行五大盘闲食。般般甜美，件件馨香。素汤米饭，蒸卷馒头，辣辣饔饔热腾腾，尽皆可口，真足充肠。七八个僮仆往来奔奉，四五个庖丁不住手。

你看那上汤的上汤，添饭的添饭，一往一来，真如流星赶月。这猪八戒一口一碗，就是风卷残云，师徒们尽受用了一顿。长老起身对员外谢了斋，就欲走路。那员外拦住道："老师，放心住几日儿。常言道，起头容易结稍难。只等我做过了圆满，方敢送程。"三藏见他心诚意恳，没奈何住了。早经过五七遍朝夕，那员外才请了本处应佛僧二十四员，办做圆满道场。众僧们写作有三四日，选定良辰，开启佛事，他那里与大唐的世情一般，却倒也：

大扬幡，铺设金容；齐秉烛，烧香供养。擂鼓敲钟，吹笙捻管。云锣儿，横笛音清，也都是尺工字样。打一回，吹一荡，朗言齐语开经藏。先安土地，次请神将。发了文书，拜了佛像。谈一部《孔雀经》，句句消灾障；点一架药师灯，焰焰辉光亮。拜水忏，解冤愆；讽《华严》，除非谤。三乘妙法甚精勤，一二沙门皆一样。

如此做了三昼夜，道场已毕。唐僧想着雷音，一心要去，又相辞谢。员外道："老师辞别甚急，想是连日佛事冗忙，多致简慢，有见怪之意。"三藏道："深扰尊府，不知何以为报，怎敢言怪。但只当时圣君送我出廓，问几时可回，我就误答三年可回，不期在路耽阁，今已十四年矣，取经未知有无，及回又得十二三年，岂不违背圣旨？罪何可当。望老员外让贫僧前去，待取得经回，再造府久住些时，有何不可。"八戒忍不住高叫道："师父忒也不从人愿，不近人情。老员外大家巨富，许下这等斋僧之愿，今已圆满，又况留得至诚，须住年把，也不妨事，只管要去怎的？放了这等现成好斋不吃，却往人家化募。前头有你甚老爷、老娘家哩？"长老咄的喝了一声道："你这夯货，只知好吃，更不管回向之因，正是那槽里吃食，胃里擦痒的畜生。汝等既要贪此嗔痴，明日等我自家去罢。"行者见师父变了脸，即揪住八戒，着头打一顿拳，骂道："呆子不知好歹，惹得师父连我们都怪了。"沙僧笑道："打得好，打得好，只这等不说话，还惹人嫌，且又插嘴。"那呆子气呼呼的立在旁边，再不敢言。

员外见他师徒们生恼，只得满面陪笑道："老师莫焦燥，今日且少宽容，待明日我办些旗鼓，请几个邻里亲戚，送你们起程。"正讲处，那老姬又出来道："老师父，既蒙到舍，不必苦辞。今到几日了？"三藏道："已半月矣。"老姬道："这半月算我员外的功德，老身也有些针线钱儿，也愿斋老师父半月。"说不了，寇栋兄弟又出来道："四位老爷，家父斋僧二十馀年，更不曾遇着好人，^{可见和尚今幸圆满，四位下降，诚然是蓬屋生辉。}学生年幼，不知因果，常闻得有云，公修公得，婆修婆得，不修不得。我家父家母各欲献芹者，正是各求得些因果，何必苦辞？就是愚兄弟，也省得有些束修钱儿，也只望供养老爷半月，方才送行。"三藏道："令堂老菩萨盛情，已不敢领，怎么又承贤昆玉厚爱？决不敢领。今朝定要起身，万勿见罪。不然，久违钦限，罪不容诛矣。"那老姬与二子见他执一不住，便生起恼来道："好意留他，他这等固执要去，要去便就去了罢，只管劳叨甚么！"母子遂抽身进去。八戒忍不住口，又对唐僧道："师父，不要拿过了班儿。常言道，留得在，落得怪。我们且住一个月儿，了了他母子的愿心也罢了，只管忙怎的？"唐僧又咄了一声喝道，那呆子就自家把嘴打了两下道："啐，啐，啐！"说道："莫多话，又做声了。"行者与沙僧�的笑在一边。唐僧又怪行者道："你笑甚么？"即捻诀要念紧箍咒儿，慌得个行者跪下道："师父，我不曾笑，我不曾笑。千万莫念，莫念。"

员外又见他师徒们渐生烦恼，再也不敢苦留，只叫："老师不必吵闹，准于明早送行。"遂此出了经堂，分付书办，写了百十个简帖儿，邀请邻里亲戚，明早奉送唐朝老师西行，一壁厢又叫庖人安排饯行的筵宴，一壁厢又叫管办的做二十对彩旗，觅一班吹鼓手乐人，南来寺里请一班和尚，东岳观里请一班道士，限明日巳时，各项俱要整齐，众执事领命去讫。不多时，天又晚了。吃了晚斋，各归寝处。正是那：

几点归鸦过别村，楼头钟鼓远相闻。六街三市人烟静，万户千门灯火昏。月皎风清花弄影，银河惨淡映星辰。子规啼处更深矣，天籁无声大地钧。

当时三四更天气，各管事的家僮，尽皆早起，买办各项物件。你看那办筵席的厨上慌忙，置彩旗的堂前吵闹，请僧道的两脚奔波，叫鼓乐的一声急纵，送简帖的东走西跑，备轿马的上呼下应，这半夜直嚷至天明，将巳时前后，各项俱完，也只是有钱不过。

却表唐僧师徒们早起，又有那一班人供奉。长老分付收拾行李，扣备马匹。呆子听说要走，又努嘴胖唇，唧唧哝哝，只得将衣钵收拾，找启高肩担子；沙僧刷报马匹，套起鞍辔伺候；行者将九环杖递在师父手里，他将通关文牒的引袋儿，挂在胸前，只是一齐要走。员外又都请至后面大厂厅内，那里面又铺设了筵宴，比斋堂相待的更是不同。但见那：

帘幕高挂，屏围四绕。正中间，挂一幅寿山福海之图；两壁厢，列四轴春夏秋冬之景。龙文鼎内香飘霭，鹊尾炉中瑞气生。看盘簇彩，宝妆花色色鲜明；排桌堆金，狮仙糖齐齐摆列。阶前歌舞按宫商，堂上果肴铺锦绣。素汤素饭甚清奇，香酒香茶多美艳。虽然是百姓之家，却不亚王侯之宅。只听得一片欢声，真个也惊天动地。

长老正与员外作礼，只见家僮来报："客俱到了。"却是那请来的左邻、右舍、妻弟、姨兄、姐夫、妹丈，又有那些同道的斋公，念佛的善友，一齐都向长老礼拜。拜毕各各叙坐，只见堂下面鼓瑟吹笙，堂上边弦歌酒宴。这一席盛宴，八戒留心对沙僧道："兄弟，放怀放量吃些儿。离了寇家，再没这好丰盛的东西了。"沙僧笑道："二哥说那里话。常言道：珍馐百味，一饱便休；只有私房路，那有私房肚。"八戒道："你也忒不济，不济！我这一顿尽饱吃了，就是三日急忙也不饿。"行者听见道："呆子，莫胀破了肚子，如今要走路哩。"说不了，日将中矣，长老在上举箸，念揭斋经。八戒慌了，拿过汤饭来，一口一碗，又丢勾了五六碗，把那馒头、卷儿、饼子、烧果，没好没歹的，满满笼了两袖，才跟师父起身。长老谢了员外，又谢了众人，一同出门。你看那门外摆着彩旗宝盖，鼓手乐人，又见那两班僧道方来，员外笑道："列位来迟，老师去急，即时就行，俟回来谢罢。"众等让叙道路，抬轿的抬轿，骑马的骑马，步行的步行，都让长老四众前行。只闻得鼓乐喧天，旗幡蔽日，人烟凑集，车马骈填，都来看寇员外迎送唐僧。这一场富贵，真赛过珠围翠绕，诚不亚锦绣藏春。那一班僧打一套佛曲，那一班道吹一道玄音，俱送出府城门之外，行至十里长亭，又设有箪食壶浆，擎杯把盏，相饮而别。那员外犹不忍舍，嚬着泪道："老师取经回来，是必到舍再住几日，以了了我寇洪之心。"三藏感之不尽，谢之无已道："我若到灵山，得见佛祖，首表员外之大德。回时定踵门叩谢，叩谢。"说说话儿，不觉的又有二三里路，长老恳切拜辞，那员外又放声大哭而转。那正是：有愿斋僧归妙觉，无缘得见佛如来。

且不说寇员外送至十里长亭，同众回家。却说他师徒四众，行有四五十里之地，天色将晚。长老道："天晚了，何方借宿？"八戒挑着担，努着嘴道："放了现成茶饭不吃，清凉瓦屋不住，却要走甚么路，想抢丧踵鬼的。如今天晚，倘下起雨来，却如之何。"三藏骂道："泼孽畜，又来报怨了。常言道，长安虽好，不是久恋之家。^{着眼}待我们有缘拜了佛祖，取得真经，那时回转大唐，奏过主公，将那御厨里饭，凭你吃上几年，胀死你这孽畜，教你做个饱鬼。"那呆子嚇嚇的暗笑，不敢复言。行者举目遥观，只见大路旁有几间房宇，急请师父道："那里安歇，那里安歇。"长老至前，见是一座倒塌的牌坊，坊上有一旧扁，扁上有落颜色积尘的四个大字，乃"华光行院"。长老下了马道："华光菩萨是火焰五光佛的徒弟，因剿除毒火鬼王，降了职，化做五显灵官，此间必有庙祝。"遂一齐进去，但见廊房俱倒，墙壁皆倾，更不见人之踪迹，只是些杂草丛菁。欲抽身而出，不期天上黑云盖顶，大雨淋漓，没奈何，却在那破房之下，拣遮得风雨处，将身躲避，密密寂寂，不敢高声，恐有妖邪之觉，坐的坐，站的站，苦捱了一夜未睡。

咦！真个是：

泰极还生否，乐处又逢悲。

毕竟不知天晓向前去还是如何，且听下回分解。

总批：

或问：今人修西方，只为身在东土耳。那寇员外已在西方矣，缘何又修？曰：东人要修西方，西人要修东土，总只是在境厌境，去境羡境。如今在家人偶到僧房道舍，便生羡慕，殊不知僧道肚里又羡慕在家人也。倘令之易地，亦必相羡相厌，亦复如是也。

第九十七回 金酬外护遭魔毒 圣显幽魂救本原

　　且不言唐僧等在华光破屋中，苦奈夜雨存身。却说铜台府地灵县城内有伙凶徒，因宿娼、饮酒、赌博，花费了家私，无计过活，遂伙了十数人做贼，算道本城那家是第一个财主，那家是第二个财主，去打劫些金银用度。内有一人道："也不用缉访，也不须算计，只有今日送那唐朝和尚的寇员外家，十分富厚。我们乘此夜雨，街上人也不防备，火甲等也不巡逻，就此下手劫他些资本，我们再去嫖赌儿耍子，岂不美哉。"众贼欢喜，齐了心，都带了短刀、蒺藜、拐子、闷棍、麻绳、火把，冒雨前来，打开寇家大门，呐喊杀入。慌得他家里若大若小，是男是女，俱躲个干净，妈妈儿躲在床底，老头儿闪在门后，寇梁、寇栋与着亲的几个儿女，都战战兢兢的四散逃走顾命。那伙贼，拿着刀，点着火，将他家箱笼打开，把些金银宝贝，首饰衣裳，器皿家火，尽情搜劫。那员外割舍不得，拚了命，走出门来对众强人哀告道："列位大王，勾你用的便罢，还留几件衣物与我老汉送终。"那众强人那容分说，赶上前，把寇员外撩阴一脚踢翻在地：可怜三魂渺渺归阴府，七魄悠悠别世人。众贼得了手，走出寇家，顺城脚做了软梯，漫城墙一一系出，冒着雨连夜奔西而去。那寇家僮仆，见贼退了，方才出头，及看时，老员外已死在地下，放声哭道："天呀！主人公已打死了！"众皆伏尸而哭，悲悲啼啼。将四更时，那妈妈想恨唐僧等不受他的斋供，因为花扑扑的送他，惹出这场灾祸，便生妒害之心，欲陷他四众，扶着寇梁道："儿啊，不须哭了。你老子今日也斋僧，明日也斋僧，岂知今日做圆满，斋着那一伙送命的僧也。"他兄弟道："母亲，怎么是送命僧？"妈妈道："贼势凶勇，杀进房来，我就躲在床下，战兢兢的留心向灯火处看得明白，你说是谁？点火的是唐僧，持刀的是猪八戒，搬金银的是沙和尚，打死你老子的是孙行者。"老妈作此诳语，不像吃斋的。又曰：极像吃斋的。二子听言，认了真实道："母亲既然看得明白，必定是了。他四人在我家住了半月，将我家门户墙垣，窗棂巷道，俱看熟了，财动人心，所以乘此夜雨，复到我家，既劫去财物，又害了父亲，此情何毒。待天明到府里递失状坐名告他。"寇栋道："失状如何写？"寇梁道："就依母亲之言。写道：'唐僧点着火，八戒叫杀人，沙和尚劫出金银去，孙行者打死我父亲。'"一家子吵吵闹闹，不觉天晓。一壁厢传请亲人，置办棺木；一壁厢寇梁兄弟赴府投词。原来这铜台府刺史正堂大人

平生正直，素性贤良，少年向雪案攻书，早岁在金銮对策，常怀忠义之心，每切仁慈之念，名扬青史播千年，龚黄再见；声振黄堂传万古，卓鲁重生。

当时坐了堂，发放了一应事务，即令抬出放告牌。这寇梁兄弟抱牌而入，跪倒高叫道："爷爷，小的们是告强盗得财，杀伤人命重情事。"刺史接上状去，看了这般这的，如此如彼，即问道："昨日有人传说，你家斋僧圆满，斋得四众高僧，乃东土唐朝的罗汉，花扑扑的满街鼓乐送行，怎么却有这般事情？"寇梁等磕头道："爷爷，小的父亲寇洪斋僧二十四年，因这四僧远来，恰足万僧之数，因此做了圆满，留他住了半月。他就将路道、门窗都看熟了。当日送出，当晚复回，乘黑夜风雨，遂明火执杖，

杀进房来，劫去金银财宝，衣服首饰，又将父打死在地。望爷爷与小民做主。"刺史闻言，即点起马步快手并民壮人役，共有百五十人，各执锋利器械，出西门一直来赶唐僧四众。

却说他师徒们在那华光行院破屋下挨至天晓方才出门，上路奔西。可可的那些强盗当夜打劫了寇家，系出城外，也向西方大路上，行经天晓，走过华光院西去，有二十里远近，藏于山凹中，分拨金银等物。分还未了，忽见唐僧四众顺路而来，众贼心犹不歇，指定唐僧道："那不是昨日送行的和尚来了。"众贼笑道："来得好，来得好。我们也是干这般没天理的买卖。这些和尚缘路来，又在寇家许久，不知身边有多少东西，我们索性去截住他，夺了盘缠，抢了白马凑分，却不是遂心满意之事？"众贼遂持兵器，呐一声喊，跑上大路，一字儿摆开，叫道："和尚，不要走！快留下买路钱，饶你性命！牙迸半个不字，一刀一个，决不留存！"唬得个唐僧在马上乱战，沙僧与八戒心慌，对行者道："怎的了，怎的了！苦奈得半夜雨天，又早遇强徒断路，诚所谓祸不单行也。"行者笑道："师父莫怕，兄弟勿忧。等老孙去问他一问。"

好大圣，束一束虎皮裙子，抖一抖锦布直裰，走近前，叉手当胸道："列位是做甚么的？"贼徒喝道："这厮不知死活，敢来问我。你额颅下没眼，不认得我是大王爷爷！快将买路钱来，放你过去！"行者闻言，满面陪笑道："你原来是剪径的强盗。"贼徒发狠叫："杀了！"行者假假的惊恐道："大王，大王！我是乡村中的和尚，不会说话，冲撞莫怪，莫怪！若要买路钱，不要问那三个，只消问我。我是个管帐的，凡有经钱、衬钱，那里化缘的、布施的，都在包袱中，尽是我管出入。那个骑马的，虽是我的师父，他却只会念经，不管闲事，财色俱忘，一毫没有；那个黑脸的，是我半路上收的个后生，只会养马；那个长嘴的，是我雇的长工，只会挑担。你把三个放过去，我将盘缠衣钵尽情送你。"众贼听说："这个和尚倒是个老实头儿。既如此，饶了你命，教那三个丢下行李，放他过去。"行者回头使个眼色，沙僧就丢了行李担子，与师父牵着马，同八戒往西径走。行者低头打开包袱，就地揝把尘土，往上一洒，念个咒语，乃是个定身之法，喝一声："住！"那伙贼共有三十来名，一个个咬着牙，睁着眼，撒着手，直直的站定，莫能言语，不得动身。

行者跳出路口叫道："师父，回来，回来！"八戒慌了道："不好，不好！师兄哄出我们来了！他身上又无钱财，包里又无金银，必定是叫师父要马哩，叫我们是剥衣服了。"沙僧笑道："二哥莫乱说！大哥是个了得的，向者那般毒魔狠怪也能收服，怕这几个毛贼？他那里招呼，必有话说，快回去看看。"长老听言，忻然转马回至边前，叫道："悟空，有甚事叫回来也？"行者道："你们看这些贼是怎的说？"八戒近前推着他，叫道："强盗，你怎的不动弹了？"那贼浑然无知，不言不语。八戒道："好的痴哑了。"行者笑道："是老孙使个定身法定住也。"八戒道："既定了身，未曾定口，怎么连声也不做？"行者道："师父请下马坐着。常言道，只有错拿，没有错放。兄弟，你们把贼都扳翻倒捆了，教他供一个供状，看他是个雏儿强盗，把势强盗。"沙僧道："没绳索哩。"行者即拔下些毫毛，吹口仙气，变作三十条绳索，一齐下手，把贼扳翻，都四马攒蹄捆住，却又念念解咒，那伙贼渐渐苏醒。行者请唐僧坐在上首，他三人各执兵器喝道："毛贼，你们一起有多少人？做了几年买卖？打劫了有多少东西？可曾杀伤人口？还是初犯，却是二犯，三犯？"众贼开口道："爷爷饶命！"行者道："莫叫唤！从实供来！"众贼道："老爷，我们不是久惯做贼的，都是好人家子弟。只因不才，吃酒赌钱，宿娼顽耍，将父祖家业尽花费了，一向无干，又无钱用。访知铜台府城中寇员外家资财豪富，昨日合伙，当晚乘夜雨昏黑，就去打劫，劫的有些金银服饰。在这路北下山凹里正自分赃，忽见老爷们来，内中有认得是寇员外送行的，必定身边有物，又见行李沉重，白马快走，人心不足，故又来邀截。岂知老爷有大神通法力，将我们捆住。万望老爷慈悲，收去那劫的财物，饶了我的性命也。"三藏听说是寇家劫的财物，猛然吃了一惊，慌忙站起道："悟空，寇老员外十分好善，如何招此灾厄？"行者笑道："只为送我们起身，那等彩帐花幢，盛张鼓乐，惊动了人眼目，所以这伙光棍就去下手他家。今又幸遇着我们，夺下他这许多金帛服饰。"三藏道："我们扰他半月，感激厚恩，无以为报，不如将此财物护送他家，却不是一件好事？"行者依言，即与八戒、沙僧，去山凹里取将那些赃物，收拾了，驮在马上，又教八戒挑了一担金银，沙僧挑着自己行李。行者欲将这伙强盗一棍尽情打死，又恐唐僧怪他伤人性命，只得将身一抖，收上毫毛。那伙贼松了手脚，爬起来，一个个落草逃生而去。这唐僧转步回身，将财物送还员外。这一去，却似飞蛾投火，反受其殃。有诗为证，诗曰：

恩将恩报人间少，反把恩慈变作仇。

下水救人终有失，三思行事却无忧。小人之言。

　　三藏师徒们将着金银服饰拿转，正行处，忽见那枪刀簇簇而来。三藏大惊道："徒弟，你看那兵器簇拥相临，是甚好歹？"八戒道："祸来了，祸来了！这是那放去的强盗，他取了兵器，又伙了些人，转过路来与我们斗杀也！"沙僧道："二哥，那来的不是贼势。大哥，你仔细观之。"行者悄悄的向沙僧道："师父的灾星又到了，此必是捕贼的官兵。"言未了，一拥近前，撒开圈子阵，把他师徒围住道："好和尚，打劫了人家东西，还在这里摇摆哩！"一齐下手，先把唐僧抓下马来，用绳捆了，又把行者三人，也一齐捆了，穿上扛子，两个抬一个，赶着马，夺了担，径转府城。只见那：

　　唐三藏，战战兢兢，滴泪难言。猪八戒，絮絮叨叨，心中报怨。沙和尚，囊突突，意下踌躇。孙行者，笑唏唏，要施手段。猴。

　　众官兵簇拥扛抬，须臾间拿到城里，径自解上黄堂报道："老爷，民快人等，捕获强盗来了。"那刺史端坐堂上，赏劳了民快，捡看了贼赃，当叫寇家领去。却将三藏等提近厅前，问道："你这起和尚，口称是东土远来，向西天拜佛，却原来是些设法踅看门路，打家劫舍之贼。"三藏道："大人容告：贫僧实不是贼，决不敢假，随身儿见有通关文牒可照。只因寇员外家斋我等半月，情意深重，我等路遇强盗，夺转打劫寇家的财物，因送还寇家报恩，不期民快人等捉获，以为是贼，实不是贼。望大人详察。"刺史道："你这厮见官兵捕获，却巧言报恩。既是路遇强盗，何不连他捉来，报官报恩？如何只是你四众。你看！寇梁递有失状，坐名告你，你还敢展挣？"三藏闻言，一似大海烹舟，魂飞魄丧，叫："悟空，你何不上来折辩。"行者道："有赃是实，折辩何为？"刺史道："正是啊！赃证现存，还敢抵赖？"叫手下："拿脑箍来，把这秃贼的光头箍他一箍，然后再打。"行者慌了，心中暗想道："虽是我师父该有此难，还不可教他十分受苦。"他见那皂隶们收拾索子结脑箍，即便开口道："大人且莫箍那个和尚。昨夜打劫寇家，点火的也是我，持刀的也是我，劫财的也是我，杀人的也是我。我是个贼头，要打只打我，与他们无干，但只不放我便是。"刺史闻言就教："先箍起这个来。"

皂隶们齐来上手，把行者套上脑箍，收紧了一勒，扢扑的把索子断了，又结又箍，又扢扑的断了，一连箍了三四次，他的头皮，皱也不曾皱一些儿。却又换索子再结时，只听得有人来报道："老爷，都下陈少保爷爷到了，请老爷出郭迎接。"那刺史即命刑房吏："把贼收监，好生看辖，待我接过上司，再行拷问。"刑房吏遂将唐僧四众，推进监门。八戒、沙僧将自己行李担进随身。三藏道："徒弟，这是怎么起的？"行者笑道："师父，进去进去！这里边没狗，倒好耍子。"^猴可怜把四众捉将进去，一个个都推入辖床，扣拽了滚肚、敌脑、攀胸，禁子们又来乱打。三藏苦痛难禁，只叫："悟空！怎的好，怎的好！"行者道："他打是要钱哩。常言道好处安身，苦处用钱。如今与他些钱，便罢了。"三藏道："我的钱自何来？"行者道："若没钱，衣服也是，把那袈裟与了他罢。"三藏听说就如刀刺其心，一时间见他打不过，又要得紧，无奈只得开言道："悟空，随你罢。"行者便叫："列位长官，不必打了。我们担进来的那两个包袱中，有一件锦襕袈裟，价值千金。你们解开拿了去罢。"众禁子听言，一齐动手，把两个包袱解看。虽有几件布衣，有个引袋，俱不值钱，见几层油纸包裹着一物，霞光焰焰，知是好物，抖开看时，但只见：

> 巧妙明珠缀，稀奇佛宝攒。
>
> 盘龙铺绣结，飞凤锦沿边。

众皆争看，又惊动本司狱官，走来喝道："你们在此嚷甚的？"禁子们跪道："老爹，才方提控送下四个和尚，乃是大伙强盗。他见我们打了他几下，把这两件包袱与我。我们打开看时，见有此物，无可处置。若众人扯破分之，其实可惜，若独归一人，众人无利。幸老爹来，凭老爹做个劈着。"狱官见了，乃是一件袈裟，又将别项衣服，并引袋儿通检看了，又打开袋内关文一看，现有各国的宝印花押，道："早是我来看呀。不然，你们都撞出事来了。这和尚不是强盗，切莫动他衣服，待明日太爷再审，方知端的。"众禁子听言，将包袱还与他，照旧包裹，交与狱官收讫。

渐渐天晚，听得楼头起鼓，火甲巡更。捱至四更三点，行者见他们都不呻吟，尽皆睡着，他暗想道："师父该有这一夜牢狱之灾，老孙不开口折辩，不使法力者，盖为此耳。如今四更将尽，灾将满矣，我须去打点打点，天明好出牢门。"你看他弄本事，将身小一小，脱出辕床，摇身一变，变做个蜢虫儿，从房檐瓦缝里飞出。见那星光月皎，正是清和夜静之天，他认了方向，径飞向寇家门首，只见那街西下一家儿灯火明亮，又飞近他门口看时，原来是个做豆腐的，见一个老头儿烧火，妈妈儿挤浆。那老儿忽的叫声："妈妈，寇大官且是有子有财，只是没寿。我和他小时同学读书，我还大他五岁。他老子叫做寇铭，当时也不上千亩田地，放些租帐，也讨不起；他到二十岁时，那铭老儿死了，他掌着家当，其实也是他一步好运，娶的妻是那张旺之女，小名叫做穿针儿，却倒旺夫，自进他门，种田有收，放帐有起，买着的有利，做着的赚钱，被他如今挣了有十万家私；他到四十岁上，就回心向善，斋了万僧，不期昨夜被强盗踢死。可怜！今年才六十四岁，正好享用，何期这等向善，不得好报，乃死于非命？可叹，可叹！"<small>看《西游》妙处专在冷处着精神，如此等处妙不可言。</small>行者一一听之，却早五更初点，他就飞入寇家，只见那堂屋里已停着棺材，材头边点着灯，摆列着香烛花果，妈妈在旁啼哭，又见他两个儿子也来拜哭，两个媳妇拿两碗饭儿供献。行者就钉在他材头上，咳嗽了一声，<small>顽猴。</small>唬得那两个媳妇查手舞脚的往外跑，寇梁兄弟伏在地下不敢动，只叫："爹爹！哝！哝！哝！"那妈妈子胆大，把材头扑了一把道："老员外，你活了？"行者学着那员外的声音道："我不曾活。"两个儿子一发慌了，不住的叩头垂泪，只叫："爹爹！哝！哝！哝！"妈妈子硬着胆又问道："员外，你不曾活，如何说话？"行者道："我是阎王差鬼使押将来家与你们讲话的。"说道："那张氏穿针儿枉口诳舌，陷害无辜。"那妈妈子听见叫他小名，慌得跪倒磕头道："好老儿啊！这等大年纪还叫我的小名儿。我那些枉口诳舌，害什么无辜？"行者喝道："有个甚么唐僧点着火，八戒叫杀人，沙僧劫出金银去，行者打死你父亲？只因你诳言，把那好人受难。那唐朝四位老师，路遇强徒，夺将财物，送来谢我，是何等好意？你却假捻失状，着儿子们首官，官府又未细审，如何又把他们监禁，那狱神、土地、城隍俱慌了，坐立不宁，报与阎王。阎王转差鬼使押解我来家，教你们趁早解放他去，不然，教我在家搅闹一月，将合家老幼并鸡犬之类，一个也不留存。"寇梁兄弟又磕头哀告道："爹爹请回，切莫伤残老幼，待天明就去本府投递解状，愿认招回，只求存殁均安也。"行者听了即叫："烧纸，我去呀。"他一家儿都来烧纸。行者一翅飞起，径又飞至刺史住宅里面。低头观看，那房内里已有灯光，见刺史已起来了，他就飞进中堂看时，只见中间后壁挂着一轴画儿，是一个官儿骑着一匹点子马，有几个从人，打着一把青伞，搴着一张交床，更不识是甚么故事，行者就丁在中间。忽然那刺史自房里出来，弯着腰梳洗。行者猛的里咳嗽一声，把刺史唬得慌慌张张，走入房内梳洗毕，穿了大衣，即出来对着画儿焚香祷告道："伯考姜公乾一神位，孝侄姜坤三蒙祖上德荫，忝中甲科，今叨受铜台府刺史，旦夕侍奉香火不绝，为何今日发声？切勿为邪为祟，恐唬家众。"行者暗笑道："此是他大爷的神子。"却就掉着经儿叫道："坤三贤侄，你做官虽承祖荫，一向清廉，怎的昨日无知，把四个圣僧当贼，不审来因，囚于禁内。那狱神、土地、城隍不安，报与阎君，阎君差鬼使押我来对你说，教你推情察理，快快解放他，不然，就教你去阴司折证也。"刺史听说，心中悚惧道："大爷请回，小侄升堂，当就释放。"行者道："既如此，烧纸来，我去见阎君回话。"刺史复添香烧纸拜谢。行者又飞出来看时，东方早已发白，及飞到地灵县，又见那合县官却都在堂上。他思道："蟊虫儿说话，被人看见，露出马脚来不好。"他就半空中，改了个大法身，从空里伸下一只脚来，把个县堂蹦满，口中叫道："众官听着：我乃玉帝差来的浪荡游神。说你这府监里屈打了取经的佛子，惊动三界诸神不安，教我传说，趁早放他，若有差池，教我再来一脚，先踢死合府县官，后蹦死四境居民，把城池都踏为灰烬。"概县官吏人等慌得一齐跪倒，磕头礼拜道："上圣请回。我们如今进府，禀上府尊，即教放出，千万莫动脚，惊唬死下官。"行者才收了法身，仍变做个蟊虫儿，从监房瓦缝里飞入，依旧钻在辖床中间睡着。

　　却说那刺史升堂，才抬出投文牌去，早有寇梁兄弟抱牌跪门叫喊。刺史着令进来，二人将解状递上。刺史见了发怒道："你昨日递了失状，就与你拿了贼来，你又领了赃去，怎么今日又来递解状？"二人滴泪道："老爷，昨夜小的父亲显魂道：'唐朝圣僧，原将贼徒拿住，拿获财物，放了贼去，好意将财物送还我家报恩，怎么反将他当贼，拿在狱中受苦。狱中土地城隍不安，报了阎王，阎王押解我来教你赴府再告，释放唐僧，庶免灾咎，不然，老幼皆亡。'因此，特来递个解词，望老爷方便，方便。"刺史听他说了这话，却暗想道："他那父亲，乃是热尸新鬼，显魂报应犹可，我伯父死去五六年了，却怎么今夜也来显魂，教我审放？看起来必是冤枉。"正忖度间，只见那地灵县知县等官，急急跑上堂乱道："老大人，不好了，不好了！适才玉帝差浪荡游神下界，教你快放狱中好人，昨日拿的那些和尚，不是强盗，都是取经的佛子，若少迟延，就要踢杀我等官员，还要把城池连百姓俱尽踏为灰烬。"刺史又大惊失色，即叫刑房吏火速写牌提出。当时开了监门提出，八戒愁道："今日又不知怎的打哩。"行者笑道："管你一下儿也不敢打，老孙俱已干办停当。上堂切不可下跪，他还要下来请我们上坐，却等我问他要行李，要马匹，少了一些儿，等我打他你看。"说不了，已至堂口，那刺史、知县并厅衙大小官员，一见都下来迎接道："圣僧昨日来时，一则接上司忙迫，二则又见了所获之赃，未及细问端的。"唐僧合掌躬身，又将前情细陈了一遍。众官满口认称，都道："错了，错了！莫怪，莫怪！"又问狱中可曾有甚疏失，行者近前努目睁看，厉声高叫道："我的白马是堂上人得了，行李是狱中人得了，快快还我！今日却该我拷较你们了，诳拿平人做贼，你们该甚个罪？"府县官见他作恶，无一个不怕，即便叫收马的牵马来，收行李的取行李来，一一交付明白。你看他三人一个个逞凶，众官只以寇家遮饰。三藏劝解了道："徒弟，是也不得明白。我们且到寇家去，一则吊问，二来与他对证对证，看是何人见我做贼。"行者道："说得是，等老孙把那死的叫起来，看是那个打他。"沙僧就在府堂上把唐僧撮上马，吆吆喝喝，一拥而出，那些府县多官，也一一俱到寇家。唬得那寇梁兄弟在门前不住的磕头，接进厅，只见他孝堂之中，一家儿都在孝幔里啼哭，行者叫道：“那打诳语栽害平人的妈妈子，且莫哭！等老孙叫你老公来，看他说是那个打死的，羞他一羞。”众官员只道孙行者说的是笑话。行者道：“列位大人，略陪我师父坐坐，八戒、沙僧好生保护，等我去了就来。”好大圣，跳出门，望空就起，只见那：遍地彩霞笼住宅，一天瑞气护元神。众等方才认得是个腾云驾雾之仙，起死回生之圣，这里一一焚香礼拜不题。那大圣一路筋斗云，直至幽冥地界，径撞入森罗殿上，慌得那：

十代阎君拱手接，五方鬼判叩头迎。千株剑树皆欹侧，万迭刀山尽坦平。枉死城中魑魅化，奈何桥下鬼超生。正是那神光一照如天赦，黑暗阴司处处明。

十阎王接下大圣，相见了，问及何来何干。行者道：“铜台府地灵县斋僧的寇洪之鬼，是那个收了？快点查来与我。”十阎王道：“寇洪善士，也不曾有鬼使勾他，他自家到此，遇着地藏王的金衣童子，他引见地藏也。”行者即别了，径至翠云宫，见地藏王菩萨。菩萨与他礼毕，具言前事，菩萨喜道：“寇洪阳寿，止该卦数，命终不染床席，弃世而去。我因他斋僧，是个善士，收他做个掌善缘簿子的案长。既大圣来取，我再延他阳寿一纪，教他跟大圣去。”金衣童子遂领出寇洪，寇洪见了行者，声声叫道：“老师，老师！救我一救！”行者道：“你被强盗踢死。此乃阴司地藏王菩萨之处，我老孙特来取你到阳世间，对明此事，既蒙菩萨放回，又延你阳寿一纪，待十二年之后，你再来也。”那员外顶礼不尽。行者谢辞了菩萨，将他吹化为气，掉于

衣袖之间，同去幽府，复返阳间，驾云头到了寇家，即唤八戒揭
开材盖，把他魂灵儿推付本身。须臾间，透出气来活了，那员外
爬出材来，对唐僧四众磕头道："师父，师父！寇洪死于非命，
蒙师父至阴司救活，乃再造之恩。"言谢不已。及回头见各官罗
列，即又磕头道："列位老爹都如何在舍？"那刺史道："你儿子
始初递失状，坐名告了圣僧，我即差人捕获，不期圣僧路遇杀劫
你家之贼，夺取财物，送还你家。是我下人误捉，未得详审，当
送监禁。今夜被你显魂，我先伯亦来家诉告，县中又蒙浪荡游神
下界，一时就有这许多显应，所以放出圣僧，圣僧却又去救活你
也。"那员外跪道："老爹，其实枉了这四位圣僧。那夜有三十
多名强盗，明火执杖，劫去家私，是我难舍，向贼理说，不期
被他一脚撩阴踢死，与这四位何干？"叫过妻子来，"是谁人踢
死，你等辄敢妄告？请老爹定罪。"当时一家老小只是磕头，刺
史宽恩，免其罪过。寇洪教安排筵宴，酬谢府县厚恩，各各未坐
回衙。至次日，再挂斋僧牌，又款留三藏，三藏决不肯住，却又
请亲友，办旌幢，如前送行而去。咦！这正是：

> 地辟能存凶恶事，天高不负善心人。
> 逍遥稳步如来径，只到灵山极乐门。

毕竟不知见佛如何，且听下回分解。

总批：

　　强盗处两转，可谓绝处逢生，且致之死地而生，置之亡地而存，真文人之雄也。其更妙处，豆腐老儿夫妻私语，咄咄如画，且从此透出张氏穿针儿来，行者方可使用神通也。世上安得如此文人哉，世上安得如此文人哉！

第九十八回　猿熟马驯方脱壳　功成行满见真如

猿馬方殷破洲真
和見行玖脫馬山熱

话表寇员外既得回生，复整理了幢幡鼓乐，僧道亲友，依旧送行不题。却说唐僧四众，上了大路，果然西方佛地，与他处不同，见了些琪花、瑶草、古柏、苍松，所过地方，家家向善，户户斋僧，每逢山下人修行，又见林间客诵经。师徒们夜宿晓行，又经有六七日，忽见一带高楼，几层杰阁。真个是：

冲天百尺，耸汉凌空。低头观落日，引手摘飞星。豁达窗轩吞宇宙，嵯峨栋宇接云屏。黄鹤信来秋树老，彩鸾书到晚风清。此乃是灵宫宝阙，琳馆珠庭。真堂谈道，宇宙传经。花向春来美，松陵雨过青。紫芝仙果年年秀，丹凤仪翔万感灵。

三藏举鞭遥指道："悟空，好去处耶。"行者道："师父，你在那假境界、假佛像处，倒强要下拜，今日到了这真境界、真佛像处，倒还不下马，是怎的说？"三藏闻言，慌得翻身跳下来，已到了那楼阁门首。只见一个道童，斜立在山门之前应声叫道："那来的莫非东土取经人么？"长老急整衣，抬头观看。见他：

身披锦衣，手摇玉麈。身披锦衣，宝阁瑶池常赴宴；手摇玉麈，丹台紫府每挥尘。肘悬仙箓，足踏履鞋。飘然真羽士，秀丽实奇哉。炼就长生居胜境，修成永寿脱尘埃。圣僧不识灵山客，雷音金顶大仙来。

孙大圣认得他，即叫："师父，此乃是灵山脚下玉真观金顶大仙，他来接我们哩。"三藏方才醒悟，进前施礼。大仙笑道：

"圣僧今年才到,我被观音菩萨哄了。他十年前领佛金旨,向东土寻取经人,原说二三年就到我处。我年年等候,渺无消息,不意今年才相逢也。"三藏合掌道:"有劳大仙盛意,感激,感激!"遂此四众牵马挑担,同入观里,却又与大仙一一相见。即命看茶摆斋,又叫小童儿烧香汤与圣僧沐浴了,好登佛地。正是那:

功满行完宜沐浴,炼驯本性合天真。千辛万苦今方息,九戒三皈始自新。魔尽果然登佛地,灾消故得见沙门。洗尘涤垢全无染,反本还原不坏身。

师徒们沐浴了,不觉天色将晚,就于玉真观安歇。

次早,唐僧换了衣服,披上锦襕袈裟,戴了毗卢帽,手持锡杖,登堂拜辞大仙。大仙笑道:"昨日褴缕,今日鲜明,睹此相真佛子也。"三藏拜别就行。大仙道:"且住,等我送你。"行者道:"不必你送,老孙认得路。"大仙道:"你认得的是云路。圣僧还未登云路,当从本路而行。"行者道:"这个讲得是,老孙虽走了几遭,只是云来云去,实不曾踏着此地。既有本路,还烦你送送,我师父拜佛心重,幸勿迟疑。"那大仙笑吟吟,携着唐僧手,接引旃檀上法门。原来这条路不出山门,就是观宇中堂穿出后门便是。大仙指着灵山道:<small>禅玄原是一家。</small>"圣僧,你看那半天中有祥光五色,瑞霭千重的,就是灵鹫高峰,佛祖之圣境也。"唐僧见了就拜。行者笑道:"师父,还不到拜处哩。常言道:望山走倒马,离此镇还有许远。如何就拜!若拜到顶上,得多少头磕是？”大仙道：“圣僧，你与大圣、天蓬、卷帘四位，已此到于福地，望见灵山，我回去也。”三藏遂拜辞而去。大圣引着唐僧等，徐徐缓步，登了灵山，不上五六里见了一道活水，响潺潺滚浪飞流，约有八九里宽阔，四无人迹。三藏心惊道：“悟空，这路来得差了，敢莫大仙错指了？此水这般宽阔，这般汹涌，又不见舟楫，如何可渡？”行者笑道：“不差！你看那壁厢不是一座大桥？要从那桥上行过去，方成正果哩。”长老等又近前看时，桥边有一扁，扁上有“凌云渡”三字，原来是一根独木桥。^{着眼。}正是：

远看横空如玉栋，近观断水一枯槎。维河架海还容易，独木单梁人怎蹅。万丈虹霓平卧影，千寻白练接天涯。十分细滑浑难渡，除是神仙步彩霞。

三藏心惊胆战道：“悟空，这桥不是人走的，我们别寻路径去来。”行者笑道：“正是路，正是路！”八戒慌了道：“这是路，那个敢走？水面又宽，波浪又涌，独独一根木头，又细又滑，怎生动脚？”行者道：“你都站下，等老孙走个儿你看。”好大圣，拽开步跳上独木桥，摇摇摆摆，须臾跑将过去，在那边招呼道：“过来，过来！”唐僧摇手，八戒、沙僧咬指道：“难，难，难！”行者又从那边跑过来，拉着八戒道：“呆子，跟我走，跟我走！”那八戒卧倒在地道：“滑，滑，滑！走不得！你饶我罢，让我驾风雾过去。”行者按住道：“这是甚么去处，许你驾风雾？必须从此桥上走过，方可成佛。”^{着眼。}八戒道：“哥啊，佛做不成也罢，实是走不得。"他两个在那桥边，滚滚爬爬，扯扯拉拉的要斗，沙僧走去劝解，才撒脱了手。三藏回头，忽见那下溜中有一人撑一只船来，叫道："上渡，上渡！"长老大喜道："徒弟，休得乱顽。那里有只渡船儿来了。"他三个跳起来站定，同眼观看，那船儿来得至近，原来是一只无底的船儿。^{着眼。}行者火眼金睛，早已认得是接引祖师，又称为南无宝幢光王佛，行者却不题破，只管叫："撑拢来！撑拢来！"霎时撑近岸边，又叫："上渡，上渡！"三藏见了，又心惊道："你这无底的破船儿，如何渡人？"佛祖道："我这船：

鸿蒙初判有声名，幸我撑来不变更。有浪有风还自稳，无终无始乐升平。六尘不染能归一，万劫安然自在行。无底船儿难过海，今来古往渡群生。"

孙大圣合掌称谢道："承盛意接引吾师。师父，上船去，他这船儿虽是无底，却稳，纵有风浪，也不得翻。"长老还自惊疑，行者又着膊子，往上一推。那师父踏不住脚，骨辘的跌在水里，早被撑船人一把扯起，站在船上，师父还抖衣服，跺鞋脚，抱怨行者。行者却引沙僧八戒，牵马挑担，也上了船，都立在舺艎之上。那佛祖轻轻用力撑开，只见上溜头泱下一个死尸，长老见了大惊，行者笑道："师父莫怕，那个原来是你。"^{着眼。}八戒也道："是你，是你！"沙僧拍着手也道："是你，是你！"那撑船的打着号子也说："那是你！可贺可贺！"他们三人，也一齐声相和。撑着船，不一时稳稳当当的过了灵云仙渡。三藏才转身，轻轻的跳在彼岸。有诗为证：

> 脱却胎胞骨肉身，相亲相爱是元神。
>
> 今朝行满方成佛，洗净当年六六尘。

此诚所谓广大智慧，登彼岸无极之法。四众上岸回头，连无底船儿却不知去向。行者方说是接引佛祖，三藏方才省悟，急转身，反谢了三个徒弟。行者道："两不相谢，彼此皆扶持也。^{着眼}我等亏师父解脱，借门路修功，幸成了正果，师父也赖我等保护，秉教伽持，幸脱了凡胎。师父，你这面前花草松篁，鸾凤鹤鹿之胜境，比那妖邪显化之处，孰美孰恶？何善何凶？"三藏称谢不已。一个个身轻体快，步上灵山，早见雷音古刹：

> 顶摩霄汉中，根接须弥脉。巧峰排列，怪石参差。悬崖下瑶草琪花，曲径旁紫芝香蕙。仙猿摘果入桃林，却似火烧金；白鹤栖松立枝头，浑如烟捧玉。彩凤双双，青鸾对对。彩凤双双，向日一鸣天下瑞；青鸾对对，迎风耀舞世间稀。又见那黄森森金瓦迭鸳鸯，明幌幌花砖铺玛瑙。东一行，西一行，尽都是蕊宫珠阙；南一带，北一带，看不了宝阁珍楼。天王殿上放霞光，护法堂前喷紫焰。浮屠塔显，优钵花香。正是地胜疑天别，云闲觉昼长。红尘不到诸缘尽，万劫无亏大法堂。

师徒们逍逍遥遥，走上灵山之顶，又见青松林下列优婆，翠柏丛中排善士。长老就便施礼，慌得那优婆塞、优婆夷、比丘僧、比丘尼合掌道："圣僧且休行礼，待见了牟尼，却来相叙。"行者笑道："早哩，早哩！且去拜上位者。"那长老手舞足蹈，随着行者，直至雷音寺山门之外。那厢有四大金刚迎住道："圣僧来耶？"三藏躬身道："是弟子玄奘到了。"答毕就欲进门，金刚道："圣僧少待，容禀过再进。"那金刚着一个转山门报与二门上四大金刚，说唐僧到了，二门上又传入三门上，说唐僧到了。三山门内原是打供的神僧，闻得唐僧到时，急至大雄殿下，报与如来至尊释迦牟尼文佛说："唐朝圣僧到于宝山取经来了。"佛爷爷大喜，即召聚八菩萨、四金刚、五百阿罗、三千揭谛、十一大曜、十八伽蓝，两行排列，却传金旨，召唐僧进。那里边，一层一节，钦依佛旨，叫："圣僧进来！"这唐僧循规蹈矩，同悟空、悟能、悟净，牵马挑担，径入山门。正是：

当年奋志奉钦差，领牒辞王出玉阶。清晓登山迎雾露，黄昏枕石卧云霾。挑禅远步三千水，飞锡长行万里崖。念念在心求正果，今朝始得见如来。

四众到大雄宝殿殿前，对如来倒身下拜，拜罢，又向左右再拜，各各三匝已遍，复向佛祖长跪，将通关文牒奉上。如来一一看了，还递与三藏。三藏频频作礼，启上道："弟子玄奘，奉东土大唐皇帝旨意，遥诣宝山，拜求真经，以济众生。望我佛祖垂恩，早赐回国。"如来方开怜悯之口，大发慈悲之心，对三藏言曰："你那东土乃南赡部洲，只因天高地厚，物广人稠，多贪多杀，多淫多诳，多欺多诈，不遵佛教，不向善缘，不理三光，不重五谷，不忠不孝，不义不仁，瞒心昧己，大斗小秤，害命杀牲，造下无边之孽，罪盈恶满，^{真真。}致有地狱之灾。所以永堕幽冥，受那许多碓捣磨舂之苦，变化畜类，有那许多披毛顶角之形，将身还债，将肉饲人，其永堕阿鼻不得超升者，皆此之故也。虽有孔氏在彼立下仁义礼智之教，帝王相继，治有徒流绞斩之刑，其如愚昧不明，放纵无忌之辈何耶？我今有经三藏，可以超脱苦恼，解释灾愆。三藏有《法》一藏，谈天；有《论》一藏，说地；有《经》一藏，度鬼。共计三十五部，该一万五千一百四十四卷，真是修真之经，正善之门。凡天下四大部洲之天文、地理、人物、鸟兽、花木、器用、人事，无般不载。汝等远来，待要全付与汝取去，但那方之人，愚蠢村强，毁谤真言，不识我沙门之奥旨。"叫："阿难、伽叶，你两个引他四众，到珍楼之下，先将斋食待他。斋罢，开了宝阁，将我那三藏之中三十五部之内，各检几卷与他，教他传流东土，永注洪恩。"二尊者即奉佛旨，将他四众领至楼下，看不尽那奇珍异宝，摆列无穷，只见那设供的诸神，铺排斋宴，并皆是仙品、仙肴、仙茶、仙果，珍羞百味，与凡世不同。师徒们顶礼了佛恩，随心享用，其实是：

宝焰金光映目明，异香奇品更微精。千层金阁无穷丽，一派仙音入耳清。素味仙花人罕见，香茶异食得长生。向来受尽千般苦，今日荣华喜道成。

这番造化了八戒，便宜了沙僧，佛祖处正寿长生，脱胎换骨之馔，尽着他受用。二尊者陪奉四众餐毕，却入宝阁，开门登看，那厢有霞光瑞气，笼罩千重；彩雾祥云，遮漫万道。经柜上，宝箧外，都贴了红签，楷书着经卷名目。乃是：

《涅槃经》一部七百四十八卷，《菩萨经》一部一千二十一卷，《虚空藏经》一部四百卷，《首楞严经》一部一百一十卷，《恩意经大集》一部五十卷，《决定经》一部一百四十卷，《宝藏经》一部四十五卷，《华严经》一部五百卷，《礼真如经》一部九十卷，《大般若经》一部九百一十六卷，《大光明经》一部三百卷，《未曾有经》一部一千一百一十卷，《维摩经》一部一百七十卷，《三论别经》一部二百七十卷，《金刚经》一部一百卷，《正法论经》一部一百二十卷，《佛本行经》一部八百卷，《五龙经》一部三十二卷，《菩萨戒经》一部一百十六卷，《大集经》一部一百三十卷，《摩竭经》一部三百五十卷，《法华经》一部一百卷，《瑜伽经》一部一百卷，《宝常经》一部三百六十卷，《西天论经》一部一百三十卷，《僧祇经》一部一百五十六卷，《佛国杂经》一部一千九百五十卷，《起信论经》一部一千卷，《大智度经》一部一千八十卷，《宝威经》一部一千二百八十卷，《本阁经》一部八百五十卷，《正律文经》一部二百卷，《大孔雀经》一部二百二十卷，《维识论经》一部一百卷，《具舍论经》一部二百卷。

阿难、伽叶引唐僧看遍经名，对唐僧道："圣僧东土到此，有些甚么人事送我们？快拿出来，好传经与你去。"此处也少不得钱。三藏闻言道：“弟子玄奘，来路迢遥，不曾备得。”二尊者笑道：
“好，好，好！白手传经继世，后人当饿死矣。”行者见他讲口
扭捏，不肯传经，他忍不住叫噪道：“师父，我们去告如来，教
他自家来把经与老孙也。”阿傩道：“莫嚷！此是甚么去处，你
还撒野放刁！这边来接着经。”八戒沙僧耐住了性子，劝住了行
者，转身来接。一卷卷收在包里，驮在马上，又捆了两担，八戒
与沙僧挑着，却来宝座前叩头，谢了如来，一直出门。逢一位佛
祖拜两拜，见一尊菩萨拜两拜，又到大门，拜了比丘僧、尼、优
婆夷、塞，一一相辞，下山奔路不题。

　　却说那宝阁上有一尊燃灯古佛，他在阁上，暗暗的听着
那传经之事，心中甚明，原是阿傩、伽叶将无字之经传去，
可惜此经不传，至今令人堕文字中。却自笑云：“东土众僧愚迷，不识无字之经，却不
枉费了圣僧这场跋涉？”问：“座边有谁在此？”只见白雄尊者
闪出。古佛分付道：“你可作起神威，飞星赶上唐僧，把那无字
之经夺了，教他再来求取有字真经。”白雄尊者，即驾狂风，
滚离了雷音寺山门之外，大作神威。那阵好风，真个是：

　　佛前勇士，不比巽二风神。仙窍怒号，远赛吹嘘少女。这一
　　阵，鱼龙皆失穴，江海逆波涛。玄猿捧果难来献，黄鹤回云找旧
　　巢。丹凤清音鸣不美，锦鸡喤运叫声嘈。青松枝折，优钵花飘。
　　翠竹竿竿倒，金莲朵朵摇。钟声远送三千里，经韵轻飞万壑高。
　　崖下奇花残美色，路旁瑶草偃鲜苗。彩鸾难舞翅，白鹿躲山崖。
　　荡荡异香漫宇宙，清清风气彻云霄。

那唐长老正行间，忽闻香风滚滚，只道是佛祖之祯祥，未曾堤防，又闻得响一声，半空中伸下一只手来，将马驮的经轻轻抢去。唬得个三藏捶胸叫唤，八戒滚地来追，沙和尚护守着经担，孙行者急赶去如飞。那白雄尊者，见行者赶得将近，恐他棒头上没眼，一时间不分好歹，打伤身体，即将经包掼碎，抛在尘埃。行者见经包破落，又被香风吹得飘零，却就按下云头顾经，不去追赶。那白雄尊者收风敛雾，回报古佛不题。八戒去追赶，见经本落下，遂与行者收拾背着，来见唐僧。唐僧满眼垂泪道："徒弟呀！这个极乐世界，也还有凶魔欺害哩。"沙僧接了抱着的散经，打开看时，原来雪白，并无半点字迹，慌忙递与三藏道："师父，这一卷没字。"行者又打开一卷看时，也无字，八戒打开一卷，也无字，三藏叫："通打开来看看。"卷卷俱是白纸。长老短叹长吁的道："我东土人果是没福。似这般无字的空本，取去何用？怎么敢见唐王，诳君之罪，诚不容诛也。"行者早已知之，对唐僧道："师父，不消说了，这就是阿傩、伽叶那厮，问我要人事没有，故将此白纸本子与我们来了。快回去告在如来之前，问他掯财作弊之罪。"八戒嚷道："正是，正是！告他去来！"四众急急回山，无好步，忙忙又转上雷音。不多时，到于山门之外，众皆拱手相迎，笑道："圣僧是来换经了？"三藏点头称谢。众金刚也不阻挡，让他进去，直至大雄殿前。行者嚷道："如来！我师徒们受了万折千磨，千辛万苦，自东土拜到此处，蒙如来分付传经，被阿傩、伽叶掯财不遂，通同作弊，故意将无字的白纸本儿教我们拿去，我们拿他去何用？望如来敕治！"佛祖笑道："你且休嚷，他两个

旁注：此经如今世上极多，提学来岁考，遍地都是。

问你要人事之情，我已知矣。但只是经不可轻传，亦不可以空取。_{又为讲经和尚张本矣。}向时众比丘圣僧下山，曾将此经在舍卫国赵长者家与他诵了一遍，保他家生者安全，亡者超脱，只讨得他三十三升米粒黄金白银，我还说他们忒卖贱了，教后代儿孙没钱使用。你如今空手来取，是以传了白本。白本者，乃无字真经，倒也是好的，因你那东土众生，愚迷不悟，只可以此传之耳。"即叫："阿难、伽叶，快将有字的真经，每部中各检几卷与他，来此报数。"二尊者复领四众到珍楼宝阁之下，仍问唐僧要些人事。三藏无物奉承，即命沙僧取出紫金钵盂，双手奉上道："弟子委是穷寒路遥，不曾备得人事。这钵盂乃唐王亲手所赐，教弟子持此，沿路化斋。今特奉上，聊表寸心，万望尊者不鄙轻亵，将此收下，待回朝奏上唐王，定有厚谢。只是以有字真经赐下，庶不孤钦差之意，远涉之劳也。"那阿难接了，但微微而笑，被那些管珍楼的力士，管香积的庖丁，看阁的尊者，你抹他脸，我扑他背，弹指的，扭唇的，一个个笑道："不羞，不羞！须索取经的人事。"须臾把脸皮都羞皱了，只是拿着钵盂不放。_{趣甚，只是罪过，不当人子。}伽叶却才进阁检经，一一查与三藏，三藏却叫："徒弟们，你们都好生看看，莫似前番。"他三人接一卷，看一卷，却都是有字的。传了五千零四十八卷，乃一藏之数，收拾齐整驮在马上。剩下的还装了一担，八戒挑着，自己行李，沙僧挑着，行者牵了马，唐僧拿了锡杖，按一按毗卢帽，抖一抖锦襕袈裟，才喜喜欢欢，到我佛如来之前。正是那：

大藏真经滋味甜，如来造就甚精严。须知玄奘登山苦，可笑阿傩却爱钱。先次未详亏古佛，后来真实始安然。至今得意传东土，大众均将雨露沾。

阿难、伽叶引唐僧来见如来，如来高升莲座，指令降龙、伏虎二大罗汉敲响云磬，遍请三千诸佛、三千揭谛、八金刚、四菩萨、五百尊罗汉、八百比丘僧、大众优婆塞、比丘尼、优婆夷，各天各洞，福地灵山，大小尊者圣僧，该坐的请登宝座，该立的侍立两旁。一时间，天乐遥闻，仙音嘹亮，满空中祥光叠叠，瑞气重重，诸佛毕集，参见了如来。如来问："阿难、伽叶，传了多少经卷与他？可一一报数。"二尊者即开报："现付去唐朝

《涅槃经》四百卷，《菩萨经》三百六十卷，《虚空藏经》二十卷，《首楞严经》三十卷，《恩意经大集》四十卷，《决定经》四十卷，《宝藏经》二十卷，《华严经》八十一卷，《礼真如经》三十卷，《大般若经》六百卷，《大光经》五十卷，《未曾有经》五百五十卷，《维摩经》三十卷，《三论别经》四十二卷，《金刚经》一卷，《正法论经》二十卷，《佛本行经》一百一十六卷，《五龙经》二十卷，《菩萨戒经》六十卷，《大集经》三十卷，《摩竭经》一百四十卷，《法华经》十卷，《瑜伽经》三十卷，《宝常经》一百七十卷，《西天论经》三十卷，《僧祇经》一百一十卷，《佛国杂经》一千六百三十八卷，《起信论经》五十卷，《大智度经》九十卷，《宝威经》一百四十卷，《本阁经》五十六卷，《正律文经》十卷，《大孔雀经》十四卷，《维识论经》十卷，《具舍论经》十卷。

在藏总经，共三十五部，各部中检出五千零四十八卷，与东土圣僧传留在唐。现俱收拾整顿于马驮人担之上，专等谢恩。"

三藏四众拴了马，歇了担，一个个合掌躬身，朝上礼拜。如来对唐僧言曰："此经功德，不可称量，虽为我门之龟鉴，实乃三教之源流。若到你那南赡部洲，示与一切众生，不可轻慢，非沐浴斋戒，不可开卷，宝之重之。盖此内有成仙了道之奥妙，有发明万化之奇方也。"三藏叩头谢恩，信受奉行，依然对佛祖遍礼三匝，承谨归诚，领经而去。去到三山门，一一又谢了众圣不题。

如来因打发唐僧去后，才散了传经之会。旁又闪上观世音菩萨合掌启佛祖道："弟子当年领金旨向东土寻取经之人，今已成功，共计得一十四年，乃五千零四十日，还少八日，不合藏数。准弟子缴还金旨。"如来大喜道："所言甚当，准缴金旨。"即叫八大金刚分付道："汝等快使神威，驾送圣僧回东，把真经传留，即引圣僧西回，须在八日之内，以完一藏之数，勿得迟违。"金刚随即赶上唐僧，叫道："取经的，跟我来！"唐僧等俱身轻体健，荡荡飘飘，随着金刚，驾云而起。

这才是：

见性明心参佛祖，功完行满即飞升。

毕竟不知回东土怎生传授，且听下回分解。

总批：

可惜无字经不曾取来，所以如今东土都是个钻故纸的苍蝇，可惜可痛！虽然，一藏无字经，完完全全都在此处，只要人合着眼去看耳。

第九十九回　九九数完魔划尽　三三行满道归根

话表八金刚既送唐僧回国不题。那三层门下，有五方揭谛、四值功曹、六丁六甲、护教伽蓝，走向观音菩萨前启道："弟子等向蒙菩萨法旨，暗中保护圣僧，今日圣僧行满，菩萨缴了佛祖金旨，我等望菩萨准缴法旨。"菩萨亦甚喜道："准缴，准缴。"又问道："那唐僧四众，一路上心行何如？"诸神道："委实心虔志诚，料不能逃菩萨洞察。但只是唐僧受过之苦，真不可言。他一路上历过的灾愆患难，弟子已谨记在此，这就是他灾难的簿子。"菩萨从头看了一遍。这正是那：

蒙差揭谛皈依旨，谨记唐僧难数清：金蝉遭贬第一难，出胎几杀第二难，满月抛江第三难，寻亲报冤第四难，出城逢虎第五难，落坑折从第六难，双叉岭上第七难，两界山头第八难，陡涧换马第九难，夜被火烧第十难，失却袈裟十一难，收降八戒十二难，黄风怪阻十三难，请求灵吉十四难，流沙难渡十五难，收得沙僧十六难，四圣显化十七难，五庄观中十八难，难活人参十九难，贬退心猿二十难，黑松林失散二十一难，宝象国捎书二十二难，金銮殿变虎二十三难，平顶山逢魔二十四难，莲花洞高悬二十五难，乌鸡国救主二十六难，被魔化身二十七难，号山逢怪二十八难，风摄圣僧二十九难，心猿遭害三十难，请圣降妖三十一难，黑河沉没三十二难，搬运车迟三十三难，大赌输赢三十四难，祛道兴僧三十五难，路逢大水三十六难，身落天河三十七难，鱼篮现身三十八难，金峣山遇怪三十九难，普天神难伏四十难，问佛根源四十一难，吃水遭毒四十二难，西梁国留婚四十三难，琵琶洞受苦四十四难，再贬心猿四十五难，难辨猕猴四十六难，路阻火焰山四十七难，求取芭蕉扇四十八难，收缚魔王四十九难，赛城扫塔五十难，取宝救僧五十一难，棘林吟咏五十二难，小雷音遇难五十三难，诸天神遭困五十四难，稀柿同秽阻五十五难，朱紫国行医五十六难，拯救疲癃五十七难，降妖取后五十八难，七情迷没五十九难，多目遭伤六十难，路阻狮驼六十一难，怪分三色六十二难，城里遇灾六十三难，请佛收魔六十四难，比丘救子六十五难，辨认真邪六十六难，松林救怪六十七难，僧房卧病六十八难，无底洞遭困六十九难，灭法国难行七十难，隐雾山遇魔七十一难，凤仙郡求雨七十二难，失落兵器七十三难，会庆钉钯七十四难，竹节山遭难七十五难，玄英洞受苦七十六难，赶捉犀牛七十七难，天竺招婚七十八难，铜台府监禁七十九难，凌云渡脱胎八十难，路经十万八千里，圣僧历难簿分明。

菩萨将难簿目过了一遍，急传声道："佛门中九九归真，圣僧受过八十难，还少一难，不得完成此数。" _{这转妙。}即令揭谛，"赶上金刚，还生一难者"。这揭谛得令，飞云一驾向东来，一昼夜赶上八大金刚，附耳低言道："如此如此，谨遵菩萨法旨，不得违误。"八金刚闻得此言，刷的把风按下，将他四众，连马与经，坠落在地。噫！正是那：

九九归真道行难，坚持笃志立玄关。必须苦练邪魔退，定要修持正法还。莫把经章当容易，圣僧难过许多般。古来妙合参同契，毫发差时不结丹。

　　三藏脚踏了凡地，自觉心惊。八戒呵呵大笑道："好，好，好！这正是要快得迟。"沙僧道："好，好，好！因是我们走快了些儿，教我们在此歇歇哩。"大圣道："俗语云：十日滩头坐，一日行九滩。"三藏道："你三个且休斗嘴，认认方向，看这是甚么地方。"沙僧转头四望道："是这里，是这里！师父，你听听水响。"行者道："水响想是你的祖家了。"八戒道："他祖家乃流沙河。"沙僧道："不是，不是，此通天河也。"三藏道："徒弟啊，仔细看在那岸。"行者纵身跳起，用手搭凉篷仔细看了，下来道："师父，此是通天河西岸。"三藏道："我记起来了，东岸边原有个陈家庄。那年到此，亏你救了他儿女，深感我们，要造船相送，幸白鼋伏渡。我记得西岸上四无人烟，这番如何是好？"八戒道："只说凡人会作弊，原来这佛面前的金刚也会作弊。他奉佛旨，教送我们东回，怎么到此半路上就丢下我们？如今岂不进退两难，怎生过去？"沙僧道："二哥休报怨。我的师父已得了道，前在凌云渡已脱了凡胎，今番断不落水，教师兄同你我都作起摄法，把师父驾过去也。"行者频频的暗笑道："驾不去，驾不去。"你看他怎么就说个驾不去？若肯使出神通，说破飞升之奥妙，师徒们就一千个河也过去了，只因心里明白，知道唐僧九九之数未完，还该有一难，故羁留于此。

　　师徒们口里纷纷的讲，足下徐徐的行，直至水边，忽听得有人叫道："唐圣僧，唐圣僧！这里来，这里来！"四众皆惊，举头观看，四无人迹，又没舟船，却是一个大白赖头鼋在岸边探着头叫道："老师父，我等了你这几年，却才回也？"行者笑道："老鼋，向年累你，今岁又得相逢。"三藏与八戒、沙僧都欢喜不尽。行者道："老鼋，你果有接待之心，可上岸来。"那鼋即纵身爬上河来。行者叫把马牵上他身，八戒还蹲在马尾之后，唐僧站在马颈左边，沙僧站在右边，行者一脚踏着老鼋的项，一脚踏着老鼋的头叫道："老鼋，好生走稳着。"那老鼋蹬开四足，踏水面如行平地，将他师徒四众，连马五口，驮在身上，径向东岸而来。诚所谓：

不二门中法奥玄，诸魔战退识人天。本来面目今方见，一体原因始得全。秉证三乘随出入，丹成九转任周旋。挑包飞杖通休讲，幸喜还原遇老鼋。

老鼋驮着他们，蹢波踏浪，行经半多日，将次天晚，好近东岸，忽然问道："老师父，我向年曾央到西方见我佛如来，与我问声归着之事，还有多少年寿，可曾问否？"原来那长老自到西天玉真观沐浴，凌云渡脱胎，步上灵山，专心拜佛及参诸佛菩萨圣僧等众，意念只在取经，他事一毫不理，所以不曾问得老鼋年寿，无言可答，却又不敢欺打诳语，沉吟半晌，不曾答应。老鼋即知不曾替他问，他就将身一幌，唿喇的淬下水去，把他四众连马并经，通皆落水。咦！还喜得唐僧脱了胎，成了道，若似前番，已经沉底，又幸白马是龙，八戒、沙僧会水，行者笑巍巍显大神通，把唐僧扶驾出水，登彼东岸，只是经包、衣服、鞍辔俱尽湿了。师徒方登岸整理，忽又一阵狂风，天色昏暗，雷闪俱作，走石飞沙。但见那：

一阵风，乾坤播荡；一声雷，振动山川。一个闪，钻云飞火；一天雾，大地遮漫。风气呼号，雷声激烈。闪掣红绡，雾迷星月。风鼓的沙尘扑面，雷惊的虎豹藏形。闪幌的飞禽叫噪，雾漠的树木无踪。那风搅得个通天河波浪翻腾，那雷振得个通天河鱼龙丧胆，那闪照得个通天河彻底光明，那雾盖得个通天河岸崖昏惨。好风，颓山裂石松篁倒。好雷，惊蛰伤人威势豪。好闪，流天照野金蛇走。好雾，混混漫空蔽九霄。

唬得那三藏按住了经包，沙僧压住了经担，八戒牵住了白马，行者却双手轮起铁棒，左右护持。原来那风雾雷闪乃是些阴魔作号，欲夺所取之经，劳嚷了一夜，直到天明，却才止息。长老一身水衣，战兢兢的道："悟空，这是怎的起？"行者气呼呼的道："师父，你不知就里，我等保护你取获此经，乃是夺天地造化之功，可以与乾坤并久，日月同明，寿享长春，法身不朽，此所以为天地不容，鬼神所忌，欲来暗夺之耳。一则这经是水湿透了，二则是你的正法身压住，雷不能轰，电不能照，雾不能迷，又是老孙轮着铁棒，使纯阳之性，护持住了，及至天明，阳气又盛，所以不能夺去。"三藏、八戒、沙僧方才省悟，各谢不尽。少顷，太阳高照，却移经于高崖上，开包晒晾，至今彼处晒经之石尚存。他们又将衣鞋都晒在崖旁，立的立，坐的坐，跳的跳。真个是：

一体纯阳喜向阳，阴魔不敢逞强梁。须知水胜真经伏，不怕风雷闪雾光。自此清平归正觉，从今安泰到仙乡。晒经石上留踪迹，千古无魔到此方。

他四众检看经本，一一晒晾。早见几个打渔人，来过河边，抬头看见，内有认得的道："老师父可是前年过此河往西天取经的？"八戒道："正是，正是，你是那里人？怎么认得我们？"渔人道："我们是陈家庄上人。"八戒道："陈家庄离此有多远？"渔人道："过此冲南有二十里，就是也。"八戒道："师父，我们把经搬到陈家庄上晒去。他那里有住坐，又有得吃，就教他家与我们浆浆衣服，却不是好？"三藏道："不去罢，在此晒干了，就收拾找路回也。"那几个渔人行过南冲，恰遇着陈澄，叫道："二老官，前年在你家替祭儿子的师父回来了。"陈澄道："你在那里看见？"渔人回指道："都在那石上晒经哩。"陈澄随带了几个佃户，走过冲来望见，跑近前跪下道："老爷取经回来，功成行满，怎么不到舍下，却在这里盘弄？快请，快请到舍。"行者道："等晒干了经，和你去。"陈澄又问道："老爷的经典、衣物，如何湿了？"三藏道："昔年亏白鼋驮渡河西，今年又蒙他驮渡河东，已将近岸，被他问昔年托问佛祖寿年之事，我本未曾问得，他遂淬在水内，故此湿了。"又将前后事细说了一遍。那陈澄拜请甚恳，三藏无已，遂收拾经卷。不期石上把《佛本行经》沾住了几卷，遂将经尾沾破了，所以至今《佛本行经》不全，晒经石上犹有字迹。三藏懊悔道："是我们怠慢了，不曾看顾得。"行者笑道："不在此，不在此，盖天地不全，这经原是全全的，今沾破了乃是应不全之奥妙也，岂人力所能与耶？"师徒们果收拾毕，同陈澄赴庄。

那庄上人家，一个传十，十个传百，百个传千，若老若幼，都来接看。陈清闻说，就摆香案在门前迎迓，又命鼓乐吹打。少顷到了迎入，陈清领合家人眷俱出来拜见，拜谢昔日救女儿之恩，随命看茶摆斋。三藏自受了佛祖的仙品仙肴，又脱了凡胎成佛，全不思凡间之食。二老苦劝，没奈何，略见他意，孙大圣自来不吃烟火食，也道："勾了。"沙僧也不甚吃，八戒也不是前番，就放下碗。行者道："呆子也不吃了？"八戒道："不知怎么，脾胃一时就弱了。"遂此收了斋筵，却又问取经之事。三藏又将先至玉真观沐浴，凌云渡脱胎，及至雷音寺参如来，蒙珍楼赐宴，宝阁传经，始被二尊者索人事未遂，故传无字之经，后复拜告如来，始得授一藏之数，并白鼋淬水，阴魔暗夺之事，细细陈了一遍，就欲拜别。那二老举家如何肯放，且道："向蒙救拔儿女，深恩莫报，已创建一座院宇，名曰救生寺，专侍奉香火不绝。"又抱出原替祭之儿女陈关保、一秤金叩谢，复请至寺观看。三藏却又将经包儿收在他家堂前，与他念了一卷《宝常经》，后至寺中，只见陈家又设馔在此，还不曾坐下，又一起来请，还不曾举箸，又一起来请，络绎不绝，争不上手。三藏俱不敢辞，略略见意。只见那座寺果盖得齐整：

山门红粉腻，多赖施主功。一座楼台从此立，两廊房宇自今兴。朱红隔扇，七宝玲珑。香气飘云汉，清光满太空。几株嫩柏还浇水，数干乔松未结丛。活水迎前，通天叠叠翻波浪；高崖倚后，山脉重重接地龙。

　　三藏看毕，才上高楼，楼上果装塑着他四众之像。八戒看见，扯着行者道："兄长的相儿甚像。"沙僧道："二哥，你的又像得紧。只是师父的又忒俊了些儿。"三藏道："却好，却好。"遂下楼来，下面前殿后廊，还有摆斋的候请。行者却问："向日大王庙儿如何了？"众老道："那庙当年拆了。老爷，这寺自建立之后，年年成熟，岁岁丰登，却是老爷之福庇。"行者笑道："此天赐耳，与我们何与。但自今去后，我们保佑你这一庄上人家，子孙繁衍，六畜安生，年年风调雨顺，岁岁雨顺风调。"众等却叩头拜谢。只见那前前后后，更有献果献斋的，无限人家。八戒笑道："我的蹭蹬！那时节吃得，却没人家连请是请，今日吃不得，却一家不了，又是一家。"饶他气满，略动手又吃过八九盘素食，纵然胃伤，又吃了二三十个馒头。已皆尽饱，又有人家相邀，三藏道："弟子何能，感蒙至爱！望今夕暂停，明早再领。"

　　时已深夜，三藏守定真经，不敢暂离，就于楼下打坐看守，将及三更，三藏悄悄的叫道："悟空，这里人家，识得我们道成事完了。自古道，真人不露相，露相不真人。恐为久淹，失了大事。"行者道："师父说得有理，我们趁此深夜，人家熟睡，寂寂的去了罢。"八戒却也知觉，沙僧尽自分明，白马也能会意，遂此起了身，轻轻的抬上驮垛，挑着担，从庑廊驮出。到于山门，只见门上有锁，行者又使个解锁法，开了二门、大门，找路望东而去。只听得半空中有八大金刚叫道："逃走的，跟我来。"那长老闻得香风荡荡，起在空中。

　　这正是：

丹成识得本来面，体健如如拜主人。

毕竟不知怎生见那唐王，且听下回分解。

总批：

此一回转折更出人意表。〇天地不全，经卷亦破，乃大彻大悟之语，何物猴狲，容易说出，可惜可惜。如此说破，复有贪图完满，算计十全者，真可笑也。

第一百回　径回东土

五圣成真

　　且不言他四众脱身，随金刚驾风而起。却说陈家庄救生寺内多人，天晓起来，仍治果肴来献，至楼下，不见了唐僧，这个也来问，那个也来寻，俱慌慌张张，莫知所措，叫苦连天的道："清清把个活佛放去了。"一会家无计，将办来的品物，俱抬在楼上祭祀烧纸。以后每年四大祭，二十四小祭，还有那告病的，保安的，求亲许愿，求财求子的，无时无日不来烧香祭赛，真个是金炉不断千年火，玉盏常明万载灯，不题。

　　却说八大金刚使第二阵香风，把他四众不一日送至东土，渐渐望见长安。原来那太宗自贞观十三年九月望前三日送唐僧出城，至十六年，即差工部官在西安关外起建了望经楼接经，太宗年年亲至其地。恰好那一日出驾复到楼上，忽见正西方满天瑞霭，阵阵香风，金刚停在空中叫道："圣僧，此间乃长安城了。我们不好下去，这里人伶俐，恐泄漏吾像。孙大圣三位也不消去，汝自去传了经与汝主，即便回来。我在霄汉中等你，与你一同缴旨。"大圣道："尊者之言虽当，但吾师如何挑得经担？如何牵得马匹？须得我等同去一送。烦你在空少等，谅不敢误。"金刚道："前日观音菩萨启过如来，往来只在八日，方完藏数。今已过五日有馀，只怕八戒贪图富贵，误了限期。"八戒笑道："师父成佛，我也望成佛，岂有贪图之理。泼大粗人！都在此等我，待交了经，就来与你回向也。"呆子挑着担，沙僧牵着马，行者扶着圣僧，都按下云头，落于望经楼边。太宗同多官一齐见了，即下楼相迎道："御弟来也？"唐僧即倒身下拜，太宗扶起，又问道："此三者何人？"唐僧道："是途中收的徒弟。"太宗大喜，命近侍官："将朕御车马扣背，请御弟上马，同朕回朝。"唐僧谢了恩，骑上马，大圣轮金箍棒紧随，八戒、沙僧俱扶马挑担，随驾后共入长安。真个是：

当年清宴乐升平，文武安然显俊英。水陆场中僧演法，金銮殿上主差卿。关文敕赐唐三藏，经卷原因配五行。苦炼凶魔种种灭，功成今喜上朝京。

唐僧四众，随驾入朝，满城中无人不知是取经人来了。却说那长安唐僧旧住的洪福寺大小僧人，看见几株松树一颗颗头俱向东，惊讶道："怪哉，怪哉！今夜未曾刮风，如何这树头扭过来了？"内有三藏的旧徒道："快取衣服来！取经的老师父来了！"众僧问道："你何以知之？"旧徒曰："当年师父去时，曾有言道：'我去之后，或三五年，或六七年，但看松树枝头若是东向，我即回矣。'我师父佛口圣言，故此知之。"急披衣而出，至西街时，早已有人传播说："取经的人适才方到，万岁爷爷接入城来了。"众僧听说，又急急跑来，却就遇着，一见大驾，不敢近前，随后跟至朝门之外。唐僧下马，同众进朝。唐僧将龙马与经担，同行者、八戒、沙僧，站在玉阶之下。太宗传宣："御弟上殿。"赐坐，唐僧又谢恩坐了，教把经卷抬来。行者等取出，近侍官传上。太宗又问："多少经数？怎生取来？"三藏道："臣僧到了灵山，参见佛祖，蒙差阿傩、伽叶二尊者先引至珍楼内赐斋，次到宝阁内传经。那尊者需索人事，因未曾备得，不曾送他，他遂以经与了。当谢佛祖之恩东行，忽被妖风抢了经去，幸小徒有些神通赶夺，却俱抛掷散漫，因展看，皆是无字空本。臣等着惊，复去拜告恳求，佛祖道：'此经成就之时，有比丘圣僧将下山与舍卫国赵长者家看诵了一遍，保佑他家生者安全，亡者超脱，止讨了他三斗三升米粒黄金，意思还嫌卖贱了，后来子孙没钱使用。'我等知二尊者需索人事，佛祖明知，只得将钦赐紫金钵盂送他，方传了有字真经。此经有三十五部，各部中检了几卷传来，共计五千零四十八卷，此数盖合一藏也。"太宗更喜，命："光禄寺设宴，在东阁酬谢。"忽见他三徒立在阶下，容貌异常，便问："高徒果外国人耶？"长老俯伏道："大徒弟姓孙，法名悟空，臣又呼他为孙行者，他出身原是东胜神洲傲来国花果山水帘洞人氏，因五百年前大闹天宫，被佛祖困压在西番两界山石匣之内，蒙观音菩萨劝善，情愿皈依，是臣到彼救出，甚亏此徒保护；二徒弟姓猪，法名悟能，臣又呼他为猪八戒。他出身原是福灵山云栈洞人氏，因在乌斯藏高老庄上作怪，即蒙菩萨劝善，亏行者收之，一路上挑担有力，涉水有功；三徒弟姓沙，法名悟净，臣又呼他为沙和尚。他出身原是流沙河作怪者，也蒙菩萨劝善，秉教沙门；那匹马不是主公所赐者。"太宗道："毛片相同，如何不是？"三藏道："臣到盘蛇山鹰愁涧涉水，原马被此马吞之，亏行者请菩萨问此马来历，原是西海龙王之子，因有罪，也蒙菩萨救解，教他与臣作脚力，当时变作原马，毛片相同。幸亏他登山越岭，跋涉崎岖，去时骑坐，来时驮经，亦甚赖其力也。"太宗闻言，称赞不已，又问："远涉西方，端的路程多少？"三藏道："总记菩萨之言，有十万八千里之远，途中未曾记数，只知经过了一十四遍寒暑。日日山，日日岭，遇林不小，遇水宽洪。还经几座国王，俱有照验印信。"叫："徒弟，将通关文牒取上来，对主公缴纳。"当时递上。太宗看了，乃贞观一十三年九月望前三日给。太宗笑道："久劳远涉，今已贞观二十七年矣。"牒文上有宝象国印，乌鸡国印，车迟国印，西梁女国印，祭赛国印，朱紫国印，比丘国印，灭法国印；又有凤仙郡印，玉华州印，金平府印。太宗览毕，收了。

早有当驾官请宴，即下殿携手而行，又问："高徒能礼貌乎？"三藏道："小徒俱是山村旷野之妖身，未谙中华圣朝之礼数，万望主公赦罪。"太宗笑道："不罪他，不罪他，都同请东阁赴宴去也。"三藏又谢了恩，招呼他三众，都到阁内观看。果是中华大国，比寻常不同。你看那：

门悬彩绣，地衬红毡。异香馥郁，奇品新鲜。琥珀杯，琉璃盏，箱金点翠；黄金盘，白玉碗，嵌锦花缠。烂煮蔓菁，糖浇香芋。蘑菇甜美，海菜清奇。几次添来姜辣笋，数番办上蜜调葵。面筋椿树叶，木耳豆腐皮。石花仙菜，蕨粉干薇。花椒煮莱菔，芥末拌瓜丝。几盘素品还犹可，数种奇稀果夺魁。核桃柿饼，龙眼荔枝。宣州茧栗山东枣，江南人杏兔头梨。榛松莲肉葡萄大，榧子瓜仁菱米齐。橄榄林檎，苹婆沙果。慈菇嫩藕，脆李杨梅。无般不备，无件不齐。还有些蒸酥蜜食兼嘉馔，更有那美酒香茶与异奇。说不尽百味珍羞真上品，果然是中华大国异西夷。

师徒四众与文武多官俱侍列左右，太宗皇帝仍正坐当中，歌舞吹弹，整齐严肃，遂尽乐一日。正是：

君王嘉会赛唐虞，取得真经福有馀。

千古流传千古盛，佛光普照帝王居。

当日天晚，谢恩宴散。太宗回宫，多官回宅，唐僧等归于洪福寺，只见寺僧磕头迎接。方进山门，众僧报道："师父，这树头儿今早俱忽然向东，我们记得师父之言，遂出城来接，果然到了。"长老喜之不胜，遂入方丈。此时八戒也不嚷茶饭，也不弄喧头，行者、沙僧个个稳重，只因道果完成，自然安静，^{着眼}。当晚睡了。次早，太宗升朝，对群臣言曰："朕思御弟之功，至深至大，无以为酬，一夜无寐，口占几句俚谈，权表谢意，但未曾写出。"叫："中书官来，朕念与你，你一一写之。"其文云：

盖闻二仪有象，显覆载以含生；四时无形，潜寒暑以化物。是以窥天鉴地，庸愚皆识其端；明阴洞阳，贤哲罕穷其数。然天地包乎阴阳，而易识者，以其有象也；阴阳处乎天地，而难穷者，以其无形也。故知象显可征，虽愚不惑；形潜莫睹，在智犹迷。况乎佛道崇虚，乘幽控寂。弘济万品，典御十方。举威灵而无上，抑神力而无下；大之则弥于宇宙，细之则摄于毫厘。无灭无生，历千劫而不古；若隐若显，运百福而长今。妙道凝玄，遵之莫知其际；法流湛寂，挹之莫测其源。故知蠢蠢凡愚，区区庸鄙，投其旨趣，能无疑惑者哉！然则大教之兴，基乎西土。腾汉庭而皎梦，照东域而流慈。古者分形分迹之时，言未驰而成化；当常见常隐之世，民仰德而知遵。及乎晦影归真，迁移越世，金容掩色，不镜三千之光；丽像开图，空端四八之相。于是微言广被，拯禽类于三途；遗训遐宣，导群生于十地。佛有经，能分大小之乘；更有法，传讹邪正之术。我僧玄奘法师者，法门之领袖也。幼怀真敏，早悟三空之功；长契神清，先包四忍之行。松风水月，未足比其清华；仙露明珠，讵能方其朗润！故以智通无累，神测未形。超六尘而迥出，使千古而无对。凝心内境，悲正法之陵迟；栖虑玄门，慨深文之讹谬。思欲分条振理，广彼前闻；截伪续真，开兹后学。是以翘心净土，法游西域。乘危远迈，策杖孤征。积雪晨飞，途间失地；惊沙夕起，空外迷天。万里山川，拨烟霞而进步；百重寒暑，蹑霜雨而前踪。诚重劳轻，求深欲达。周游西宇，十有四年。穷历异邦，询求正教。双林八水，味道餐风；鹿苑鹫峰，瞻奇仰异。承至言于先圣，受真教于上贤。探赜妙门，精穷奥业。三乘六律之道，驰骤于心田；一藏百箧之文，波涛于海口。爰自所历之国无涯，求取之经有数。总得大乘要文，凡三十五部，计五千四十八卷，译布中华，宣扬胜业。引慈云于西极，注法雨于东陲。圣教缺而复全，苍生罪而还福。湿火宅之干焰，共拔迷途；朗金水之昏波，同臻彼岸。是知恶因业坠，善以缘升。升坠之端，惟人自作。譬之桂生高岭，云露方得泫其花；莲出绿波，飞尘不能染其叶。非莲性自洁而桂质本贞，良由所附者高，则微物不能累；所凭者净，则浊类不能沾。夫以卉木无知，犹资善而成善，矧乎人伦有识，不缘庆而成庆？方冀兹经流施，并日月而无穷；景福遐敷传布，与乾坤而永大。

写毕，即召圣僧。此时长老已在朝门外候谢，闻宣急入，行俯伏之礼。太宗传请上殿，将文字递与长老览遍。复下谢恩，奏道：“主公文辞高古，理趣渊微，但不知是何名目？”太宗道：“朕夜口占，答谢御弟之意，名曰《圣教序》，不知好否？”长老叩头，称谢不已。太宗又曰：

　　朕才愧圭璋，言惭金石。至于内典，尤所未闻。口占叙文，诚为鄙拙。秽翰墨于金简，标瓦砾于珠林。循躬省虑，腼面恧心。甚不足称，虚劳致谢。此太宗御制之文，缀于《心经》之首。

当时多官齐贺，顶礼圣教御文，遍传内外。太宗道：“御弟将真经演诵一番，何如？”长老道：“主公，若演真经，须寻佛地，宝殿非可诵之处。”太宗甚喜，即问当驾官：“长安城中，有那座寺院洁净？”班中闪上大学士萧瑀奏道：“城中有一雁塔寺洁净。”太宗即令多官：“把真经各虔捧几卷，同朕到雁塔寺，请御弟谈经去来。”多官遂各各捧着，随太宗驾幸寺中，搭起高台，铺设齐整。长老仍命：“八戒、沙僧牵龙马，理行囊，行者在我左右。”又向太宗道：“主公欲将真经传流天下，须当誊录副本，方可布散。原本还当珍藏，不可轻亵。”太宗又笑道：“御弟之言甚当。”随召翰林院及中书科各官誊写真经，又建一寺在城之东，名曰誊黄寺。长老捧几卷登台，方欲讽诵，忽闻得香风缭绕，半空中有八大金刚现身高叫道：“诵经的，放下经卷，跟我回西去也。”这底下行者三人，连白马平地而起，长老亦将经卷丢下，也从台上起于九霄，相随腾空而去，慌得那太宗

与多官望空下拜。这正是:

圣僧努力取经编,西宇周流十四年。苦历程途多患难,多经山水受迍邅。功完八九还加九,行满三千及大千。大觉妙文回上国,至今东土永留传。

太宗与多官拜毕,即选高僧,就于雁塔寺里修建水陆大会,看诵《大藏真经》,超脱幽冥业鬼,普施善庆,将誊录过经文,传播天下不题。

却说八大金刚驾香风,引着长老四众,连马五口,复转灵山,连去连来,适在八日之内。此时灵山诸神,都在佛前听讲。八大金刚引他师徒进去,对如来道:"弟子前奉金旨,驾送圣僧等,已到唐国,将经交纳,金特缴旨。"遂叫唐僧等近前受职。如来道:"圣僧,汝前世原是我之二徒,名唤金蝉子,因为汝不听说法,轻慢我之大教,故贬汝之真灵,转生东土,今喜皈依,秉我迦持,又乘我教,取去真经,甚有功果,加升大职正果,汝为旃檀功德佛。孙悟空,汝因大闹天宫,吾以甚深法力,压在五行山下,幸天灾满足,归于释教,且喜汝隐恶扬善,在途中炼魔降怪有功,全终全始,加升大职正果,汝为斗战胜佛。猪悟能,汝本天河水神,天蓬元帅,为汝蟠桃会上酗酒戏了仙娥,贬汝下界投胎,身如畜类,幸汝记爱人身,在福灵山云栈洞造业,喜归大教,入我沙门,保圣僧在路,却又有顽心,色情未泯,因汝挑担有功,加升汝职正果,做净坛使者。"八戒口中嚷道:"他们都成佛,如何把我做个净坛使者?"如来道:"因汝口壮身慵,食肠宽大。盖天下四大部洲，瞻仰吾教者甚多，凡诸佛事，教汝净坛，乃是个有受用的品级，如何不好？沙悟净，汝本是卷帘大将，先因蟠桃会上打碎玻璃盏，贬汝下界，汝落于流沙河，伤生吃人造业，幸皈吾教，诚敬迦持，保护圣僧，登山牵马有功，加升大职正果，为金身罗汉。"又叫那白马："汝本是西洋大海广晋龙王之子，因汝违逆父命，犯了不孝之罪，幸得皈身皈法，皈我沙门，每日家亏你驮负圣僧来西，又亏你驮负圣经去东，亦有功者，加升汝职正果，为八部天龙。"长老四众，俱各叩头谢恩。马亦谢恩讫，仍命揭谛引了马下灵山后崖化龙池边，将马推入池中。须臾间，那马打个转身，即退了毛皮，换了头角，浑身上长起金鳞，腮颔下生出银须，一身瑞气，四爪祥云，飞出化龙池，盘绕在山门里擎天华表柱上。诸佛赞扬如来的大法，孙行者却又对唐僧道："师父，此时我已成佛，与你一般，莫成还戴金箍儿，你还念什么紧箍咒儿揹勒我？趁早儿念个松箍咒儿，脱下来，打得粉碎，切莫叫那什么菩萨再去捉弄他人。"唐僧道："当时只为你难管，故以此法制之。今已成佛，自然去矣，岂有还在你头上之理。你试摸摸看。"行者举手去摸一摸，果然无了。此时旃檀佛、斗战胜佛、净坛使者、金身罗汉，俱正果了本位，天龙马亦自归真。有诗为证，诗曰：

一体真如转落尘，合和四相复修身。五行论色空还寂，百怪虚名总莫论。正果旃檀皈大觉，完成品职脱沉沦。经传天下恩光阔，五圣高居不二门。

　　五圣果位之时，诸众佛祖、菩萨、圣僧、罗汉、揭谛、比丘、优婆夷塞，各山各洞神仙、大神、丁甲、功曹、伽蓝、土地，一切得道的师仙，始初俱来听讲，至此各归方位。你看那：

　　灵鹫峰头聚霞彩，极乐世界集祥云。金龙稳卧，玉虎安然。乌兔任随来往，龟蛇凭汝盘旋。丹凤青鸾情爽爽，玄猿白鹿意怡怡。八节奇花，四时仙果。乔松古桧，翠柏修篁。五色梅时开时结，万年桃时熟时新。千果千花争秀，一天瑞霭纷纭。

　　大众合掌皈依，都念：

　　"南无燃灯上古佛。南无药师琉璃光王佛。南无释迦牟尼佛。南无过去未来现在佛。南无清净喜佛。南无毗卢尸佛。南无宝幢王佛。南无弥勒尊佛。南无阿弥陀佛。南无无量寿佛。南无接引归真佛。南无金刚不坏佛。南无宝光佛。南无龙尊王佛。南无精进喜佛。南无宝月光佛。南无现无愚佛。南无婆留那佛。南无那罗延佛。南无功德华佛。南无才功德佛。南无善游步佛。南无旃檀光佛。南无摩尼幢佛。南无慧炬照佛。南无海德光明佛。南无大慈光佛。南无慈力王佛。南无贤善首佛。南无广庄严佛。南无金华光佛。南无才光明佛。南无智慧胜佛。南无世静光佛。南无日月光佛。南无日月珠光佛。南无慧幢胜王佛。南无妙音声佛。南无常光幢佛。南无观世灯佛。南无法胜王佛。南无须弥光佛。南无大慧力王佛。南无金海光佛。南无大通光佛。南无才光佛。南无旃檀功德佛。南无斗战胜佛。三藏、行者位居观世音之上矣，人可不努力哉！ 南无观世音菩萨。南无大势至菩萨。南无文殊菩萨。南无普贤菩萨。

南无清净大海众菩萨。南无莲池海会佛菩萨。南无西天极乐诸菩萨。南无三千揭谛大菩萨。南无五百阿罗大菩萨。南无比丘夷塞尼菩萨。南无无边无量法菩萨。南无金刚大士圣菩萨。南无净坛使者菩萨。南无八宝金身罗汉菩萨。南无八部天龙广力菩萨。如是等一切世界诸佛。愿以此功德，庄严佛净土。上报四重恩，下济三途苦。若有见闻者，悉发菩提心。同生极乐国，尽报此一身。十方三世一切佛，诸尊菩萨摩诃萨，摩诃般若波罗密。"

　　总批：

　　你看若猴若猪若马，俱成正果，独有人反信不及，倒去为猴为猪为马，却不是大颠倒乎？○人身难得，只为他可作佛成祖故。若不用他成佛作祖，真禽兽不如矣。大家回头，大家下手，何如，何如？

图书在版编目（CIP）数据

李卓吾批评本西游记 / (明) 吴承恩著 ; (明) 李卓吾评点.
一长沙 : 岳麓书社, 2024.1
ISBN 978-7-5538-1952-5

Ⅰ. ①李… Ⅱ. ①吴… ②李… Ⅲ. ①《西游记》评论
Ⅳ. ①I207.414

中国国家版本馆CIP数据核字(2023)第196648号

LI ZHUOWU PIPINGBEN XIYOUJI

李卓吾批评本西游记

著　　者｜〔明〕吴承恩
评　　点｜〔明〕李卓吾
校　　点｜陈　宏　杨　波
出 版 人｜崔　灿
出版统筹｜马美著　蒋　浩
策划编辑｜陈文韬
责任编辑｜陈文韬　陶嵋玲　曾　倩　周家琛　肖　航
助理编辑｜夏楚婷
责任校对｜舒　舍
营销编辑｜谢一帆　唐　睿　向媛媛
书籍设计｜罗志义

岳麓书社出版发行
地址｜长沙市岳麓区爱民路47号
承印｜湖南天闻新华印务有限公司

开本｜890mm×1240mm 1/32　印张｜48.25　字数｜1160 千字
版次｜2024年1月第1版　印次｜2024年1月第1次印刷
书号｜ISBN 978-7-5538-1952-5
定价｜198.00元

如有印装质量问题，请与本社印务部联系
电话｜0731-88884129